suhrkamp taschenbuch 4403

Anthony Verey, Mitte 60, früher der bekannteste Antiquitätenhändler Londons, spürt, dass es vorbei ist, sein glamouröses Leben. In Frankreich, wo seine Schwester Veronica mit ihrer Geliebten Kitty lebt, möchte er ein Haus kaufen, »bevor es zu spät ist«. Als sich Anthony für das einsame, heruntergekommene Anwesen der Geschwister Lunel interessiert, kommt all das, was in diesem Haus geschah, ans Licht – mit schrecklichen Folgen.

Der Roman der Bestsellerautorin Rose Tremain ist eine mitreißende Geschichte über Geschwisterliebe, Rache – und die Frage, wie man seinem Leben noch einen Sinn geben kann, wenn man weiß, dass einem nicht mehr viel Zeit bleibt.

Rose Tremain ist eine erfolgreiche und vielfach preisgekrönte Schriftstellerin. Sie lebt in London und Norwich. *Der weite Weg nach Hause* (st 4120) wurde 2008 mit dem Orange Prize for Fiction ausgezeichnet. Zuletzt erschienen die Romane *Die Farbe der Träume* (it 4148) und *Zeit der Sinnlichkeit* (it 4200). Im Januar 2013 erscheint im Insel Verlag ihr neuer Roman *Adieu, Sir Merivel*.

Rose Tremain
Der unausweichliche Tag

Roman

Aus dem Englischen von
Christel Dormagen

Suhrkamp

Die englische Originalausgabe
Tresspass
erschien 2010 bei Chatto & Windus, London.
Copyright © Rose Tremain 2010

Umschlagfoto: Eberhard Grames

Erste Auflage 2013
suhrkamp taschenbuch 4220
Deutsche Erstausgabe
© der deutschen Ausgabe
Suhrkamp Verlag Berlin 2011
Suhrkamp Taschenbuch Verlag
Alle Rechte vorbehalten, insbesondere das
des öffentlichen Vortrags sowie der Übertragung
durch Rundfunk und Fernsehen, auch einzelner Teile.
Kein Teil des Werkes darf in irgendeiner Form
(durch Fotografie, Mikrofilm oder andere Verfahren)
ohne schriftliche Genehmigung des Verlages reproduziert
oder unter Verwendung elektronischer Systeme
verarbeitet, vervielfältigt oder verbreitet werden.
Druck: CPI – Ebner & Spiegel, Ulm
Printed in Germany
Umschlag: Göllner, Michels, Zegarzewski
ISBN 978-3-518-46403-8

Der unausweichliche Tag

Für Richard, in Liebe

Das Mädchen heißt Mélodie.

Es ist lange her, Mélodie war noch gar nicht geboren, da hatte ihre hübsche Mutter sich als Komponistin versucht.

Mélodie ist zehn Jahre alt, und sie will ein Sandwich essen. Sie klappt die beiden Hälften auseinander und starrt auf den feuchten rosa Schinken dazwischen und auf den ekligen graugrünen Schimmer auf dem Schinken. Überall um sie herum, im vertrockneten Gras und in den verdorrten Bäumen, machen Grillen und Grashüpfer jenes Geräusch, das sie nicht mit ihrer Stimme (sie haben keine Stimme, hat man Mélodie erklärt), sondern mit ihren Körpern machen, ein Körperteil schwingt dabei gegen einen anderen. Hier ist alles lebendig, flattert und schwirrt von einer Stelle zur anderen, denkt Mélodie, und sie hat Angst, dass plötzlich eines dieser Insekten auf ihrem Sandwich landet oder auf ihrer Wade oder sich mit den Beinen in ihren Haaren verheddert.

Mélodies Haar ist schwarz und seidig. Während sie auf den glitschigen Schinken schaut, spürt sie, wie Schweiß aus ihrer Kopfhaut kommt. Schweiß ist eine kalte Hand, die einen streicheln will, denkt sie. Schweiß ist etwas Seltsames in einem drin, das von einer Stelle zur anderen kriechen will …

Mélodie legt das Sandwich in das staubige Gras. Sie weiß, im Nu werden Ameisen da sein, um das Brot herumwimmeln und es wegzutragen versuchen. In Paris, wo sie früher wohnte, gab es keine Ameisen, aber hier, wo ihre neue Heimat ist, gibt es mehr Ameisen, als man überhaupt zählen kann. Sie kommen aus der Erde und gehen wieder dahin zurück. Man findet sie, wenn man gräbt: eine kompakte Masse, schwarz und rot. Der Spaten würde da mitten hindurchstechen. Wahrscheinlich müsste man noch nicht einmal sehr tief graben.

Mélodie hebt den Kopf und blickt hoch zu den Blättern der Eiche.

Diese Blätter färben sich schon gelb, als wäre es längst Herbst. Der Wind, der Mistral heißt, bläst durch den Baum, und die Sonne wandert immer weiter und durchlöchert den Schatten, und immer ist hier etwas in Bewegung, nie kehrt Ruhe ein.

»Mélodie«, sagt eine Stimme. »Ist alles in Ordnung? Magst du dein Sandwich nicht?«

Mélodie dreht sich um zu Mademoiselle Jeanne Viala, ihrer Lehrerin, die wenige Schritte entfernt auf einer Decke im Gras sitzt. Einige der kleineren Kinder hocken in ihrer Nähe, und alle futtern brav ihre Baguettes.

»Ich habe keinen Hunger«, sagt Mélodie.

»Wir hatten einen langen Vormittag«, sagt Mademoiselle Viala. »Versuch wenigstens ein paar Bissen.«

Mélodie schüttelt den Kopf. Manchmal ist es schwierig zu sprechen. Manchmal ist man wie ein Insekt, das keine Stimme hat, sondern Körperteile aneinanderreiben muss. Und um einen herum bläst immerzu der Mistral, und immerzu fallen Herbstblätter, obwohl es doch Hochsommer ist.

»Komm und setz dich zu uns«, sagt Mademoiselle Viala. »Wir trinken jetzt alle etwas Wasser.«

Die Lehrerin befiehlt einem der Jungen, Jo-Jo (er gehört zu denen, die Mélodie ärgern und hänseln und ihren schicken Pariser Akzent nachäffen), ihr die Picknicktasche zu reichen. Mélodie steht auf und lässt ihr Sandwich im Gras liegen, und Mademoiselle Viala zeigt mit der Hand neben sich, und Mélodie setzt sich dort neben die Lehrerin, die sie eigentlich mag, die aber heute Morgen Mélodie verraten hat … ja, verraten, … weil sie Mélodie gezwungen hat, Dinge zu sehen, die sie gar nicht sehen wollte …

Mademoiselle Viala trägt eine weiße Leinenbluse, Jeans und weiße Segelschuhe. Ihre Arme sind weich und braungebrannt, und ihr Lippenstift ist leuchtend rot. Sie hätte gut aus Paris sein können. Sie holt eine kleine Flasche Evian aus der unhandlichen Tasche und reicht sie Mélodie.

»Hier«, sagt sie. »Für dich.«

Mélodie presst die kühle Flasche gegen ihre Wange. Sie sieht, dass Jo-Jo sie anstarrt. Diese gemeinen Jungen können völlig unschuldig gucken, so unschuldig, als wüssten sie ihren eigenen Namen nicht.

»So«, sagte Jeanne Viala mit ihrer Lehrerinnenstimme, »ich bin mal gespannt, wer mir sagen kann, wie Seide hergestellt wird, nachdem wir nun alle die Ausstellung im Museum gesehen haben.«

Mélodie schaut weg, nach oben, zur Seite, in die Ferne zum hüpfenden Licht, zum unsichtbaren Wind … Um sie herum heben die Kinder ihre Arme, ganz wild darauf, Mademoiselle Viala zu erzählen, was sie wissen oder was sie, wie Mélodie argwöhnt, *schon immer* gewusst haben, weil sie ein Teil dieser Landschaft sind und hier geboren wurden.

Jo-Jo sagt: »Seide wird von Raupen gemacht.«

Wie die anderen hat er es schon immer gewusst. Jeder hier weiß es von seinen Großeltern oder den Urgroßeltern, und nur sie, Mélodie Hartmann aus Paris, hat sich noch nie Gedanken darüber gemacht … bis heute nicht, bis Jeanne Viala mit den Kindern das Museum der Cévenoler Seidenproduktion in Ruasse besucht hat …

»Gut«, sagt Mademoiselle Viala. »Schreit nicht alle durcheinander. Jetzt *du*, Mélodie. Stell dir vor, du wolltest gesunde Seidenraupen züchten, was müsstest du als Erstes tun, nachdem du die Eier gekauft hast?«

Als Erstes. Sie blickt auf ihre Hände, die schmutzig sind, von Schweiß und Staub – von menschlichem Dreck.

»Sie warmhalten … «, flüstert sie, mit einer Stimme, dünner als die irgendeines winzigen Tiers, das zwischen zwei Getreidehalmen wohnt oder unter einer Baumwurzel.

»Ja«, sagt Jeanne Viala. »Gut. Und wie würdest du das machen?«

Mélodie würde gern sagen: Ich habe schon geantwortet. Das

habe ich doch. Mehr möchte ich darüber nicht sagen. Aber sie blickt einfach weiter auf ihre schmutzigen Hände, die die Evian-Flasche halten.

»Ich weiß es!«, sagt Jo-Jo.

»Wir wissen es!«, sagen zwei Mädchen, zwei unzertrennliche Freundinnen, Stéphanie und Magali.

»Na, dann erzähl du es uns, Magali«, sagt Jeanne Viala.

Magalis Gesicht ist puterrot, ganz heiß vor Stolz und Verlegenheit. »Das hat meine Oma mir erzählt!«, platzt sie heraus. »Man tut sie in einen Beutel, und den steckt man dann in die Unterhose!«

Als alle um sie herum in Lachen ausbrechen, steht Mélodie auf. Ihre Beine fühlen sich wackelig an, aber sie entfernt sich, so schnell sie kann, von all den lauten Kindern.

Rotrückige Grillen springen und flitzen vor ihr her. Sie bricht sich einen Zweig mit einer spröden Samenkapsel an der Spitze und versucht, die Insekten damit zu vertreiben. Sie hört die Lehrerin nach ihr rufen, aber sie dreht sich nicht um. Bestimmt weiß Jeanne Viala … ganz bestimmt tut sie das … dass man Heimweh nach Paris hat, wenn man sein Leben lang dort gewohnt hat – zehn ganze Jahre –, Heimweh nach der Stadt, nach einem hübschen, sauberen Zimmer mit Teppichboden in einer hübschen Wohnung, und dass man nicht über Raupen reden möchte, die in einem Beutel unter dem Rock wimmeln. Denn natürlich ist Paris ja nicht einfach verschwunden. Es ist immer noch da. Die Straße ist da. Die Wohnung ist da. Das Zimmer, das einem gehört hat. Und nur man selber wird nie mehr dahin zurückkehren. Nie mehr. Weil Papa etwas »Großartiges« in Aussicht gestellt worden war. Weil ihm eine Beförderung angeboten worden war. Man hatte Papa zum Leiter des Labors für medizinische Analyse in Ruasse ernannt. *Leiter.* »Das ist fantastisch«, sagt Maman. »Du musst begreifen, dass das eine einmalige Chance ist.« Aber dann bedeutete es einfach nur, dass … es Paris nicht mehr gibt. Jetzt gibt es ein Haus aus dicken Steinen, irgendwo ganz allein in einem schattigen Tal. Stechmücken sirren durch die dunklen, heißen Nächte. Das Haus ist ein *mas*, was »Mass« ausgesprochen wird. In den Ritzen zwischen den Steinen, wo der Mörtel bröckelt oder schon herausgefallen ist, verstecken sich Skorpione vor der Sonne. Und manchmal sitzt einer, schwarz und tödlich, an der Wand im Zimmer, und Papa muss kommen, und …

… er bringt einen Holzklopfer oder einen Hammer. Blut steigt ihm ins Gesicht.

Der Schlag mit dem Hammer hinterlässt einen Abdruck auf der verputzten Wand.

»So«, sagt er, »alles wieder in Ordnung. Da ist nichts mehr.«
Nichts mehr.

Kein Heimweg mehr von der Schule, vorbei am Optikergeschäft, dem Blumenladen und der Pâtisserie an der Ecke. Keine Winterabende mehr, wenn der Pariser Himmel über den Häusern in einem elektrischen Blau leuchtet.

Kein Ballettunterricht mehr, kein Schwimmtraining, keine Geigenstunden. *Nichts mehr.*

Mit ihrem Samenkapselstock wedelt Mélodie sich ihren Weg zwischen den Grashüpfern frei.

Sie öffnet ein rostiges Eisentor und betritt eine Weide mit hohem Gras, strebt in den Schatten, zu den gelb werdenden jungen Eschen, einem Ort, wo sie allein sein und ihr Wasser trinken kann. Die Lehrerin ruft nicht mehr nach ihr. Vielleicht ist Mélodie weiter gelaufen, als sie gemerkt hat. Es ist windstill und ruhig. Als wäre der Mistral gestorben.

Mélodie öffnet die Wasserflasche. Sie kühlt nicht mehr, ist dafür schmutzig von ihren Händen und riecht nach Plastik. So sollte sie eigentlich nicht riechen, aber hier, wo die Natur so … bestimmend … so … *überall* ist, riecht sie nach menschengemachtem Plastik. Nur hier, wo die Natur die Erde und die Luft und den Himmel erfüllt. Wo die Augen voll von ihr sind. Wo man sie im Mund schmecken kann …

Mélodie hat das Wasser schon halb ausgetrunken, da hört sie ein neues Geräusch.

Menschen, die im Radio reden? Eine von diesen Diskussionen, irgendwo weit weg, über Politik oder über das Leben von irgendwelchen berühmten Menschen? Eine Unterhaltung, die eigentlich nicht für ihre Ohren bestimmt ist?

Sie hört auf zu trinken und horcht. Nein. Keine Menschen. Etwas, das plappert wie Menschen, aber doch keine Menschen … außer, sie sprechen in einer Sprache, die Mélodie noch nie gehört hat …

Sie schaut über die Weide hinweg, bis dorthin, wo sie in einem Streifen aus nesselgrünem Unkraut mit fedrigen Blättern endet. Das Unkraut wächst in so dichten Büscheln, dass es fast unmöglich scheint, da durchzukommen. Aber Mélodie ist fest entschlossen, die Ursache dieses neuen Geräuschs zu entdecken, und so läuft sie darauf zu. Sie hat immer noch ihren Stock. Sie fängt an, das Unkraut plattzuprügeln. Sie denkt: So muss man diesen Ort behandeln, dieses Land der Cevennen. Man muss es prügeln! Aber da schlägt es zurück. Der Stock bricht. Und so beginnt Mélodie, sich mit ihren weißen Turnschuhen einen Weg durch das Unkraut frei zu trampeln und zu treten. Die Schuhe sind in Paris gekauft und nicht mehr weiß. Sie macht große Schritte. Sie merkt, dass sich der Boden unter ihren Füßen allmählich senkt. Eine der Eschen zittert zwischen ihr und der Sonne wie ein sehr dünner Vorhang, der um ihren Kopf gezogen ist.

Jetzt ist sie unsichtbar. Weder die Lehrerin noch die anderen Kinder können sie sehen. Sie, die anderen – jeder Einzelne von ihnen –, haben das mit den alten Frauen gewusst, die unter ihren schweren Röcken Würmer ausbrüten, weiße Würmer am weißen Fleisch ihrer Bäuche, ihrer Schenkel, aber keiner ist bis hierher vorgedrungen, hat gewagt, hierherzukommen und das Unkraut zu prügeln, es niederzutrampeln und sich einen Weg zu bahnen bis …

… zu einem kurvigen Strand mit grauen Steinen und feinem Kies. Und dort, noch hinter dem Kies, gleitet strudelnd ein schmaler Bach an großen Felsblöcken vorbei. Kein Fluss. *Tut aber wie* ein Fluss, *spricht mit sich selber* in der Sprache eines Flusses, ist aber von der Hitze zu einem Bächlein geschrumpft. Libellen flitzen über die hohen Steine. Eschenblätter fallen von den Bäumen und schwimmen auf dem Wasser.

Mélodie läuft über den Kies bis zum Bachrand. Sie bückt sich und taucht ihre Hände ein, wäscht den Dreck ab, herrlich, wie kühl, wie kalt, wie fast eisig das Wasser ist. Was für ein aufregendes Gefühl mit einem Mal. Da steht sie nun, unsichtbar im hübschen Baumschatten, unsichtbar und geschützt, als hätte sich das dunkelgrüne Unkraut hinter ihr wieder aufgerichtet und ihr den Rückweg versperrt.

Fast glücklich läuft sie am schmalen Strand entlang, folgt dem Bach bis zur Biegung. Und sie läuft um die Biegung und sieht, dass das Wasser völlig überraschend in einen tiefen, seegrünen Weiher fließt. Sie starrt auf den Weiher. Ein Bach, der wieder ein Fluss zu sein versucht! Also kann auch die Natur ein Gedächtnis haben – kann sie das wirklich? –, genau wie sie, Mélodie, ein Gedächtnis hat und sich an das erinnert, was eigentlich aus ihr hätte werden sollen und wo. Denn so kommt es ihr vor, es ist, als ob der Bach *sich nach dem Weiher gesehnt hätte*. Es war ihm peinlich, nur ein Bächlein, ein Rinnsal zu sein. Er war vielleicht sogar traurig, bedrückt, genau wie sie selbst, das »Herz war ihm schwer«, wie Maman es nennen würde. Aber jetzt, wo er mit dem großartigen, tiefen Weiher vereint ist, weiß er, dass er nach Hause gekommen ist.

Eine ganze Weile steht Mélodie da und schaut. Dann überkommt sie plötzlich eine große Lust, ihren juckenden, sonnenverbrannten Körper im Wasser zu baden. Sie schaut sich um, halb darauf gefasst, dass die Lehrerin durch den Vorhang der jungen Bäume tritt. Aber da ist niemand.

Schuhe. Jeans. T-Shirt. Sie zieht alles aus, bis auf eine kleine rot-weiße Unterhose, die aus dem Monoprix auf den Champs-Elysées stammt. Dann klettert sie auf den ersten der Felsblöcke, die sie vom Weiher trennen. Und nun hüpft sie geschickt von Felsblock zu Felsblock bis zu dem höchsten, der mitten im Bach steht, und ihr fällt ein, wie ihr Trainer im Schwimmclub zu den anderen Kindern sagte: »Seht euch Mélodie an. So möchte ich, dass ihr alle ausseht, wenn ihr taucht: wie ein Vogel, anmutig und leicht.«

Und also wird sie jetzt tauchen. Sie setzt ihren nackten Fuß an die Kante des hellen Steins. Sie will gerade zu einem sauberen Kopfsprung ansetzen, will gerade in die belebende Kühle des Weihers eintauchen, als sie ... im äußersten Augenwinkel etwas sieht, das dort nicht sein sollte. Auf den ersten Blick erkennt sie nicht, was es ist. Sie muss noch einmal hinsehen. Sie muss hinstarren.

Und dann beginnt sie zu schreien.

Der Wandteppich (»Französisch, ländliche Szene, spätes Louis XV, Aubusson«) zeigte eine Gruppe elegant gekleideter Aristokraten, die im Schatten breitblättriger Bäume im Gras saßen. Zwei Bedienstete, ein älterer Mann und eine junge Frau, näherten sich der Gruppe mit Fleisch, Brot, Wein und Früchten.

Ein Hund lag schlafend in der Sonne. Im Hintergrund (»Partielle Abnutzungen, Webstruktur leicht verhärtet«) war eine Wiese voller Blumen zu erkennen. Der Rand war aufwendig gestaltet (»Herkömmliche Randmusterung: Wappen, Rosen, Eichenblätter«), die Farben (»Rot, Blau und Grün auf neutralem Grund«) wirkten dezent und ansprechend.

An einem kalten Frühlingsmorgen stand Anthony Verey in seinem Londoner Laden, *Anthony Verey Antiquitäten*, wärmte sich die Hände an einem Becher mit Kaffee und schaute zu seinem Wandteppich hoch. Der Teppich war schon lange in seinem Besitz. Vier Jahre? Fünf? Ersteigert auf einer Privatauktion in Suffolk. Er hatte ihn so unbedingt haben wollen, dass er mehr als tausend Pfund über den Mindestpreis von sechstausend Pfund gegangen war, und als er im Laden angeliefert wurde, ließ er ihn ganz hinten an die Wand hängen, gegenüber vom Schreibtisch, an dem er in letzter Zeit ständig saß und so tat, als hätte er irgendwelche Arbeiten zu erledigen. In Wirklichkeit aber bewachte er in einem Zustand leichter Tagträumerei seine herrlichen Besitztümer – seine *Lieblinge*, wie er sie nannte –, und manchmal schaute er an ihnen vorbei zum Fenster und beobachtete die Fußgänger auf der Pimlico Road.

Als der Wandteppich erst einmal aufgehängt war, fand Anthony die Vorstellung, das Stück zu verkaufen, zunehmend beunruhigend. Der angesetzte Verkaufspreis – 14 000 Pfund –

sollte mögliche Käufer abschrecken, tatsächlich existierte dieser Preis allerdings nur in Anthonys Kopf, er stand nirgendwo. Manchmal behauptete er, nach dem Wandteppich gefragt, er besitze ihn gar nicht, habe ihn nur in Verwahrung. Manchmal verkündete er, der Verkaufspreis bewege sich »in der Gegend von 19 000 Pfund«, und wartete gespannt auf das Zusammenzucken der Interessenten. Und manchmal erklärte er geradeheraus, der Teppich stehe nicht zum Verkauf. Er war sein: sein eigener Louis XV Aubusson. In seinem tiefsten Herzen wusste Anthony, dass er sich nie von ihm trennen würde.

Anthony war ein Mann von vierundsechzig Jahren, mittelgroß und mit dichtem grauen, welligen Haar. Heute trug er einen roten Rollkragenpullover aus Kaschmir unter einem weichen braunen Tweedjackett. Es war nie sehr warm im Laden, denn bei Temperaturen über fünfzehn Grad neigten die *Lieblinge* dazu, abzuplatzen, sich zu verziehen, auszubleichen oder zu reißen. Anthony selbst fürchtete jedoch die Kälte, hager wie er war. Er hatte an seinem Schreibtisch einen schweren alten Ölradiator stehen, der an Winternachmittagen kameradschaftlich knackte. Er trank eine Menge sehr heißen, gelegentlich mit Kognak gewürzten Kaffee. Er trug Thermosocken. Manchmal sogar einen Schal und wollene Handschuhe.

Er wusste, dass dieses umständliche Theater um die *Lieblinge* exzentrisch war, doch das kümmerte ihn nicht. Anthony Verey hatte keine Ehefrau, weder männliche noch weibliche Geliebte, keine Kinder, Hunde oder Katzen. Im Laufe seines Lebens hatte er all das in unterschiedlichen Paarungen und Kombinationen besessen – alles außer einem Kind. Doch jetzt war er allein. Er war zu einem Mann geworden, der Einrichtungsgegenstände liebte und sonst nichts.

Anthony trank den Kaffee in kleinen Schlucken. Sein Blick ruhte noch immer auf dem Wandteppich mit den Aristokraten, die rechts, vor den Bäumen, saßen, während die Bediensteten sich von links näherten. Der schlafende Hund und die fröhlichen, erwartungsvollen Gesichter der Menschen sprachen von einem Augenblick ungestörter, genussvoller Zufriedenheit. Gerade wurde das Mittagessen gebracht. Die Sonne brannte vom Himmel.

Aber da war noch etwas. Ganz am Rand der Szene, in der äußersten rechten Ecke, fast zwischen Laubwerk verborgen, war ein finsteres Gesicht zu erkennen, das Gesicht einer alten Frau. Auf ihrem Kopf saß eine schwarze Mütze. Sie richtete einen außerordentlich bösen Blick auf die Menschen im Gras. Aber niemand schenkte ihr auch nur die geringste Beachtung. Es war, als nähmen sie die Frau einfach nicht wahr.

Immer wieder ertappte Anthony sich dabei, wie er das Gesicht dieser alten Frau ausgiebig studierte. War sie Teil des ursprünglichen Entwurfs? Sie schien unwirklich zu sein: ein körperloses Gesicht, eine knotige Hand am Kinn, der ganze übrige Körper von Bäumen verborgen. Hatten die Tapisserieweber (»Wahrscheinlich aus der Werkstatt des Pierre Dumonteil, 1732-1787«) sich ihre monotone Arbeit dadurch angenehmer gemacht, dass sie dieses kleine, aber aufschlussreiche Detail aus eigenem Entschluss hinzugefügt hatten?

Anthony trank den letzten Rest Kaffee und wollte gerade an seinen Schreibtisch gehen, um eher halbherzig die wöchentlichen Abrechnungen zu erledigen, als ihm etwas Besonderes ins Auge fiel. Ein loser Faden im Gewebe.

Eine der Halogenlampen schien direkt auf die Stelle. Der schwarze Faden hing über der Stirn der Frau, als handelte es sich um eine Haarsträhne des alten Weibs. Anthony setzte seinen Becher ab. Er streckte die Hand aus und nahm den feinen, seidenen Faden zwischen Daumen und Zeigefinger.

Der Faden war kaum einen Zentimeter lang. Er fühlte sich außerordentlich weich an, und Anthony ließ seine Hand dort oben, rieb den Faden eine Weile, vielleicht eine Minute, es hätten aber auch drei Minuten oder vier oder sogar sieben sein können, auf jeden Fall so lange, dass ihm die schockierende und unumstößliche Tatsache, die das Leben ihm da ganz plötzlich offenbart hatte, voll ins Bewusstsein dringen konnte: Wenn er starb, würde er nicht das kleinste Fragment, keine einzige Scherbe von auch nur einem seiner *Lieblinge* mit ins Grab nehmen können. Und falls sich herausstellen sollte, dass es irgendein Jenseits gab, was er bezweifelte, hätte er *gar nichts* dabei, das ihn dort trösten könnte, nicht einmal diesen schwarzen Seidenfaden, der keinen Zentimeter lang war.

Die Türglocke ertönte und weckte Anthony aus diesem Trancezustand, den er, in all den kommenden Tagen und Wochen, im Nachhinein für überaus bedeutsam halten sollte. Ein Mann im Nadelstreifenanzug und mit rosafarbener Krawatte betrat das Geschäft. Er blickte sich um. Kein Händler, entschied Anthony sofort, nicht einmal ein privater Sammler, nur einer der *reichen Ahnungslosen*, die erst dieses und dann jenes anschauen und gar nicht wissen, was sie da sehen ...

Anthony wartete, bis der Ignorant beim teuersten Objekt des Ladens angelangt war, einem Konsoltischchen aus vergoldetem Holz mit Marmorplatte (»Platte mit Marmoreinlagen und Umrandungen im *verde-antico*-Dekor, erstes Viertel 19. Jh., italienisch. Das vergoldete Gestell und die stützenden stehenden Atlasfiguren drittes Viertel 18. Jh. Ebenfalls italienisch.«), und näherte sich ihm dann langsam.

»Kann ich Ihnen vielleicht behilflich sein?«

»Ja«, sagte der Mann, »wahrscheinlich. Ich suche nach einem Hochzeitsgeschenk für meine Schwester. Sie kaufen sich ein Haus in Fulham. Ich würde ihnen gern etwas ... ich weiß nicht ... vielleicht für die Diele schenken. Etwas, das allen ... ähm ... auffällt.«

»So«, sagte Anthony. »Für die Diele. Nun ...«

Er registrierte, wie der Mann mit großen Augen die vergoldeten Atlasfiguren anstaunte, weshalb er direkt zu dem Konsoltischchen ging und liebevoll über die Marmorplatte strich. »Das ist ein Prachtexemplar«, sagte Anthony, und seine Stimme hatte noch immer diesen nicht ganz feinen Akzent, nur hatte er es inzwischen aufgegeben, ihn zu unterdrücken. »Ein absolutes Traumschiff. Aber es braucht Raum für einen angemessenen Auftritt. Wie groß ist denn die Diele Ihrer Schwester?«

»Keine Ahnung«, sagte der Mann. »Hab sie noch nicht gesehen. Aber die goldenen Cherubim oder was das da sein soll, die gefallen mir. Machen ordentlich was her! Und ... ähm ... der Preis?«

Anthony setzte seine Brille auf, bückte sich und suchte eine ganze Weile nach dem Schildchen, das an dem marmornen Sockel mit den stehenden Atlasfiguren klebte. Er richtete sich wieder auf und sagte ohne jedes Lächeln: »Achtundzwanzigtausend.«

»Okay«, sagte der Mann und befingerte die rosafarbene Seidenkrawatte mit seiner fleischigen Hand. »Ich werde noch mal drüber nachdenken. Ich hatte wohl eher auf ein Schnäppchen gehofft.«

»Ein *Schnäppchen*?«, sagte Anthony. »Vergessen Sie bitte nicht, wir sind hier in Pimlico.«

Pimlico.

Nein, nicht direkt Pimlico. Immer noch Chelsea. Das westliche Ende der Pimlico Road, London SW 3, Anthonys Zuhause, seine Wohngegend, sein Leben seit nunmehr vierzig Jahren, der Ort, wo ihn sein Wissen, seine Schlauheit, sein Charme einmal hatten reich werden lassen. Nicht nur reich. Hier war er zum Star der Antiquitätenwelt geworden. Händler sprachen seinen Namen mit Ehrfurcht aus: Anthony Verey; *der* Anthony Verey. Keine wichtige Auktion, kein Privatverkauf, keine Vernissage einer Galerie hätte stattfinden können, ohne dass er eingeladen worden wäre. Er kannte sie alle: kannte ihren Platz in der Hierarchie der Händler und Besitzer, ihre Schwachstellen, ihre Misserfolge, ihre unerträglichen Triumphe. In diesem kleinen, aber opulenten Reich agierte er wie ein verwöhnter Prinz, der *Invidia* den Hof machte.

Auf dem Höhepunkt seines Ruhms hatte er sich einst allein durch die Aufzählung all der Menschen, die ihn beneideten – ein Name köstlicher als der andere –, in den Schlaf zaubern können.

Und jetzt, an diesem kalten Frühlingsmorgen, hatte er plötzlich gesehen … ja, was eigentlich? Er hatte gesehen, wie *einsam* alles war. Nicht nur der Mann, der einst ein Prinz, einst *der* Anthony Verey gewesen war. Sondern auch all die *Lieblinge*, all diese Wunder, die mit solcher Sorgfalt, solcher Hingabe erschaffen worden waren … diese Dinge, die schon so lange existierten, schon so vieles überdauert hatten … selbst sie hatten etwas Tragisches in ihrer Vereinzelung, ihrer Einsamkeit. Sicher, er wusste durchaus, dass dies ein sentimentaler Gedanke war. Möbel konnten nicht fühlen. Aber man konnte für sie fühlen. Man konnte ängstlich dem Tag entgegensehen, an dem man das Objekt gehen lassen, es der Ignoranz und Nachlässigkeit anderer Menschen ausliefern musste. Ganz besonders heute, in Zeiten wie diesen, da solche Objekte generell nicht mehr wertgeschätzt, sondern einer alten, längst irrelevanten Welt zugerechnet wurden. Was erwartete sie? Was wartete da?

Anthony saß jetzt an seinem Schreibtisch auf einem harten Windsor-Stuhl, den immer noch schmalen Hintern allerdings sorgfältig auf ein grünes Seidenkissen platziert. Dieses bei Peter Jones gekaufte Kissen hatte sich seinem Hinterteil inzwischen so perfekt angepasst, dass er es nur noch selten aufzuschütteln oder abzustauben wagte. Niemand kam mehr in den Laden. Draußen der Tag war lichtlos.

Anthony holte sein Hauptbuch mit den Einnahmen und Ausgaben aus dem Regal, setzte seine Brille auf und starrte auf die Zahlenreihen. Das Hauptbuch war alt und dick und abgegriffen, eines von sieben, die alles an von ihm dokumentierter Geschichte enthielten: jede Erwerbung, jeden Verkauf, jede Steuerzahlung, jede Ausgabe. In den Hauptbüchern 2 bis 5 standen all die atemberaubenden Zahlen. In Buch 6 begannen die

Preise ebenso wie die Anzahl der Verkäufe in beängstigend steiler Kurve zu sinken. Und nun, in Hauptbuch 7 … tja, alles, was ihm zu tun blieb, war schlicht und einfach, nicht auf die untersten Zeilen zu schauen.

Er blickte auf die Verkäufe im Monat März: ein mittelmäßiges Porträt (»Englische Schule, frühes 18. Jh. Sir Comus Delapole, Kronanwalt, und Lady Delapole. Pastell, mit Aquarelleinschüben«), ein Majolikakrug (»Oval, 17. Jh., italienisch, mit dichtem Rankenblattwerk verziert«), eine silberne George-III-Teekanne, (»Runder Korpus mit graviertem Anthemienband und Zickzackmuster«) und – das einzige Stück von wirklichem Wert – ein kleiner Regency-Mahagonitisch, von dem er sich nicht besonders gern getrennt hatte. Alle Objekte zusammen hatten ihm etwas weniger als 4000 Pfund eingebracht; kaum genug, um die monatliche Miete und die Unterhaltskosten für den Laden zu zahlen.

Jämmerlich.

Mit leichtem Bedauern überlegte Anthony, ob er sich nicht doch mehr Mühe hätte geben und das elegante italienische Konsoltischchen dem Mann mit der rosa Krawatte verkaufen sollen, der am Ende gar nichts erworben und, wie ihm nicht entgangen war, schleunigst David Linleys Geschäft auf der anderen Straßenseite aufgesucht hatte. Er wusste, dass nicht nur der Preis des Tischchens, sondern auch seine eigene unverhohlene Verachtung diesen Menschen vertrieben hatte, genau wie so viele andere Kunden zuvor. Doch daran war nichts zu ändern. Tatsache war, dass Anthony seine Verachtung genoss. Diese Verachtung – die einem Spezialistenwissen oder, wie er es für sich nannte, einer *Geheimwissenschaft* entsprang – hatte er in vierzig Jahren perfektioniert, und jetzt bildete sie eines der wenigen Vergnügen, die ihm geblieben waren.

Anthony stützte den Kopf in die Hände. Er griff sich ins Haar. Immerhin, das besaß er noch: Er besaß noch sein Haar. Er mochte ja vierundsechzig sein, aber seine Haarpracht war fantastisch. Und was ihm am meisten daran gefiel, war natürlich der Neid, den das volle Haar unter seinen Freunden weckte – den wenigen, die er noch besaß –, die die Scham über ihre blanken, rosigen Schädel tagein, tagaus ertragen mussten. Und jetzt überraschte er sich bei dem heimlichen Eingeständnis, das er allerdings schon viel früher hätte machen können: Der Neid der anderen – diese verflixte *Invidia*, zu der die Menschheit auf so zerstörerische Weise neigte – war wirklich und wahrhaftig das gewesen, was ihn am Leben gehalten hatte. Diese Erkenntnis war zwar nicht weltbewegend, aber sie traf zu. Geliebte beiderlei Geschlechts und kurzfristig sogar eine Ehefrau namens Caroline, sie alle waren gekommen und gegangen, nur die Bewunderung und der Neid anderer Menschen waren geblieben, hatten ihn bei der Arbeit und in den Ruhepausen begleitet, ihn genährt und gestreichelt, ihm das Gefühl gegeben, dass sein Leben einen Sinn und einen Zweck hatte. Und jetzt war auch das vorbei.

Mitleid war an seine Stelle getreten. Alle wussten, wie er strampelte und dass er womöglich unterging. Sicherlich diskutierten sie es bei ihren feinen Soupers: »Wer will denn noch braune Möbel? Inneneinrichtungen sehen doch heute völlig anders aus. Anthony Verey muss in ernsthaften Schwierigkeiten sein …« Und natürlich gab es viele, die ihn stürzen sehen wollten. Hunderte. Schlösse das Geschäft, wie würde da manch einer triumphieren …

Bittere Gedanken. Anthony wusste, dass er auf irgendeine Weise standhalten, weiterkämpfen musste. Aber wer oder was würde ihm helfen? Wo sollte er noch einen Sinn entdecken? Ihm schien, dass da draußen, jenseits der Grenzen seines Geschäfts, in dem die *Lieblinge* sich um ihn drängten und ihn beschützten, heutzutage nichts als herzlose Wüste war.

Sein Telefon klingelte.

»Anthony«, sagte eine forsche, aber freundliche und vertraute Stimme, »ich bin's, V.«

Wie nach einer Adrenalininjektion schoss blitzartig ein Gefühl dankbarer Erleichterung durch Anthonys Adern. Seine Schwester Veronica war die einzige Person auf der Welt, für die Anthony Verey so etwas wie echte Zuneigung empfand.

*I*m selben kalten Frühling lief Audrun Lunel, eine Frau, die ihr Cevennen-Dorf La Callune in vierundsechzig Jahren nie verlassen hatte, ganz allein durch einen Wald aus Eichen und Kastanien.

Nach den Anweisungen ihres Vaters (»*Meiner Tochter, LUNEL, Audrun Bernadette, vermache ich in seiner Gesamtheit das Waldstück, das mit* Salvis 547 *gekennzeichnet ist ...*)« gehörte der Wald, dieses atmende, wunderschöne Etwas, ausschließlich ihr, und Audrun kam oft allein hierher, um unter ihren Gummistiefeln den Waldboden mit seinem Teppich aus Blättern, Eichel- und Kastanienschalen zu spüren, um die Bäume zu berühren, durch die Äste in den Himmel zu schauen und um sich zu vergewissern, dass dieser Ort »in seiner Gesamtheit« der Ihre war. Audruns Erinnerungen an diesen Wald schienen weit hinter alle Zeit zurückzureichen oder *über* alle Zeit hinaus, jedenfalls über das hinaus, was die Leute »Zeit« nannten – Zeit in ihrer Linearität, mit ihren aufgereihten Jahren, ihren Zwängen. Für Audrun hatte es diese Erinnerungen *schon immer gegeben.*

Sie wusste, dass sie oftmals verwirrt war. Die Leute sagten es ihr. Freunde, Ärzte, sogar der Priester, sie alle sagten es: »Du bist manchmal verwirrt, Audrun.« Und sie hatten Recht. Es gab Augenblicke, in denen das Bewusstsein oder die Existenz oder was auch immer das Lebendigsein ausmachte, Augenblicke, in denen es ... stockte. Manchmal fiel sie um – wie einst ihre Mutter Bernadette, die in Ohnmacht fiel, wenn der Wind aus Norden blies. Zu anderen Zeiten sah und hörte sie die Dinge, die da waren, durchaus, aber so, als würde sie alles aus einer seltsam beängstigenden Entfernung wie durch Glas hören und sehen, und dann, nur einen Augenblick später, wusste sie nicht mehr genau, was sie gerade gesehen oder gehört hatte. Sie hatte danach das Gefühl, ganz woanders gewesen zu sein.

Episoden nannte der Arzt das. Kurze Episoden des Gehirns. Und der Arzt – oder die Ärzte, denn es war nicht immer derselbe – gab ihr Tabletten, und sie nahm sie. Sie lag in ihrem Bett und schluckte Tabletten. Die legte sie sich auf die Zunge wie eine Kommunionsoblate. Sie versuchte sich vorzustellen, dass sie nun verklärt würde. Sie lag in der Cévenoler Nacht, horchte auf die Zwergohreule, auf das Atmen der Erde und versuchte, ein Bild für die Chemie in ihrem Blut zu finden. Für sie war es ein Fluss, ein marmorierter Wirbel aus Purpur, Scharlach und Weiß; die Farben trieben in Strängen, dehnten sich, wie Wolken, zu fast-erkennbaren Gestalten. Manchmal fragte sie sich, ob diese bildhaften Vorstellungen vielleicht unangebracht waren. Man hatte ihr gesagt, ihr Verstand neige dazu, »unangebrachte Ideen« zu fabrizieren. Und er konnte sich tatsächlich furchtbare Dinge vorstellen. Er konnte sich, zum Beispiel, Folter vorstellen. Er konnte ihre Feinde, an den Füßen mit Draht zusammengebunden, verkehrt herum in den nicht mehr benutzten alten Brunnen von La Callune hängen sehen. Dieser Draht schnitt ihnen ins Fleisch. Blut tropfte aus ihren Augen. Das Wasser in dem Brunnen stieg und stieg …

»*Feinde*, Audrun? Du hast doch keine Feinde«, sagten die Leute von La Callune.

Aber sie hatte Feinde. Ihre engste Freundin, Marianne Viala, kannte ihre Namen. Die Tatsache, dass einer dieser Feinde längst auf dem Friedhof begraben lag, befreite seine verhasste Gestalt nicht von dem Etikett Feind. Oft schien es Audrun, dass die Toten, wenn sie ihre feste Form verloren, sehr beweglich wurden und nicht nur in die eigenen Träume, sondern sogar in die Luft, die man atmete, einsickern konnten. Man konnte sie schmecken und riechen. Manchmal konnte man ihre widerliche Hitze spüren.

Audrun lief weiter. Ihre Augen waren immer noch scharf, sie ließen nicht nach, außer wenn eine *Episode* heraufzog und die Gegenstände und Gesichter sich zu dehnen und zu verziehen begannen. Heute konnte sie Vorboten des Frühlings ausmachen, klar und deutlich und hell: fast durchsichtige Blättchen an den Kastanien, Hundszahnlilien am Fuß der Baumstämme, Kätzchen an einem Haselnussstrauch. Auch ihre Ohren hörten noch gut. Sie konnte den Ruf des Fitislaubsängers erkennen, sich vom Quietschen ihrer Gummistiefel gestört fühlen. Und jetzt blieb sie mitten im Wald stehen und blickte auf die Erde.

Was die Erde anging, da konnte man sie nicht täuschen, das wusste sie. Über die Erde ihrer geliebten Cevennen produzierte sie nie unangebrachte Gedanken. Die Dinge *entstanden* nach einem festen Muster, und sie – Audrun Lunel, ein Kind des Dorfes La Callune – kannte dieses Muster sehr genau. Feuersbrünste oder Wasserfluten konnten kommen (und taten es oft) und alles hinwegfegen. Und doch fiel weiter Regen und wehte der Wind. In den Spalten und an den Wänden von nacktem Felsgestein sammelten sich winzige Partikel von Materie: Fasern toter Blätter, Reste von verkohltem Ginster. Und in der Luft schwebten, fast unsichtbar, Staubflöckchen und Sandkörner, und die sanken zwischen das Geröll und bildeten ein Nest für die Sporen von Flechten und Moosen.

Innerhalb einer einzigen Jahreszeit konnte der abgebrannte oder kahl gewaschene Kalkstein wieder grün werden. Und dann, während der Herbststürme, fielen mit den Regengüssen, die am Mont Aigoual niedergingen, Beeren und Samen auf die Flechten und schlugen Wurzel. Buchsbaum und Farn begannen dort zu wachsen und bald auch Holzbirnen, Weißdorn, Kiefern und Buchen. Und so ging es immer weiter: vom nackten Stein zum Wald, in einer einzigen Generation. Immer weiter und weiter.

Aber auch Verstöße gegen das Gesetz waren möglich.

»Die Menschen können kommen und dich bestehlen, Audrun«, hatte ihre Mutter Bernadette vor langer Zeit geflüstert. »Fremde können kommen. Und andere, die vielleicht keine Fremden sind. Alles, was existiert, kann gestohlen oder zerstört werden. Und darum musst du wachsam sein.«

Sie hatte sich bemüht, niemals in ihrer Wachsamkeit nachzulassen. Seit sie fünfzehn war – damals war Bernadette gestorben –, hatte Audrun Lunel die Anweisung ihrer Mutter befolgt. Selbst im Schlaf noch hatte sie die große Erschöpfung der wachsamen Beobachterin gespürt. Aber es hatte nicht gereicht, um sie zu retten.

Die Sonne schien warm. Es war ein Frühlingstag wie einst in ihrer Kindheit, wenn sie auf der Treppe saß, die zu der schweren Haustür führte, und auf den Brotwagen wartete.

Hunger.

Allein mit ihrem Willen konnte sie sich seine Macht vergegenwärtigen. Sie war vier oder fünf Jahre alt. Sie brachte die beiden Brotlaibe vom Lieferwagen in die Küche, in der es kühl und still war. Aber sie konnte sich nicht von dem Brot trennen. Sie brach einen Laib durch und begann, sich das knusprige weiße Brot in den Mund zu stopfen.

Solch ein herrliches Brot! Aber dann hatte ihr älterer Bruder Aramon sie entdeckt, hatte sie geschnappt und ihr gesagt, sein Vater Serge werde sie mit dem Gürtel verprügeln. Sie schob das angebrochene Brot weg. Wünschte verzweifelt, es würde wieder ganz werden. War erschrocken, weil es sie in Versuchung geführt hatte. Und dann hatte Aramon sie auf einen Stuhl gesetzt und ihr etwas Furchtbares erzählt: dass sie gar nicht zu dieser Familie gehörte und nicht einmal das Recht auf ein Stück Brot hatte, das sie so teuer kaufen mussten. Weil sie das Kind von einem anderen war.

1945, als sie erst wenige Tage alt war – »ein stinkendes Baby«, sagte er –, sei sie von ihrer Mutter in Lumpen gewickelt auf den Stufen des Karmeliterklosters in Ruasse ausgesetzt worden. Ihre Mutter sei eine *Kollaborateurin* gewesen. Und die Nonnen hätten sie nicht behalten wollen. Ein Kind der Sünde sei sie gewesen. Die Nonnen seien von Dorf zu Dorf gezogen und hätten gefragt, ob jemand ein Baby wolle, ein Mädchen. Ob irgendjemand bereit sei, für ein hässliches Baby mit einem Bauchnabel wie ein Schweineschwänzchen zu sorgen. Aber niemand habe sie gewollt. Niemand, der halbwegs bei Verstand war, habe das Baby einer *Kollaborateurin* mit einem Bauchnabel wie ein Schweineschwänzchen gewollt – außer Bernadette.

Bernadette sei ein Engel gewesen, prahlte Aramon, seine Mutter, dieser Engel. Und sie habe Serge dazu gebracht, dass er ihr erlaubte, das Baby zu adoptieren. Adoptieren war das Wort, das Aramon benutzt hatte, als er diese Geschichte erzählte. Er sagte, Serge habe geschrien und nein gebrüllt, er habe schon ein Kind – seinen Sohn, Aramon –, und das allein zähle für ihn, und was um Himmels willen sie bloß mit einem quengelnden Mädchen wolle?

Aber Bernadette habe ihn – Gott weiß, warum – Tag und Nacht angefleht. Sie habe das vor dem Tor der Karmeliterinnen ausgesetzte Baby unbedingt zu sich nehmen wollen. Und am Ende habe sie gewonnen. Gott weiß, warum. Und so seien sie dann alle zu Fuß nach Ruasse gelaufen und hätten das bitterkalte Kloster betreten und gehört, wie das Babygeschrei von den bitterkalten Wänden widerhallte, und hätten sie mit nach Hause genommen, und sie habe den Namen der Äbtissin des Karmeliterinnenklosters bekommen: Audrun.

»Und das warst du«, schloss Aramon seine Geschichte. »Adoptiert. Hast du verstanden? Und jetzt wird dir mein Vater den Hintern versohlen, weil du unser Brot gegessen hast. Weil er mit Dingen, die nicht sein sind, kein Erbarmen hat.«

Lange Zeit glaubte Audrun diese Geschichte, und ihr Bruder Aramon sorgte dafür, dass sie sie nicht vergaß.

»Du hast dich doch bestimmt gefragt, wer dein Vater ist, Audrun. Oder?«

Ja, das hatte sie. Sie wusste, dass Babys zwei Personen als Eltern haben mussten, nicht nur eine. Jeder in La Callune hatte zwei Eltern, außer denen, die ihre tapferen Väter im Krieg »verloren« hatten. Also fragte sie Aramon: »War mein Vater einer von den ›verlorenen‹ Männern?«

»O ja«, lachte er, »verloren an das Böse! Und jetzt verloren an die Hölle! Er war ein Deutscher. Ein SS-Mann. Und deine Mutter war eine *putain de collabo*. Deswegen hast du einen Bauchnabel wie ein Schweineschwänzchen.«

Sie begriff nicht, was all das zu bedeuten hatte, nur, dass sie sich offenbar schämen sollte. Aramon sagte, die Leute von Ruasse hätten ihrer Mutter das Haar abrasiert (nicht das Haar ihrer Mutter Bernadette, sondern das Haar dieser anderen Mutter, die sie nie kennengelernt hatte, der *Kollaborateurin*), hätten ihr die langen blonden Haare abrasiert und sie nackt über den Markt getrieben, und die Markthändler hätten ihre Brüste mit Fischabfällen beworfen, denn so machte man das mit Frauen, die mit deutschen Soldaten »gingen«, das war ihre Strafe, das und die Geburt von verstümmelten Kindern mit Schweineschwänzen, die aus ihren Bäuchen wuchsen.

Hunger.

Nach Brot an jenem Tag damals. Und nach Nähe.

Klein-Audrun saß im Staub des Hühnergeheges, wo die Bantams scharrten. Sie versuchte, das kleinste Huhn in ihre mageren Arme zu nehmen. Sie konnte sein verängstigtes Herz klopfen fühlen und sah, wie es mit seinen runzeligen Krallen, die wie junge Maiskolben aussahen, in der Luft ruderte. Nicht einmal das Zwerghuhn wollte ihr nahe sein. Sie war die Tochter einer *putain de collabo* und eines deutschen Soldaten der SS. Im benachbarten Pont Perdu waren neunundzwanzig Menschen von deutschen Infanteristen in einer »Vergeltungsoperation« getötet worden, und ihre Namen waren in ein Denkmal aus Stein eingraviert, einen Bildstock hinter dem Fluss, und es wurden dort Blumen hingelegt, Blumen, die nicht echt waren und nie starben.

Audrun zog die alte, ausgefranste Strickjacke fester zusammen und schlenderte, das Gesicht in die wärmende Sonne gereckt, weiter durch den Wald. Noch einen Monat, und die Schwalben würden da sein. In der Stunde vorm Dunkelwerden würden sie ihre Kreise ziehen, nicht über ihrer Kate mit dem niedrigen Wellblechdach, sondern über Mas Lunel, wo Aramon immer noch wohnte. Sie würden nach Nistplätzen unter den Ziegeln und in den rissigen Steinwänden Ausschau halten, und Audrun würde am Fenster ihrer Wohnbaracke stehen oder in ihrem kleinen *potager* das Bohnenbeet aufhacken, dabei den Vögeln zuschauen und beobachten, wie die Sonne am Ende eines Tages abermals unterging.

Sie würde sehen, wie das Neonlicht – diese alte grünliche Leuchtröhre – in der Küche anging, und sich ausmalen, wie ihr Bruder vor seinem elektrischen Herd hin und her stolperte und *lardons* zu braten versuchte, dabei große Schlucke aus seinem Rotweinglas nahm, die Asche seiner Zigarette ins Fett der Bratpfanne fallen ließ, dann direkt aus der Flasche trank, wobei sein stoppeliges Gesicht jenes einfältige Grinsen zeigte, das immer dann erschien, wenn der Wein seine Sinne berauschte. Er würde mit zitternder Hand die angebrannten *lardons* und ein verkohltes Spiegelei zu essen versuchen, alles in sich hineinschaufeln, während eine weitere Zigarette auf der Untertasse verglimmte und die Hunde draußen in ihrem Drahtverhau die Nacht anheulten, weil er vergessen hätte, sie zu füttern …

Im oberen Stock lebte er im Dreck. Trug seine Kleider, bis sie stanken, hängte sie dann vors Fenster, damit der Regen sie wusch, die Sonne sie lüftete. Und er war stolz darauf. Stolz auf seine »Findigkeit«. Stolz auf die abstrusesten Dinge. Stolz, dass sein Vater Serge ihm den Namen einer Traubensorte gegeben hatte.

Was für ein Bruder!

Wer war deine Mutter, Audrun?

Putain de collabo.

Wer war dein Vater?
Ein SS-Arschloch.

Sie war zu ihrer anderen Mutter Bernadette gegangen, hatte eine Schere mitgenommen und Bernadette gebeten, den Schweineschwanz abzuschneiden. Und die Mutter nahm sie in die Arme, küsste sie auf den Kopf und sagte, ja, da werde sie sich drum kümmern. Sie würden ins Krankenhaus von Ruasse gehen, und die Ärzte würden alles »sauber und ordentlich« machen. Aber Ärzte seien teuer, und das Leben hier in La Callune sei hart, und sie würde Geduld haben müssen.

Also fragte Audrun geduldig: »Wer war meine andere Mutter, die *collabo*? Ist sie gestorben? Wurde sie verkehrt herum in einem Brunnen aufgehängt, die Füße mit Draht zusammengebunden?«

Bernadette begann zu lachen und zu weinen, beides gleichzeitig, und setzte Audrun auf ihre Knie und schmiegte Audruns Kopf an ihre Schulter. Dann schob sie die Träger ihrer Schürze herunter, öffnete ihre Bluse und zeigte Audrun eine weiße Brust mit der bräunlichen Brustwarze. »Ich bin deine Mutter«, sagte sie. »Ich habe dich gestillt, hier an meiner Brust. Was soll dieser Unsinn mit *collabos*? Die gab es nicht in La Callune, und du darfst das Wort nicht benutzen. Ich bin deine Mutter, und hier, da hast du genuckelt. Fühl mal.«

Audrun legte ihre kleine Hand auf die Brust, die sich weich und warm anfühlte. Nur zu gern hätte sie den Worten ihrer Mutter geglaubt, die tröstlich waren wie Brot, aber Aramon hatte sie gewarnt: »Bernadette wird dich anlügen. Alle Frauen lügen. Sie stammen von Hexen ab. Sogar Nonnen haben Hexen als Mütter. Nonnen lügen über sich selbst, über ihre Keuschheit ...«

Also nahm sie ihre Hand wieder weg, kletterte von Bernadettes Schoß und lief fort.

Doch das ärgerte Bernadette. Sie folgte ihr, nahm sie hoch

und sagte: »Du gehörst mir, Audrun. Mein Mädchen, mein kleiner Schatz. Das schwöre ich bei meinem Leben. Du wurdest an einem frühen Morgen geboren, und ich hielt dich in meinen Armen, und die Sonne schien durchs Schlafzimmerfenster und in meine Augen.«

Audrun stand jetzt vor einem Esskastanienbaum, und, wie in jedem Frühling, rührte sie der Anblick der neuen Blätter. Als sie klein war, hatte ihre Familie die Schweine mit Kastanien gefüttert, und die Haut vom Schweinefleisch bildete immer eine herrlich dunkle, blasige Kruste, und sie schmeckte köstlich, ohne irgendeinen komischen Beigeschmack.

Aber jetzt war eine Krankheit gekommen. *Endothia* hieß sie. Die Rinde der Kastanienbäume riss und rötete sich und fiel ab, und die Äste über den geröteten Wunden verdorrten. Überall in den Cevennen starben die Kastanienwälder. Selbst hier, in Audruns Wald, waren die Anzeichen von *Endothia* nicht zu übersehen. Und die Leute sagten, man könne nichts dagegen tun, es gebe keinen Zauberer, keinen Retter, so wie damals vor langer Zeit, als Louis Pasteur in den Süden nach Alès gereist war und eine Heilmethode für die schreckliche Seidenraupenkrankheit gefunden hatte. Inzwischen war *Endothia* ein Teil des Lebens, jener Teil, der sich unwiderruflich verändert hatte, jener Teil, der alt und krank und von der Zeit verwittert war. Bald würden die Bäume in diesem Wald sterben. Man konnte nichts dagegen tun, außer sie fällen und das Holz im Kamin verbrennen.

Audruns Kate hatte keinen Kamin. Es gab vier »Nachtspeicher«-Heizungen, schwer wie Monolithen. Im Laufe langer Winternachmittage wurden die Heizkörper kühler, wurde die Luft kühler, und Audrun saß einfach nur so da, in ihrem Sessel, eine gehäkelte Decke über den Knien. Sie hatte die Hände im Schoß gefaltet. Und manchmal spürte sie in dieser tiefen, kühlen Stille das Nahen einer *Episode*. Sie näherte sich wie ein Schatten, der sich über sie legte, ein Schatten, der zu keinem

Gegenstand gehörte, aber die Farben aller Dinge im Zimmer annahm. In ihrem Kopf wurde es dann weiß, und die Möbel dehnten und verzogen sich hinter einer Wand aus Glas …

Audrun untersuchte den Stamm der Kastanie. Kein Anzeichen der Krankheit an diesem hier, aber stumm formte sie mit ihren Lippen das gefürchtete Wort: *Endothia*, Kastanienrindenkrebs. Die Luft war so regungslos, dass Audrun ihre eigene tonlose Stimme zu hören glaubte. Dann, im nächsten Moment, bemerkte sie, dass sie nicht allein war, drehte sich um und sah ihn durch den Wald stolpern, so wie er in letzter Zeit immer lief – er, der als Junge so schnell und wendig wie ein indianischer Krieger gewesen war. Er sammelte Holz für den Kamin, packte die heruntergefallenen Äste in eine Art Schlinge auf seinem Rücken, eine Schlinge, die er aus einer alten mottenzerfressenen Decke zusammengeknüpft hatte.

»Aramon.«

Er hob den Arm, als wollte er sie daran hindern, näher zu kommen. »Nur ein bisschen Holz«, sagte er. »Nur ein bisschen Holz für den Kamin.«

Er besaß selbst Bäume, ein dichtes Steineichenwäldchen hinter dem Hundezwinger. Aber er war zu faul, um sich mit der Säge dorthin zu begeben, oder er wusste, dass er seinem Umgang mit der Säge nicht mehr trauen konnte; die Säge würde seine Hand erwischen.

»Nur ein oder zwei Äste, Audrun.«

Sein Haar war schmuddelig und zerzaust, sein unrasiertes Gesicht bleich, fast grau in der hellen Sonne. »Und ich wollte dich fragen –«

»Was fragen?«, sagte sie.

»Ich habe da ein heilloses Durcheinander, oben im Mas. Ich finde gar nichts mehr. Meine *carte d'identité*, meine Brille …«

Sie betrat das Haus kaum noch – jenes Haus, das ihre geliebte Bernadette einst so sauber und ordentlich gehalten hatte. Jetzt stank es derart, dass sie würgen musste. Selbst der Anblick seiner alten Hemden, die vor dem Fenster hingen, um vom Regen gewaschen zu werden ... sie musste sich abwenden, wenn sie das sah. Und sie dachte an Bernadettes Wäschekommode und an all die Laken, Hemden und Unterhemden, weiß wie Zuckerguss und ordentlich Kante auf Kante gefaltet und duftend wie frisch geröstetes Brot.

»Aramon«, sagte sie. »Geh nach Hause. Nimm nur das Anmachholz. Was du gesammelt hast, kannst du behalten, auch wenn du weißt, dass es nicht dir gehört.«

Er lockerte seine provisorische Schlinge, und die Holzstücke fielen ihm vor die Füße, und er starrte sie hilflos an. »Du musst mir helfen«, sagte er. »Es ist kompliziert da oben. Weißt du das?«

»Was meinst du mit ›kompliziert‹?«

»Alles ist total durcheinander geraten. Ich weiß nicht mehr, was was ist. Irgendjemand muss das auseinandersortieren. Bitte ...«

Ihr Blick war hart wie Stein. Sie spürte das Gift, das von ihm ausging, es lag ihr wie eine bittere Beere im Mund.

»Ich gebe dir auch zwei Bantamhühner«, bot er an. »Ich drehe ihnen für dich den Hals um, rupfe sie, nehme sie aus. Du kannst Marianne Viala einladen. Feierst ein nettes kleines Fest. Lässt dir den Klatsch erzählen. *Pardi!* Ich weiß doch, dass ihr Frauen Klatsch liebt.«

»Zwei Bantamhühner für was?«

Er ruckte mit den Füßen, kratzte sich am Hals. Seine Augen, früher so schön, waren immer noch braun und tief. »*Hilf* mir einfach. Bitte, Audrun. Denn ich habe jetzt Angst. Ich gebe es zu.«

»Angst wovor?«

»Ich weiß nicht. Da ist dieses schreckliche Durcheinander, in dem ich lebe. Ich weiß nicht, wo ich die Dinge suchen soll, die ich brauche.«

*K*naben.

Es waren junge Männer Anfang zwanzig, aber im Geiste hatte Anthony Verey sie stets »die Knaben« oder »meine Knaben« genannt. Das hatte ihm Macht über sie verliehen und geholfen, das in Schach zu halten, was ihn, bis vor kurzem noch, zu überwältigen drohte: ihre Schönheit.

Seine Knaben waren meist arm, auf Sozialhilfe oder in unterbezahlten Jobs, versuchten in London zu überleben, versuchten erwachsen zu werden. Er nahm sie mit in seine exquisit eingerichtete Wohnung über dem Laden in der Pimlico Road. Er liebte das Aufregende daran – ein armer Fremder in seinem Bett. Dann brachte er sie nach unten und zeigte ihnen im Schummerlicht seine *Lieblinge*. Ließ sie die *Lieblinge* spüren, anfassen, riechen. Ließ sie Wissen, Sicherheit, Behaglichkeit, Status, Geld riechen. Bleiben ließ er sie jedoch nie. Er bezahlte sie anständig, schickte sie aber stets ohne irgendein Versprechen auf weitere Besuche weg, denn die Vorstellung, sie könnten sich, nur weil er älter, weil er beinahe *alt* war, einbilden, er würde sich zum Sklaven ihrer Männlichkeit und Jugend machen, ertrug er nicht.

Doch es gab nun schon seit langer Zeit keine »Knaben« mehr in Anthonys Bett. Das Verlangen nach ihnen hatte sich klammheimlich verflüchtigt. Der einzige Knabe, der Anthony noch besuchte – in seinen Träumen und in jenen leeren Zeiten, wenn er hinten in seinem Laden saß und keine Kunden kamen –, war der Knabe, der er einst selbst gewesen war.

Er wusste, dass das erbärmlich war, eine sentimentale Niederlage, aber er konnte es nicht ändern. Er wäre einfach schrecklich gerne wieder jener kleine Junge gewesen, der mit seiner Mutter Lal zusammen die Regenbogenfarben bestaunt, die die Sonne in die Bonbonniere auf dem Esszimmertisch in ihrem

Haus im Hampshire zaubert, während sie beide hingebungsvoll Silber putzen und draußen im Garten ein weiterer langer, ungetrübter Sommer der 1950er Jahre langsam vorübergeht.

Es war mehr als erbärmlich. Anthony verriet niemandem, nicht einmal seiner Schwester Veronica (oder »V«, wie er sie stets nannte), etwas von seiner Sehnsucht, wieder das Kind von damals zu sein. Denn allem Anschein nach kam V – drei Jahre älter als er – hervorragend mit ihrem Leben zurecht, bewegte sich noch immer unbeirrt vorwärts, steckte voller Pläne und Projekte und hing kaum alten Erinnerungen nach. Wenn er gestanden hätte, dass er davon träumte, wieder im alten Esszimmer in Hampshire zu sitzen und mit Lal Silber zu putzen, wäre V ihm streng gekommen. »Um Gottes willen, Anthony. Ausgerechnet Silber putzen! So eine sinnlose Arbeit! Hast du vergessen, wie schnell es wieder anläuft?«

Lal und ihn selbst hatte das nie gestört. Wenn es wieder schwarz wurde, putzten sie es einfach von neuem. Manchmal sangen sie dabei, Lal und er, in vollkommener Harmonie. Während V entweder auf ihrer Fuchsstute Susan souverän über die Felder galoppierte oder in ihrem Zimmer hockte und, mit der Nase in ihrem Lieblingskunstbuch *Wie man Bäume zeichnet*, Bleistiftskizzen anfertigte, sangen sie Schlagermelodien.

»The boat's in! What's the boat brought in?
A vio-lin and lay-ay-dy!«

Der silberne Gegenstand, den Anthony damals am allermeisten bewunderte, war eines von Lals Sahnekännchen. Vorsichtig ertasteten seine Finger die komplizierten Schnörkel des Henkels, die eingravierten zarten Blattranken am Kannenbauch. »O ja, das ist ein Schätzchen«, hatte Lal gegurrt. »Georgianisch. Um 1760, glaube ich. Reizende kleine Hufe als Standfüße. Hochzeitsgeschenk für Pa und mich. Du kannst es haben, wenn ich tot bin.«

Damals, in jenem Haus, hatte es noch hundert andere Gegenstände gegeben, die den Jungen begeisterten. Schön war es, einen durchbrochenen silbernen Tortenheber an die Wange zu pressen, die raffinierte silberne Spargelzange zu öffnen und zu schließen. O ja, und die Großvateruhr in der Diele schlagen zu hören (»William Muncaster, Whitehaven, 1871). Ihre Gongschläge verband er für immer mit seinen Schulferien – entweder mit einem weißen Weihnachtsbaum im Dezember oder mit einer Vase voller Wicken im Juli und einer langen, seligen Zeit ohne Latein und Rugby. Lal beobachtete ihn immer, wenn er die Uhr schlagen hörte, betrachtete ihn mit ihren himmelblauen Augen und berührte sein Gesicht mit der Hand, die im Silberputzhandschuh steckte. »Ich finde es so entzückend«, sagte sie oft, »wie du die Muncaster liebst.«

Dann lächelte er und schlug ein weiteres Lied vor, damit sie nicht merkte, dass er gleich würde kichern müssen, weil sie, die aus Südafrika nach England gekommen war und immer noch mit einem Akzent sprach, der die Vokale flach klingen ließ und zahlreiche Wörter eigenartig, fast peinlich verzerrte, das Wort »entzückend« benutzte.

Anthony glaubte, dass Lal seine Sehnsucht, wieder ein Kind zu sein, verstanden hätte. Denn er erinnerte sich, wie sie in den letzten fünfzehn Jahren ihres Lebens mit den Gedanken ziemlich häufig nach Hermanus zurückgekehrt war, wo ihre Eltern eine Villa mit Blick aufs Meer besessen hatten und wo die Mahlzeiten im südafrikanischen Sommer auf einer riesigen Veranda von schwarzen Dienern (»houseboys«) serviert worden waren. Sie hatte Anthony anvertraut, inzwischen habe sie England, ihre Adoptivheimat, zwar auch lieben gelernt, »aber ein Teil von mir ist in Südafrika geblieben. Ich kann mich noch an die afrikanischen Sterne erinnern. Ich erinnere mich an die Zeit, als ich kleiner war als eine Cannalilie.«

Anthony saß an seinem Schreibtisch, während sich langsam die Dämmerung über Chelsea senkte, und starrte auf sein Adressbuch. Er überlegte, ob er heute Abend wohl mutig genug sein würde, um einen der »Knaben« anzurufen. Ohne Begeisterung blätterte er in den Seiten des Büchleins, las Namen und Telefonnummern: Micky, Josh, Barry, Enzo, Dave ...

Sie reizten und lockten ihn. So hungrig, kraftvoll und wild, wie sie alle waren, schienen sie ihm lebendiger, als er jemals gewesen war. Der Letzte, mit dem er sein Bett geteilt hatte, war der Italiener gewesen, Enzo mit den ernsten Augen und dem reizenden Schmollmund. Er hatte ein teures Hemd getragen, aber seine Schuhe waren staubig und abgelaufen. Er hatte seinen Schwanz vorgeführt, ihn zur Bewunderung *präsentiert*, ihn wie ein dickes Tau in den Händen gehalten, als böte er ihn auf einer Auktion an.

Dann hatte der Knabe Anthony Schweinereien ins Ohr geflüstert, eine endlose, leise, pornografische Litanei. Anthony hatte zugehört und zugeschaut. In seinem Schlafzimmer herrschte gedämpftes bernsteinfarbenes Licht, und der Körper des Knaben wirkte seidig und golden, genau so, wie es Anthony gefiel, mit einem fetten, fast weibischen Hintern.

Er legte die Arme um Enzo. Er berührte seine Brustwarzen, streichelte seine Brust. Und schon spürte er es, das erste heiße Verlangen, doch dann wechselte der verdammte Monolog über ins Italienische und sagte Anthony gar nichts mehr, irritierte ihn nur noch, und er befahl Enzo, aufzuhören, aber der Junge hörte nicht auf, er war eine Diva der Schweinereien, ein Pornografieverkäufer, und er machte immer weiter.

Die Dinge, die wir tun ...

Die verzweifelten Dinge ...

Enzo lag auf dem Bett. Anthony kniete. Er war immer noch nicht hart. Aber er dachte, der fette Arsch würde es schaffen, wenn er sich darauf konzentrierte, ihn streichelte und knetete, das Fleisch teilte ... Aber nein, was er plötzlich nur noch ganz dringend wollte, war, ihn schlagen. Den italienischen Jungen verletzen. Sich selbst verletzen. Weil es so mies, so jämmerlich war, dieses Herbeischaffen von Jungen – nur, weil er sich selbst beweisen wollte, dass er als Mann noch lebendig war. Es war lächerlich. Er entfernte sich vom Bett, zog seinen Morgenmantel über, sagte zu Enzo, er solle aufstehen und gehen. Bezahlte ihm die verabredete Summe, steckte sie in die Tasche von Enzos Lederjacke, und der Junge verließ das Zimmer, schmollend und beleidigt. Anthony hatte später lange in seiner Küche gesessen, hatte regungslos dagesessen und auf das Summen des Kühlschranks und den Straßenverkehr gehorcht und gemerkt, dass er nichts fühlte; gar nichts außer Zorn.

Jetzt legte er das Adressbüchlein beiseite. Bei dem Gedanken an einen Jungen – irgendeinen Jungen – in seinem Bett fühlte er sich müde. Für seinen Körper war es schwierig genug, mit den ganz gewöhnlichen Dingen des Alltags zurechtzukommen. Das Kreuz tat ihm weh vom stundenlangen Sitzen in seinem Laden. Schon von einem Fußmarsch bis Knightsbrigde bekam er wunde Füße. Seine Augen waren so schnell schwächer geworden, dass er seine eigenen Preisschildchen kaum noch lesen konnte, selbst mit der Brille nicht. Wieso um Himmels willen kam er dann auf die Idee, er könnte plötzlich in Ekstase geraten, könnte von der Liebe überrascht werden?

Er kam deshalb auf diese Idee, weil er irgendetwas finden musste, das es ihm ermöglichte, weiterzumachen, durchzuhalten. Und womit ließe sich die Zukunft besser ausstaffieren als mit irgendeiner Art von Liebe?

Anthony rieb sich die Augen, goss sich ein Glas trockenen Sherry ein und nahm einen Schluck. Er stand auf und wanderte in dem fast vollständig dunklen Raum zwischen seinen *Lieblingen* umher. Er streichelte sie im Vorübergehen, streckte die Hand immer wieder aus. Er wusste, dass er sich im Moment keine irgendwie geartete Zukunft ausmalen konnte. Alles, was er vor sich sah, alles, was ihn – den einst gefeierten Anthony Verey – erwartete, war ein langsamer und einsamer Niedergang.

Er dachte an Lals Grab in Hampshire und an die Buche in dessen Nähe. Er sehnte sich nach dem Klang von Lals Stimme, nach dem Gefühl eines gewissen silbernen Tortenhebers an seiner Wange.

Er verweilte bei dem goldgerahmten Stich eines italienischen Gartens (»*Li Giardini di Roma*, eine der 30 Tafeln von de Rossi nach den Originalen des Giovanni Battista Falda, 1643-1678«). Er starrte lange auf die adretten Alleen, die ordentlich angelegten Gärten und die glücklichen sepiafarbenen Menschen, die dort, vor sanften Hügeln im Hintergrund, heiter lustwandelten.

»V«, sagte er laut. »Ich brauche Hilfe. Und ich fürchte, du, mein Herz, wirst es sein, die mich retten muss.«

*V*eronica Verey war Gartenarchitektin. Ihr jüngstes, noch nicht abgeschlossenes Projekt war ein Buch über Gärten in Südfrankreich. Der Arbeitstitel des Buches lautete *Gärtnern ohne Regen*.

Veronica wohnte mit ihrer Freundin Kitty in einem schönen alten Feldsteinbauernhaus namens »Les Glaniques«, in einem jener Dörfer südlich von Anduze in der Region des Gard, wo das 21. Jahrhundert bisher noch nicht angekommen zu sein schien und wo Veronica ihr Leben in einer gewissen robusten Zufriedenheit lebte. Sie wurde allmählich dick (in ihren Mädchenzeiten hatte man beide, sie und ihr Pony Susan, als »stämmig« bezeichnet), aber das störte sie ebenso wenig wie Kitty. Sie gingen einfach gemeinsam auf den Markt in Anduze und kauften sich Sachen, die eine Nummer größer waren.

Kitty, das einzige Kind trauriger Eltern, die ihr Leben lang versucht hatten, an der Küste von Norfolk ein Gästehaus in Schwung zu bringen, war Aquarellmalerin, konnte damit jedoch kaum ihren Lebensunterhalt bestreiten und brachte sich, hingerissen vom Licht in diesem Teil Südfrankreichs, jetzt das Fotografieren bei. Kitty hoffte, das gesamte Bildmaterial für Veronicas Werk beisteuern zu können. In ihren Tagträumen sah sie schon den aufregenden Buchumschlag, mit ihren beiden Namen nebeneinander:

GÄRTNERN OHNE REGEN
von
Veronica Verey und Kitty Meadows

Kitty hatte das Gefühl, dass sie viele Jahre so etwas wie ein Niemand gewesen war, ein wässeriges Nichts, bis sie Veronica begegnete. Ihre stille Zurückhaltung und ihre Selbstverleugnung waren Wesenszüge, die aus ihrer Kindheit stammten, als man sie ständig anhielt, sich bloss nicht vor den Gästen zu zeigen. Erst jetzt, mit Ende fünfzig, nahm sie sich selbst wahr. Sie liebte Veronica, und Veronica liebte sie, und gemeinsam hatten sie das Haus gekauft und ihren aussergewöhnlichen Garten angelegt, und deshalb hatte Kitty Meadows nun das Gefühl, als fange sie noch einmal von vorn an und fange es diesmal besser an. In einem Alter, in dem viele ihrer Freunde längst klein bei- oder aufgegeben hatten, versuchten Kitty und Veronica einen neuen Start.

Das Haus lag einen knappen Kilometer vom Dorf Sainte-Agnès-la-Pauvre entfernt. Von der Westterrasse sah man die Cevennen mit ihren herrlichen blaugrünen Faltungen, dem Baumbestand, so dicht wie Regenwald. Die Augenblicke, die sie auf dieser Terrasse verbrachte, Wein und Oliven genoss, den Schwalben zuhörte und in den blendenden roten Sonnenuntergang schaute, waren, wie Kitty Meadows fand, mit nichts in ihrem Leben zu vergleichen. Sie suchte eine passende Beschreibung, und das Wort, für das sie sich entschied, war *absolut*. Doch selbst das fing nicht ganz ein, was sie empfand. Eines Abends sagte sie zu Veronica: »Ein Teil von mir würde am liebsten auf der Stelle sterben, so schön ist es.«

Veronica lachte. »Dann sag diesem Teil, er soll die Klappe halten«, erklärte sie.

Sie wussten beide, dass die Schönheit geborgt war: der Anblick der Berge und selbst die Sonnenuntergänge und die hell leuchtenden Sterne. Irgendwo wussten sie, dass all dies ihnen nicht gehörte. Denn wenn man sein eigenes Land verliess, wenn man es sehr spät verliess und seine Zelte in einem Land aufschlug, das anderen gehörte, hatte man das ständige Gefühl, ein unsichtbares Gesetz zu brechen, die ständige, irrationale Angst, eines Tages würde der »rechtmässige Besitzer« auftauchen und einem alles streitig machen. Man würde aus dem Land vertrieben – zurück nach London oder Hampshire oder Norfolk oder wo immer man ein legitimes Bleiberecht beanspruchen konnte.

Die meiste Zeit dachten sie nicht darüber nach, nur, wenn sie plötzlich zum Gegenstand höhnischer Verachtung wurden, wenn ein paar Jugendliche im einem Café in Anduze sie als *putains de rosbifs* verspotteten oder wenn sie an die Zeit zurückdachten, als der Bürgermeister von Sainte-Agnès-la-Pauvre sie des »Diebstahls« von Gemeindewasser beschuldigte.

Wasser.

Dem Garten zuliebe waren sie zu verschwenderisch damit umgegangen, hatten die Verfügungen über den Einsatz von Gartenschläuchen bis an die Grenzen strapaziert. »Sie benehmen sich, als wären Sie als Ausländerinnen nicht dem Gesetz verpflichtet«, sagte der Bürgermeister, »oder Sie tun so, als würden Sie es nicht verstehen.«

Veronica wurde genauso wütend wie damals, als sie mit Susan bei einem dreitägigen Wettkampf rausgeflogen war, weil sie beim Hürdenparcours eine Kurve geschnitten hatte. Sie protestierte. Das sei nicht wahr, sie würden das Gesetz sehr wohl kennen und hätten sich genau daran gehalten, indem sie nie vor acht Uhr abends gegossen hätten. »Sie haben sich an die Buchstaben des Gesetzes gehalten – so gerade eben –, aber Sie haben seinen Geist nicht erfasst. Die Leute haben gehört, wie Ihre Rasensprenger mitten in der Nacht rotierten.«

Das stimmte. Nach dem Abendessen lauschten sie gern dem Geräusch der Rasensprenger. Es war wie eine schlichte kleine Musik, bei der sie sich das durstige Gras vorstellten, das diese Musik dankbar aufnahm.

Jetzt saßen sie auf der Terrasse, schwiegen, in stillem Kummer versunken, und starrten so lange auf ihre geliebten Blumenrabatten, bis die weißen Blüten der japanischen Anemone die einzigen hellen Punkte in der violetten Dämmerung waren. Veronica sagte: »Tja, ich fürchte, dieser Garten wird nichts werden. Die Hälfte der Gärten, die ich hier unten angelegt habe, werden wohl nichts. Ich fürchte, es war alles vergebens. Aber wie soll man auch ohne Regen gärtnern?«

Das war jetzt die Frage, ihre einzige: Wie kann man einen Garten am Leben erhalten, wenn es so selten regnet?

Kitty erhob sich und marschierte auf und ab. Dann sagte sie: »Es gibt Möglichkeiten, an Wasser zu kommen und es auch zu speichern, an die wir noch nicht gedacht haben. Und wir müssen jeder einzelnen nachgehen. Wir müssen einfach eine bestimmte Menge an Technik zulassen.«

Eines der vielen Dinge, die Veronica an Kitty schätzte, war ihr praktischer Sinn. Sie selbst war ungeschickt, ließ sich häufig durch die Funktionsweise von Dingen in der modernen Welt verwirren; Kitty war systematisch, ruhig und einfallsreich. Sie konnte kaputte Sachen in Ordnung bringen. Sie konnte einen Rasenmäher reparieren und eine Lampe neu verdrahten.

Und so war es dann auch Kitty, die sich an die Lösung des Wasserproblems machte. Sie sorgte dafür, dass der Brunnen gereinigt und saniert wurde, und kaufte eine neue Pumpe, die Wasser neun Meter hoch fördern konnte. Sie brachte die Arbeiten an einem zweiten Brunnen auf den Weg. Sie ließ neue Regenrinnen und unterirdische Rohre installieren, durch die das Regenwasser in ein neues Beton-*Bassin* unter den Obstbäumen lief. Durch ein neues Leitungssystem floss das Badewasser in grüne Plastikfässer. Kitty und Veronica bedeckten jeden Zentimeter unbepflanzter Erde mit einer dicken Mulchschicht. Sie gruben die durstigen Anemonen wieder aus und ersetzten sie durch Feigenkaktus und Agaven. Und als die schweren Herbstregen kamen, stellten sie gewissenhaft Schubkarren und Eimer und Schüsseln auf den Rasen und kippten jeden überzähligen Tropfen ins *Bassin*. Und wie um sie für all das zu entschädigen, war der folgende Sommer kühl und feucht, fast wie ein Sommer in England, und das neue *Bassin* war bis zum Rand gefüllt. Sie luden den Bürgermeister zu sich nach Hause, tranken Pastis mit ihm, führten ihn durch den Garten und zeigten ihm das Ergebnis ihrer Anstrengungen. Das schien ihn zu amüsieren: die ganze Mühe für ein Stück Land, auf dem nicht einmal ernsthaft Gemüse angebaut wurde!

A quoi sert-il, Mesdames?
A rien, Monsieur. Mais, c'est beau.

Aber es war klar, dass ihnen vergeben worden war. Und nach jener Nacht verkündete Veronica dann auch, sie werde mit einem Buch beginnen und habe auch schon den perfekten Titel dafür: *Gärtnern ohne Regen*.

»Engländer glauben, Gärtner machten auf der ganzen Welt dasselbe«, sagte sie. »In Indien, in Spanien, in Frankreich, in Südafrika, einfach überall – aber das stimmt nicht. Und deshalb möchte ich herausfinden, wie es hier in dieser Landschaft am besten funktioniert. Ich werde ganz systematisch vorgehen, mit verschiedenen Sorten experimentieren. Schauen, was überlebt und was eingeht, sofern man es nicht mit Tonnen von Gemeindewasser hätschelt. Das Projekt wird langwierig sein, aber was soll's? Mir gefällt es, wenn die Dinge dauern.«

Diese ersten Frühlingstage in Sainte-Agnès waren warm. Drei oder vier Grad wärmer als in La Callune, in den Bergen, wo Aramon Lunel Brennholz von seiner Schwester geschnorrt hatte, sieben oder acht Grad wärmer als in London, wo ein leichter Regen auf Chelsea fiel. Kitty trug ihre Staffelei nach draußen und arbeitete an einem zarten Aquarell mit Mimosenblüten. Sie saß in einem verschlissenen Segeltuchsessel, der sie schon ihr halbes Leben begleitete. Wenn sie die Augen schloss, konnte sie manchmal das Schreien der Seevögel hören, die sie vor langer Zeit in Cromer zu malen versucht hatte, schon damals in diesem bequemen, ausgeleierten Sessel.

»Immer am Kritzeln!«, hatte ihr Vater ständig geklagt. »Als hinge dein Leben davon ab.« Aber es *hatte* davon abgehangen. Das hatte Kitty Meadows die ganze Zeit gespürt, während ihre Kindheit und Jugend langsam vergingen, und auch später, als sie halbtags in einem Postamt, einer Drogerie und schließlich in einer Bibliothek arbeitete. Glücklich war sie nur dann gewesen – zumindest erschien es ihr jetzt so –, wenn sie draußen im

Freien war, unter dem weiten, leeren Himmel, mit ihrem Skizzenbuch und den Farben, dem salzigen Wind, den wandernden Dünen und dem wunderbaren Licht. Das Malen hatte sie gerettet. Es hatte ihr die Flucht in ein schöneres Leben ermöglicht. Und es hatte sie, nach endlosen Jahren des Wartens, in die Arme einer Frau geführt, die sie lieben konnte.

Jetzt sah sie, wie Veronica über die Terrasse in den Garten kam. Ihre Freundin machte ein Gesicht, das Kitty sofort zu deuten wusste: das Kinn stramm vorgeschoben, die Stirn gerunzelt, die Augen besorgt zusammengekniffen. Für Kitty wurde sie dadurch zur »absoluten Verey«. »Ihre« Veronica – alles, was sie an ihr mochte, war plötzlich verschwunden.

Kitty wusch ihren Pinsel aus, blickte aber weiter auf den von der Sonne beschienenen fantastischen Mimosenzweig. Sie wusste, dass sie für Veronicas Familie ein Niemand war, nur »diese Freundin von V, diese kleine Aquarell-Frau«. Sie musste sich anstrengen, um sich nicht wieder in Unsichtbarkeit aufzulösen. Sie sah zu Veronica hoch und sagte, so sanft sie konnte: »Was ist los, Liebes?«

Veronica fischte eine Zigarette aus der Tasche ihrer Gartenschürze und zündete sie an. Sie rauchte nur, wenn sie beunruhigt oder traurig war. Erregt lief sie hin und her und zog umständlich an ihrer Gitane.

»Es geht um Anthony«, sagte sie schließlich. »Nach meinem Anruf gestern konnte ich vor lauter Sorge nicht schlafen, er klang so furchtbar. Er hat dann zurückgerufen, Kitty. Und meine Sorge war berechtigt. Er sagt, er fühlt sich … erledigt. Er sitzt den ganzen Tag in seinem Laden, und niemand kommt. Stell dir das doch bloß vor! Da wartet man, mutterseelenallein, und niemand kauft was. Er sagt, das Ganze ist vorbei.«

Und da fiel er Kitty wieder ein, und sie bekam sofort Kopfschmerzen, jener kurze Blick, den sie einmal in Anthony Vereys Schatzhaus geworfen hatte. So viel Holz und Marmor und Gold und Glas, all das gedrechselte Dies-hier und friesförmige Das-da – ein prinzlicher Vorrat an unbezahlbarem Zeug in der Pimlico Road, das er seine *Lieblinge* nannte oder ähnlich albern-sentimental. Wie konnte solch ein Berg von teuren Objekten »erledigt« sein?

»Das verstehe ich nicht«, sagte sie.

»Ich weiß. Das ist auch schwer zu verstehen«, sagte Veronica. »Er hat immer haufenweise Geld verdient. Aber es läuft nicht mehr. Ich glaube, inzwischen scheuen sogar die Reichen vor Chippendale zurück.« Veronica trat die Zigarette aus und legte ihren schweren Arm auf Kittys Schulter. »Ich weiß, dass er verwöhnt ist«, sagte sie. »Ich weiß auch, dass er kein einfacher Gast ist. Aber er ist mein Bruder, und er ist in Schwierigkeiten, und er möchte kommen und bei uns wohnen. Nur für eine Weile. Deshalb habe ich ja gesagt. Du wirst doch nett zu ihm sein, oder?«

Was sollte Kitty schon sagen? Sie griff nach Veronicas Hand. Eigentlich wollte sie fragen: Wie lange dauert »eine Weile«? Doch selbst das kam ihr zu egoistisch vor. Und Kitty kannte keine Grenzen – fast keine – für das, was sie für Veronica zu tun bereit war.

»Natürlich«, sagte sie brav.

Aus dem Gästezimmer blickte man gen Osten, über den kleinen Obstgarten und weiter zu den Feldern mit den Aprikosenbäumen und den Rebstöcken. Der Fußboden des Zimmers war weiß gefliest, es gab ein Kastenbett und einen wackeligen schmiedeeisernen Beistelltisch. Die Balken waren magentafarben gestrichen.

Für Anthony räumte Veronica aus dem Walnussholzschrank die Wintersachen, die sie beide dort aufbewahrten, bezog das Bett mit weißer Baumwollbettwäsche, beseitigte die Spinnweben mit Hilfe des Staubsaugers, ölte die Fensterladenscharniere und putzte das Badezimmer. Kritisch betrachtete sie schließlich das Ergebnis ihrer Mühen. Sie sah die Zimmer mit Anthonys

Augen: zu schlicht, zu schmucklos und zu schäbig und die Balken mit einer albernen Farbe verschandelt. Aber daran ließ sich nun nichts mehr ändern. Wenigstens der Blick aus dem Fenster war unbestreitbar schön.

Anthony hasste Flugzeuge. Seinetwegen konnte man die Billigflieger gern vom Himmel schießen. Er sagte, er werde den Zug nach Avignon nehmen und dort einen Wagen mieten.

Er bestand darauf, ihnen Earl-Grey-Tee und Marmite mitzubringen, auch als Veronica ihm erklärte, sie brauchten diese Dinge nicht. Er sagte, er sei »unendlich dankbar«. Er sagte, er sei sicher, die Luft des Südens werde die Dinge für ihn klären.

Inwiefern denn klären?, fragte Kitty sich im Stillen, sagte es aber nicht laut. Für sie war Anthony Verey seit jeher ein Mann, für den alles immer schon klar, entschieden, beurteilt, kategorisiert, passend eingeordnet und etikettiert war. Was gab es denn da, in einem so offensichtlich ichbezogenen Leben, noch zu begreifen?

Langsam und vorsichtig ging Audrun hoch zum alten Haus, achtete genau auf jeden Schritt, auf alles, was da war, und auf alles, was vielleicht da war …

Man konnte nie genau sagen, was Aramon im Sinn hatte. Einmal hatte er seinen alten Fernseher rausgeworfen und sich einen neuen, groß wie ein Schrank, gekauft. Und im letzten Winter hatte er sich einen Berg Sand liefern lassen, aber nicht gesagt – anscheinend auch nicht gewusst –, wozu der Sand gut sein sollte. Längst hatte sich Unkraut in der verdichteten, wegsackenden Masse angesiedelt; der Sandhaufen und der kaputte alte Fernseher lagerten Seite an Seite im Gras, im Januar schneite es darauf, im Frühling fegten die warmen Brisen darüber hinweg, und Aramon lief einfach daran vorbei. Manchmal konnte Audrun beobachten, wie die Hunde ihr Geschäft in dem Sandhaufen erledigten oder das Bein am Fernseher hoben. Weshalb der Schirm inzwischen gelblich wirkte, streifig gelb, und manchmal, wenn ein Sonnenstrahl darauf fiel, sah es aus, als versuchte ein alter Fernsehansager, mit seinem flackernden Signal durchzukommen.

In Audruns Kindheit hatte Mas Lunel eine U-Form. Aber jetzt war von dem ganzen Gebäude nur noch der untere Teil des Us übrig. Die Dächer der beiden Seitenflügel, in denen einst das Vieh untergebracht, Korn gelagert und Seidenraupen gezüchtet worden waren, waren in den Stürmen der 1950er Jahre stark beschädigt worden, und Serge, der Vater, hatte erklärt: »Gut. Jetzt können wir uns dort an die Arbeit machen.«

Wie Bernadette Audrun erzählt hatte, glaubte sie damals, »an die Arbeit machen« hieße, die Flügel wieder restaurieren, die Risse in den Wänden füllen, etwas gegen die Feuchtigkeit tun, die Ziegelböden erneuern, neue Türen und Fenster einsetzen. Aber nein, Serge begann, die beiden Gebäudeteile abzureißen. Er nahm die alten Tonziegel vom Dach, stapelte sie in seinem Leiterwagen, fuhr auf der alten, mit Schlaglöchern übersäten Landstraße nach Ruasse und verkaufte sie an einen Baustoffhändler unten am Fluss. Dann pickelte er den grauen Putz von den Wänden der beiden Flügel von Mas Lunel und brach die Steine heraus. Stolz erzählte er seinen Nachbarn, den Vialas und den Molezons, dass Steine sein »Erbe« seien, und jetzt – in der Nachkriegszeit, wo niemand mehr etwas zum Verkaufen habe – würde er damit, mit dem Verkauf von Steinen, ein Vermögen machen.

Verkauf von Steinen.

Bernadette hatte Serge angefleht: »Zerstör das Haus nicht, *pardi*! Damit machst du uns arm.«

»Ich mache uns nicht arm«, sagte er. »Ihr Frauen versteht einfach nicht, wie die Welt funktioniert. Ich mache uns reich.«

Aber sie wurden nie reich. Jedenfalls merkte niemand etwas davon. Vielleicht hatte Serge das Geld ja irgendwo versteckt? In einem alten Düngemittelsack? In einem Loch in der Erde?

In der Erde waren immer noch die geisterhaften Umrisse des ehemaligen Ost- und Westflügels von Mas Lunel zu erkennen. Es war ein prächtiges Gehöft gewesen, ein echtes Cévenoler Mas, mit genügend Raum für alle und alles – sämtliche Maschinen waren vor Regen geschützt, alle Tiere fanden im Winter Schutz, und ganz oben waren die *magnaneries*, die Dachböden, wo Jahr um Jahr die Seidenraupen gezüchtet wurden, wo sie gewaltige Mengen Maulbeerblätter vertilgten und ihre Kokons spannten, um anschließend zur letzten *filature* in Ruasse gebracht zu werden, wo man sie lebendig kochte und die kostbare Seide auf Spulen wickelte.

Audrun konnte sich noch gut an die alten *magnaneries* im Mas erinnern, an den Geruch dort oben, wenn man die Treppe hinaufstieg und die kühlen, gut durchlüfteten Räume betrat, und an das Geräusch der dreißigtausend Raupen, die an den Blättern kauten, was wie Hagel auf dem Dach klang.

»Es war eine schreckliche Arbeit«, hatte Bernadette ihr erzählt. »Eine schreckliche, schreckliche Arbeit. Man musste jeden Tag riesige Berge Maulbeerblätter sammeln. Und wenn es geregnet hatte und die Blätter durchweicht waren, dann wusste man, eine Menge Raupen würden sterben, weil sie von der Feuchtigkeit irgendeine Darmkrankheit bekamen. Aber dagegen konnte man nichts machen. Man konnte nur jeden Morgen die toten Raupen raussammeln und weitermachen. Und der Gestank da oben von den toten Raupen und all den grässlichen Ausscheidungen war einfach grauenhaft. Manchmal hat es mich regelrecht gewürgt. Ich hasste diese Arbeit, ich hasste alles daran.«

Und doch hatte sie diese Arbeit klaglos verrichtet. Immer noch hing an der Wand von Audruns kleinem Wohnzimmer eine Fotografie, auf der Bernadette einen Korb mit Seidenkokons im Schoß hielt, mit einem Gesicht, das keine Spur von Wut oder Ekel verriet. Da lächelte nur ein müdes, hübsches Erntemädchen nach getaner Arbeit. Das Foto war verblichen und vergilbt, aber über dem Weiß der Seidenkokons lag immer noch ein letzter Abglanz von Licht.

Alle französische Seide kam heutzutage aus Fernost. Was einst ein blühendes Gewerbe gewesen war, das Tausende Familien im Cévenol ernährt hatte, war in den 1950ern zum Erliegen gekommen. Als Serge die Steine von Mas Lunel verkaufte, hatte er schon gewusst, dass es vorbei war. Die hölzernen Brutgestelle wurden kleingehackt und verfeuert. Die letzte *filature* in Ruasse wurde abgerissen. Und obwohl Bernadette die Wut ängstigte, mit der Serge die zwei Flügel des U-förmigen Mas Lunel zerstört hatte, seufzte sie doch erleichtert auf, als die *magnaneries* endgültig verbrannt und verschwunden waren. Zu Audrun sagte sie: »Als das vorbei war, schlief meine Seele ruhiger.«

Aramon schlief im selben Bett, in dem Bernadette gestorben war. Auf derselben Matratze. Im Bettzeug, das einst ihr gehört hatte.

Audrun ging sehr ungern in dieses Zimmer, wo er die Erinnerung an ihre Mutter derart beschmutzte. Ihr Bruder hatte Bernadette nie so geliebt wie sie, Audrun. Er hatte seine Mutter das ganze Leben lang mit seinen Unverschämtheiten genervt und gequält, und als sie dann starb, hatte er nur ausdruckslos den Leichnam angeschaut und irgendetwas gekaut – vielleicht Tabak oder Kaugummi oder sogar ein Maulbeerblatt. Denn so war er, wie eine Seidenraupe mahlte er Tag und Nacht mit seinem Kiefer auf etwas herum, und seine Augen blickten leer.

Nur widerstrebend hatte Audrun ihre Hilfe zugesagt und sich bereit erklärt, das Haus aufzuräumen und nach den Dingen zu suchen, die ihm abhanden gekommen waren.

Während er die versprochenen Bantamhühner schlachtete, suchte sie zwischen all dem Krempel und Müll nach seiner Brille und seinen Ausweisen. Sie stopfte seine dreckigen Sachen in zwei Kissenbezüge, um sie bei sich in der Kate zu waschen und an der Leine von Sonne und Wind trocknen zu lassen. Sie fand keine saubere Bettwäsche zum Beziehen, ließ das Bett deshalb, wie es war, und legte die alten Decken und das Federbett in das geöffnete Fenster zum Lüften. Sollte er sich doch die ganze Nacht lang kratzen. Das kümmerte sie nicht.

Sie tränkte einen Lappen mit Essig und putzte die Fensterscheiben. Sie fegte und wischte den Holzboden, trug den Teppich in den Garten und schlug ihn immer wieder gegen einen alten Maulbeerbaum. Und während sie den Teppich ausklopfte, hörte sie die Hunde in ihrem Zwinger losheulen. Und so ging sie nachschauen, ob Aramon sie ordentlich versorgte oder einfach verhungern ließ.

Und auf dem Weg zum Hundezwinger blickte Audrun am Haus hoch, und da entdeckte sie dann auch den Riss in der Mauer. Es war ein gewaltiger Sprung in der Feldsteinwand. Er begann direkt unter dem Dach, gabelte sich wie ein Blitz, lief um einen Fenstersturz herum und verengte sich dann auf dem Weg zur Tür.

Audrun blieb stehen und starrte nach oben. Wie lange gab es den Riss dort schon?

Die Vorstellung, dass Dinge vielleicht schon lange existierten, ohne dass man sie wahrnahm, verwirrte sie. Hatte sie schon hundertmal auf diesen Blitzstrahl in der Stirnwand von Mas Lunel geschaut und ihn nie gesehen – jedenfalls bis jetzt nicht? Das Hundegebell wurde lauter. Der immer noch staubige Teppich in ihren Armen kam Audrun schwer wie eine Leiche vor. Sie ging langsam weiter.

Und sie musste an die Männer denken, die ihre Kate gebaut hatten, sah sich wieder zusammen mit ihnen auf dem steinigen Boden zwischen den gerade gelieferten Gipskartonplatten sitzen, während der Camembert, den die Bauarbeiter mittags aßen, in der Sonne reifte, und hörte sie wieder sagen, dass überall in den Cevennen Risse in den Mauern alter Feldsteinhäuser auftraten. Je höher die Häuser, desto tiefer die Risse.

Und keiner wisse, wieso, sagten die Männer. Diese Häuser waren gebaut, um der Zeit zu trotzen. Aber sie konnten der Zeit nicht trotzen. Die Zeit, so schien es, zerstörte alles in immer größerem Tempo, einem Tempo, das niemand sich jemals hätte vorstellen können.

»Glauben Sie, Mas Lunel kann einstürzen?«, hatte sie die Bauarbeiter gefragt. Und alle hatten sich umgedreht und zu dem mächtigen Trumm von Haus hochgeschaut, das tief in seinem bewaldeten Hügel verankert war und so solide wirkte wie eine *caserne*. »Nicht das da«, sagten sie und schüttelten ihre Köpfe. »Das da wird uns alle überleben.«

Audrun hatte nichts gesagt. Sie hatte einfach zugeschaut, wie die Männer sich den fettigen Camembert auf ihr Baguette strichen und Brot und Käse in großen Stücken in den Mund schoben. Aber heimlich glaubte sie, dass die Männer sich irrten. Wenn man einem U-förmigen Haus die Stützarme wegriss, wie Serge es getan hatte, dann würde, so glaubte sie, am Ende etwas sehr Verletzliches übrig bleiben. Alles, was unvollständig war –

ein Kirschbaum, der wegen eines abgebrochenen Asts Saft verlor, ein Brunnen, dem der Deckel fehlte –, war der Natur ausgeliefert.

In der Menschenwelt konnte allein die Liebe solche Lücken schließen.

Audrun betrat den Hundezwinger, und die Tiere stießen sie fast um. Drahtig und furchtlos, gezüchtet, um Wildschweine zu jagen, scheuerten sie sich wund an ihrem eingepferchten Leben und verbrachten ihr ödes Dasein, die Nase gegen den Maschendraht gepresst.

Aramon war immer noch Mitglied im Jagdverein und prahlte gern mit dem Eber, den er einst erlegt hatte, doch er ging nur noch selten auf die Jagd, da er wusste, dass seine Hand für die Schrotflinte nicht mehr sicher genug war. Er saß nun lieber vor seinem neuen Fernseher und starrte, mit dem Glas in der Hand, auf das aufregende, nervöse Leben auf dem Bildschirm, wo junge Menschen – Menschen mit größerer Beweglichkeit – quälten und töteten, wenn sie nicht selbst gequält und getötet wurden. Und seine Hunde waren beinah vergessen, wurden der Winterkälte und einem monotonen Einerlei überlassen, wie Schweine mit Kastanien und ansonsten mit Knochen und Essensresten gefüttert. Heute war sogar ihr Wassernapf leer. Während Audrun ihn wieder füllte, tat ihr vor Zorn auf Aramon die Brust weh, und ihre Halsschlagader pochte heftig. Eines Tages, sagte sie sich, würde all das wieder in Ordnung kommen. *Eines Tages.*

Während Audrun in Aramons Küche seine schwarz gewordenen Pfannen scheuerte und das Fett vom Herd kratzte, sagte sie: »Du weißt doch, dass vorne in der Hauswand ein Riss ist, oder?«

Aramon war mit den zwei toten Zwerghühnern hereingekommen und hatte sie auf den Tisch geworfen. Jetzt fummelte er an seiner Brille, die Audrun unter seinem Kissen gefunden hatte. Sein schwerer Kopf hatte die Drahtbügel verbogen.

»Ich hab ihn gesehen«, sagte er. »Das ist nichts.«

Audrun sagte, er solle Raoul Molezon, den Steinmetz, bitten, sich die Sache anzuschauen, aber Aramon erwiderte, das sei unnötig, er habe selbst schon nachgesehen. Es sei nur ein Riss im Mörtel, mehr nicht, man müsse da nicht gleich panisch werden. Dann setzte er sich die Brille auf die Nase, suchte nach seinen Zigaretten, zündete eine an, hustete und spuckte auf den Steinfußboden und sagte: »Es reicht mir sowieso. Dieses große Scheißteil macht mich wahnsinnig. Es zieht mich runter, ruiniert mir die Gesundheit. Und deshalb habe ich einen Entschluss gefasst. Ich verkaufe das Haus. Und das Land. Ich verkaufe alles.«

Audrun starrte auf ihre Hände, die im Spülwasser wie verschrumpelte Möhren aussahen. Hatte sie tatsächlich richtig gehört?

»Ja«, sagte Aramon, als könnte er Gedanken lesen. »Es hat mir gereicht. Also habe ich mich gleich darangemacht – bevor mir irgendjemand dazwischenredet. Häusermakler aus Ruasse waren schon hier. Ich denke, du hast sie gesehen, als sie bei dir durch die Vorhänge gelinst haben! Mutter und Tochter. Tochter auf hohen Absätzen, dumme Kuh. Aber sie waren interessiert. Sehr sogar. Die Situation am Markt ist zwar nicht mehr ganz so gut, aber sie sagen, ich kann noch immer einen guten Preis kriegen, *pardi*, einen Haufen Geld. Kann den Rest meiner Tage in Saus und Braus leben.«

In Saus und Braus leben. Aramon?

Was stellte er sich bloß darunter vor?

»Ja«, sagte er noch einmal. »An Ausländer verkaufen, das haben die Maklerinnen mir geraten. An Schweizer, Belgier, Holländer, Engländer. Viele von denen können immer noch mit Geld um sich werfen, trotz der Rezession. Und sie lieben solche alten Kästen. Sie motzen sie auf mit Swimmingpool und weiß der Henker was noch. Nutzen sie als Ferienhäuser ...«

Audrun trocknete sich die Hände an einem zerschlissenen

Geschirrtuch. Sie drehte sich zu Aramon um und sagte: »Es ist nicht deins, du kannst es nicht verkaufen, Aramon. Es hat unseren Eltern gehört und unseren Großeltern ...«

»Und ob ich es verkaufen kann. Du hast deinen heiligen Wald und das Land für deine Kate und dein Gemüse gekriegt. Und ich das Haus. Ich kann damit machen, was ich will.«

Audrun faltete das zerschlissene Handtuch. Sie sagte ruhig: »Wieviel glaubst du, dass du dafür bekommst?«

Sie sah, dass er ein verblüfftes, fast ängstliches Gesicht machte. Dann nahm er ein gebrauchtes Streichholz und schrieb mit dem verkohlten Ende eine Zahl in seine Handfläche, hielt sie – gekrümmt, als wollte er ein Bantamhühnchen packen – Audrun dicht vors Gesicht, und sie sah, was da geschrieben stand: € 450 000.

Audrun nahm ihre Medizin und legte sich schlafen.

Sie träumte von den Fremden, die sich in Mas Lunel einrichten würden, während Aramon es sich wohl sein ließ und irgendwo in der Nähe in Saus und Braus lebte.

Im Traum machten die Fremden sich mit eigentümlicher Heftigkeit über das Haus her, als würden sie gar nicht *dieses* Haus haben wollen, sondern ein anderes, das nur in ihrer Fantasie existierte.

Sie gestalteten das Land neu. Ein See erschien. Die Farbe des Seewassers war rosa, als sei es mit Blut vermischt. Sie redeten in einer anderen Sprache, vielleicht Holländisch. Ihre Kinder tobten im Hof herum, dort, wo Bernadette in der Sonne gesessen und Erbsen gepalt hatte. In der Nacht tollten sie nackt und kreischend bei dröhnender Rockmusik in dem blutfarbenen See. Der Lärm, den sie veranstalteten, hallte durch die Stille von Tal zu Tal.

*A*m Abend vor seiner Frankreichreise speiste Anthony mit seinen alten Freunden Lloyd und Benita Palmer in deren Haus in Holland Park.

Lloyd, ein Investmentbanker im Vorruhestand, hatte im Laufe der Jahre für Abertausende Möbel bei Anthony gekauft. Benita war Innenarchitektin und hatte die Räume für diese Möbel geschaffen. Ihr Farbspektrum bewegte sich bevorzugt zwischen Flachs, Eierschale und Koralle. In ihrem Bad im Erdgeschoss, das mit apricotfarbener *toile de jouy* ausgeschlagen war, stand eine Vitrine aus Schlangenholz und Mahagoni (»Messingeingefasster Aufsatz über Blumenfriesmalerei, Unterschrank mit Intarsientüren aus Schlangenholz und teilvergoldeter Girlandenapplikation«) aus dem 18. Jh., die mindestens 16 000 Pfund wert war. In dem beige-, crème- und goldfarbenen Esszimmer, wo sie jetzt saßen, hingen zwei Ölgemälde von Barend van der Meer (»Schönes Stück, Stillleben mit Pflaumen und Trauben, auf Weinranken in einer Glasschale drapiert, 1659« und »Schönes Stück, Stillleben mit Granatäpfeln und afrikanischem grauen Papagei, 1659«), die nach konservativer Schätzung einen Wert von je 17 000 Pfund hatten. Die zwei silbernen George-III-Flaschenuntersetzer (»Wände von Rankenwerk durchbrochen und mit gewelltem, gemustertem Rand«), die vor Lloyds Platz auf dem Tisch standen, hatte Anthony auf einer Versteigerung in Worcester zusammen für 300 Pfund erstanden und für 1000 Pfund an Lloyd weiterverkauft.

Anthony hatte Lloyd Palmer zwar häufig mit der Behauptung geärgert, er sei einer der »fiesen reichen Herren des Universums«, war aber bislang ziemlich zufrieden mit seiner eigenen Rolle in diesem Universum als oberster Lenker von Lloyds und Benitas Möbel- und Bildergeschmack. Doch als er Lloyd mit seinen fünfundsechzig Jahren jetzt, an diesem Abend, immer noch triumphierend durchs Leben segeln sah – trotz des wirtschaftlichen Abschwungs, über den er sich durchaus laut beklagte (»Ich habe grausame Verluste hinnehmen müssen, Anthony, absolut verdammt grausame Verluste!«), der seinen Lebensstil allerdings seltsam unberührt ließ – mit seiner großen, immer noch schönen Frau als paillettenbesetzter Spinnaker vor seinem Bug ... als er sah, wie sie beide dahinrauschten, mit all dem im Rücken, was in der reichen britischen Gesellschaft am begehrenswertesten war, da spürte Anthony den Stachel des Neids.

Die Palmers waren ein umwerfend erfolgreiches Paar. Dieses große, prachtvolle Schiff, mit dem soliden Ballast zahlreicher Kinder und Enkelkinder, konnten weder Stürme noch Windstillen, ja nicht einmal Rost gefährden – zumindest schien es so. Und deshalb musste Anthony es sich an diesem Abend unumwunden eingestehen: Lloyd war ihm stets *voraus* gewesen, und er würde es immer sein. Er war tatsächlich so weit voraus, seine Führungsrolle war so offenkundig unangreifbar, dass Anthony sich gar nicht erst einzubilden brauchte, er könnte ihn jemals einholen. Und das Schlimmste war, er sah, dass Lloyd dasselbe dachte. Sogar Benita mochte Ähnliches denken: Der arme Anthony; schwierig ist es ja überall, aber für *Anthony Verey Antiquitäten* ist jetzt wohl Ende der Fahnenstange. Gott sei Dank müssen *wir* im anarchischen 21. Jahrhundert unser Geld nicht damit verdienen, dass wir, wie unsere amerikanische Freundin Mary-Jane es nennt, »Möbel von toten Leuten« verkaufen ...

Diese düsteren Betrachtungen hatten Anthony dazu verleitet, Lloyds exzellentem Wein heftig zuzusprechen. Lloyd hatte mitgezogen, und jetzt saßen die beiden einander gegenüber, zwischen sich ein unruhiges Meer von Gläsern, husteten über ihren Zigarren, schlürften Kognak und waren wild entschlossen, wie Lloyd es so rührend formulierte, »der ganzen verdammten Chose mal endgültig auf den Grund zu gehen«.

Benita hatte sich zurückgezogen. Sie wusste – vielleicht, weil sie gebildeter war als Lloyd, ihren Ibsen und Lewis Carroll gelesen und sogar verstanden hatte –, dass »die ganze verdammte Chose« keinen Grund hatte und dass Männer, wenn sie ihn zu suchen behaupteten, häufig bei Gesprächen über Autos landeten. Wie Benita beobachtet hatte, suhlten sie sich dabei mitunter höchst sentimental in ihrer Vergangenheit, bauschten Universitätspossen zu Legenden von universeller Bedeutsamkeit auf und übertrieben die ihnen angeblich durch Public-School-Prügeleien zugefügten Traumata. Als Benita an diesem Abend ihre Schlafzimmertür schloss, hörte sie Anthony noch sagen: »Die einzige Zeit, Lloyd, in der ich glücklich war ... die einzige glückliche Zeit in meinem verdammten Leben war in einem Baumhaus!«

Lloyd brach in lautes Lachen aus. Er lachte für sein Leben gern (und viele Menschen liebten ihn wegen eben dieses Lachens), aber jetzt, an diesem Abend, bemerkte Lloyd, dass ein Nebeneffekt dieses Heiterkeitsausbruchs eine leichte Feuchtigkeit in seiner Unterhose war. Und das war überraschend, dachte er, während er weiterkicherte, weil so etwas alten Männern passierte, aber doch (noch) nicht ihm!

»Ja«, sagte Anthony gerade, »das ist die reine Wahrheit, mein Lieber. In einem Baumhaus.«

»Oh Gott!«, sagte Lloyd. Er hatte sich von seinem Lachanfall erholt und legte eine fleischige Hand in seinen Schritt, um zu prüfen, ob die Feuchtigkeit durch die Hose drang, was der Fall war. Er stopfte eine zerknüllte Leinenserviette an die Stelle und sagte: »Na los, erzähl mir, wo dieser verdammte Baum stand.«

Anthony schenkte sich noch einen Kognak aus der William-Yeoward-Karaffe ein. »In den Ferien«, sagte er, »als V und ich noch klein waren, habe ich mal in dem Wäldchen hinter dem Haus ein Baumhaus gebaut ...«

»Hieß das nicht Barton House oder so ähnlich?«

»Ja, Bartle. Mamas Haus. Unser Haus. Bevor du mich kanntest.«

»Ziemlich lange, bevor ich dich kannte, mein Guter. Ich will damit sagen, *ziemlich lange*. Falls du nicht auch noch Baumhäuser gebaut hast, als du in Cambridge warst.«

»Halt die Klappe, Lloyd, und hör zu. Wir wollten doch der Chose auf den Grund gehen.«

»Willst du etwa sagen … willst du sagen, dass der Grund der Chose … der Grund der ganzen verdammten Chose ein Scheiß-Baumhaus ist?«

»Nein, das habe ich nicht behauptet. Ich will nur sagen … ich will sagen … alles, was ich sagen will, ist, dass ich sehr glücklich war, als ich Mama zum Tee einlud.«

»Zu welchem Tee?«

»Hör doch zu. Du hörst mir gar nicht zu.«

»Doch, ich höre zu.«

»Ich habe in meinem Baumhaus einen Tee-Empfang gegeben. Ich habe Mama eingeladen. Okay? Und Mrs. Brigstock hat für mich gebacken: Malzbrot und Sahneröllchen. Und ich habe alles vorbereitet. Tisch. Tischdecke. Porzellan und so weiter. Stühle.«

»Wer ist Mrs. Brigstock?«

»Mrs. Brigstock ist Mrs. Brigstock, Lloyd. Die Haushälterin und Köchin, die Mama damals hatte.«

»Okay. Okay. Mach dir nicht ins Hemd! Woher soll ich das wissen? Und wie hast du überhaupt den verdammten Tisch und die Stühle in das verdammte Baumhaus gekriegt?«

»Hochgetragen. Die Leiter hoch. Ich wollte alles bis aufs letzte I-Tüpfelchen perfekt haben für Mama.«

An dieser Stelle von Anthonys Geschichte gelang es Lloyd nicht, einen weiteren Lachanfall zu unterdrücken, und als auch dieser von einer warmen Leckage in seiner Unterhose begleitet wurde, stand er auf, beugte sich vor, hielt die Serviette so, dass Anthony den feuchten Fleck nicht sehen konnte, und schwankte zur Tür. »Bin gleich zurück«, sagte er. »Ich möchte doch den *Ausgang der Geschichte* hören. Wirklich, das möchte ich, Anthony. Ist ja so packend wie Pu der Bär.«

In dem bezaubernden *Toile-de-jouy*-Badezimmer erleichterte Lloyd seine schmerzende Blase und versuchte, seine Unterhose mit zerknülltem aprikotfarbenen Toilettenpapier zu trocknen.

Aus der Schlangenholz-Mahagoni-Vitrine sah ihm sein verzerrtes Spiegelbild entgegen. Die kleine feuchte Angelegenheit hatte ihn ein wenig ernüchtert, aber doch nur so weit, dass er den Abend gern weiter genießen wollte, und zwar sowohl Anthonys Gesellschaft als auch die Erkenntnis, dass sein alter Freund in einer Art mentaler Klemme steckte. Diese Klemme, die Lloyd – doch ja – tatsächlich *genoss*, hatte offenbar nicht nur etwas mit Anthonys Finanzen zu tun, sondern mit etwas anderem, irgendetwas Existentiellem, das er anscheinend nicht formulieren konnte.

Wenn Lloyd früher von seiner Freundschaft mit dem prominenten Anthony Verey erzählte, hatte er häufig – eigentlich jedes Mal – ertragen müssen, dass die Menschen völlig eingeschüchtert reagierten, was er, auf sich selbst bezogen, immer unfair gefunden hatte. Denn schließlich hatte er jahrein, jahraus mehr Geld verdient als Anthony, wahrscheinlich sogar sehr viel mehr. Aber er hatte es still verdient, nicht im Scheinwerferlicht der Öffentlichkeit. Die Menschen »kannten« Anthony Verey, weil er auf glamourösen Vernissagen und Galerieeröffnungen auftauchte, häufig umgeben von einem Schwarm extravaganter Schauspieler und bildender Künstler, und weil sein Name auf dem Schild eines vornehmen Geschäfts in Pimlico stand, in das sich kein Amateursammler wagte. Anthony verstand eine verdammte Menge von Möbeln und Bildern, das musste Lloyd zugeben, aber er, Lloyd, verstand eine verdammte Menge von globalen Märkten. Wieso hatte die Kunst aus Anthony »*den* Anthony Verey« gemacht, während das Geldscheffeln in der City ihn selbst nie zu »*dem* Lloyd Palmer« gemacht hatte?

Schwankend stand Lloyd im Badezimmer. Die *toile*-Milchmädchen und ihre Liebhaber tanzten alterslos weiter auf der

Wandbespannung. Die Toilettenschüssel war mit aprikotfarbenem Papier vollgestopft.

Mittlerweile machte die Zeit jedem aus seiner Generation zu schaffen, sinnierte Lloyd weiter. Sogar Benita, deren herrliche Oberarme ihre Festigkeit und ihren Schimmer verloren hatten. Anthony Verey machte sie allerdings auf eine angenehm existentielle Weise zu schaffen.

Während Anthony allein in Lloyds Speisezimmer saß, merkte er, dass seine Zigarre ausgegangen war. Das umständliche Zeremoniell des Wiederanzündens erschien ihm im Moment absolut undenkbar, weshalb er sie in den schweren gläsernen Aschenbecher legte, sich still zurücklehnte und einfach nur den Raum in all seiner Opulenz und Herrlichkeit anstarrte.

Verschwommen erkannte er sein eigenes Gesicht in dem Kamingesims aus vergoldetem Holz (»Zweites Viertel 19. Jh., Rahmen mit geschnitzten Blumen und Rankwerk und asymmetrisch geschnitzter Wappenkartusche«) und stellte fest, dass dieses Gesicht fahl wirkte, ziemlich *unscheinbar*, zerknitterter als sonst. Er hörte sich seufzen. Er wollte nicht unscheinbar und zerknittert aussehen, wo Lloyd so groß und so laut war, seine Haut so rosa und glänzend, der Kragen seines Hemds so schön gestärkt und makellos …

Und jetzt dämmerte Anthony ein weiterer Grund seiner Bestürzung: Wieso in aller Welt – um Gottes willen – erzählte er Lloyd Palmer die Geschichte vom Baumhaus? Dieses ganze Baumhausding war Privatsache. Etwas zwischen ihm und Lal. Ausschließlich zwischen ihnen beiden. Wieso platzte er dann plötzlich gegenüber einem Banausen wie Lloyd mit etwas derart Persönlichem und Kostbarem heraus? Was war bloß in ihn gefahren?

Schaudernd stellte er fest, dass er lächerlich betrunken war. Vielleicht gehörte dieses Gesicht in dem Kaminaufsatz gar nicht wirklich ihm. Für ein ungeübtes Auge war es einfach ein

... *Hinweis* darauf, wie er aussehen könnte. Und zwar für jemanden, der ihn eigentlich nicht kannte ... Und ab morgen würde es verschwunden sein, dieses Gesicht, das niemand kannte. Denn er, er würde weit weg in Frankreich sein, in dieser anderen Art von Licht, bei Veronica, bei seiner geliebten Schwester V ...

Aber er wusste, dass es dumm von ihm gewesen war, sich zu betrinken. Es bedeutete, er würde mit einem Kater in Avignon ankommen. Genau zu dem Zeitpunkt, wo er die Dinge klar und deutlich zu sehen hoffte, müsste er mit Kopfschmerzen und einem benebelten Verstand kämpfen. Und Vs Freundin, diese plumpe kleine Kitty-Frau – mit ihren Aquarell-Klecksereien und der schockierenden Eigenart, laut zu sagen, was sie dachte –, würde sehr genau wissen, wie ihm zumute war, und ihn auch wissen lassen, dass sie es wusste, und ihm die ersten vierundzwanzig Stunden zur Hölle machen.

O Gott, warum war alles so beschmutzt und verpestet, so infiziert von Elend und Kompromiss? Anthony schob ein paar Gegenstände neben seiner Platzdecke beiseite, die keine Platzdecke, sondern ein riesiges vergoldetes Pappmachétablett war, und bettete seinen Kopf auf das Tablett, fast wie ein verstoßener Engel, dachte er, der auf seinen eigenen unbequemen Heiligenschein gefallen ist.

Er schloss die Augen. Das Haus wirkte still, als wäre Lloyd gegangen, nicht zur Toilette, wie Anthony gedacht hatte, sondern zu Bett, weil er genug von ihm hatte, genug davon, der ganzen Chose auf den Grund zu gehen, wusste er doch, dass der Kern einer Sache – der eigentliche Kern – irgendwo in unerreichbarer Ferne lag und letztlich nicht zu ändern war.

Doch das war okay. Lloyd hätte es ohnehin nicht verstanden, aber es gab auch bestimmte Dinge, die man gar *nicht ändern wollte*. Vielmehr musste man sie innerlich stets von neuem Revue passieren lassen, um sich zu vergewissern, dass sie noch dieselben waren, sich getreulich an die Vorstellung hielten, die man von ihnen hatte. Nicht unbedingt dem getreu, was sie tatsächlich *gewesen* waren – das ließ sich ohnehin nicht nachprüfen –, sondern getreu dem Bild, das man von ihnen hatte. Darum ging es: Man musste sie schützen vor den Veränderungen durch die Zeit.

Er hatte alles perfekt vorbereitet. Alles. Ein weißes Leinentischtuch mit schwerer Borte aus Brüsseler Spitze. Weiße Leinenservietten. Lals blau-weiß-goldenes Lieblingsporzellan mit Teetassen, Untertassen, Teetellern, Zuckerdose und Schale für Teeblätter und dazu ihre kleinen Lieblingsmesser mit den Elfenbeingriffen. Blaue Samtkissen für die harten Stühle. Schlüsselblumen in einer Kristallvase. Er war neun Jahre alt.

Er hielt Ausschau nach Lal, um ihr zu helfen, wenn sie die Leiter zu seinem Versteck hinaufstieg. Und da kam sie auch schon, lief durch das Gebüsch da unten, trug ein lavendelfarbenes Kleid mit einer passenden lavendelfarbenen Jacke und weißen Leinenschuhen.

»Da bin ich, mein Herz!«, rief sie. Und er ging an den Rand der Plattform des Baumhauses und gab seine Antwort: »Da bin ich, Mama!«

Er half ihr die Leiter hinauf, obwohl sie seine Hilfe kaum brauchte, so wendig und so leicht, wie sie war. Sie stand in der Tür, und ihr von der Sonne beschienenes blondes Haar schimmerte hell. Als sie den gedeckten Teetisch sah, klatschte sie begeistert in die Hände.

»Oh, wie lieb!«, sagte sie. »Das ist ja entzückend!«

Er führte sie zu dem kleinen Fenster und zeigte ihr, wie das grüne Laub der Buche, in die er das Haus gebaut hatte, nach innen drängte und wie der Himmel ganz nah und strahlend wirkte. Fast so, als wäre es sein höchst privater Himmel. Dann ließ er sie auf einem der Stühle Platz nehmen, und das Haus schwankte leise, wenn der Baum sich bewegte, und sie horchten auf den Wind in den Blättern und das Nachmittagsgezwitscher der Vögel, und Lal sagte: »Welch ein Zauber. Ich bin verzaubert.«

Mrs. Brigstock brachte den Tee und das Malzbrot und die Sahneröllchen auf einem silbernen Tablett, und Anthony kletterte hinunter und nahm das Tablett entgegen und – das war jetzt der Moment, auf den er sicherlich später am stolzesten sein würde – trug es nach oben, ohne dass er sich mit den Händen an der Leiter festhalten musste. Als er das Tablett vor Lal absetzte, klopfte sein Herz wie das eines Liebhabers.

Später konnte er sich nicht mehr erinnern, über was sie eigentlich gesprochen hatten. Alles, woran er sich erinnerte, war ein Gefühl. Das Gefühl von Vollkommenheit. Es war ein Kunstwerk gewesen, *sein* Kunstwerk, ohne den geringsten Tadel. Und das hatten sie beide genau gewusst. Ihm war eine Stunde ästhetischer Perfektion gelungen.

Lloyd erschien wieder im Speisezimmer, die Serviette immer noch in der Hand, und fand Anthony schlafend vor, den Kopf auf einem silbernen Teller.

Er gab ihm einen Stups. »Wach auf, mein Guter«, sagte er. »Los …«

Aber Anthony rührte sich nicht, konnte sich nicht rühren.

Scheiße. Lloyd Palmer fluchte. Jetzt hatte er den ganzen Schlamassel am Hals, musste Anthony ins Bett bringen, Angst haben, dass er sich auf einen von Benitas unmöglich teuren Teppichen erbrach, das Frühstück für ihn richten, sich vergewissern, dass er sein Flugzeug oder seinen Zug oder was auch immer nicht verpasste. Und weshalb das alles? Wegen irgendwelchem halbgaren Gequatsche über Glück.

»Scheiße«, sagte er noch einmal. »Beschissenes Glück.«

Während Veronica für Anthonys Besuch einkaufte und kochte, flüchtete Kitty in ihr Atelier, einen Schuppen aus Feldsteinen hinter dem Haus, in dessen düsteren Verschlägen einst Tiere gehaust hatten. Die Dunkelheit war mit Hilfe von Oberlichtern und einer schweren Glastür in der Westwand aufgehellt worden. Im Winter heizte Kitty den Schuppen mit einem Holzofen.

Jetzt lehnte sie am Porzellanwaschbecken und begutachtete ihr Aquarell mit den Mimosenblüten, das immer noch auf der Staffelei stand. Und dieses Stück schrumpfte nicht unter ihrem prüfenden Blick wie so viele ihrer Bilder; im Gegenteil, Kitty fand, es sei wahrscheinlich das Beste, was sie seit etwa einem Jahr gemacht hatte. Die Farben waren sehr fein, nicht zu grell, und sie hatte das Paradoxe der Blüten einfangen können – sie existierten einzeln für sich und gleichzeitig als Ganzes –, ohne dass dem Ergebnis Kittys große Anstrengung anzumerken war. Selbst ihr hoch verehrtes Idol, die Aquarellmalerin Elizabeth Blackadder, hätte dieses Bild vielleicht mit ihrer knappen, aber deutlichen Zustimmung beehrt, dachte sie. Und sie war zuversichtlich, dass es Eingang in *Gärtnern ohne Regen* finden würde: »Acacia decurrens, *dealbata*«. Aquarell von Kitty Meadows.

Angespornt von dieser aufregenden Vorstellung, fühlte Kitty sich in der Stimmung für etwas Neues.

In der Malerei – vielleicht in allen Künsten? – brachte Erfolg Erfolg hervor, und Scheitern prügelte einen ins nächste Scheitern. Sie könnte also aus den gelungenen Mimosen Kapital schlagen und sich vielleicht doch noch einmal an den Olivenhain wagen. Sie würde so schrecklich gern dieses ständige unruhig flirrende Zittern in jenem besonders schönen Teil des Grundstücks einfangen, doch alle bisherigen Versuche waren gescheitert. Die Oliven sahen bei ihr stachelig aus, was sie nicht waren; das erstaunliche silbrige Grün der Blätter hatte sich ihren unkundigen Händen entzogen; die knotigen Baumstämme hatten wie Hundehaufen ausgesehen.

Ihre Unfähigkeit beschämte sie; Kittys Optimismus war verflogen. Warum waren diese Bäume so schwierig? Vielleicht, weil jeder Baum (alle zwei Jahre von Veronica fachmännisch beschnitten) tief in seinem Innern ein Quantum Luft und Himmel hütete, und eben dieses innere Leuchten, dieses notwendige Attribut, hatte jedem von Kittys Bildern gänzlich gefehlt. Ehrfürchtig hatte sie die Lücken im graugrünen Laubwerk zu malen versucht, aber irgendwie schob sich immer der Himmel durch die Lücken, lauter alberne Flecken aus kompaktem Blau, die wie von außen aufgeklebt wirkten, was zu einem erschreckend schlechten Gesamtresultat führte.

»Mist«, sagte Kitty laut. »Ausgemachter Mist.«

Seufzend entschied sie, dass es eindeutig nicht der geeignete Moment für einen erneuten Olivenversuch war. In wenigen Stunden würde Anthony hier sein, und bei der Vorstellung, sie müsste unter seinen taxierenden Augen etwas so schwer Darstellbares malen, wurde Kitty Meadows ganz schlecht.

Stattdessen machte sie sich etwas ziellos und trödelig daran, ihr Atelier aufzuräumen. Sie spitzte sämtliche Bleistifte. Sie wusch ihre Pinsel ein weiteres Mal und arrangierte sie neu in den vertrauten bekleckst en Gläsern. Sie scheuerte ihr Waschbecken, fegte die Spinnweben von den Steinwänden. Unruhig trieben ihre Gedanken derweil von der Gegenwart in die Vergangenheit. Und schon bald war sie im Geiste wieder jene bescheidene, untalentierte Handwerkerin, für die sie sich in irgendeiner Seelenecke auch tatsächlich hielt.

Sie sammelte alle missglückten Bilder vom Olivenhain zusammen, riss sie in kleine Fetzen und warf die Schnipsel in die blaue Recyclingtonne. Hitze überkam sie, und sie fühlte sich gequält von Wechseljahrdepressionen und von Versagenskummer. Wurde wieder zu der schüchternen Bibliotheksgehilfin, die ihren Bücherkarren von Stahlregal zu Stahlregal rollte, während sich draußen die Nachmittagsdämmerung über Cromer senkte.

Es wurde schon dunkel, als Anthony in Avignon aus dem TGV stieg und seine Koffer wie zwei gehorsame schwarze Hunde hinter sich her zu der Autovermietung zog.

Er hatte im Zug geschlafen, hatte seinen Kater fast weggeschlafen, während die Wälder und Täler und Industriegebiete Frankreichs ungesehen vorbeisausten. Ein Jammer, dachte er jetzt, dass er Frankreich verpasst hatte – fast das gesamte Land, von Norden bis Süden. Aber so etwas passierte, wenn man trank: Man verpasste die Dinge. In seinem Delirium versuchte man, irgendwelche großartigen Ideen anzupeilen, und dann verpasste man sie.

Aber nun, da er den Bahnhof hinter sich ließ, reckte er das Gesicht, hielt es in die köstliche Luft. Pinien und Sternenlicht, helle und dunkle und reine Dinge – all das roch er in der Luft. Zwischen den Reihen geparkter Mietwagen stellte Anthony die Koffer ab. Er blieb stehen.

Das habe ich ganz vergessen, dachte er: dieses Gefühl von Ankommen, wenn einem die Seele weit wird.

Er sah, wie dunkle, drohende Wolken sich über dem perlmuttfarbenen Horizont türmten. Und er spürte, wie die letzten Reste seines Katers sich verflüchtigten.

»Das Alter«, hatte ein Schauspielerfreund einmal gesagt, »kommt in kurzen Schüben. Und zwischen den Schüben gibt es so etwas wie eine Verschnaufpause.« Und eben das war ihm jetzt geschenkt worden, spürte Anthony: eine Verschnaufpause. Er hätte sogar »Aufschub« dazu sagen können. Und deshalb ermahnte er sich, diese Phase des Aufschubs nicht zu vergeuden oder sie mit Verdrossenheit zu besudeln. Er würde ein angenehmer Gast im Haus seiner Schwester sein. Er würde ihren Garten bejubeln, mit ihren französischen Freunden Pastis trinken, sich ihrem Tagesablauf anpassen. Und er würde – jedenfalls, solange sie ihn nicht beleidigte – nett zu Kitty Meadows sein.

Während Anthony in dem gemieteten schwarzen Renault Scenic nach Nordwesten in Richtung Alès fuhr, nahm in seinem Kopf eine radikal neue Idee Gestalt an. Er beglückwünschte sich dazu, dass sie nicht nur radikal, sondern auch logisch war: Wenn sein Leben in London vorbei war, dann müsste er, wenn er wieder glücklich werden wollte, doch einfach nur zugeben, dass es tatsächlich vorbei war, und neue Schritte wagen. Er hatte sich nie vorstellen können, irgendwo anders als in Chelsea zu leben, doch jetzt hatte er sich das gefälligst vorzustellen. Entweder er tat das, oder er starb.

In ihrem Kern war die Idee also einfach und übersichtlich. Er würde die Wohnung verkaufen und sein Geschäft auflösen. Von seinem großartigen Sortiment an *Lieblingen* würde er nur jene Stücke behalten, denen seine besondere Leidenschaft galt (den Aubusson-Wandteppich, zum Beispiel) und den Rest Sotheby's und Christie's zum Verkauf überlassen. Ein oder zwei Objekte könnte er vielleicht am Telefon, für ziemlich astronomische Preise, direkt an amerikanische Kunden verkaufen und sie nach New York oder San Francisco liefern lassen. Und wenn das alles erledigt wäre, hätte er genügend Geld, um hier unten im Süden Frankreichs, in der Nähe von V, in dieser freundlicheren und einfacheren Welt ein wunderschönes Haus zu kaufen, und dann würde er sein Leben noch einmal neu beginnen – ein anderes Leben.

Anthony fuhr schnell, er mochte es, wenn das dunkle Band der Straße sich vor ihm entrollte und den Mietwagen einsog. Das orangefarbene Licht des Armaturenbretts beschien sein Gesicht, so dass er das trotzige Lächeln in seinem Spiegelbild erkennen konnte. Der Abend mit Lloyd Palmer und all die damit verbundenen komplizierten Gefühle materiellen Neids schienen Welten entfernt. Anthony war jetzt ganz und gar in der Gegenwart angekommen und herrlich lebendig. In seinem Kopf überschlugen sich die Ideen und Fantasien. Ahnte er nicht im Grunde schon lange, dass es ihm guttäte, in der Nähe von V zu leben, in der Nähe der einzigen Person, für die er echte Zuneigung empfand? Im Verbund mit V könnte er wieder der jüngere Bruder sein und etwas von der erdrückenden Verantwortung für sein eigenes Wohlergehen loswerden, für das zu sorgen ihm immer schwerer fiel.

Veronica und Kitty saßen schweigend in Les Glaniques und warteten. In der Diele konnten sie das vertraute Ticken der alten Standuhr hören. Kitty hatte das Gefühl, als warteten sie auf etwas Bedeutsames, etwas Gefährliches und potentiell Katastrophisches wie einen Raketenstart.

Sie blickte zu ihrer Freundin, die in ihrem Lieblingssessel am hell lodernden Kaminfeuer saß, und hatte plötzlich den schrecklichen Gedanken, dass ihr gemeinsames Leben von nun an nie mehr so sein würde wie bisher. Und das war so entsetzlich – auch wenn es nur eine Möglichkeit, noch keine Realität war –, dass Kitty aufstehen, sich vor Veronica hinknien und den Kopf in ihren Schoß legen musste, auf Veronicas frisch gewaschenen Kattunrock.

»Was ist?«, sagte Veronica. »Was ist los, Kitty?«

Doch sie konnte nicht heraus mit ihrem Kummer. Er war zu irrational, zu emotional. Aber Kitty brauchte Trost. Was sie sich wünschte, war, dass Veronica ihr übers Haar strich, etwas Liebevolles und Vertrautes sagte. Dabei spürte sie Veronicas Anspannung: ein Zittern in ihrem rechten Bein, eine Unruhe, die den ganzen Körper erfasst hatte.

»Sag mir, was los ist«, bat Veronica erneut.

»Nichts«, sagte Kitty. »Streichle meine Haare, Liebes, bitte.«

Kittys kurzes Haar mit seinem Anflug von Grau war dicht und lockig. Veronica legte eine Hand sanft auf Kittys Kopf, griff nach einer Locke und dann noch einer und hielt sie zwischen ihren Fingern. Dann sagte sie: »Dein Haar lässt sich übrigens schlecht streicheln.«

In dem Moment summte die Klingel am automatischen Tor,

und Veronica musste Kitty wegschieben, um aufstehen und den Türöffner drücken zu können. »Er ist da«, sagte sie überflüssigerweise.

Kitty sah die Wagenscheinwerfer aus der nächtlichen Dunkelheit auftauchen. Dann hörte sie Veronicas Stimme an der Tür, so betont heiter, als würde sie den lang ersehnten Klempner oder Steinmetz begrüßen. Und *seine* Stimme mit dem Chelsea-Näseln. So redeten die feinen Leute damals, vor langer Zeit, als Kitty noch ein mageres Mädchen war und im Gästehaus von Cromer beim Bettenmachen und Zubereiten des Frühstücks half.

Veronica führte ihn ins Wohnzimmer, hielt ihn an der Hand, den immer noch bewunderten jüngeren Bruder, den entzückten und entzückenden Knaben, Anthony. Er hatte von seiner Stubenhockerei eine blasse, schuppige Haut. Er näherte sich Kitty mit einem Lächeln, das seine Augen schmal und seine Wangen faltig machte – immerhin war er im siebten Jahrzehnt –, mit dem er aber, wie Kitty vermutete, wenn er wollte, immer noch verführen konnte.

Er gab ihr einen flüchtigen Kuss, mit einem winzigen Hauch mäkeliger Verachtung. Er roch nach Eisenbahn, nach Dingen, die zu lange in abgestandener Luft eingesperrt sind, und Kitty hatte die verrückte Idee, Anthony müsste mal mit Salzwasser abgespritzt, mit Eis und Sand gerubbelt werden, damit seine Haut wieder durchblutet würde und er wieder in der realen Welt landete.

Anthony stand vorm Kamin und bewunderte die neuen Läufer und Kissen, die sie in Uzès gekauft hatten. Veronica schenkte Champagner ein, reichte ihre selbstgemachte Olivenpaste herum. Er sagte, er sei froh, hier zu sein. Er sagte: »Was ich so gerne höre, ist die Stille.«

*V*ierhundertfünfzigtausend Euro.

Der Gedanke an diese Summe quälte sie. Hatte sie tatsächlich solch eine schockierend große Zahl in Aramons Handfläche gelesen? Oder trieb die Zahl nur, als aufgereihte Ziffernfolge, die mit nichts verbunden war, in der verwirrten grauen Masse ihres Hirns?

Sie fragte ihn noch einmal: »Was haben sie gesagt? Wieviel sollst du für das Haus bekommen?«

Aber diesmal wollte er nicht damit herausrücken. Er zog den Rotz hoch, spuckte ein paar Tabakfäden aus und sagte: »Das Haus gehört mir. Mehr weiß ich nicht. Jeder Euro daraus gehört mir.«

Jetzt hatte Audrun die Gardinen einen halben Zentimeter beiseite gezogen und beobachtete von ihrem Fenster aus die Ankunft der Leute, die das Haus besichtigen wollten. Sie blieben davor stehen und sahen hoch zu dem Riss in der Mauer. Sie gingen vorsichtig um den Sandhaufen und den verrotteten, urinfleckigen Fernseher herum. Sie warfen einen Blick zurück, um die Aussicht nach Osten zu prüfen, wozu auch ihre Kate, das Gemüsegärtchen, die kreuz und quer gespannten Schnüre mit den Lumpen als Vogelscheuchen und ihre Wäscheleine gehörten, an der Aramons zerfledderte Sachen hingen. Im Zwinger bellten sich die Hunde beim Geruch der Besucher halb um den Verstand. Dann fuhren die Leute wieder weg.

Raoul Molezon, der Steinmetz, erschien.

Audrun eilte mit einer Schale Kaffee nach draußen und fragte Raoul: »Stimmt das mit den vierhundertfünfzigtausend?«

»Ich habe keine Ahnung, Audrun«, sagte Raoul. »Ich bin nur gekommen, um den Riss zu reparieren.«

Sie erklärte ihm, der Riss gehe durchs ganze Haus, spalte es von oben bis unten, weil dort, wo die zwei Flügel von Mas Lunel gestanden hätten, jetzt nur noch Luft sei. Sie sagte: »Die Erde holt sich die Steinmauern, Raoul. Du bist ein Maurer, ich weiß, du verstehst das Problem. Wenn sie nicht gestützt werden, so wie früher, holt die Erde sie zurück. Ich bin sicher, meine Mutter wusste das.«

Raoul nickte. Er war stets freundlich zu Audrun. War sein Leben lang freundlich zu ihr gewesen. »Du könntest Recht haben«, sagte er. »Aber was soll ich machen?«

Raoul trank den letzten Rest Kaffee und reichte ihr die Schale zurück. Er wischte sich den Mund mit einem alten, hellroten Taschentuch ab und ging daran, seine Leitern aufzustellen und sie mit etlichen Schaufeln Sand gegen das Verrutschen zu sichern. In seinem Pick-up lagen Zementsäcke. Da begriff Audrun Aramons Plan: Raoul hatte den Auftrag, den Riss mit Mörtel zu füllen und ihn dann mit einer Schicht grauem Verputz abzudecken, damit potentielle Käufer nichts von einem Spalt in der Mauer merkten – damit sie gar nicht erst auf die Idee kamen, da könnte etwas sein. Sie drückte die leere Kaffeeschale an die Brust und sagte: »Weißt du was, Raoul, diese Mauer muss mit einer Eisenklammer zusammengehalten werden …«

Er war schon halb die Leiter hinauf, behände, geschickt und ohne Angst vorm Fallen, selbst mit seinen sechsundsechzig noch. Vor langer Zeit hätte Audrun sich in Raoul Molezon verlieben können. Wenn Bernadette nicht gestorben wäre, wenn ihr ganzes Leben anders gewesen wäre. Sie starrte auf seine braunen Beine in den staubigen Shorts. Früher hatte sie, wenn sie Raoul beobachtete, häufig gedacht: Man könnte sich in einen Mann nur wegen seiner Beine verlieben, weil es so schön ist, sie zu streicheln, so wie man den weichen Hals einer Ziege streichelt. Aber das war zu einer Zeit gewesen, als die Liebe zu Männern für sie noch nicht unmöglich geworden war … für immer unmöglich.

Sie sah, wie Raoul sich die Brille aufsetzte, die an einer Kette um seinen Hals hing, und den Riss in der Mauer inspizierte. Er legte die Hand hinein. Nun würde er merken, wie tief er reichte.

»Siehst du?«, rief sie zu ihm hinauf. »Er geht ganz durch.«

Raoul sagte nichts. Er hielt den Kopf jetzt dicht an die Mauer, das Gesicht halb weggedreht, als horchte er auf den Herzschlag des Hauses. Da ging die Tür mit einem Knall auf, und Aramon kam wie ein Terrier herausgestürzt, das Gesicht hochrot von Wein und Wut.

»Lass ihn in Ruhe, Audrun!«, brüllte er. »Lass Raoul in Ruhe!«

Er hätte sie am liebsten mit der flachen Hand weggeklatscht, wie eine Fliege totgeklatscht.

Sie wich vor ihm zurück, so wie sie immer vor ihm zurückwich. Er wusste, er konnte ihr Angst machen, indem er sie berührte. Sie drehte sich um und ging. Rannte beinah.

Sie hielt die Kaffeeschale fest umklammert, für den Fall, dass sie eine Waffe benötigte, für den Fall, dass Aramon ihr folgte. Sie malte sich aus, wie sie ihm die Schale übers Gesicht stülpen würde, so wie sie Spinnen mit einer Tasse fing.

Doch er folgte ihr nicht, und Audrun erreichte ihre Tür – dieses windschiefe Ding, viel zu leicht und instabil, ihre Haustür. Sie ging hinein, schloss und verriegelte die Tür, wusste aber, dass auch der Riegel ziemlich erbärmlich war, nur ein schwaches Stück Metall. Eigentlich waren solche Dinge doch anders gedacht. Türen hatten solide und schwer zu sein. Sie hatten alles fernzuhalten, was einem Schaden zufügen wollte. Und doch hatten sie das nie gekonnt.

Sie setzte sich in ihren Sessel. Irgendwo in der Ferne konnte sie Aramons und Raoul Molezons Stimmen hören. Der Nordwind trug sie zu ihr herüber, der Wind, der manchmal in Audruns Schädel fuhr und sie kalt niederstreckte, unter der aufgehängten Wäsche oder auf dem federnübersäten Boden des Hühnerstalls.

Audrun versuchte, ihren Gedanken eine schönere Richtung zu geben, und dachte an all die wundersamen Heilmittel, die die alte Madame Molezon, Raouls Mutter, in ihrer dunklen Küche zusammengebraut hatte: junge Brombeertriebe, getrocknet und aufgebrüht und mit Honig vermischt, gegen den wunden Hals; Salbeitee gegen Übelkeit; Borretschtee gegen Schock. Doch leider, das musste Audrun sich auch eingestehen, gab es für bestimmte Krankheiten kein Heilmittel. Nichts aus der Küche von Madame Molezon, überhaupt gar nichts hatte Bernadette retten können. In ihren letzten Tagen hatte sie zu Audrun gesagt, ihr Krebs sei wie die Seidenraupen und ihr Körper der Maulbeerbaum. Nichts auf der Welt konnte die Raupen davon abhalten, die Blätter bis auf den allerletzten grünen Rest zu vertilgen.

Und das war der Moment, da alles sich änderte – der Moment, als das allerletzte grüne Blatt verschwunden war.

Mit fünfzehn Jahren wurde Audrun aus der Schule genommen und in eine Unterwäschefabrik in Ruasse zur Arbeit geschickt. Ihr Vater und ihr Bruder blieben zu Hause, kümmerten sich um die Weinstöcke, die Zwiebelbeete, die Obstterrassen und das Gemüse. Sie sorgten für die Tiere und schlachteten sie. Aber Audrun wurde erklärt, sie tauge nicht für Landarbeit und das würde sie auch nie; ihre Pflicht sei es, Geld zu verdienen. Also stieg sie, sechs Tage die Woche, jeden Morgen um sieben in den Bus, der sie vor der Unterwäschefabrik am Rand von Ruasse absetzte, und saß den ganzen Tag lang über eine Nähmaschine gebeugt, nähte Strumpfhalter, Korsetts und Büstenhalter. In ihrer Erinnerung waren all diese seltsam geformten Kleidungsstücke blassrosa, beinah so wie ihre eigene Haut, dort, wo die Sonne nie hinkam.

Ihr Vater befahl ihr, Muster ihrer Arbeit mit nach Hause zu bringen. Serge und Aramon befummelten die rosafarbenen Wäschestücke, schnüffelten daran, dehnten die biegsamen Korsetts in alle Richtungen und zogen an den elastischen Strumpfbändern, so wie man an den Zitzen einer Kuh ziehen würde, und dabei lachten und stöhnten sie und rutschten auf ihren Stühlen herum. Dann sagten sie, Audrun solle die Sachen anziehen, sie vorführen, so tun, als wäre sie ein Mannequin aus einer Zeitschrift. Als sie sich weigerte, zog Serge sie an sich. Er betatschte ihre Brüste, große Brüste, obwohl Audrun erst fünfzehn war. Er flüsterte, ob sie denn nicht einen Büstenhalter für diese wunderschönen Brüste brauche, er würde ihr auch einen kaufen, wenn sie dieses Korsett vorführte ...

Sie riss sich von ihm los, sah Aramon, der, in der Ecke zusammengekrümmt, hochrot vor Verlegenheit und Aufregung, sein Hyänenlachen lachte.

Sie rannte aus dem Haus und lief zum Friedhof, wo Bernadettes toter Körper in seinem steinernen Katafalk lag, oben auf ihre Schwiegereltern gestapelt. Und das war der Moment, da es Audrun zum ersten Mal in ihrem Leben widerfuhr, dieses Gefühl, dass alles um sie herum sich zu etwas Unsinnigem verzerrte ... der Wind zu schlagenden Flügeln, das über die Grabsteine schlitternde Sonnenlicht zu schmelzender Butter, die Zypressen zu umstürzenden Gebäuden. Sie schrie laut, aber es war niemand da, der sie hörte. Sie griff in eine Handvoll Erde und spürte, dass sie in ihren Händen wie Brot zerkrümelte.

Audrun schaukelte in ihrem Sessel und erinnerte sich: Das war das erste Mal gewesen.

Vier Tage hintereinander erschien Raoul Molezon jeden Morgen. Er brachte seinen Lehrling Xavier mit. Sie füllten den Riss mit Zement, verputzten alles frisch, verfugten das Mauerwerk um die Fenster neu. Dann taten sie etwas Erstaunliches: Sie strichen die verputzte Mauer in einem leuchtenden Ockergelb.

Morgens im kühlen Schatten wirkte die Mauer nun schlüsselblumenblass; abends in der Sonne funkelte sie wie ein Wasserfall von Ringelblumen. Das Haus hatte keine Ähnlichkeit mehr mit Mas Lunel.

Audrun verbrachte Stunden in ihrem *potager* und starrte, auf die Grabgabel oder die Hacke gestützt, staunend diese gelbe Erscheinung an. Sie beobachtete, wie Xavier den ausrangierten Fernseher auf Raouls Pick-up lud und den Sand wegschaufelte. Beobachtete, wie Aramon einen Forsythienbusch neben die Haustür pflanzte. Sie stellte fest, dass die Hunde nicht mehr zu hören waren, als hätten die Farbdünste sie betäubt.

Sie sah die Maklerinnen wiederkommen – die Mutter mit der Tochter in den hochhackigen braunen Schuhen. Sie sah Aramon, ausnahmsweise sauber gekleidet, in der ersten Mittagswärme des Jahres mit ihnen zusammenstehen, und sie sah alle drei das neue Gesicht von Mas Lunel anstaunen. Die Maklerinnen begannen Fotos zu machen, eines nach dem anderen, aus der Nähe und von weiter weg. Und Audrun wusste, was ihnen durch den Kopf ging – dass diese Veränderung den Preis für das Haus noch weiter in die Höhe treiben könnte.

Eine halbe Million Euro?

Sie fasste sich ans Herz. Ihr eigenes kleines Haus war innerhalb von vier Wochen für ein paar Tausender gebaut worden. Und es war das einzige Heim, das ihr je gehören würde.

Sie hielt die Maklerinnen auf der Straße an, winkte mit ihren dünnen Armen das Auto herbei. Sie schob ihr Gesicht durch das Wagenfenster.

»Entschuldigen Sie«, sagte sie. »Aber ich bin Monsieur Lunels Schwester, und in dem Haus habe ich früher gewohnt. Und ich habe gesehen, was dort gemacht wurde. Er hat den Steinmetz gerufen, und jetzt ist der Riss überdeckt, aber er ist immer noch da.«

Die beiden Frauen hatten fast identisch geformte runde Gesichter, die aufgeworfenen Lippen rot angemalt. Die Tochter rauchte. Sie zog tief an einer Mentholzigarette einer teuren Marke und pustete den Rauch aus dem Wagenfenster. Beide starrten Audrun wortlos an.

»Ein bisschen Zement kann nicht verhindern, dass er sich ausdehnt«, fuhr Audrun fort und hielt sich am heissen Metallrahmen des Autos fest. »Die Erde greift an beiden Seiten nach den Steinen. Sie greift immer weiter zu.«

»Hören Sie, Madame«, sagte die Mutter nach einer kurzen Schweigepause. »Ich glaube, wir müssen hier etwas klarstellen. Wir wurden von Ihrem Bruder gebeten, den Verkauf des Hauses zu übernehmen. Das ist alles. Mit einer Familienfehde haben wir wirklich absolut nichts zu tun.«

Familienfehde.

»Ach«, sagte Audrun. »Dann hat er es Ihnen also erzählt? Er hat Ihnen erzählt, wie ich behandelt wurde?«

»Wie Sie behandelt wurden? Nein, nein. Mit Dingen aus der Vergangenheit haben wir nichts zu schaffen. Wir sind als Maklerinnen nur für den Verkauf zuständig.«

»Es überrascht mich nicht, dass er Ihnen nichts erzählt hat. Er tut so, als wäre all dies nie geschehen.«

»Nun, es tut mir leid, aber wir müssen jetzt weiter. Wir haben noch einen Termin, einen sehr dringenden Termin in Anduze.«

»Sie sollten ihn nach dem Riss fragen. Fragen Sie ihn. Er hat Raoul bestellt. Und ich habe gesehen, was Raoul gemacht hat. Ich lüge nicht. Er hat einfach ein bisschen Mörtel in die …«

Aber die beiden hörten sie schon nicht mehr. Die Mutter legte den Gang ein, und Audrun spürte, wie der Wagen sich langsam in Bewegung setzte, sie musste ein oder zwei Schritte mit ihm mithüpfen, mitspringen, dann den Kopf aus dem Fenster ziehen und zusehen, wie er davonfuhr.

*E*ine Woche nach seiner Ankunft – er hackte gerade winzige Unkrautpflänzchen aus Veronicas ansonsten makellos bekiestem Vorplatz – bemerkte Anthony plötzlich sein eigenes Spiegelbild in einem Terrassentürflügel und fand, dass er ohne die von der südlichen Sonne weggezauberte Londoner Blässe viel jugendlicher aussah.

Während er sein verwandeltes Ich bewunderte, schoss ihm plötzlich ein neuer Gedanke durch den Kopf:

Ich *könnte* wieder lieben. Nach alledem könnte ich, vielleicht …

Anthony richtete sich auf und hielt sein Gesicht in den Himmel.

Sogar eine Frau lieben? Warum nicht? Er hatte seine Exfrau Caroline auf eine sehr kameradschaftliche Weise geliebt. Warum sollte er nicht, für zehn oder fünfzehn weitere Jahre, ein angenehmes, aber einfaches Leben mit einer attraktiven, aber anspruchslosen Frau führen und dabei Frieden finden …

… aber dann gab es in diesem Teil Frankreichs ja auch all die braungebrannten, dunkelhaarigen Knaben, und bei dem Gedanken an sie und daran, wie sie in den heißen Nächten mit ihm auf Französisch flüstern würden, bekam er schon jetzt eine vorauseilende, aber gar nicht einmal unwillkommene Erektion.

Mit neuer Energie machte er sich wieder an die Arbeit, fest entschlossen, auch die letzte Unkrautwurzel im Vorplatz auszurotten. Gefreut hatte er sich nicht gerade auf die Gartenarbeit, doch jetzt merkte er, wie sein Kopf dabei auf wundersame Weise Ruhe fand, eine Ruhe, die wieder Hoffnung keimen ließ, so wie die Sonne sich hinter einer Wolke hervorschiebt.

»Dir ist doch sicherlich klar, dass du mich gerettet hast«, sagte er an diesem Abend zu Veronica, während sie im Salon gut gekühlten Wein tranken.

»Wie meinst du das?«, fragte sie.

»London bringt mich um, V. Und zwar buchstäblich. Seit ich hier bin, denke ich schon viel darüber nach, und jetzt habe ich eine endgültige Entscheidung getroffen. Ich werde alles verkaufen. Das hätte ich schon vor zwei oder drei Jahren tun sollen. Frankreich wird der Ort meiner Wiedergeburt sein.«

Und noch während er das sagte, suchte und fand und genoss er den kurzen Ausdruck des Entsetzens in Kitty Meadows' Augen. Welch ein beredtes Entsetzen.

»Keine Sorge«, sagte Anthony und lächelte sie entspannt an. »Ich werde mich nicht auf eurer Türschwelle niederlassen. So taktlos bin ich nicht. Ich werde mich weiter im Süden nach einem Haus umschauen – in der Nähe von Uzès wahrscheinlich. Solange es eine schöne Aussicht und genügend Platz für meine *Lieblinge* hat. Alles andere ist unwichtig.«

Veronica stand auf, ging zu Anthony und legte ihm die Arme um den Hals. »Lieber«, sagte sie, »das halte ich für eine wunderbare Idee. Einfach großartig und mutig und brillant! Darauf stoßen wir an! Wir werden dir helfen, das perfekte Haus zu finden.«

Kitty saß regungslos in ihrem Sessel. Sie faltete ihre kleinen Hände im Schoß.

Anthony rief Lloyd Palmer an. Er begann das Gespräch damit, dass er sich für die betrunkene Nacht in Lloyds Haus entschuldigte.

»Das ist okay«, sagte Lloyd. »Immerhin hast du dich nicht übergeben. Wie ist Frankreich?«

»Hör zu«, sagte Anthony, »ich habe so eine Art Erleuchtung gehabt. Es würde zu weit führen, alles zu erklären, aber ich glaube, ich werde hier unten ein Haus kaufen.«

»Ein Baumhaus?«, meinte Lloyd und kicherte kurz.

»Also gut, *der Punkt geht an dich*, Lloyd. Aber weswegen ich eigentlich anrufe: Es könnte sein, dass ich dich bitte, demnächst einige meiner Aktien zu verkaufen ...«

»Aktien *verkaufen*? Habe ich gerade richtig gehört?«

»Ja.«

»Bist du von deinem verdammten Baum gefallen? Das würde ich nicht übers Herz bringen, alter Junge. Hast du in letzter Zeit mal die Aktienkurse gecheckt? *Ich könnte das nicht.* Nicht mal für dich.«

»Wenn ich ein Haus finde, muss ich in der Lage sein, schnell zu handeln, Lloyd. Wenn man hier Immobilien kauft, kann man nicht rumtrödeln. Man muss verbindliche Zusagen machen.«

»Nimm doch Bargeld.«

»Ich *habe* kein Bargeld. Alles, was ich jenseits der Aktien habe, sind Schulden.«

Das böse Wort Schulden brachte Lloyd Palmer zum Verstummen.

»Ich bin schockiert«, sagte er schließlich. »Was ist passiert?«

»Realität ist passiert. Zeit ist passiert. Und ein Wohnungsverkauf würde viel zu lange brauchen, deshalb …«

»Die Wohnung *verkaufen*? Ich kann gar nicht glauben, was ich da alles höre! Bist du von allen guten Geistern verlassen, Anthony?«

»Nein. Für mich ist es in London vorbei. Du und Benita, ihr wisst das genauso gut wie ich. Und deshalb versuche ich hier unten, in der Nähe von V, einen neuen Start.«

Lloyd stieß einen langen, melancholischen Seufzer aus.

In das Schweigen hinein, das diesem Seufzer folgte, sagte Anthony sehr ruhig: »Ich versuche, meine Seele zu retten, Lloyd, oder das, was davon noch übrig ist.«

»Du musst dir was *leihen*«, bellte Lloyd. »Das ist das einzig Vernünftige, was du machen kannst.«

Es regnete.

Veronica und Kitty saßen auf ihren alten Holzstühlen im steinernen Bogendurchgang, der auf die Terrasse führte, und sahen dem Regen zu.

Dieser Regen war Manna: das, wonach sie sich gesehnt hatten, Monat für Monat. Sie horchten, wie er die schicken neuen Regenrinnen entlangggluckerte, auf die Blätter des spanischen Maulbeerbaums prasselte. Wenn er die Erde unter diesem Maulbeerbaum vollkommen durchtränken würde, wäre er ein guter Regen, wäre mehr als das, was die Menschen in Sainte-Agnès *deux gouttes* nannten. Das war eine ihrer Arten, den Regen zu messen.

Sie atmeten die feucht riechende Luft. Malten sich aus, wie schon jetzt die Abermillionen feinster Graswürzelchen unmerklich anschwollen und wie ihr Rasen, wenn der Regen anhielt und nicht plötzlich von einem Augenblick zum anderen aufhörte, innerhalb der nächsten sechsunddreißig Stunden wieder wunderbar grün leuchten würde.

Der segensreiche Regen hielt an, verstärkte sich, der Himmel war schiefergrau, und auf dem unebenen Steinfußboden der Terrasse sammelte sich das Wasser in Pfützen. Anthony erschien im Durchgang.

»Was macht ihr denn hier?«, fragte er Veronica.

»Wir sehen dem Regen zu«, sagte sie.

»Wir sehen dem Regen zu«, sagte Kitty.

Anthony blickte die beiden Frauen an. Sie verhielten sich so still, schienen so ergriffen und verzaubert von dem fallenden Regen, als säßen sie gerade in einer brillanten Schwanensee-Aufführung. Weshalb er es nur angemessen fand, sich dazuzugesellen, indem er einen weiteren Stuhl besorgte und, als wären sie in einer Theaterloge, stumm neben ihnen Platz nahm und ebenfalls das Schauspiel verfolgte.

Seltsam, dachte er, während er sich setzte, es ist seltsam und unvorhersehbar, was einem alles kostbar, was einem zum *Liebling* werden kann. Wer hätte gedacht, dass Regen für zwei englische Frauen mittleren Alters einmal solch ein Geschenk werden kann? Für Afrikaner, ja. Für jenes ausgedörrte Land. Lal hatte ihm häufig sehr anschaulich erzählt, wie der Regen in die

Kapprovinz kam, wenn die Wege der großelterlichen Farm sich rot färbten, wunderschön blutrot und ziegelrot, und wenn überall auf der kargen Steppe namenlose Blumen aus der Erde schossen. Aber so leidenschaftlich hatte Veronica Regen bestimmt noch nie betrachtet.

»Man kann es nicht ahnen«, sagte er laut. »Man kann es einfach nicht ahnen.«

»Was?«, fragte Veronica.

Anthony hatte gar nicht gemerkt, dass er laut gesprochen hatte.

»Oh«, sagte er, »ich dachte nur gerade, dass es gut ist, wenn man es nicht vorher weiß. Wenn man nicht weiß, was einen plötzlich dazu bringt, etwas zu fühlen.«

»Was denn fühlen?«, fragte Kitty.

Sie musste natürlich den Zauber zerstören. Und das gehörte zu den vielen Dingen, die Anthony an ihr einfach nicht ausstehen konnte. Sie war diese kleine, pedantische, fantasielose Zauberzerstörerin. Wie albern, wie komisch, dass sie sich für eine Künstlerin hielt! Anthony seufzte. Wenn er hier erst einmal richtig Fuß gefasst hatte, musste er eine neue Partnerin für seine Schwester finden.

»Überhaupt *irgendetwas* fühlen«, sagte er. »Entzücken, zum Beispiel. Oder Verärgerung.«

Der Regen dauerte drei Tage. Die Mimosenblüten wurden zu braunem Matsch. Das Haus wurde kalt. Anthony hatte allmählich das Gefühl, England sei ihm hierher gefolgt und packe ihn am Ärmel, auch wenn er sich nach Kräften bemühte, es sich vom Leibe zu halten.

Durch das Fenster starrte er auf die in blauen Dunst gehüllten Cevennen. Hier oben in den Bergen, dachte er, müsste das Leben doch wirklich einzigartig sein. Man würde die ehrwürdige Großartigkeit der Dinge spüren, sich den Sternen näher fühlen. Und wieder das Gefühl haben, dass die Welt einem zu Füßen liegt, dass man Herr seines Reichs ist – so wie er, Anthony, sich in den glorreichen Jahren von Reichtum und Erfolg gefühlt hatte –, einfach allem überlegen, was sich da unten im Tal abstrampelte.

In dem von Pinienduft geschwängerten Dunst da draußen sah alles so wundersam einsam aus. Als würde jene Welt nicht den Menschen gehören, sondern den Adlern und der Stille. Und deshalb würde man es hier als Mensch auch fertigbringen, einfach nur zu *sein*. Endlich würde man es fertigbringen, all das Kämpfen sein zu lassen; man könnte einfach darauf warten, dass sie einen wieder packte: die Lust am Leben.

Das Auto der Maklerinnen erschien jetzt immerzu beim Mas Lunel. Es war ein ständiges Kommen und Gehen. Die ausgehungerten Hunde bellten wild und verzweifelt. Audrun sah, wie die Kaufinteressenten jedes Mal erstarrt in der Auffahrt stehen blieben.

Als sie wieder einmal den Weg hinaufgelaufen war, um Aramon einen Stapel sauberer Wäsche zu bringen, sagte sie: »Wenn du das Haus wirklich verkaufen willst, solltest du sehen, dass du die Hunde loswirst.«

Er fummelte gerade an einer defekten Taschenlampe herum, nahm die Batterien heraus, legte sie wieder ein, knallte die Lampe auf den Holztisch. »Es sind nicht die Hunde«, sagte er. »Sie wissen, dass die Hunde zusammen mit mir verschwinden. Es ist deine Hütte.«

Audrun legte die saubere Wäsche auf einen Stuhl. Denn jetzt hatte sie keine Lust mehr, sie ihm in seinen Trockenschrank einzusortieren. Sie sah, dass die Taschenlampe plötzlich wieder funktionierte. Hörte, wie ihr Bruder zufrieden schnaufte.

»Ja«, sagte er und leuchtete ihr mit dem Lichtstrahl ins Gesicht. »Sie sagen, dein Haus ist ein Schandfleck. Das ist der Ausdruck, den alle benutzen, ein ›Schandfleck‹. Deshalb habe ich ihnen geraten, sie sollen dich rauskaufen. Dein Haus abreißen! Das ist doch eine Idee, oder? Ich könnte es aber auch für sie tun. Sie würden mich dafür bezahlen, wenn ich es mache.«

Er lachte so schrill und keuchend, dass er sich krümmen musste. Knipste die Taschenlampe aus, knallte sie auf den Tisch und fischte nach einer Zigarette. »Den Leuten mit Geld«, sagte er, »denen gefallen alte Häuser. Die verlieben sich in Stein und Schiefer und massives Holz. Für sie ist so ein Haus wie deins vollkommen wertlos. Nur ein hässlicher Fleck in der Landschaft.«

Audrun drehte sich um und ging zur Tür. Kurz bevor sie in die Sonne hinaustrat, hörte sie Aramon sagen: »Du solltest dich schämen, dass du es so nah an die Grenze gesetzt hast.«

»Ich habe es dorthin gesetzt, wo man mir gesagt hat, dass ich bauen soll«, erklärte Audrun sehr ruhig. »Damit es Anschluss an Strom und Wasser hat.«

»Das mag ja sein«, sagte Aramon, »aber an einigen Stellen bist du über die Grenzlinie gegangen. Ich habe dich doch dabei gesehen, *pardi*! Deshalb werde ich den Landvermesser kommen lassen, und der soll prüfen, wo du von meinem Land geräubert hast. Und alles, was sich auf meinem Grund und Boden befindet, werde ich rechtmäßig plattwalzen.«

Es hatte keinen Sinn, noch zu bleiben und mit ihm zu streiten. Worte führten bei Aramon nie zum Erfolg. Schon, als er noch klein war, hatte nur eins bei ihm Erfolg gehabt: Prügel, die Serge mit einem Gürtel oder einem Bambusstock austeilte. Was jetzt Erfolg verspricht, dachte Audrun, ist Geld. Das ist das Einzige, was noch helfen kann.

Als Audrun wieder vor ihrer Tür stand, drehte sie sich um, blickte prüfend in alle Richtungen. Obwohl diese beiden Häuser, Mas Lunel und ihre eigene Kate (die keinen Namen hatte), nur wenig außerhalb von La Callune standen, schienen sie kilometerweit von jeglicher anderen Behausung entfernt. Bis auf die Straße hinter ihrem Häuschen, die alte Zufahrt zum Mas, die Serge mit Schiefer- und Ziegelbruch befestigt hatte, sowie die zusammenfallenden Mauern der Weinterrassen und ihren kleinen Gemüsegarten war alles wilde Natur – Wiese, Steineichen, Buchen, ihr Kastanienwäldchen, der Pinienhang darüber und der Fluss weiter unten. Die Leute hielten Audrun für einfältig, nicht ganz richtig im Kopf, weil ihr manchmal der Faden der Zeit riss und kleine Stücke davon abhanden kamen, aber so einfältig war sie nicht, dass ihr entgangen wäre, wie wunderschön all das hier war. Sie wusste, dass ein Geschäftsmann aus irgendeiner hässlichen, verstopften Stadt genau so etwas gerne kaufen würde.

Sie drehte sich um und starrte auf ihre Kate, auf das ausgebleichte Rosa der verputzten Wand und die Metallrahmen der Fenster, die sie selbst blau gestrichen hatte, weil das Bernadettes Lieblingsfarbe gewesen war. Aber neben dem Rosa hatte das Blau immer irgendwie falsch ausgesehen. Im Sommer pflanzte sie scharlachrote Geranien in die Töpfe auf den Fensterbrettern, doch jetzt waren die Töpfe leer, und nach den schweren Regenfällen standen sie voll Wasser. Auf dem Mosaikpflaster ihrer Terrasse lagen feuchte Blätter, vom Wind zu komischen Mustern verwirbelt. Ihre steinerne Vogeltränke, an der sie gern Spatzen und Blaumeisen beim Trinken beobachtete, hatte Algen und Moose angesetzt. Der Fliegenvorhang hing schief über der Haustür. Und ihr kleiner, neben der Tür geparkter Fiat war derart verrostet, dass er nur noch auf den Schrotthändler mit seinem großen zuschnappenden Greiferarm zu warten schien.

Das Ganze sah erbärmlich aus. Wie Recht die potentiellen Käufer des Mas Lunel doch hatten, dachte Audrun: Ihren Wohnschuppen hätte es nie geben dürfen. Mas Lunel und das umgebende Land hätten ihr, Audrun, gehören sollen. Sie hätte die Hunde an einen Jäger verkauft, der sie versorgt und ihnen zu tun gegeben hätte. Sie hätte den Riss in der Mauer ordentlich repariert. Sie hätte alles sauber und hygienisch gehalten. Der Ort hätte gelebt.

Und mehr als alles andere hätte sie sich um das Land gekümmert. Denn es war das Land, das zählte. Im Cévenol hatten in jüngster Zeit Tausende, besessen von der Vorstellung, Geld aus ihren Häusern zu schlagen, ihre Pflichten als Hüter des Landes vergessen. Die Bäume wurden von Krankheiten heimgesucht. Die Weinterrassen zerbröckelten. Die Flüsse verschlammten. Und niemand schien darauf zu achten oder sich Gedanken zu machen – als würden die Dinge sich selbst reparieren, als würde die Natur die Arbeit des Menschen übernehmen, während dieser – so wie Aramon – vor seinem monströsen Fernseher saß und sein Hirn kilowattweise mit sinnlosen Lichtstrahlen perforieren ließ.

Und was war mit diesen neuen Menschen, den Ausländern, die das ganze Land aufkauften? Die sind hilflos, dachte Audrun. Hilflos. Es ist nicht ihre Schuld. Sie sind ergriffen von der Schönheit – Audrun wusste, dass das so war. Und sie bilden sich plötzlich ein, sie könnten alles selbst pflegen und erhalten. Doch in Wirklichkeit verstehen sie nicht das Geringste von der Erde.

Nicht zum ersten Mal, ganz gewiss nicht zum ersten Mal, entschied Audrun, dass nicht Bernadette, sondern Aramon 1960 hätte sterben sollen.

Dann wäre er jetzt zu Staub zerfallen. Ein köstlicher Gedanke: sein Gesicht, sein Lachen, sein schlechter Geruch ... alles wäre Staub.

Und das ganze Land der Lunels, das ihre Großeltern vor über einem Jahrhundert erworben hatten, würde ihr gehören – bewaldet, strotzend und grün.

Audrun wanderte mit Marianne Viala durch ihren Wald. Der Fluss in ihrem Rücken floss schnell und führte viel Wasser. Immer wieder schoben sich bauschige weiße Wolken vor die Sonne.

»Du musst dich selbst schützen, Audrun«, sagte Marianne.

Sich selbst schützen? Marianne musste doch wissen, dass es diese Möglichkeit seit Bernadettes Tod für Audrun nicht mehr gab.

»Das meine ich ernst«, sagte Marianne. »Du solltest dir einen Anwalt nehmen. Wenn deine Kate an irgendeiner Ecke auf Aramons Land steht, hat er das Recht ...«

»Sie steht nicht auf seinem Land. Sie steht auf meinem Land.«

»Wieso bist du da so sicher?«

»Wir haben uns damals die Pläne vorgenommen. Wir haben an den Grenzlinien Schnüre gespannt.«

»Dann ist ja alles in Ordnung. Dann hast du ja wohl nichts zu befürchten.«

Nichts zu befürchten.

Das hatte Bernadette gesagt, als sie Audrun nach Ruasse ins Krankenhaus brachte. Sie sagte, der Chirurg dort werde das Schweineschwänzchen abschneiden, das aus Audruns Bauch wuchs, und ihr genauso einen hübschen, normalen Bauchnabel machen, wie ihn all die anderen Kinder auch hatten. Und danach würde sie nie mehr solche Hänseleien hören, wie: »Zeig uns dein Schweineschwänzchen, Audrun! Zeig uns deinen Ferkelarsch!«

Sie lag im Krankenhausbett und konnte fühlen, wie das warme Blut aus der Wunde schoss und ihr über die Schenkel lief. Sie versuchte, jemanden zu rufen, aber das Zimmer, in dem sie lag, war riesig, und es hallte, und ihre Stimme hatte keine Kraft. Sie brachte nur einen kleinen erstickten Laut zustande, der zur Decke aufstieg wie ein gefangener Vogel.

Nichts zu befürchten.

Sie war acht Jahre alt. Sie wusste nicht, ob dieses heiß hervorschießende Blut normal war. Es fühlte sich nicht normal an. Es fühlte sich an, als würde das Leben aus ihr hinausfließen, das kostbare, einzige Leben der Tochter von Bernadette Lunel, die zwischen der dünnen Decke und der harten Krankenhausmatratze eingeklemmt lag. Weil sich in ihr drinnen alle Venen und Arterien entleerten, würde sie von Minute zu Minute dünner und platter werden. Und so bleich wie eine Seidenraupe.

Als sie aufwachte, war ihr Arm mit einem Beutel voll Blut verbunden, und eine kühle Hand lag auf ihrer Stirn – Bernadettes Hand. Bernadette beugte sich zu Audrun herunter und sagte: »Jetzt ist alles gut, mein kleines Mädchen. Es ist alles gut. Jetzt bin ich da. Maman ist da. Du hast nichts zu befürchten.«

Audrun und Marianne wanderten zurück, und als die Kate wieder in Sicht kam, blieb Marianne stehen, blickte in die Richtung und sagte: »Ich habe eine andere Idee. Lass Raoul kommen und eine Mauer bauen.«

»Wozu soll eine Mauer gut sein?«

»Eine hohe Steinmauer. Wer immer das Mas kauft, kann dann dein Haus nicht sehen, und du musst diese Leute nicht sehen.«

»Das kann ich mir doch gar nicht leisten.«

»Auf deiner Seite könnte man billige Hohlblocksteine nehmen und auf der anderen Seite, da, wo die Leute hinsehen, Feldsteine davorsetzen.«

»Auch dann. Woher soll ich das Geld nehmen?«

Marianne drehte sich um und sah zurück zu dem Weg, den sie gekommen waren. »Verkauf den Wald«, sagte sie.

Den Wald verkaufen?

Audrun schüttelte heftig den Kopf, schüttelte ihn immer weiter, wie eine Marionette. Sie fühlte sich ganz schwach und wackelig von all dem hässlichen, verdorbenen Denken.

Später lag sie im Dunkeln.

»Sicher in deinem Bett«, hatte Bernadette immer gesagt, »jetzt bist du sicher in deinem Bett.« Aber Bernadette hatte sich geirrt.

Sie versuchte sich zu erinnern: War ihr Haus vielleicht doch zum Teil auf Aramons Land errichtet worden?

Sie konnte sich nur noch daran erinnern, wie hastig es hochgezogen worden war, irgendwie schlampig, bloß mit einer hingekritzelten Erlaubnis vom Büro des Bürgermeisters, ohne ordentliche Entwürfe, nur nach Zeichnungen, die der Bauunternehmer gemacht hatte: Stellt das hierhin, stellt das dahin. Eigentlich hätte Raoul das Haus bauen sollen, aber er wollte den Auftrag nicht; er arbeitete nur mit richtigen Steinen.

Deshalb kam eine andere Firma aus Ruasse, und die entschieden immer von Tag zu Tag, jeweils aus der Situation heraus – damals, als die Männer in der Sonne saßen, Brot und Camembert aßen, Bier tranken und manchmal einen kurzen Blick auf diese oder jene Zeichnung warfen. Einmal hatten sie sogar ihren restlichen Käse in eine der Zeichnungen gewickelt, weil sie angeblich nicht mehr gebraucht wurde.

Es war doch niemals ein Landvermesser erschienen, um das fertige Haus abzunehmen – oder? Es war niemand erschienen, weil es niemanden auch nur im Geringsten interessierte. All dieses Land gehörte der Lunel-Familie – hatte ihr seit drei Generationen gehört. Es wäre an Bruder und Schwester gewesen, irgendwelche Grenzlinien zu ziehen ...

Aber jetzt würde ein Landvermesser kommen. Selbst eine Mauer aus Stein konnte niemanden fernhalten, jedenfalls keinen, der glaubte, er habe ein Recht, dort zu sein. Sie, Audrun, würde hilflos danebensitzen und darauf warten, dass der Landvermesser mit seinem stählernen Maßband eine Linie zog. Und wenn diese Linie nun in ihr Haus hineinführte und an der anderen Seite wieder hinaus, was dann? Würde sie hören müssen, wie jemand ihr erklärte – so wie man es ihr das ganze Leben lang erklärt hatte –, sie habe sich geirrt?

Du machst alles verkehrt, Audrun.
Du siehst die Welt nicht, wie sie ist.

Audrun lag auf dem Rücken und starrte in die Dunkelheit. Sie legte die Arme dicht an ihren Körper, schloss die Augen und versuchte, ihren Herzschlag zu verlangsamen. Sie tat so, als wäre sie Aramon, der in seinem Sarg lag. Sie wartete darauf, dass das Grabgewölbe um sie herum kälter wurde.

Die Restaurantterrasse in Les Méjanels, wenige Kilometer hinter Ruasse, lag direkt oberhalb der steinernen Brücke, die den Gardon überspannte. Der Fluss führte in diesem Frühling so viel Wasser wie schon seit Jahren nicht mehr. Alle redeten darüber, über den Gardon, der nach einem kalten Winter vom schmelzenden Schnee und von den jüngsten Regenfällen so herrlich jadegrün angeschwollen war.

Veronica, Kitty und Anthony hatten einen Tisch ganz am Rand der Terrasse.

Die warme Aprilsonne warf ihre Leuchtpfeile auf das rasch dahineilende Wasser. Auf der Speisekarte standen frisch gefangene Forelle, Froschschenkel und *omelette aux crêpes*. Veronica bestellte eine Karaffe vom einheimischen Rosé. Anthony setzte seinen alten Krickethut auf. Der Himmel war wolkenlos.

Anthony bestellte das Omelett und danach die Forelle. Er aß bedächtig, lud immer nur wenig auf die Gabel, dekorierte jeden Bissen ästhetisch perfekt mit ein paar der köstlich angemachten Salatblätter. Der Wein war sehr kalt, trocken und leicht, und auch ihn trank er bedächtig, denn er wollte das vollkommene Gleichgewicht dieser exquisiten Augenblicke nicht durch gierige *gourmandise* seinerseits stören.

Ihm war bewusst, dass er schon sehr lange nicht mehr so nah am Glücklichsein gewesen war wie jetzt. Glücklich. Er wagte es, dieses Wort aus dem Märchen zu denken. Er fühlte sich ähnlich einverstanden mit seinem Leben wie früher, wenn er auf einer Auktion erfolgreich geboten hatte. Und diese Berge, dieses langgestreckte, majestätische Tal mit seinem uralten Fluss ... all das, so sagte er sich, war zumindest nicht vergänglich. Wenn er sein Leben hier in dieser Gegend noch einmal beginnen könnte, wären sie seine prächtigen Gefährten. Die Schönheit, die er in seinem neuen Haus kreieren würde, für seine *Lieblinge* und mit ihnen, fände – Tag für Tag, zu allen Jahreszeiten – ihre Entsprechung draußen vor seinen Fenstern.

Zu Veronica gewandt, sagte er: »Das hier ist der Ort, V. Hier möchte ich sein. Ich setze auf die Cevennen.«

Veronica lächelte. Ihre Nase war von der Sonne gerötet. »Nun«, sagte sie und versuchte, Kitty in ihr Lächeln mit einzubeziehen, »das ist okay. Nein, es ist sogar hervorragend. Wir müssen jetzt nur noch nach einem Haus schauen.«

Anthony wurde noch etwas anderes klar. Er hatte eigentlich an ein kleines Haus gedacht, mit einem bescheidenen kleinen Stück Land, gerade groß genug, dass V ihm ein hübsches Gärtchen anlegen konnte. Aber dieses Bild änderte sich jetzt. Mittlerweile stellte er sich etwas Stattlicheres vor, etwas mit hohen Decken und einer großen Küche, mit Räumen, für die er kühne Lichteffekte ersinnen könnte. Räumen, die die edelsten Stücke seiner Sammlung von *Lieblingen* – so viele, wie er sich als Privatbesitz leisten konnte – zur Geltung bringen würden. Und auf dem Grundstück müsste genügend Platz für einen Swimmingpool sein. Ein Pool würde sein Leben verlängern helfen. Oh, und ganz viel Land. Jetzt wünschte er sich auch Land. Gar nicht so sehr, weil es ihn vor der neidischen Welt abschirmen sollte, sondern weil er der neidischen Welt etwas Neues zum Beneiden bieten wollte.

Seine Pläne wuchsen und gediehen und vervielfältigten sich in seinem Kopf: Gästetrakte, eine Badehütte, eine Sauna, ein Irrgarten, eine Wildblumenwiese … Er merkte, dass Kitty ihn anstarrte, als könnte sie seine extravaganten Gedanken lesen und als verfolgte sie auch schon eine Strategie zu ihrer Zerschlagung. Er lehnte sich in seinem Stuhl zurück und sagte: »Was denkst du, Kitty?«

Sie blickte weg, sah in die Ferne, zu den Gipfeln der Berge. Sie hatte eine Stupsnase, die wahrscheinlich früher »süß« genannt worden war, ihrem Gesicht aber jetzt etwas Plattgedrücktes, Pekinesenhaftes verlieh.

»Wieso mietest du dir nicht erst mal etwas?«, erwiderte sie. »Und schaust, ob du dich überhaupt daran gewöhnen kannst, so auf alles zu verzichten.«

Mieten? Was für eine unsinnige, fantasielose Idee! Und was sollte dieses »Alles«, von dem sie da faselte? Kitty Meadows hatte doch nicht die blasseste Vorstellung von dem, was ein Anthony Verey für wichtig hielt – oder gehalten hatte, sie würde es sich auch nie vorstellen können. Und er würde ihr ganz gewiss nicht die Wahrheit über sein »Alles« verraten: dass es, anscheinend unwiderruflich, auf einem langen, gewundenen Irrweg zu einem »Nichts« geworden war. Weil er nämlich fest entschlossen war, wieder danach zu greifen, sich alles zurückzuholen, und niemand würde sich ihm dabei in den Weg stellen, schon gar nicht Kitty Meadows …

»Ich möchte nicht mieten«, sagte er. »Ich möchte ein Haus finden und mich ihm dann auch entsprechend widmen. Und das möchte ich, bevor es zu spät ist.«

»Zu spät?«, fragte Kitty. »Was meinst du damit?«

»V weiß, was ich meine«, sagte er, »stimmt doch, Liebes, oder?«

Er meinte die Zeit, wie Kitty sehr genau wusste. Er wollte etwas Großartiges, Neues in die Welt setzen, ehe ihm die Jahre noch mehr zusetzten, ehe er gezwungen sein würde, auch die letzten Eitelkeiten abzulegen. Und das war offensichtlich das großartig Neue: ein kostspielig restauriertes, makellos ausgestattetes Haus in den Cevennen. Berühmte Freunde würden zwecks Bewunderung eingeladen werden. Er würde Tag und Nacht arbeiten, bis alles perfekt war, und dann damit angeben. Er würde sehr laut schlechtes Französisch sprechen. Die Nachbarn in der Gegend würden ihn nicht mögen, aber er würde es nicht einmal merken.

Kitty war seiner Gesellschaft schon jetzt so überdrüssig, dass sie Anthonys Anwesenheit als großes Unglück empfand. Er wohnte seit zehn Tagen bei ihnen in Les Glaniques, brachte den Rhythmus ihres Lebens durcheinander, machte ihr jedes Arbeiten unmöglich, und nun würde die Jagd nach Häusern losgehen, und das könnte Wochen und Monate dauern. Es war unerträglich.

Unerträglich.

Während Veronica Karamellcreme und Kaffee für alle bestellte, dachte Kitty, wie gern sie Anthony Verey zu der Brücke da unten führen, seine Füße mit Steinen beschweren und ihn in das reißende Wasser stoßen würde. Er war der letzte männliche Verey mit all dem überlieferten Snobismus und dem ungerechtfertigten Anspruchsdenken der Sippe. Es wäre gewiss besser – für sie selbst, für Veronica, für die Welt –, wenn man sich seiner entledigte, wenn dieses Leben, das er für so kostbar hielt, kurzerhand abrupt beendet würde.

»Was denkst du gerade, Kitty?«, fragte Veronica plötzlich.

Kitty erschrak. Plötzlich rastlos wie ein Vogel, legte sie ihre Serviette hin, sagte, mit der Karamellcreme habe sie es sich anders überlegt, sie würde gern einen Spaziergang am Fluss machen.

»O nein«, sagte Veronica. »Warte, bis wir mit dem Essen fertig sind, dann gehen wir alle zusammen.«

Doch Kitty erhob sich. Und während sie den Kopf schüttelte, musste sie zu ihrem Kummer wieder daran denken, dass Veronica über ihr Haar gesagt hatte, es lasse sich »schlecht streicheln«.

Sie ging zu der Treppe, die hinunter zur Straße führte. Noch während sie sich vom Tisch entfernte, hörte sie Anthony laut sagen: »O Gott, habe ich etwas Schreckliches gesagt? Bin ich ein Monster?«

Kitty lief weiter, ohne sich umzuschauen. Sie dachte: Jeder Schritt, der mich von ihm entfernt, ist eine Erleichterung. Aber der Gedanke, dass sie sich dabei gleichzeitig von Veronica entfernte, war ihr wie ein Stich ins Herz. Das letzte Mal, als sie beide hier in Les Méjanels gewesen waren – gegen Ende des vorigen Sommers –, waren sie nach dem Mittagessen zum Gardon hinuntergelaufen, hatten in der heissen Sonne gesessen und im Sand Tic Tac Toe gespielt, und Veronica hatte gesagt: »Ich mache die Kreuze. Bitte schön. Der erste Kuss ist für dich.«

Auf dem Weg zum Wasser fragte Kitty sich: Braucht denn nicht jede Liebe einen geschützten Raum für sich? Und wenn das so ist, wieso begreifen die Liebenden dann nicht, welch einen Schaden Grenzüberschreitungen anrichten können? Es empörte sie, dass Veronica so leichtfertig gemeinsame Sache mit Anthony machen konnte, wo es doch unausgesprochen um die anscheinend unbegrenzte Dauer seines Besuchs ging. Als wäre Anthony für sie der wichtigste Mensch, als hätte er, seit jeher und auch in aller Zukunft, das Recht, an erster Stelle zu stehen, und als wäre es an ihr, Kitty, diese Hierarchie mit erwachsener Gelassenheit hinzunehmen und keinen Aufstand zu machen.

Und natürlich wusste Anthony das alles. Zweifellos genoss er dieses Wissen auch. Genoss es, dass »Vs kleine Freundin« auf den zweiten Platz verwiesen wurde. Gut möglich, dass er seinen Aufenthalt bis in den Sommer oder noch länger ausdehnte, nur um sie zu schikanieren, nur um alles dafür zu tun, dass Veronicas Liebe in die Brüche ging.

Am Ufer angekommen, wandte Kitty sich nach rechts und nahm den schmalen Pfad oberhalb des glitzernden, wild strudelnden Flusses. Sie sah, dass der graue Strand, an dem sie mit Veronica gesessen hatte, jetzt überspült war. Wahrscheinlich würde er erst in der Julihitze, wenn der Fluss zu einem träge fliessenden Wasserlauf schrumpfte, wieder zum Vorschein kommen. Grosse Steine, die letztes Jahr mitten im Fluss gelegen hatten, waren jetzt im Wasser verschwunden, und Kitty malte sich aus, wie all die frisch geschlüpften Bachforellen ihr Leben in dieser schützenden Dunkelheit begannen, wie sie an dem grünen, proteinreichen Kraut knabberten, das im Kiesbett des Flusses wogte.

Und während Kitty so über das unschuldige Leben der Fische nachsann, merkte sie, dass sie weinte.

Sie stolperte weiter. Am liebsten hätte sie sich hingesetzt und richtig geweint. Aber es gab nichts zum Hinsetzen. Es gab nur den schmalen Pfad, gerade breit genug für eine Person. Und so blieb ihr nichts anderes übrig, als dem Weg so lange zu folgen, bis sie sich in der Lage sah, kehrtzumachen und zurückzugehen.

Anthony war überzeugt, dass Kitty ihnen diesen Augenblick des Glücks mit Absicht verdorben hatte, und das bestärkte ihn in dem Entschluss, nicht zuzulassen, dass sie den ganzen Tag ruinierte oder ihn gar von seinem Plan abbrachte. Und der sah vor, dass sämtliche Immobilienmakler in Ruasse aufgesucht wurden.

Nachdem sie eine halbe Stunde auf Kitty gewartet hatten, waren sie jetzt endlich auf dem Weg dorthin. Veronica fuhr, Anthony saß neben ihr, und niemand sagte ein Wort. Kitty lehnte den Kopf gegen das Fenster und hielt die Augen geschlossen.

Bestimmt will sie sofort nach Hause, dachte Anthony, um ihre hoffnungslosen Aquarelle anzustarren und sich irgendeinen Trick zu überlegen, mit dem sie mich loswerden kann. Aber das werde ich nicht zulassen. Ich bin Anthony Verey, und ich bin wieder ich selbst: Ich bin *der* Anthony Verey ...

In Ruasse parkte Veronica den Wagen am Marktplatz unter weißstämmigen Platanen, die schon die ersten Blätter zeigten. Die Sonne ging gerade unter, und eine Andeutung von Kühle lag in der Luft. Auf der anderen Seite des Platzes gab es zwei Maklerbüros. Veronica schickte Anthony schon einmal vor und erklärte, sie komme gleich nach.

»In Ordnung«, sagte er. Aber er sagte es seufzend, um seiner Schwester zu signalisieren, dass er die Art, wie sie auf die Launen und Stimmungen von Kitty Meadows einging, absolut missbilligte. Seiner Meinung nach hätte Kitty ruhig hinten im Wagen schmoren können, während V und er die Fotos der Häuser gemeinsam betrachteten. Ja genau, das wäre doch ideal gewesen: Kitty versauerte im Auto, eingesperrt wie ein Kind, während sie beide, die Vereys, einen ersten Blick in seine Zukunft warfen …

Er schlenderte über den Platz, den Krickethut immer noch auf dem Kopf, hörte das Klacken und Schlagen der *boule*-Spieler auf dem Kies und das Läuten einer alten Glocke. Ruasse besitze zwei Seelen, hatte man ihm erzählt, und dies hier war die eine, seine alte Seele. Zu ihr gehörten die Platanen mit der hellen Rinde, die schmalen, schiefen Gebäude mit den Ziegeldächern und etliche teure Geschäfte. Die zweite Seele war woanders zu finden, am Rande der Stadt, wo Hochhauskomplexe auf wenig stabilen Fundamenten balancierten. Wenn man es vermeiden konnte, mit dieser anderen Seele in Berührung zu kommen, um so besser. Jedenfalls hatte V das gesagt.

Jetzt stand Anthony vor dem Schaufenster eines der beiden Maklerbüros. Ihm klopfte das Herz. Er begann, Fotos und Preise zu studieren. Durch die Glastür konnte er zwei Frauen erkennen, die unter kalter Neonbeleuchtung an ihren Computern arbeiteten. Er bemerkte, wie sie hochblickten und seinen komischen Hut anstarrten.

*V*eronica saß in ihrer Küche, rauchte und horchte auf die abendliche Stille.

Vor ihr auf dem Küchentisch lagen halbfertige Skizzen eines Gartens, den sie für Kunden in Saint-Bertrand entwarf. Sie arbeitete nicht sehr konzentriert an diesen Zeichnungen, sondern fuhr nur mit dem Bleistift darin herum, schraffierte Stellen, wo Buchsbaum hin sollte, und eine Phalanx aus Eiben, über die die Kunden in Jubel ausgebrochen waren. Veronica wusste, dass es mindestens drei Jahre dauern würde, bis diese Eibenwand tatsächlich zu jenem stattlichen architektonischen Element herangewachsen war, das Monsieur und Madame schon vorweg so begeistert hatte. Doch darauf hatte sie nicht hinzuweisen gewagt. Sie war es müde, immer wieder zu betonen, dass Gärten Zeit brauchten, dass es sich nicht um Raumausstattung handelte, dass man Geduld haben musste. Sie wusste, dass sie nicht in einer geduldigen Welt lebte. Selbst hier, wo das Leben ruhiger dahinfloss als in England, konnte sie spüren, wie unruhig und erregt die Menschen darauf drängten, dass die flüchtigen Wunder, die in ihren Köpfen herumgeisterten, umgehend reale Gestalt annahmen.

Heute Abend war auch Veronica sehr unruhig. Der Tag hatte gut begonnen und schlecht geendet. Vorm Maklerbüro in Ruasse hatte sie sich Kitty im Auto vornehmen und ihr streng erklären müssen, dass nichts, nein, wirklich gar nichts, sie daran hindern werde, sich um Anthony zu kümmern. Denn er sei ihr Bruder, und falls sie, Kitty, von ihr erwarte, dass sie ihn in Zukunft nicht mehr liebe, werde dies zu ernsten Schwierigkeiten für alle führen.

Sie wusste, dass Kitty geweint hatte, und das ärgerte sie. Immer wenn sie daran dachte, wo Kitty herkam, wenn sie sich bestimmte quälende Bilder vor Augen rief – zum Beispiel, wie

Kitty im Gästehaus von Cromer die Frühstückstische deckte, wie sie die ärmliche Kundschaft bediente und dafür mit sehr knauserigen Trinkgeldern bedacht wurde, wie sie sich später bei ihrem mageren Job in der Bibliothek abmühte –, dann brach ihr fast das Herz. Sie wünschte, sie hätte Kitty eine andere Vergangenheit bescheren können. Aber die Vergangenheit war Vergangenheit. Sie war nicht zu ändern. Und daran hatte sie Kitty im Auto erinnert: »Du hast deine Vergangenheit, und ich habe meine, und zu meiner gehört Anthony, und ich werde ihn niemals wegstoßen. Nicht für dich. Nicht für irgendwen. Niemals.«

Niemals.

Sie sah, dass das Wort seine Wirkung nicht verfehlte. Und wusste, dass Kitty immer noch nicht begriff, wie stark Veronicas Bedürfnis war, Anthony zu schützen – vor der Welt und vor sich selbst. Also erklärte sie ihr alles noch einmal von vorn: wie Raymond Verey, ihr blendend aussehender Vater, den die beiden Kinder nur selten zu Gesicht bekamen, seinen Sohn gequält hatte, ihn ein schwaches, mickriges Baby nannte und immer wieder fragte, wann er denn »ein richtiger Junge werden« würde. Lal, die nicht gegen ihn aufzubegehren wagte, stand meist stumm daneben, aber sie, Veronica, hatte es übernommen, für ihren Bruder Partei zu ergreifen.

»Ich hasse meinen Vater dafür, dass er Anthony quälte«, sagte Veronica. »Es war nicht Anthonys Schuld, dass er nicht sportlich und kräftig war. Ich war so, aber er eben nicht. Er war mager und verträumt. Er werkelte gern mit Mama zusammen im Haus herum.«

Veronica konnte sich noch sehr gut an Anthonys geradezu besessene Liebe zu Lal erinnern. Auch davor habe sie ihn schützen müssen, erklärte sie Kitty. An manchen Tagen war er an den Kränkungen fast zugrunde gegangen, und dann musste sie ihn vor seinen eigenen Gefühlen schützen.

»Und du?«, fragte Kitty. »Wer hat dich vor der Welt und den Menschen geschützt?«

»Ich habe dir doch gesagt: mir ging es gut«, erwiderte Veronica. »Ich war gegen vieles immun. Und ich hatte mein Pony Susan. Ich habe mit Susan geredet. Ich bin mit ihr durch die Gegend geprescht, und dabei habe ich alles vergessen. Es ging mir prima. Aber Anthony starb, wenn Mama ihn zurückwies.«

Sie musste wieder an eine dieser Situationen denken. Es war Anthonys elfter oder zwölfter Geburtstag, und Lal war mit ihnen zu einem Geburtstagspicknick an den Strand von Swanage gefahren. Sie waren nur zu dritt. Raymond war wie gewöhnlich in London, wo er sein eigenes fernes Leben lebte. Es war Hochsommer, die Sonne brannte vom Himmel, das Meer war ruhig und blau. Und das Picknick, das Lal vorbereitet hatte, schmeckte köstlich. Sie vertilgten alles bis auf den Geburtstagskuchen, den sie für später aufsparten, und dann gingen sie schwimmen.

Lal, elegant wie immer, trug einen sehr engen, lindgrünen Badeanzug mit Reißverschluss. Und als sie diesen Badeanzug nach dem Schwimmen auszuziehen versuchte, klemmte der Reißverschluss, und da stand sie nun – der Wind hatte aufgefrischt, der Himmel sich bezogen – und wurde langsam ärgerlich, da sie fror. Sie riss und zerrte vergeblich an dem Verschluss und versuchte dann, sich so aus dem Anzug zu winden, aber er saß zu eng.

Anthony sprang hektisch im Sand herum, das Gesicht ganz weiß vor Entsetzen. Er gab Lal sein Handtuch, aber sie warf es weg und sagte: »Sei doch nicht albern, Anthony. Das Ding ist klatschnass.« Sie warf ihm die Autoschlüssel zu und schickte ihn in seiner schlotternden Badehose über die Dünen. Er sollte ihr eine Kneifzange aus dem Werkzeugkasten holen. Keuchend kam er mit dem ganzen Kasten zurück, und Lal hob ungeduldig ihren schönen braunen Arm, während er in dem Durcheinander von Kleinteilen und Schraubenschlüsseln nach der Zange suchte, sie endlich fand, den Reißverschluss oben fest zusammenpresste und zu ziehen versuchte.

Aber der Verschluss rührte sich nicht. Inzwischen war Lal

schon ziemlich blau vor Kälte und zitterte am ganzen Körper. »Los!«, schrie sie ein ums andere Mal. »Los, mach, Anthony! Um Himmels willen, mach ihn endlich auf! Siehst du denn nicht, dass ich mich zu Tode friere?«

Er fror ebenfalls, und seine Hände zitterten. Und dann kniff er aus Versehen mit der Zange in das weiche, weiße Fleisch unter Lals Achsel, und sie kreischte laut auf und stieß Anthony weg, und er fiel rückwärts in den Sand und brach in Schluchzen aus.

Eigentlich hatte er von morgens bis abends nichts anderes im Sinn, als ihr zu gefallen, und jetzt, wo sie ein Problem hatte, wo sie ihn wirklich einmal brauchte, schaffte er es, ihr wehzutun.

»Er ertrug es einfach nicht, dass er das getan hatte«, sagte Veronica. »Es hat ihn traumatisiert. Lal wehtun! So sehr, dass sie geblutet hat! Das war das Schlimmste, was er sich vorstellen konnte.«

»Und du? Was hast du gemacht?«, fragte Kitty ruhig.

»Na ja, ich glaube, ich habe mein Taschentuch auf Mamas Wunde gelegt und gesagt, sie soll fest draufdrücken, oder irgendetwas Ähnliches, und dann habe ich versucht, sie beide warm zu bekommen. Ich holte die Decke aus dem Wagen, und sie mussten sich dicht nebeneinander draufsetzen, und ich habe sie eingewickelt. Anthony klebte buchstäblich an Mama und weinte, und ich sagte: ›So ist es gut, Anthony. Halt sie ganz fest, dass sie warm wird.‹ Dann habe ich mich auf die Suche nach einer Schere gemacht. Es dauerte ewig, aber schließlich fand ich eine nette Frau, die in ihrem Strickbeutel auch eine Schere hatte, und sie half mir, Mama aus dem Badeanzug zu schneiden. Wir halfen ihr in ihre Kleider, und sie fuhr uns nach Hause, aber sie weigerte sich, mit uns zu sprechen. Sie fand, die Welt müsste bestraft werden, weil sie in einem lindgrünen Badeanzug festgesteckt hatte.«

»Lächerlich …«, flüsterte Kitty.

»Ich weiß«, sagte Veronica. »Aber so war sie eben manchmal. Anthonys Geburtstagskuchen haben wir dann nicht mehr angerührt. Praktischerweise hatte Mama ihn ganz und gar vergessen. Und als Anthony merkte, dass sie keine Kerzen hineinstecken, ihn nicht anschneiden, nichts singen oder sonst irgendwas machen würde, setzte er sich in die Küche, aß fast das ganze Ding alleine auf und übergab sich später im Garten.«

Als Veronica die Geschichte beendet hatte, schwieg Kitty. Veronica war zwar überzeugt, dass Kitty ihre Mutter einfach nur verwöhnt und schwierig fand, dass sie dachte, das privilegierte Leben in Südafrika habe sie blind für ihr eigenes egoistisches Verhalten werden lassen. Aber sie hoffte trotzdem, diese Anekdote vom Tag in Swanage werde Kitty ein für alle Mal klarmachen, dass ihr Bedürfnis, Anthony zu schützen, etwas war, das sich niemals ändern würde.

Nach einer Weile sagte Kitty: »Das verstehe ich. Wirklich. Und es ist auch ein Grund, weshalb ich dich liebe. Du bist so lieb und freundlich. Aber trotzdem musst du mir sagen, wie lange Anthony bei uns wohnen wird. Sag es mir einfach.«

»Das kann ich nicht sagen. Weil ich es nicht weiß. Er möchte sich jetzt nach einem Haus umsehen. Er setzt all seine Hoffnung darauf. Deshalb muss ich ihm helfen!«

»Natürlich. Aber er muss doch nicht Tag und Nacht mit uns zusammensein. Wieso kann er nicht in ein Hotel gehen?«

Ärgerlich blickte Veronica weg und klopfte mit der Faust auf das Lenkrad. »Wenn das alles ist, was du dazu sagen kannst, hast du kein Wort von dem begriffen, was ich dir erzählt habe!«

Auf dem Tisch lagen unter Veronicas Gartenskizzen diverse Prospekte der Immobilienmakler in Ruasse. Veronica schob ihre eigenen Zeichnungen beiseite und begann, die Prospekte durchzublättern. Sie sah verblichene Fotos von großen, baufälligen Natursteinhäusern, begleitet von kargen Beschreibungen und hohen Preisen. Es schien, als seien nun auch die Grundeigentümer im Cévenol, genau wie alle anderen Bewohner der westlichen Welt, fest entschlossen, reich zu werden.

Ihr Blick fiel auf das Foto eines hohen, rechteckigen Mas, das an einem mit Steineichen bewachsenen niedrigen Hügel lehnte. Anders als bei den übrigen Häusern war seine verputzte Fassade in einem weichen Gelb gestrichen, was dem Gebäude etwas unerwartet Herrschaftliches verlieh. Als Preis wurden 475 000 Euro verlangt. Veronica rieb sich die Augen und las die Details: sechs Schlafzimmer, großer Dachboden, gute Balkensubstanz, hohe Decken …

Ein Geräusch in der Küche ließ sie aufblicken. Dort stand Kitty in der unförmigen, verwaschenen Jacke, die ihr als Morgenmantel diente.

Kitty kam zu ihr, schlang die Arme um Veronicas Schultern, neigte sich nach vorn und legte ihren Kopf auf Veronicas Kopf.

»Es tut mir leid«, sagte Kitty. »Es tut mir leid.«

Veronica schob die Häuserprospekte beiseite. Sie streckte die Arme nach Kitty aus, und beide verharrten lange in dieser unbequemen Umarmung.

»Mir tut es auch leid«, sagte Veronica schließlich.

»Komm ins Bett«, flüsterte Kitty. »Ohne dich liege ich so schrecklich ungern darin.«

*J*edes Mal, wenn sich jetzt ein Auto näherte, dachte Audrun, es sei der Landvermesser. »Er kann jeden Tag kommen«, hatte Aramon ihr erklärt. »Und dann werden wir sehen, wie viel du dir von meinem Land genommen hast! Dann wissen wir es endlich, ha!«

Sie stand am Fenster und wartete.

Eines Morgens sah sie, wie Aramon sehr früh das Haus verließ. Gebeugt von dem schweren Metallkanister mit Unkraut-Ex, den er sich auf den Rücken geschnallt hatte, ging er zu den vernachlässigten Weinterrassen. Die Maklerinnen hatten ihm geraten, die Terrassen in Ordnung zu bringen, da man die Sorte Käufer, die sich für das Mas Lunel interessiere, noch zusätzlich mit der Vorstellung vom eigenen Weinanbau locken könne. »Ich sehe das nicht so«, hatte er verächtlich zu Audrun gesagt. »Rechthaberische Immobilien-Fotzen. Haben keine Ahnung von Wein! Aber *ich* weiß Bescheid. Ich weiß, wie das den Rücken kaputtmacht. Kein fauler belgischer oder englischer Städter würde doch die Arbeit schaffen. Mir egal! Ich tu, was die sagen. Für 475 000 bin ich fügsam wie eine Hure.«

Audrun folgte ihm unbemerkt zu den Terrassen. Sie starrte auf die endlos vielen Reihen mit Rebstöcken, allesamt nicht zurückgeschnitten und durch Gestrüpp vom vergangenen Jahr verschandelt, starrte auf die steinige Erde, die die Pflanzen eigentlich nähren sollte und von Gras und Unkraut erstickt wurde. Im Schatten eines Stechpalmengebüschs beobachtete sie Aramon, der mit seiner Gartenschere halbherzig an ein paar Ablegern herumschnibbelte, dann mittendrin abbrach und sich eine Zigarette ansteckte. Er stand da und rauchte, und mit glasigem Blick sah er sich in der hellen Sonne nervös nach allen Seiten hin um, während der Kanister mit dem Unkrautmittel vergessen im hohen Gras lag.

Audrun fixierte ihn mit harten, zusammengekniffenen Augen. Sie überlegte, wie er am besten zu töten sei.

Sie ging hinauf zum Mas Lunel und suchte nach seinem Testament.

Er hatte nie geheiratet, nie Kinder gezeugt, weshalb alles ihr gehören würde, wenn er vor ihr starb, sofern er nicht auf die Idee gekommen war, einen Teil des Erbes einem alten Jägerfreund zu vermachen. Sie bezweifelte zwar, dass er das fertiggebracht und tatsächlich die dafür notwendigen lästigen Gänge zu einem Notar erledigt hatte, aber sie musste Gewissheit haben. Wenn er, nur um sie zu ärgern, ein neues Testament hätte aufsetzen lassen, läge irgendwo eine Kopie versteckt.

Als Erstes nahm sie sich eine alte Mahagonitruhe im Salon vor, dem schönsten Raum im Mas. Aramon hielt sich jedoch selten hier auf, fast als spürte er, dass dieses Zimmer zu nobel für ihn war – für die Person, die er im Grunde war.

In dieser Truhe hatte Bernadette die Familienbibel aufbewahrt. Und über all die Jahre hinweg hatte diese Bibel mit ihrer heiligen magnetischen Kraft sämtliche Dinge angezogen, die wichtig im bürokratischen oder kostbar im sentimentalen Sinne waren. Wie zum Beispiel die Briefe, die Serge während des Kriegs geschrieben hatte – anfangs aus den Ardennen und später aus dem Elsass, wohin er nach Frankreichs Kapitulation geschickt worden war. Später folgten die Briefe aus der Zeit, in der er für den *Service de Travail Obligatoire* in Ruasse gearbeitet hatte.

Es gab dicke Stapel dieser Briefe in Serges unordentlicher Handschrift, alle seit Jahren ungelesen. Außerdem gab es alte Personalausweise, Kaufverträge mit der Wein-Kooperative, Einladungen zu Hochzeiten, zu Taufen und zur Erstkommunion, Trauerkarten, Familienfotos, Zeitungsausschnitte, Beileidsschreiben, Bürgermeistererlasse, eine vergilbte Speisekarte aus einem billigen Pariser Restaurant in Les Halles … Und all diese Dinge hatten die Nähe des Evangeliums gesucht.

Audrun öffnete die Truhe und nahm die Bibel heraus. Sie hielt sie sich für einen Moment ans Gesicht, sog den Duft ihrer Mutter ein, mit dem der Leineneinband – selbst jetzt noch – imprägniert war, und legte sie beiseite. Sie starrte auf den Wust von Papieren unter der dünnen Schicht Holzwurmmehl, feiner als feinster Sand. Dieser Staub verriet ihr, dass die Papiere seit langem nicht mehr angerührt worden waren. Also schaute Aramon nicht in die Vergangenheit. Kein Wunder. Er hatte Angst, sich selbst darin zu entdecken.

Audrun nahm sich einen Armvoll Briefe, Karten und Fotos. Ein Foto von Bernadette rutschte aus dem Haufen, und Audrun schaute in das liebste aller lieben Gesichter – das ihrer Mutter, so wie sie einst ausgesehen hatte, als sie jung war und bei strahlender Sonne in die alte Box-Kamera gelächelt hatte. Wie schön Bernadette gewesen war! Ihr Haar war an der Seite gescheitelt und mit einer Schildpattspange hochgesteckt. Ihre großen Augen blickten schläfrig. Ihre Haut war weich und makellos. Sie trug eine gestreifte Bluse, an die Audrun sich nicht erinnern konnte.

Audrun steckte das Foto in die Tasche der alten roten Jacke, die sie am Morgen angezogen hatte, und wandte sich wieder der Truhe zu. Auch die übrigen Papiere wirkten unangerührt. Trotzdem war es möglich, dass Aramon ein Testament gemacht hatte und es klammheimlich irgendwo dazwischengeschoben hatte, ganz tief unten in dieses komplizierte *mille-feuille*, das ein Familienarchiv sein sollte.

Sie wühlte, prüfte und sichtete, auf der Suche nach einem Dokument, das vermutlich weißer als der Rest wäre und schwärzer im Druck. Doch sie fand nichts. Als sie schließlich ganz unten auf dem Boden angelangt war, stieß sie auf eine Ansichtskarte mit dem Fluss bei Ruasse. Das Wasser war leicht über die Ufer getreten und umspülte die alten Marktstände, die damals dort gestanden hatten, und all die Karrengäule, die geduldig nebeneinander warteten. Der Text, geschrieben von ihrem Vater und datiert auf das Jahr 1944, lautete:

Meine liebe Frau,
ich bete, dass Du in Sicherheit bist und alle in La Callune sicher sind, auch der Junge und das Baby. Meine Arbeit hier ist nicht schwer. Ich bin Teil unserer S.T.O.-Gruppe, die die Lokomotiven nachts vor Sabotage durch die Maquisards schützt. Ich fange an, diese Maschinen zu lieben.
Hast Du den alten Molezon gebeten, den Schornstein zu reparieren? Ist der Junge von seinem Husten geheilt?
Wir arbeiten während der Dunkelheit und schlafen am Tag.
Ich küsse Deine Brust. Serge.

Audrun legte die Karte zurück. Rückte alles wieder so zurecht, wie sie es vorgefunden hatte.
Ich küsse Deine Brust.
Sie packte die Bibel weg und schloss die Truhe. Sie wollte nicht über ihren Vater nachdenken.
Meine liebe Frau, ich küsse Deine Brust ...
Sie stand auf und blickte sich um. Wo konnte sie noch suchen?

Sie stieg hinauf in Aramons Schlafzimmer. Durch das weit geöffnete Fenster drang frische Luft in den unangenehm stickigen Raum. Audrun kniete sich vor das Bett und fuhr mit den Händen unter die Matratze. Sie zog ein paar Zeitschriften von der Sorte hervor, die sie erwartet hatte, und während Audrun sie betrachtete, dachte sie, dass sein Tod ein richtiger Tod sein müsste, einer, den er verdient hatte. Er dürfte nicht zu schnell sein, und er dürfte nicht schmerzlos sein.

Audrun schob das pornografische Zeug wieder unter die schwere Matratze und ging um das Bett herum, um die andere Seite zu untersuchen. Dann fiel ihr ein, dass Aramon auf seinem Nachttisch immer Medizinfläschchen und Klarsichtpackungen mit Tabletten aufbewahrte, und die nahm sie sich jetzt vor. Sie kramte nach ihrer Brille und setzte sie auf. Sie betrachtete die adretten Etiketten der diversen Arzneimittel, die sie alle nicht kannte. Aber sie vermutete, dass es sich um Schlaftabletten oder Antidepressiva oder sonst irgendwelche Vergessenspillen handelte.

Und dann kam sie ins Grübeln ... Konnte es etwa so einfach sein? Müsste sie ihn nur betrunkener machen, als er ohnehin meist war, und ihm die Tabletten in den Mund stopfen, oder könnte er sie, fein zerkleinert, mit seinem Wein oder Whiskey sogar freiwillig trinken? Und das Ganze würde als Selbstmord durchgehen?

Oder, noch besser, sie würde ihn mit dem Gesicht nach unten auf sein Bett legen, seine Klistierutensilien holen und ihm das Gift auf diese Weise in den Körper pumpen. Sie hatte doch in irgendeiner Illustrierten gelesen, dass Marilyn Monroe so gestorben war: Literweise waren ihr die Barbiturate in den Dickdarm geflößt worden. Damals allerdings hatten alle geglaubt, sie habe Tabletten geschluckt, habe sterben wollen, weil ihr Leben unerträglich geworden sei ... und erst viele, viele Jahre später war enthüllt worden, dass man keine Hinweise auf eine Überdosis in ihrem Magen gefunden hatte. Nicht die geringste. Aber trotzdem war die Selbstmordthese bestätigt worden.

Audrun stellte sich die beiden Szenen vor, Marilyns Tod: vergangen und vorbei, und Aramons Tod: etwas, das noch ausstand. Sie sah Marilyns schönen weichen Hintern vor sich, sah ihren müden, wehrlosen, schlafenden Körper und die groben, hektischen Gesten der Mörder, wie sie stießen und pumpten. Sie hätten ein großes Chaos angerichtet, hieß es damals in dem Artikel. Die Laken mussten mitten in der Nacht gewaschen werden. *Man stelle sich vor!* Während die bleiche, berühmte Frau im Sterben lag und die Morgendämmerung immer näher rückte, drehte sich die Trommel einer amerikanischen Waschmaschine ...

Wenn sie, Audrun, Aramon auf diese Weise töten wollte, konnte sie sich ein solches Chaos nicht leisten. Trotz des Ekels, den sie zwangsläufig empfinden würde, wenn sie seinen freigelegten Hintern berührte und roch und wenn sie das Klistier in ihn einführte, müsste sie unbedingt sorgfältig vorgehen, wie ein Chirurg, mit Schutzhandschuhen. Sie dürfte keine Spuren hinterlassen. Keinerlei Spuren.

Und wenn sie erst einmal das Klistier in ihn eingeführt hätte, fantasierte Audrun weiter, würde das Gefühl, auf den Beutel mit der Flüssigkeit zu drücken, die giftige Ejakulation auszulösen, das Einströmen in seinen Körper zu spüren, ganz außerordentlich sein, dieses Gefühl würde beinah *herrlich* sein.

Wenn sie Aramon abgefüllt hätte, wenn der Beutel leer wäre und ihr Bruder bewusstlos daläge, würde sie das Klistier sehr vorsichtig herausziehen und durch einen Korken ersetzen, einen ganz gewöhnlichen Weinflaschenkorken, den sie vorher feucht und geschmeidig gemacht hätte. Dann würde sie seinen Arsch fest mit Lumpen umwickeln, damit der Korken nicht herausflutschte und das Gift wieder auslief. Wie lachhaft, wie wunderbar richtig obendrein, ihn so fest zu umwickeln, damit nichts mehr aus ihm herauskam! Und dann würde es nichts weiter zu tun geben; sie würde einfach nur warten. Und das würde nun ganz gewiss herrlich sein – dieses stille Warten, dieses einsame Warten, bis er gestorben war.

Jetzt lag sie wieder in ihrem Bett. *Sicher in ihrem Bett.* Mit dem Seufzen des Windes aus ihrem Wald, das sie tröstete. Sie hatte kein Testament gefunden.

Im gelblichen Licht einer Lampe mit Pergamentschirm starrte sie auf die Fotografie von Bernadette. Sie flüsterte Bernadette zu, sie fürchte sich nicht mehr vor dem Landvermesser – nun, da sie beschlossen habe, Aramon zu töten. Und mochten sie auch kommen und ihr Haus plattwalzen, es wäre ihr egal, weil Aramon bald in der Erde liegen würde, und sie würde sich im Mas Lunel niederlassen, in Bernadettes Bett, das wieder sauber und ordentlich wäre, ausgestattet mit einer neuen Matratze und mit blütenfrischer Baumwollbettwäsche …

~ III ~

Sie drehte das Foto um, weil sie nach einem Datum suchte. Und sie fand diese Worte: *Renée. Mas Lunel. 1941.*

Renée. Sie sprachen nie über sie. Niemals. Nicht einmal Serge sprach über sie. Bis auf ein einziges Mal. Nur ein einziges Mal. Als er Renée als Erklärung für all das benutzte, was noch geschehen sollte ...

Renée.

Audrun legte das Foto verkehrt herum auf ihren Nachttisch.

Kaum ein Jahr, nachdem dieses Foto aufgenommen wurde, war Renée tot. Getötet von deutschen Soldaten, als Vergeltungsmaßnahme für die ersten Erfolge der *Maquisards* in Pont Perdu.

Und da hatte Audrun gewagt, ihren Vater zu fragen: »Was hat Renée in Pont Perdu gemacht?«

Er hatte geseufzt und war auf seinem Stuhl herumgerutscht. »An dem Tag war sie eben einfach dort, *ma fille*.«

»Aber wieso? Wir kennen niemand in Pont Perdu.«

Mit seinem gebeugten, grau werdenden Haupt sah er so traurig wie ein Maultier aus, und er hatte Audrun leidgetan, und sie hatte sich dicht neben ihn gestellt und es dann bedauert.

Er hatte sich die Augen gerieben. »Frauen«, sagte er. »Man muss sie kontrollieren – Tag und Nacht, Tag und Nacht. Sonst gewinnen sie die Oberhand. Aber ich war ja nicht da. Ich war im Elsass. Ich konnte gar nichts kontrollieren. Der Krieg hielt mich gefangen.«

Renée lag schon im Grab, als er endlich nach Hause kam. Sie war seine Verlobte gewesen, das schönste Mädchen in La Callune, aber sie wurde ermordet, bevor er sein Leben mit ihr beginnen konnte. Vielleicht hatte sie ihn mit einem Geliebten in Pont Perdu betrogen, aber niemand sprach jemals mit einem einzigen Satz darüber. Serge Lunel ließ einige Monate vergehen, und dann heiratete er ihre eineiige Zwillingsschwester Bernadette.

»*Kontinuität*«, hatte Serge gesagt und das angegraute Haupt kummervoll gesenkt und die Hände im Schoß geknetet. »Das ist es, was ein Mann braucht. Das ist es, wonach er sich in diesem Scheißleben sehnt. Und ich sehne mich genauso verzweifelt danach wie jeder andere Blödmann.«

*A*nthony saß allein am Marmortisch auf Veronicas Terrasse und studierte die Immobilien-Exposés der Makler aus Ruasse für Cevennenhäuser. Über ihm im spanischen Maulbeerbaum sammelte eine Spatzenschar mit viel Hin und Her Zweige und Stroh für die Nester.

Die abgedruckten Fotos in den Makler-Exposés waren wahnsinnig unscharf. Zudem wirkten sie grünlichblau verfärbt, so als würden sie schon vergilben – weil sie entweder in einem Aktenschrank vor sich hin gewelkt oder in einem zu sonnigen Schaufenster gelegen hatten. Auf den meisten Fotos war der Himmel über den Häusern nicht blau, sondern grau. Es sah fast aus, als fiele ein lautloser, unsichtbarer englischer Regen.

Anthony nahm seine Brille ab, putzte die Gläser mit seinem Taschentuch, setzte sie wieder auf und wandte sich erneut den Bildern zu. Er dachte daran, wie viel Sorgfalt er stets auf die Fotografien seiner *Lieblinge* für die Anzeigen in den teuren Hochglanzmagazinen verwendet hatte. Wie pedantisch er darauf geachtet hatte, dass Patina und Textur, Details und Farben durch die Beleuchtung auf jene unwiderstehliche, exquisite Weise eingefangen wurden. Diese Bilder hier – immerhin an Käufer gerichtet, die bereit waren, sich von mehr als einer halben Million Euro zu trennen – waren dagegen hastig und ungeschickt aufgenommen worden. Und nicht eines der Anwesen hatte auch nur die geringste Ähnlichkeit mit dem Haus, das Anthony vorschwebte. Ja, sie ängstigten ihn sogar. Und obwohl er natürlich wusste, dass die Kluft zwischen einer Idee und ihrer Verwirklichung manchmal so groß war, dass die einzig adäquate Reaktion darauf nur ein leiser Verzweiflungsschrei sein konnte, merkte er, wie dieser Drang zu schreien plötzlich dermaßen stark wurde, sich so wenig unterdrücken ließ, dass ihm die Luft wegblieb und er daran zu ersticken glaubte.

Er wollte gerade ins Haus gehen und alle Broschüren in Veronicas Papierrecyclingtonne werfen, als Kitty Meadows auf der Terrasse erschien und unaufgefordert ihm gegenüber Platz nahm.

Sie lächelte ihn an. Und dieses Lächeln ließ sie mehr denn je wie ein Pekinesenhündchen aussehen, dachte Anthony. Ihm schwante allerdings, dass eine Absicht dahintersteckte, dass dieses Lächeln wahrscheinlich für Worte stand, die sie nicht äußern konnte (oder wollte). Gewiss eine Entschuldigung, entschied oder vielmehr hoffte er. Nachdem sie in Les Méjanels so geschmollt hatte, stand ihm die doch wohl zu. Eine Entschuldigung dafür, dass sie die Macht des Blutes, das ihn mit Veronica verband, unterschätzt hatte.

Kittys Lächeln verschwand, als sie die Hand ausstreckte und nach den Häuserbroschüren griff.

»Darf ich mal schauen?«, fragte sie.

»Nur zu«, sagte Anthony.

Er beobachtete, wie sie das Foto von einem Gebäude studierte, das wie eine steinerne Manufaktur aussah, in der früher vermutlich Lavendelöl für Parfüm oder Öl aus den hiesigen Oliven gewonnen worden war. Das Gebäude hatte eine Reihe schmaler Fenster unter dem Dach und einen hohen Fabrikschornstein – insgesamt, wie ihm schien, ein Ort, der die Menschen darin gezielt in den Selbstmord treiben musste.

Er sah zu, wie Kitty den horrenden Preis dieser Monstrosität registrierte und sich durch Maßangaben und Beschreibung der Details durchzuarbeiten begann. Über seinem Kopf hörte er, wie die Spatzen plötzlich in ein unruhiges, lebhaftes Gezwitscher ausbrachen, und er musste daran denken, wie köstlich es einst gewesen war, Teil einer schwatzenden, bewundernden Menge zu sein, und wie diese Menge ihn auf ihren Flügeln davongetragen hatte, an Orte, an denen er so gern gesehen werden wollte, wo die Menschen seinen Namen mit Ehrfurcht aussprachen.

Wieder blickte er zu Kitty. Arme Frau, dachte er. Sie würde sich niemals – nicht einmal ansatzweise – vorstellen können, wie es gewesen war, auf der *Vernissage* in einer Mayfair-Galerie zu erscheinen. Wenn er, zwischen all den Gästen umherschlendernd, immer wieder hören konnte, dass sich ein kleines bewunderndes Schweigen wie leise fallender Schnee über ein Grüppchen senkte. »Das ist Anthony Verey. *Der* Anthony Verey …«

Und wenn die Menschen sich dann von den Bildern an den Wänden abwandten, um ihn ostentativ zu begrüßen. »Anthony, mein Lieber!« »Anthony, was für eine himmlische Überraschung!« Und wenn er – das war das Allerschönste – genau wusste, dass seine Anwesenheit für den Künstler eine wichtige, eine unschätzbare Unterstützung bedeutete, und wenn er, Anthony, je nachdem, wonach es ihn an diesem Abend gelüstete, seine Macht einsetzen konnte oder eben nicht. Er konnte in die Ohren der Reichen und der Händler, in die Ohren von Freunden wie Lloyd und Benita Palmer flüstern: »Dieser Maler ist *wirklich* gut. Glauben Sie mir. In einem Jahr wird er riesig sein.« Wenn er dann später, vom Champagner schon leicht beschwingt, irgendeine langbeinige Frau auf zehn Zentimeter hohen Absätzen laut klackend durch die Räume stöckeln, rote Aufkleber von einem Karton abziehen und unter die Bilder heften sah. Und wenn er schließlich den Künstler beiseite nahm und, die Lippen leicht verziehend, sagte: »Ich habe den Leuten empfohlen zu kaufen. Machen Sie einen Gang durch die Galerie. Sehen Sie selbst, ob es funktioniert hat.«

Und wenn er dann früh aufbrach – stets ostentativ früh –, nur um für eine Sekunde das herbe Aroma der Enttäuschung zu kosten, das ihn bei seinem Abgang umwehte. Er ging deshalb so früh, weil er häufig noch zu einer anderen Party musste, und wenn er dort auftauchte, geschah all das noch einmal von vorn. »Das ist Anthony Verey. Donnerwetter.« Und sein Gastgeber (oder die Gastgeberin) ließ den Gesprächspartner einfach stehen, um ihn, Anthony, zu begrüßen und, auf Flügeln der Erwartung, ins Gedränge zu begleiten.

Dahin, jene Flügel. Und sein Name, dahin …

Kitty legte die Beschreibung der Olivenölmühle weg und nahm sich weitere Broschüren vor. Verärgert, weil er gezwungen war, sitzen zu bleiben und zu warten, während sie den ganzen Haufen durchforstete, nahm Anthony seine Brille ab, rieb sich die Augen und sagte: »Die taugen nichts. Keines von denen.« Er hätte am liebsten gesagt: Sie taugen genauso wenig wie deine Aquarelle. So etwas sehe ich sofort. Um das zu beurteilen, brauche ich keine Ewigkeit.

Doch er beherrschte sich, und Kitty hielt ihm das Bild hin, das sie gerade betrachtete. Darauf war ein hohes, längliches, gelb gestrichenes Haus zu sehen, das tatsächlich auch schon in ihm ein etwas stärkeres Interesse geweckt hatte.

»Dies hier«, erklärte sie. »Veronica hat gesagt, dass ihr dies hier gefällt.«

»Nun ja«, sagte er, »ich habe ebenfalls eine Weile darüber nachgesonnen. Aber ich finde es zu kastenförmig und eher abweisend.«

»In der Beschreibung werden die wunderschönen hohen Decken erwähnt«, sagte Kitty. »Und dazu kommen hektarweise Weinterrassen. Stell dir nur mal den Garten vor, den du mit unserer Hilfe planen könntest.«

Er nahm ihr das Bild aus der Hand, betrachtete es erneut und blickte dann zu Kitty. Er sah, dass ihr Lächeln zurückgekehrt war, ihr Pekinesenlächeln, und jetzt misstraute er ihm. Dahinter steckte eine Absicht, die er nicht ergründen konnte.

In diesem Moment erschien Veronica, einen Krug mit selbst gemachter Limonade in der Hand. Sie lächelte ebenfalls. »Ich habe beschlossen, die Sache in die Hand zu nehmen, Anthony«, sagte sie heiter und setzte den Krug ab. »Ich habe das Maklerbüro angerufen und für Freitag einen Besichtigungstermin für das Haus verabredet.«

Anthony presste die Bügel seiner Brille zusammen. Er wünschte, er hätte irgendetwas Stabileres in der Hand.

Nein, hätte er am liebsten gesagt. Nein, V ...

Denn leider ließ es sich nicht länger verhehlen: Er hatte Angst. Angst davor, irgendeines dieser Häuser direkt in Augenschein zu nehmen. Regelrechte Sterbensangst, dass seine höchst fragile Zukunftsvision, sobald er vor einem dieser unbedarften, von fremder Hand aufgetürmten Gebilde aus Steinen, Ziegeln und Schiefer stünde, so endgültig zerbrechen würde wie eine Lalique-Vase.

»V ...«, begann er, »ehrlich gesagt, glaube ich nicht ...«

»Es ist wahrscheinlich überhaupt nicht das Richtige. Doch das ist egal. Du musst einfach endlich anfangen, dir Häuser anzuschauen, Anthony. Ich sagte ja, dass ich die Sache in die Hand nehmen würde. Und das tue ich auch. Wenn du wirklich in die Cevennen ziehen willst, musst du dich bewegen, rausgehen, dir Häuser anschauen, damit du etwas hast, woran du dich orientieren kannst.«

Er schwieg, während Veronica die Limonade ausschenkte. Vor Ärger presste er die Lippen fest zusammen. Er fühlte sich hilflos, fast als stünde Lal hier ganz in der Nähe, im kühlen Schatten des Maulbeerbaums, und würde ihn ausschimpfen. Ihm völlig überraschend vorwerfen, er sei ein Heulbaby.

Kitty Meadows sah es, genoss es, fand es beinah erregend: Anthonys Entsetzen. Wer wie er mehr als sechzig Jahre lang derart rücksichtslos hedonistisch gelebt hatte, was konnte der anderes erwarten als Sterbensangst, wenn das letzte Kapitel seines Lebens aufgeschlagen wurde. Es war faszinierend, wie unübersehbar dieses Entsetzen war, fast wie eine extreme Form von Lampenfieber oder wie die Panik eines zum Tode Verurteilten. Sie war in der Tat dermaßen faszinierend, diese Angst, dass Kitty hoffte, sie werde noch ein Weilchen anhalten. Vielleicht könnte sie ja, getröstet durch die Erinnerung daran, nachts besser einschlafen, und wenn Anthony demnächst wieder einen verächtlichen Blick auf ihr Werk warf, würde sie leise zu sich selbst oder sogar laut zu ihm sagen: Gut, als Malerin bin ich nur mittelmäßig, aber als menschliches Wesen bin ich im Besitz einer großen Leidenschaft, die mich vielleicht durch mein ganzes Leben trägt – und so etwas hast du nie erlebt und wirst es auch nie erleben. Und bevor du überhaupt ein einziges Haus besichtigt hast, sind deine Pläne für ein Leben in Frankreich schon zu Staub zerfallen …

Kitty stellte aber auch immer neue Berechnungen über Anthonys Aufenthaltsdauer in Les Glaniques an. Und die konnte, wie ihr aufging, durchaus zu einer stattlichen Summe von Tagen anwachsen, solange und sofern Anthony nicht ein Haus fand, das ihm gefiel. Erst zu dem Zeitpunkt ließ sich vermutlich ein Schlussstrich ziehen. Weil er dann, vielleicht auch etwas später, nach London zurückfahren müsste, um sein Geschäft aufzulösen, um Geld zu besorgen und den Verkauf seiner Wohnung in Angriff zu nehmen. Und von diesem Zeitpunkt an würden sie ihn für eine ganze Weile los sein. Vielleicht sogar für immer? Denn falls er vorschlagen sollte, er könnte doch, während er all die lästigen und kostspieligen Sanierungsmaßnahmen für seine neue Bleibe organisierte, gut weiter bei ihnen wohnen, würde sie, Kitty, ihren Fuß dazwischenstellen und ein Machtwort sprechen, und Veronica würde diesen »Fuß« akzeptieren müssen.

Amüsiert musste Kitty daran denken, dass Veronica eine Schwäche für die weichen Füße ihrer Geliebten hatte und sie gern mit ihren Handflächen streichelte, die mit Rosenöl parfümiert waren. Veronica hatte sich von ihnen sogar *dort* rubbeln lassen, wo sie Susans Sattel und die Wärme des Ponys zwischen ihren Schenkeln gespürt und sich, leidenschaftlich an den Hals des Pferds geklammert, in ihre grandiosen Teenager-Höhepunkte gerieben hatte. Und ja, genau das würde Kitty sagen: »Ich stelle meinen Fuß dazwischen, Liebes.« Sie würde Veronica gewissermaßen zur Zustimmung verführen. Das war das Wort: verführen.

In Kittys Träumen verlief die nahe Zukunft allerdings nicht

so glatt nach Plan. Eigentlich waren es auch keine Träume; es waren Albträume. Und sie kamen sogar, wenn Kitty hellwach war. In diesen Albträumen fand Anthony kein Haus zum Kaufen. Er blieb einfach immer weiter in Les Glaniques – aus dem Frühling wurde Sommer und aus dem Sommer Herbst. Er übernahm das Kochen. Der Geruch seines Rasierwassers verpestete die Luft. Und seine ganze Unterhaltung drehte sich, immer und immer wieder, um die Vergangenheit, die er mit Veronica teilte – darum, wie sie beide unter der Abwesenheit des Vaters gelitten hatten, wie sie, nach Lals Tod »alles füreinander« gewesen waren, weil sie niemanden sonst hatten. Und die Beschwörung dieses mit privaten Witzen und Anspielungen gewürzten »Alles füreinander« quälte Kitty dermaßen, dass sie sich ihm entziehen, ins Freie fliehen musste und den langen Weg bis zum Fluss hinunter oder hinauf nach Sainte-Agnès lief. Dort setzte sie sich an den alten Brunnen, kühlte sich das Gesicht mit Wasser und hörte sich den beruhigenden Klatsch der Dorffrauen – über die neue Freundin des Bürgermeisters, die Namensliste für das Festkomitee, den Abgang der Postmeisterin, die einem Mann nach Limoges gefolgt war – so lange an, bis sie ihr inneres Gleichgewicht wiedergefunden hatte.

Und noch etwas bereitete ihr Kummer: Sie glaubte, Anthony könne durch die Schlafzimmerwand hören, wie sie miteinander schliefen. Nicht nur in ihren Albträumen, sondern auch in Wirklichkeit: Er stand in seinem Zimmer oder im Flur und horchte in die Dunkelheit. Sie konnte ihn weder sehen noch hören, aber sie war sicher, dass er dort stand. Und sie wusste, dass dieselbe Beklommenheit allmählich auch von Veronica Besitz ergriff. Denn inzwischen schien es, als fürchte sie, beim Liebesakt mit Kitty erwischt zu werden. Im Bett, wo sie immer so überschwänglich, ja geradezu schamlos laut gewesen war, begann sie jetzt mit einer piepsigen Mäuschenstimme zu flüstern, als wären Kitty und sie Kinder, die nach dem Lichtausmachen im Schlafsaal des Internats das Schweigegebot brachen. Und wenn Kitty sie zu küssen versuchte, schob sie sie immer häufiger sanft weg.

So schlimm das auch war, Kitty wollte auf keinen Fall ein Drama daraus machen. Sie war fest entschlossen, sich nicht in dieses widerwärtige Beleidigtsein fallen zu lassen, das offensichtlich Lals Fehler gewesen war. Also lag sie, während Veronica schlief, hellwach neben ihr und grübelte über irgendeinen schlauen Trick nach, mit dem sie Anthony von Les Glaniques vertreiben könnte. Aber sie wusste, dass es keinen schlauen Trick gab. Er würde seine Abreise verkünden, wann und wie es ihm beliebte, keine Sekunde früher. Es blieb Kitty nichts anderes übrig, als darum zu beten, dass er sich von seiner abstrusen Idee verabschiedete, in den Cevennen (deren Abgeschiedenheit er noch gar nicht richtig begriffen hatte und von deren Kultur und Geschichte er nicht das Geringste wusste) leben zu wollen, oder dass bald ein Haus auftauchte, das seine kostbare Fantasie anfeuern würde.

Während Veronica leise schnarchte, versuchte Kitty Ruhe zu finden, indem sie sich an Anthonys Ärger über die Maklerbroschüren erinnerte. Sie versuchte, sich den Zustand seines Herzens vorzustellen, und zwar des konkreten Organs. Sie malte es sich bräunlich, trocken und hart aus, drinnen ein kleiner Puls, der im hektisch tickenden Takt einer Stoppuhr klopfte. Und sie stellte sich vor, dass ein Mensch mit einem Herzen in derart schlechtem Zustand kaum sehr lange leben würde – nicht einmal jemand, der so lahm und passiv wie Anthony Verey war. Also würde er wahrscheinlich bald sterben. Er würde an seinem versteinerten Herzen sterben.

Nach einer Weile entfalteten diese Fantasien die erhoffte tröstliche Wirkung, und Kitty wurde allmählich schläfrig. Sie drehte sich um und legte ihre Hand zärtlich auf Veronicas Rücken. Bevor sie endgültig einschlief, dachte sie noch, wie nett es sein würde, am Freitag zusammen mit Veronica und Anthony das gelbe Haus zu besichtigen und – dort oben zwischen wildem Ginster und sterbenden Kastanien und in der ständigen Furcht vor sonnenbadenden Schlangen – zu beobachten, in welchem Ausmaß sich sein Entsetzen schon verfestigt hatte.

Anthony, Veronica und Kitty wurden im Wagen der Maklerin von Ruasse nach La Callune gefahren. Die Maklerin hieß Madame Besson. Sie hatte ihre Tochter Christine am Schreibtisch des jetzt, über Mittag, geschlossenen Büros zurückgelassen, wo sie ihre acht Zentimeter langen Zigaretten hintereinander wegrauchte und mit ihrem Handy telefonierte.

Madame Besson kannte die wilde Bergstraße ziemlich gut. Sie legte ein beängstigendes Tempo vor, schnitt kühn unübersichtliche Kurven und fuhr obendrein zu dicht auf. Anthony, der neben ihr saß, spannte seinen Sicherheitsgurt ganz fest, konnte aber weder kleine Schreie unterdrücken noch verhindern, dass sein rechter Fuß in einem fort zu einem imaginären Bremspedal vorschnellte.

Ein tödlicher Autounfall, fand er, wäre eine ziemlich sinnlose Art, sein Leben zu beenden. Und die Vorstellung, er könnte hier und jetzt in einem alten, miserabel chauffierten Peugeot umkommen, machte ihn nicht nur wütend, sondern bewirkte, dass er nun unbedingt das gelbe Haus sehen wollte. Er sehnte sich – jawohl, *sehnte sich* – plötzlich danach, durch diese Haustür zu gehen, zu erkunden, wie es sich in die Landschaft fügte, wie es mit dem Wetter zurechtkam. Seine Furcht, diesem Haus – einer konkreten Ausformung seiner Zukunft – leibhaftig gegenüberzustehen, war auf wundersame Weise verschwunden; dafür hatte er jetzt Angst, auf der Straße zu sterben, ehe er überhaupt dort ankam.

Um sich abzulenken, um die Angst in Schach zu halten, bat Anthony Madame Besson in seinem ungefähren, holprigen Französisch, ihm etwas über das Mas Lunel zu erzählen. Das seiner Bitte folgende Schweigen deutete darauf hin, dass sie einen Moment darüber nachdenken musste, zu welchem Haus sie eigentlich gerade unterwegs waren. *Besson Immobilier*, wollte diese kleine stumme Schreckminute sagen, ist das feinste Maklerbüro in Ruasse; Sie sollten wissen, dass wir Hunderte Grundstücke an der Hand haben, weshalb wir nicht immer gleich …

»Es ist ein sehr schönes Haus«, verkündete sie schließlich, während sie den Wagen dicht an einen sehr langsamen Zementlaster heranfuhr, um dann in dessen Dieselwolke festzuhängen. »Lassen Sie sich nicht vom Zustand der Räume abschrecken. Sie sind leider vollgestopft mit dem Krempel eines alten Mannes. Stellen Sie sich einfach vor, wie alles aussehen wird, sobald der erst einmal weg ist. Bei alten Häusern wie diesem, die seit Jahrzehnten in Familienbesitz sind und nie modernisiert wurden, muss man seine Fantasie einsetzen.«

Anthony nickte. Die Frau verdross ihn. Sie roch nach Nikotin. Sie fuhr gefährlich. Sie redete derart schnell, dass es so gut wie unmöglich war, sie zu verstehen.

»Paysage«, sagte er. »Wie ist die?«

»*Paysage?* Was meinen Sie damit?«

»Paysage. Das Land neben dem Haus.«

»Ach so. Nun, das Grundstück ist verwildert. Es wird schon seit Jahren nicht mehr kultiviert. Einige der Terrassenmauern sind abgesackt. Aber das ist nicht schlimm. Das lässt sich reparieren. Wie ich weiß, seid ihr Engländer doch versessen auf Gärten. Und dafür gibt es dort jede Menge Land. Also.«

Die Straße nahm einfach kein Ende, es ging bergauf, bergab, bergauf, um die Kurve, wieder bergab. Anthony bekam allmählich schrecklichen Durst, und als er an der Straße einen Imbissstand mit dem Schild »Orangina« sah, bat er Madame Besson, zu halten. Sie brachte den Wagen zum Stehen, Anthony, Veronica und Kitty stiegen aus, stellten sich auf den Seitenstreifen und atmeten die wunderbar frische Luft. Die Sonne schien heute wärmer als in den vorhergehenden Tagen. Bienen umsummten den gelben Ginster. Eine weiter unterhalb gelegene grüne Wiese war übersät mit leuchtenden Butterblumen.

»Sommer«, sagte Veronica. »Hier kommt er schon früh. Man kann ihn geradezu fühlen.«

Der Imbiss nannte sich *La Bonne Baguette*. Und als Veronica die Kühltheke mit all den knusprigen Sandwiches sah, sagte sie: »Kommt, wir holen uns alle ein Sandwich. Es ist doch schon fast Mittag.«

Jetzt stieg auch Madame Besson aus und zündete sich eine Zigarette an. Anthony erbot sich, ihr etwas mitzubringen, aber sie lehnte ab und starrte ostentativ auf Veronicas rundliche Figur. »Ihr Engländer«, sagte dieser Blick. »Ihr esst lauter schreckliches Zeug. Und ihr scheint gar nicht zu merken, dass dieser Mist euch umbringt.«

Sie lief nervös hin und her, während Getränke und Baguettes gekauft wurden.

»Essen Sie die Brote hier«, erklärte sie bestimmt. »Sonst habe ich den Wagen hinterher voller Krümel.«

Also marschierten sie hinunter zur Butterblumenwiese, setzten sich ins Frühlingsgras und aßen und tranken, während Madame Besson sie streng im Auge behielt.

»Ich schätze, sie ist die Ausländer leid«, sagte Anthony. »Wir bringen ihr zwar Geld, aber im Grunde wäre ihr am liebsten, wir gingen alle nach Hause.«

Er lachte, als er das sagte, und schaute Kitty an, als erwarte er irgendeine zustimmende Geste, aber sie drehte einfach nur den Kopf weg.

Was Kitty in dem Moment tatsächlich beschäftigte, war der Sandwich-Belag, den Anthony sich ausgesucht hatte: Camembert und Tomate. Ihr fiel nämlich ein, dass eine Freundin von Veronica, die hier in der Nähe wohnte, an Käse aus Rohmilch gestorben war.

Endlich tauchte es auf: das Mas Lunel. Golden lag es in der Mittagssonne; mit den Steineichen dahinter, die gerade neues Grün austrieben, und der dunklen Tannenwand darüber. Gänseblümchen legten einen weißen Schleier über den ungepflegten Rasen.

Was Anthony sofort an dem Haus gefiel, war dieses entschiedene Für-sich-Sein: Es stand ganz allein auf einer Hochebene, als hätte sich die Landschaft rundherum extra schützend um das Gebäude gruppiert. Nach Süden hin lagen die Wein- und Oliventerrassen, die zur Straße abfielen. Anthony stieg aus dem Wagen, blieb ganz still stehen und versuchte, die Atmosphäre des Orts zu erfassen, seine herrliche Abgeschiedenheit, seine wilde Schönheit zu spüren, ehe irgendetwas dazwischentrat und diese Stimmung zerstörte.

Ein älterer Mann kam aus dem Haus. Er hinkte leicht, war hager, trug schäbige Kleidung und hatte die hektische, rötliche Gesichtsfarbe eines Trinkers. Um den mageren Hals hatte er ein rotes Halstuch gebunden. Er beschirmte die Augen gegen die Sonne.

Madame Besson ging auf ihn zu und schüttelte ihm die Hand. Anthony hörte, wie sie ihn rasch daran erinnerte, dass sie diesmal englische Käufer bringe, und er sah, wie der Mann zu ihnen herüberblickte, Veronica, Kitty und dann ihn anglotzte und sich mit dem Handrücken einen Speichelfaden aus dem Mundwinkel wischte.

Madame Besson stellte sie vor. »Monsieur Lunel. Monsieur Verey. Seine Schwester. Eine Freundin …« Und allesamt unterzogen sie sich dem obligatorischen Händeschütteln, dem wohlerzogenen Begrüßungsritual, das es in Großbritannien schon lange nicht mehr gab. In ihrem Zwinger hatten die Hunde zu bellen begonnen und Kitty damit sichtlich verstört, weshalb Monsieur Lunel sich eilig entschuldigte. »Kümmern Sie sich nicht um die«, sagte er. »Das sind Jagdhunde. Wir jagen oben in den Bergen wilde Bären. Aber ich nehme sie natürlich mit, wenn ich gehe. Keine Sorge. Ich will sie nicht mit dem Haus verkaufen!«

Lunel lachte selbst über seinen kleinen Witz und wurde sofort dafür bestraft, da aus dem Lachen ein Husten wurde, der mit Macht aus seiner Brust hochdrängte, weshalb er sich abwenden und in ein Tuch spucken musste. Anthony dachte: Er verkauft, weil er bald stirbt. Er möchte Bargeld, bevor die Dunkelheit kommt.

Als er sich von seinem Hustenanfall erholt hatte, sagte Lunel, er werde Kaffee kochen. Oder Tee. Hätten die *Britanniques* lieber Tee? Er habe auch Tee. Lipton-Tee. Wahrscheinlich sei es besser, erklärte er, wenn er den Tee mache und Madame Besson ihnen das Haus zeige, weil er es nicht so gut beschreiben könne. Er habe hier sein Leben lang gewohnt. Wenn man sein ganzes Leben lang an einem Ort wohnt, sagte er, dann weiß man nicht, wie er auf Fremde wirkt. Man weiß nicht, was ihnen Angst macht und was ihnen gefällt ...

Sie entschieden sich für Tee und folgten Madame Besson. Anthony sah noch, wie Lunel zu den Hunden ging und ihnen irgendetwas aus seiner Tasche hinwarf, um sie zu beruhigen.

»Cévenoler Häuser sind dunkel«, erklärte Madame Besson, als sie den großen Raum mit der Küchenzeile und einem schiefen, ziemlich ramponierten Esstisch betraten, »weil sie möglichst wenig Fensterfläche haben. Auf diese Weise bleiben die Häuser im Sommer kühl und halten im Winter die Wärme des Kamins. Sehen Sie, wie dick die Wände sind?«

Der Raum roch nach dem Kamin, nach Kochfett und Zwiebeln.

Der Steinfußboden war an mehreren Stellen von vielen schweren Stiefeln ramponiert. Ein gewaltiger Eichenschrank (»Französisch, um 1835 ...«), schätzte Anthony, (»... gedrechselte Pilaster, mit Gebrauchsspuren und Beschädigungen«) war vollgestellt mit Servierplatten, Tellern, Krügen, Schüsseln und schwarz angelaufenen Messinglampen. In der hinteren Ecke des Raums stand ein Schlafsofa mit einer karierten Decke, auf dem sich vergilbte Kataloge für Landwirtschaftsmaschinen stapelten. Auf dem Boden vor dem Sofa stand ein altes Bakelittelefon. Aus einem undichten Wasserhahn leckte es in ein

Steingutwaschbecken. Leere Whiskyflaschen dekorierten das Abtropfbrett. Auf dem Tisch lagen ein paar angeschimmelte Äpfel, daneben standen eine Flasche Pastis und ein milchiges Glas.

»Ich habe Sie gewarnt«, sagte Madame Besson. »Es ist alles ein schreckliches Durcheinander. Aber dieser Raum hat sehr gute Proportionen. Und nun schauen Sie bitte hoch. Sehen Sie die herrlichen Decken?«

Anthony sah dicke, rauchgeschwärzte Deckenbalken, auf denen dicht an dicht die dünnen Dachsparren lagen. Der Mörtel zwischen den Dachziegeln war bröselig und schon lange nicht mehr geflickt worden. Aber Madame Besson hatte Recht, es war eine außergewöhnliche Decke. Sie erinnerte Anthony an das Dach der bescheidenen kleinen Dorfkirche in Netherholt, wo Lal begraben lag. Und er dachte: Hier würde er mit der Arbeit an diesem Haus beginnen, an dieser Decke, die mit ihrer geschichtsträchtigen Aura etwas von einem Kirchendach hatte. Er würde dem Holz seine ursprüngliche Farbe zurückgeben. Alles neu verputzen. Dann den Verputz der Wände entfernen und die freigelegten Steine zur Geltung bringen. Die Gegenwart abmontieren. Alles wieder so herrichten, wie es einst gewesen war, und es dann insgesamt sehr hell ausleuchten.

In allen Räumen des Erdgeschosses gab es diese erstaunlichen Decken, selbst in der Speisekammer mit ihrem Betonfußboden und der uralten Kühltruhe, die an ein frei hängendes elektrisches Kabel angeschlossen war. »Erinnern sie dich nicht an die Kirche in Netherholt?«, flüsterte er Veronica zu.

Veronica lächelte, und Anthony sah, dass es jenes nachsichtige Lächeln war, mit dem sie vielleicht ein Kind bedenken mochte, aber es scherte ihn nicht, weil er jetzt aufgeregt war, richtiggehend aufgeregt. Und er kam ein wenig aus der Puste, als er Madame Besson über die steile Treppe in den ersten Stock folgte.

Hier waren die Decken niedriger, und die Zimmer wirkten

überladen und erstaunlich klein. Doch Madame Besson bemerkte Anthonys Enttäuschung mit beeindruckender Promptheit, begann, gegen die Wände zu klopfen, und sagte rasch: »Nichttragende Wände. Die könnten Sie entfernen. Und was ich machen würde, ich würde hier die Decken herausnehmen und auf den Dachboden verzichten. Ohne den haben Sie immer noch reichlich Fläche zur Verfügung, auch für neue Badezimmer. Ich würde also die Schlafzimmerwände bis hoch unters Dach ziehen. Sie können natürlich auch unterteilen, dann hätten Sie die herrlichsten Zimmer von fast gothischem Format.«

Jetzt liebte Anthony Madame Besson. Vergeben waren ihr schlechtes Autofahren, ihre Verachtung für Veronicas barocke Figur, ihre Raucherei. Als Maklerin ging sie sehr intelligent vor. Sie hatte etwas ganz Gewöhnliches in etwas Wunderbares verwandelt. Tatsächlich hatte sie das Haus zu einem runden Ganzen gemacht: einem bezaubernden Juwel, dessen kühnste Kostbarkeiten noch hinter dünnen Leichtbauwänden ihrer Entdeckung harrten. Am liebsten hätte er ihrem sonnengegerbten Gesicht einen Kuss verpasst.

Er ging zu einem der Schlafzimmerfenster und blickte hinaus auf das große Grundstück, das ihm gehören würde. Am Ende der Wiese gab es sogar eine ansehnliche Natursteinscheune, die man für einen großartigen Zweck umfunktionieren könnte (als Schwimmbad oder separate Gästewohnung?). Links davon konnte er die nach Süden abfallenden Terrassen erkennen. Sie waren mit Unkraut überwuchert, aber es standen dort Weinstöcke und Olivenbäume und etwas, das nach knorrigen, hübsch mit grauen, zerzausten Flechten überwachsenen alten Obstbäumen aussah. Das Fenster stand offen, und Anthony lehnte sich weit nach draußen und hörte jetzt nur noch die Vögel singen. Das Gefühl hier oben fand er einfach göttlich. Und er stellte sich vor, wie dieser Blick, mit der Zeit und mit Vs Hilfe, so verführerisch wurde, dass es ihn niemals mehr von hier fortziehen würde …

Gerade als er Veronica herbeirufen und ihr zuflüstern wollte, er sei geneigt, das Haus zu kaufen, habe sich schon entschieden, könne sich vorstellen, wie grandios es demnächst aussehen werde, tauchte Kitty neben ihm auf. Bisher hatte sie sich noch nicht geäußert, doch ihm war nicht entgangen, wie ihre Frettchenaugen in alle Ecken huschten, und er hatte gesehen, dass die eingesperrten Hunde sie von Anfang an empört hatten – sentimental, wie sie nun einmal war. Jetzt stand sie neben Anthony und blickte ebenfalls hinaus.

»Das ist interessant«, sagte sie. »Hier drinnen, selbst hier am Fenster, hat man das Gefühl, als ob das Haus völlig allein stünde.«

»Was meinst du damit?«, fragte Anthony. »Es *steht* doch allein.«

»Na ja, nicht ganz. Da ist noch die Kate.«

»Welche Kate?«

Kitty lehnte sich weiter aus dem Fenster. Ihr Haar war im Nacken sehr kurz geschnitten, fast wie bei einem Mann, was Anthony nicht ausstehen konnte. Anscheinend sollte man die kräftigen Sehnen ihres Halses bewundern.

»Da drüben«, sagte sie. »Du kannst sie gerade noch sehen. Da. Wo der Weg eine Kurve macht.«

Er blickte in die Richtung, in die sie zeigte. Sah ein niedriges Wellblechdach, die Ecke einer rosa gestrichenen Fassade, Geranien in Töpfen, die offenbar aus Plastik waren.

»Hast du die Kate denn nicht gesehen, als wir die Auffahrt hochfuhren?«, fragte Kitty.

»Nein«, sagte er. »Nein.«

Und er hatte sie tatsächlich nicht bemerkt. Er hatte stur nach vorne geschaut, ganz auf den ersten Anblick vom Mas Lunel konzentriert. Aber da stand sie. Eine weitere Behausung, das Leben einer weiteren Person, das sich, mit all seinem Chaos und Gerümpel, auf dem Grund und Boden breit machte, der doch eigentlich ihm allein gehören sollte.

Er fluchte leise. Da hatte er geglaubt, einen Zipfel vom Paradies erblickt zu haben, und dabei schlicht vergessen, dass es auf der Welt keine Paradiese mehr gab. Alle noch so schönen Orte waren durch irgendeinen Makel entstellt, durch irgendetwas in ihrer Nähe, das man weder sehen noch hören wollte und worüber man auch nicht nachzudenken wünschte. Und hier war er also wieder, der Makel. Genau wie das Gesicht des alten Weibs auf dem Aubusson-Wandteppich, das die heitere Aristokratenrunde genau in dem Moment verspottete, als ihr Speis und Trank gebracht wurden.

Er glaubte zu ersticken, war wütend auf sich selbst. Wieso hatte er, dem gewöhnlich nichts in seiner Umgebung entging, die Kate nicht wahrgenommen? Er starrte immer noch darauf, als wollte er sie mit seinem Blick zum Verschwinden bringen. Natürlich, dachte er müde, musste es Kitty sein, die ihn darauf aufmerksam machte, die einfach anspaziert kam und ihm seine Erregung, seine anfängliche Freude stahl.

Die einzige jetzt noch offene Frage lautete: Verleidete diese Kate ihm den ganzen Ort, oder gab es irgendeinen Kompromiss? Er wusste, dass er nach draußen gehen und sie direkt in Augenschein nehmen müsste, um diese Frage zu beantworten. Doch davor schrak er zurück. Er fürchtete, ihre Hässlichkeit könnte ihn in Depressionen stürzen.

Anthony rief Madame Besson zu sich.

»Ah ja«, sagte sie, »das kleine Haus gehört Monsieur Lunels Schwester. Aber ihr Grundstück liegt hauptsächlich auf der anderen Seite der Straße. Sie hat da nur ein bisschen Gras und einen kleinen Gemüsegarten. Sie könnten das Ganze leicht ausblenden. Indem Sie ein paar schnell wachsende Zypressen pflanzen. Dann würden Sie bald vergessen, dass da überhaupt etwas ist.«

Ja, ja, dachte Anthony, das ist die Sorte Maklersprache, die sie perfekt beherrscht, aber er war Anthony Verey, und er würde es *nicht* vergessen. Selbst wenn er nichts davon sah, würde er es fühlen: die Hexe im Wald, ein weiteres menschliches Wesen mit all seinen Geräuschen und Kümmernissen, all seiner zermürbenden Gewöhnlichkeit, während das, was er ersehnte, doch die vollkommene, unbefleckte Einsamkeit war – ein Königreich nur für ihn, ein Ort, wo er stilvoll altern konnte.

Anthony wandte sich an Madame Besson. Er war zu erregt, um sich auf Französisch auszudrücken. »Ich liebe das Haus«, sagte er auf Englisch. »Die hohen Decken, die großen Räume. Selbst die Lage. Aber ich finde, die Kate ruiniert alles. Ich denke, für mich macht sie die Sache unmöglich.«

Aus Höflichkeit mussten sie den Tee trinken, den Monsieur Lunel gekocht hatte.

Er ließ sie am Küchentisch Platz nehmen, räumte die Äpfel und den Pastis weg. Er ließ einen Teller mit muffigen Keksen herumgehen.

»So«, sagte er, »wenn Sie Ihren Tee ausgetrunken haben, führe ich Sie zu den Weinstöcken. Sie sind etwas verwildert. Ich lebe allein hier. Ich habe keinen Sohn, der mir hilft oder alles übernimmt. Deshalb verkaufe ich auch. Aber es ist gutes Land, seit Generationen bearbeitet ...«

Anthony nippte verächtlich an der lauwarmen Brühe und sagte zu Madame Besson: »Können Sie ihn bitte fragen, wie viel von dem Grundstück seiner Schwester gehört.«

»Ich habe es Ihnen doch schon erklärt«, sagte Madame Besson. »Der größte Teil des Grundstücks liegt auf der anderen Straßenseite.«

»Fragen Sie ihn bitte trotzdem«, erwiderte er scharf.

Als Madame Besson Lunel die Frage stellte, sah Anthony, wie plötzlich Angst das Gesicht des Mannes verdunkelte. Er antwortete nicht sofort, doch dann beugte er sich zu der Maklerin hinüber und sagte leise: »Erklären Sie ihnen, dass meine Schwester unwichtig ist. Sie wird weg sein. Das Haus wird auch weg sein. Es hätte sowieso nie an der Stelle gebaut werden dürfen.«

Madame Besson verzog den Mund. Sie rutschte nervös auf ihrem Stuhl hin und her, strich eine Haarsträhne zurück, drehte sich zu Anthony und sagte: »Es gibt ... eine ... *Andeutung*, dass Monsieur Lunels Schwester ebenfalls auszieht. Und in diesem Fall würde das Grundstück mit dem kleinen Haus vermutlich ebenfalls zu kaufen sein. Aber das ist noch nicht sicher.«

»Audrun besitzt einen ganzen Wald!«, platzte Lunel heraus. »Ich habe ihr gesagt, sie soll doch dort bauen, in ihrem verdammten Wald. Da hätte das Haus stehen sollen. Stattdessen ist es auf meinem Grundstück gelandet.«

»Wollen Sie damit sagen, dass das Haus Ihrer Schwester tatsächlich auf Ihrem Grundstück steht, Monsieur Lunel?«, fragte Madame Besson.

»Ja, es steht auf meinem Land ... ein Teil ...«

»Aha. Das wurde mir nicht gesagt. Den Plänen zufolge, die ich gesehen habe ...«

»Ich werde einen neuen Landvermesser besorgen!«, sagte Aramon Lunel und knallte die Faust auf den Tisch. »Die Grenzen sind alle falsch, und Audrun weiß das!«

Madame Besson holte ein Heft aus ihrer Handtasche und machte sich Notizen. Anthony sah, wie sich Schweißperlen an Lunels Schläfen bildeten. Seine geballte Faust bebte. »Ich habe Audrun erklärt, dass sie Gesetze gebrochen hat«, sagte er zu Madame Besson. »Wir warten im Moment auf den Landvermesser. Der soll das klären.«

»Ich bin der Meinung, Sie hätten uns als Ihre Maklerinnen darüber informieren sollen, über diesen ... Familienzwist, Monsieur Lunel«, sagte Madame Besson. »Ich kann dieses Haus keinem weiteren Interessenten zeigen, solange es Unstimmigkeiten über die Grundstücksgrenzen gibt.«

»Nein, nein!«, schrie Lunel. »Es gibt keine Unstimmigkeiten. Es gibt keinen ›Zwist‹. Sie werden sehen. Es wird sich alles regeln. Sobald ich diesen Landvermesser in Ruasse dazu gebracht habe, seinen Arsch hochzukriegen ...«

Madame Besson erhob sich und gab auch den anderen ein Zeichen, ihr zu folgen. Lunel packte Madame Besson am Ärmel. »Gehen Sie nicht!«, flehte er. »Mir gefallen diese Käufer. Die *Britanniques* haben Geld. Sie haben ihren Tee noch gar nicht ausgetrunken. Lassen Sie mich ihnen doch noch die Obstterrassen zeigen ...«

»Nein, es tut mir leid, wir müssen gehen«, sagte Madame Besson, entzog ihm ihren Arm und sah auf die Uhr. »Wir haben jetzt einen Termin für ein Haus in Saint-Bertrand.«

*A*udrun schnitt gerade ihr Gras mit dem kleinen Benzinrasenmäher, als Aramon laut brüllend die Auffahrt heruntergehumpelt kam. Sie manövrierte den Mäher direkt in seine Richtung, und mit einem Mal dachte sie, wie unglaublich es wäre, ihm damit über die Füße zu fahren.

»Mach ihn aus! Mach ihn aus!«, schrie er.

Doch sie ließ ihn tuckernd neben sich stehen – wie eine scharfgemachte, einsatzbereite Waffe.

Er hatte zu viel Pastis getrunken. Unruhig flackerte sein Blick in alle Richtungen. Die Sonne brannte auf seinen wüsten Schädel.

»Ich habe einen Käufer!«, lallte er. »Das ist achtzig Prozent sicher. Neunzig Prozent sicher. Ein englischer Käufer, irgendein Antiquitätenhändler, stinkt vor Geld. Aber er zögert, der verfluchte Mistkerl! Er zögert, weil er deine Kate weghaben will, und ich habe den Maklertanten gesagt, sie *wird* auch weg sein!«

»Du hast den Maklerinnen gesagt ...«

»Diese Chance lass ich mir nicht entgehen. Der Verkauf steht mir zu. Ich hab ein Recht darauf, *pardi*!«

Audrun sagte nichts. Sie hielt den Griff des Rasenmähers fest umklammert. Sie malte sich aus, wie seine Füße als breite Fontäne aus Blut und Gewebe und Knochen über das Gras spritzten, genauso rosa wie der See aus ihren Träumen. Aramon kam näher getorkelt. »Der Landvermesser kommt morgen«, sagte er und fuchtelte mit einem Finger direkt vor ihrem Gesicht herum. »Und ich hab ihm gesagt, dein Haus ist illegal.«

»Lass mich in Ruhe, Aramon«, sagte sie.

»Hast du nicht gehört? Der Landvermesser kommt morgen früh. Und nächste Woche gibt es den Abrissbescheid für deine Kate. Und ich habe diesen blöden Maklertanten gesagt, ich kümmere mich drum. Ich habe ihnen gesagt ...«

Und dann wurde ihm schlecht. Sein Körper zuckte konvulsivisch, er hielt sich den Bauch und übergab sich auf ihren frisch gemähten Rasen. Audrun musste wegsehen, der Anblick war so ekelhaft, dass es sie würgte. Und sie überlegte, wo sie Aramon begraben würde, wenn sie ihn erst einmal getötet hätte; nicht in der Familiengruft in La Callune, wo ihre Eltern lagen. Sie würde ihn an irgendeinen ganz und gar unheiligen Ort bringen, an eine Stelle zwischen dornigem Ginster, wo niemand hinkam. Und Raubvögel würden ihn, angezogen vom Geruch seines grässlichen Fleischs, sauber zerhacken, so sauber, wie er in seinem ganzen Erwachsenenleben noch nicht gewesen war. Und all das war jetzt nur noch eine Frage der Zeit.

Sie kehrte ihm den Rücken und begann wieder zu mähen, zog jetzt größere Kreise, ohne in seine Richtung zu blicken. Nach und nach überlagerte der Duft des frisch gemähten Grases den Gestank seines Erbrochenen. Wenig später war er fort, war wackelig die Auffahrt zum Mas Lunel hinaufgeschwankt. Sie stellte sich vor, wie er die Treppe zu seinem Zimmer hinaufkroch und auf sein Bett sank. Eigentlich hätte er die Weinstöcke trimmen sollen, aber stattdessen hatte er in seiner Höhle geschnarcht, während das Tageslicht auf die Wände fiel, und sie fragte sich, ob jetzt überhaupt der richtige Zeitpunkt war für das, was sie zu tun hatte ...

Sie hatte die Engländer gesehen, ihre eigenartig lauten Stimmen gehört. Und die kleinere der beiden Frauen war ein Stück den Weg hinuntergegangen und hatte die Kate angestarrt. Audrun hatte sie hinter ihren Spitzenvorhängen beobachtet. Die Frau wirkte wie ein Mann. Sie war nicht groß, lief aber mit einem wiegenden Gang. Und bei diesem wiegenden Gang war Audrun etwas seltsam zumute geworden, so als besäße diese Person mystische Kräfte.

Und nun beschäftigte sie plötzlich die Frage, ob Jesus von Nazareth sich damals den Fischern am Seeufer auch in diesem wiegenden Gang genähert hatte, als er sie zu seinen Jüngern berief und die Fischer aus ihren Booten stiegen, ihre Netze und ihr ganzes bisheriges Leben hinter sich ließen und ihm, ohne zu zögern, folgten. Audrun wusste, dass das eine unpassende Vorstellung war, eine Blasphemie sogar, genau die Sorte Gedanken, die normale Menschen auf die Idee brachte, sie sei verrückt. Aber niemand schien zu begreifen, dass man sich seine Gedanken nicht aussuchen kann. Und das war eines der verwirrenden Dinge in ihrem Leben: *Die Gedanken suchten sich Audrun aus.* Und nicht nur die Gedanken. Sie war ein Gefäß, ein Behältnis für unvorstellbar schreckliche Taten. Und damit musste sie leben: mit der Tatsache, dass das Unvorstellbare manchmal in ihr zur Wirklichkeit wurde, aber eben nur in ihr.

Sie saß in ihrem Sessel und ruhte sich vom Mähen aus. Sie fragte sich, wie lange es wohl dauern würde, bis sie Aramons Tabletten stibitzt, sie zermahlen, in warmem Wasser aufgelöst und in den Klistierbeutel gefüllt hätte, um dann leise in sein Zimmer zurückzuschleichen. Würde er zu schnell aufwachen und sich ihr heftig widersetzen? Oder würde sie, auch wenn sie schon mit der Flüssigkeit und dem Klistier hantieren sollte, Ruhe bewahren, ihn besänftigen und ihm erklären können, sie wolle ihm nur mit einer speziellen Art von Entschlackung etwas Gutes tun? Das werde die Übelkeit vertreiben. Und dann endlich würde er sich fügen. Er würde sich in seinen eigenen Tod fügen …

Audrun schloss die Augen. Als sie beide klein waren und Bernadette sie noch nicht verlassen hatte, um auf dem Friedhof in La Callune zu ruhen, war Aramon einmal auf einer der hinteren Terrassen von einem Aprikosenbaum gefallen, und sie, seine zehnjährige Schwester, hatte ihn schreien hören und gefunden, halb ohnmächtig vor Schmerzen, und sie hatte ihn zu trösten und zu beruhigen versucht, während er mit seinem gebrochenen Knöchel auf der Erde lag und sich krümmte.

Sie hatte versucht, ihn hochzunehmen und zu tragen, doch er war zu schwer, und sie musste ihn wieder auf ein matschiges

Bett aus abgefallenen Aprikosen und trockenen Blättern legen. Sie sagte, sie werde Bernadette oder Serge holen gehen, aber Aramon klammerte sich an sie. Er war dreizehn und hatte Angst und sagte: »Lass mich nicht allein hier. Lass mich nicht allein, Audrun ...«

Also legte sie seinen Kopf in ihren Schoß und streichelte sein Gesicht und versuchte ihn zu beruhigen, und nach einer Weile wurde er tatsächlich still und fiel in eine Art Trance. Sie saß, umschwirrt von Wespen, auf dem matschigen Boden, hielt ihn im Schoß und wartete. Wagte nicht, um Hilfe zu rufen, damit er nicht aus seinem seltsamen Schlaf erwachte, und war stolz darauf, dass sie diesen Schlaf hatte herbeiführen können.

Und erst später, nachdem Serge sie bei Anbruch der Dunkelheit gefunden hatte, war ihr erklärt worden, dass sie sich falsch verhalten habe, dass Aramon da unten auf den Terrassen an seinem Schock hätte sterben können, dass sie ihn mit ihrer Jacke hätte zudecken und sofort Hilfe holen sollen. In der Nacht hörte sie ihren Vater zu Bernadette sagen: »Diese Tochter von dir hat keinen Verstand. Sie tut nicht, was richtig ist. Gott weiß, was sie für ein Leben haben wird.«

Gott weiß, was für ein Leben.

Und jetzt könnte es wieder falsch laufen, dieses Etwas, das sie ihr Leben nannte. Wenn sie nun tat, was sie am liebsten tun würde, das, wovon sie wusste, dass sie es *tun musste*, würde ihr danach nicht ein elendes Leben gewiss sein? Denn Gefängnis wäre wie Sterben, so wie die Arbeit in der Unterwäschefabrik in Ruasse eine Art Sterben gewesen war. Sie würde sich durch die Tage schleppen – zwischen einer eiskalten Zelle und einem lauten, hallenden Saal, in dem Frauen wie Dämonen kreischten und lachten, während sie ihrer hässlichen Arbeit nachgingen. An diesem Ort würde sie bestimmt ihr Augenlicht verlieren. Ihre *Episoden* würden sich häufen, bis sie so dicht aufeinander folgten, dass sie eine endlose Serie unaussprechlichen Leidens und größter Verwirrung bildeten. Und in den Nächten würden

Träume von ihrem Wald sie heimsuchen, da sie wusste, dass sie ihn nie wieder sehen, nie mehr sein Seufzen vernehmen, nie mehr einen heiteren Frühling erleben dürfte, sondern sich das Kommen und Gehen der Jahreszeiten nur noch vorstellen könnte ...

Audrun saß in ihrem Sessel, und langsam eroberte die abendliche Dunkelheit das Zimmer. Ihr wurde jetzt klar, dass sie ihn immer noch nicht hatte, den Plan, der dieses elende Leben beenden und keine Spuren hinterlassen würde. Sie zog ihre Jacke enger um sich. Dann dachte sie: Ich habe ihn noch nicht, aber er wird kommen. Er wird sich unaufgefordert bei mir melden, wie ein Fremder, der plötzlich forsch vor meiner Tür steht. Und ich werde mich erheben und ihm folgen.

Sie stand früh auf, trank ihre Schale Kaffee, zog ihren geblümten Kittel an und begann, das Haus für den Besuch des Landvermessers zu putzen. Sie fuhr mit einem Wischmop über die gefliesten Fußböden, der feuchte, glänzende Streifen hinterließ, und wünschte, dieser Schimmer würde bleiben, was er nie tat.

Sie wusste, dass die Kate nichts anderes war als ein zusammengepfuschter Verschlag mit einem Blechdach, aber nun, da sie diese Kate wahrscheinlich verlieren würde, spürte sie eine Art sentimentaler Anhänglichkeit. Denn sie enthielt alles, was Audrun hatte: ihr Bett, ihren Schrank, ihre Pflanzen, ihren Fernseher, ihren Herd, ihre Teppiche, ihren Lieblingssessel. Die Wände hatten sie beschützt, ihren Schmerz an einem Ort gebündelt.

Der Morgen war hell und ruhig. Audrun goss die Geranien auf ihrer Terrasse, zog in ihrem Gärtchen zwei weiße Zwiebeln fürs Abendessen aus der Erde und verscheuchte einen grünen Frosch. Während der Frosch im Gras verschwand, sah sie, wie Marianne Viala die Straße zu ihr hochkam.

»Der Landvermesser kommt heute Morgen«, erklärte sie Marianne.

Auf einem blauen Teller hatte Marianne ein Stück ihrer berühmten *tarte au chocolat* mitgebracht. Sie setzte den Teller auf dem Plastiktisch ab. Sie schüttelte ihren kleinen Kopf mit dem in stramme Dauerwellen gelegten hellbraun gefärbten Haar. »Aramon sollte sich schämen«, erklärte sie.

Sie setzten sich auf die Plastikstühle, die unangerührte *tarte* zwischen sich. Immer wenn ein Auto auftauchte, drehten sie den Kopf und starrten neugierig in die Richtung, ob es etwa der Landvermesser war. Nach einer Weile meinte Marianne: »Wenn dein Bruder dein Haus abreißt, kannst du bei mir wohnen.«

Audrun schwieg. Sie wusste, dass das sehr nett von Marianne war, außerordentlich nett sogar – wenn sie es wirklich ernst meinte –, aber für sie kam es einfach nicht in Betracht. Sie hatte ihr ganzes Leben hier gelebt, auf diesem Land, das seit drei Generationen der Familie Lunel gehörte. Es wäre schrecklich, plötzlich in einem kleinen dunklen Hinterzimmer zu landen, umgeben von Dingen, die Marianne gehörten. Sie hob den Kopf und sagte: »Ich denke, ich werde im Mas wohnen.«

»Wie bitte«, sagte Marianne, »mit *ihm*?«

Audrun blickte auf ihre Hände, die fest zusammengefaltet auf dem Tisch lagen.

»So viel, wie er trinkt«, sagte sie, »wird er wohl nicht mehr allzu lange leben.«

Als eine Stunde vergangen war, kochte Audrun noch einen Kaffee, und die beiden Frauen aßen die Schokoladen-*Tarte* und spürten, wie die Süße ihren Geist belebte. Sie tauschten nun Erinnerungen an die Schulzeit aus. Dazu gehörte auch die Geschichte von ihrem Lehrer, Monsieur Verdier, der donnerstags immer mit seinem Mischlingsköter Toto in den Unterricht kam, weil seine Frau an diesem Tag im Dorfladen arbeitete und Toto eine Kreatur war, die nicht allein sein konnte.

In der Pause durfte Toto mit den Kindern zusammen auf den Hof, und alle knuddelten und streichelten ihn, zogen ihn an den Ohren, fütterten ihn mit Süßigkeiten und jagten ihn durch die Gegend, und ein paar ältere Jungen bewarfen ihn mit Stöcken, aber er tollte einfach weiter umher.

Eines Donnerstags dann lag Toto nicht in seinem Korb im Klassenzimmer, und Monsieur Verdier gab den Kindern eine stille Leseaufgabe, blieb regungslos an seinem Pult sitzen und starrte aus dem Fenster in den Himmel.

»Bitte, Herr Lehrer«, fragte eines der Kinder, »wo ist Toto?«

»Toto ist verschwunden«, sagte Monsieur Verdier. »Wir wissen nicht, wohin. Jetzt hoffen wir nur, dass er nicht allein ist.«

»Ist er jemals wiedergekommen?«, fragte Marianne. »Ich kann mich nicht mehr erinnern.«

»Nein«, sagte Audrun. »Er kam nicht wieder. Alles, was man liebt, kommt nicht wieder.«

Marianne stöhnte, wie um zu sagen, dass Audruns Pessimismus manchmal wirklich schwer zu ertragen war, und sie wechselte das Thema und begann von ihrer Tochter Jeanne zu erzählen, die inzwischen Lehrerin an einer Schule in Ruasse war. »Die Kinder dort sind viel schlechter erzogen als wir damals«, sagte Marianne. »Sehr viel schlechter – jedenfalls in den städtischen Schulen. Jeanne hat große Schwierigkeiten. Und sie hat mir erzählt, dass sie in diesem Schuljahr ein Kind aus Paris hat, das schlimm gehänselt wird.«

»Na ja«, sagte Audrun. »Hänseln ist nichts Neues.«

»Nein. Aber für Jeanne ist es hart. Sie versucht doch immer, zu allen fair zu sein. Und es bedrückt sie, wenn ein Kind unglücklich ist, aber sie sagt auch, dass dieses kleine Mädchen sehr verwöhnt ist. Ihr Vater ist Arzt oder etwas in der Art.«

»Wie heißt sie denn?«, fragte Audrun. »In Paris geben sie den Kindern doch gern Namen von Filmschauspielern, amerikanische Namen.«

»Ja«, sagte Marianne. »Sie heißt Mélodie. *Mélodie*. Wie kann man ein Kind bloß so nennen! Und natürlich macht es das noch schwieriger für Jeanne.«

Der Morgen ging vorüber; Marianne hatte sich auf den Heimweg gemacht; vom Landvermesser keine Spur.

»Wenn du eine Frau bist«, hatte Bernadette einst zu Audrun gesagt, »dann verbringst du einen großen Teil deines Lebens mit Warten. Du wartest auf die Rückkehr der Männer – aus dem Krieg oder von den Feldern oder von der Jagd in den Bergen. Du wartest darauf, dass sie sich endlich entschließen, all die Dinge zu reparieren, die repariert werden müssen. Du wartest auf ihre Liebesbeteuerungen.«

Audrun ging ins Haus. Sie aß etwas Brot und Käse und verschloss dann ihre Haustür und legte sich auf ihr Bett. Sie stellte fest, dass das Warten sie müde gemacht hatte. Sie schlief zwei Stunden und wurde durch ein Klopfen an ihrer Tür geweckt, und weil es so wütend klang, dachte sie, es müsse Aramon sein, der vorbeikam, um sie wegen irgendetwas zu beschimpfen, und deshalb ließ sie sich Zeit mit dem Öffnen.

Draußen stand ein Mann in einem zerknitterten grauen Anzug und einer Krawatte, die lose um seinen Hemdkragen hing und schlapp an ihm herunterbaumelte. Unter seinem Arm klemmte ein Stapel Papiere.

»Ich bin der Landvermesser«, sagte der Mann. »Aus Ruasse.«

*K*urz nach Bernadettes Tod hatte Serge zu seinem Sohn gesagt: »Jetzt stehen wir zwei gegen den Rest der Welt, Aramon. Du und ich gegen die ganze Welt. Wir müssen die Kontrolle übernehmen. Und ich werde dir auch verraten, wie.«

Aramon stand in der Nähe der Lunel-Grabstätte auf dem Friedhof von La Callune.

Er sah, dass er einen kleinen Kranz aus Plastikblumen in der Hand hielt, wusste aber nicht, wie der dahin gekommen war. Hatten seine Hände ihn einfach vom Mausoleum einer anderen Familie genommen? Hatten sie ihn irgendwo im Gras gefunden?

Aber eigentlich war das nicht wichtig. Ein Plastikkranz war etwas, das niemanden auch nur die Bohne interessierte, und so legte er ihn zerstreut unten ans Ende der Granitplatte, unter der seine Eltern und seine Großeltern Lunel, Guillaume und Marthe, ruhten, alle übereinander, seine Mutter und sein Vater als Letzte obendrauf gepackt, direkt unter dem Grabstein. Und es kam Aramon fantastisch vor, dass er jetzt älter war als Serge bei seinem Tod.

Die Zeit war etwas so Instabiles, dachte er, dass man nur staunen konnte, wenn es überhaupt jemand schaffte, sich aus diesem flüchtigen Element ein einigermaßen vernünftiges Leben zu schnitzen.

Im tiefsten Herzen wusste Aramon, dass ihr Leben – seines und das von Serge – beschädigt und verdorben worden war durch das, was sie nach Bernadettes Tod getan hatten. Doch er wollte nicht das Gefühl haben, dass sie die Schuld daran trugen, er selbst oder Serge. Schuld trug *die Zeit*. Die Zeit hatte ihnen Bernadette gegeben und wieder genommen, genau wie sie, lange vorher, Renée genommen hatte. *Der Mensch, vom Weibe geboren, lebt kurze Zeit.* Die Zeit änderte die Art und Weise, wie der eigene Körper fühlte, sie änderte die Dinge, die er verrichten musste.

Das war nichts, worüber man reden konnte, falls man überhaupt dazu in der Lage gewesen wäre. Selbst als sein Vater und er damals die heiße Erde in den Zwiebelbeeten aufhackten (in den längst vergangenen Tagen, als Zwiebeln der Familie noch ein gutes Einkommen garantierten), als sie eine Reihe nach der anderen gemeinsam auflockerten, während Audrun in der Unterwäschefabrik in Ruasse arbeitete, hatten sie über dieses Thema geschwiegen. Nur ein einziges Mal, ganz am Anfang, hatte Serge ihm zugeflüstert: »Das ist vollkommen logisch, mein Sohn. Erst war da Renée, aber sie starb, sie wurde bestraft für das, was sie tat, dann war da deine Mutter, aber sie ist auch weg, sie verließ uns. Und deshalb gibt es jetzt ... diese andere. Es ist logisch, dass das alles in der Familie bleibt. Vollkommen logisch.«

Regelmäßig verlor Aramon dabei das Bewusstsein. Allein der wahnsinnige Nervenkitzel, nachts in Audruns Zimmer zu gehen und das zu tun. Er hielt es für Liebe, die irrsinnigste, vollkommenste Liebe, die er sich vorstellen konnte. Sie war zu viel für seinen Körper und für seinen Verstand. Manchmal musste Serge anschließend kommen und ihn vom Boden ihres Zimmers aufsammeln, wohin sie ihn gestoßen hatte, und ihn in sein eigenes Bett zurücktragen, ihm auf die Wangen klopfen und einen Kognak einflößen, um ihn aus seiner Ohnmacht zu holen. »*Allez*«, flüsterte Serge dann zärtlich, »alles in Ordnung. Du stirbst nicht. Du hast nur getan, was junge Männer tun müssen. Schlaf jetzt.«

Dann hörte er Serge über den Flur laufen und ebenfalls in ihr Zimmer gehen, die Tür hinter sich schließen und wie ein Hund losjaulen. Aramon war das egal, es war ihm egal, dass er seine Liebe teilen musste. Was ihm zu schaffen machte, was ihn in den Wahnsinn trieb, war, dass sie niemals schrie. Alles, was er von ihr zurückbekam für das, was er tat – für die *Liebe*, die er ihr schenkte –, war ihr Schweigen.

Die Jahre vergingen – Serge und Aramon schrien mehr als fünfzehn Jahre lang in der Dunkelheit –, bis Serge krank wurde. Dann, auf seinem Sterbebett, sagte Serge zu seinem Sohn: »Ich werde in die Hölle fahren, Aramon. Das fühle ich. Und es ist *deswegen*. Also solltest du ... lieber einen anderen Weg finden. Das Mas gehört dir und fast das ganze Land dazu. Heirate ein Mädchen. Lass Audrun sich ihr eigenes kleines Haus bauen. Sonst geht dein Leben schief. Tu es, bevor es zu spät ist.«

Tu es, bevor es zu spät ist.

Aramon ging nach Ruasse (ins andere Ruasse, für das Touristen sich selten interessierten) und suchte sich eine olivfarbene Hure namens Fatima und fickte sie zweimal die Woche in ihrem verschwiegenen Dachzimmer, wo Chiffontücher über die Lampenschirme drapiert waren und die parfümierte Luft nach Massageöl und Weihrauch duftete.

Doch bei dem, was Aramon Lunel mit Fatima machte, fiel er niemals in Ohnmacht.

Es war nie mehr so, wie es gewesen war. Und dann starb Fatima. Jemand tötete sie mit einem Messer, dort oben in ihrem kleinen heißen, duftenden Zimmer, man hatte sie von oben bis unten aufgeschlitzt, vom Brustbein bis zum Schambein, und sie wurde, in eine Plastikplane gewickelt, ins Leichenschauhaus transportiert.

Aramon wurde auf die Polizeiwache gebracht und befragt. (Sie nannten es Befragung, aber am Ende der Sätze schien es kein hörbares Fragezeichen zu geben.)

Sie haben dieses Mädchen umgebracht.

Sie haben diese Hure erstochen. Sie haben sie aufgeschlitzt.

Er erklärte ihnen, dass er sich nie die Mühe gemacht hätte, sie umzubringen. So viel habe sie ihm nicht bedeutet. Bei ihr sei er nie ohnmächtig geworden.

Ohnmächtig geworden.

Das könnte es erklären: Sie haben das Bewusstsein verloren.

Sie haben die Hure getötet. Dann sind Sie ohnmächtig geworden.

Die »Befrager« waren ganz normale, dumme Polizisten. Wie hätte man solchen Menschen jene absolut überwältigenden Gefühle von damals erklären können? Alles, was er immer wieder sagte, war: »Sie ist ohne Bedeutung für mich. Fatima. Wahrscheinlich habe ich nicht einmal ihren Namen ausgesprochen.« Und nach einer langen, zermürbenden Zeit, nach Tagen in Polizeigewahrsam, fanden sie einen anderen Mann und beschuldigten ihn des Mordes und ließen Aramon in Ruhe. Sie erklärten ihm, er sei »ein freier Mann«. Doch er wusste, was sie nicht wussten, dass er nach dem, was fünfzehn Jahre lang geschehen war, nie mehr frei sein würde.

Auf dem Friedhof von La Callune gab es viele Familiengräber. Der kleine Gottesacker war fast voll. Einige der Toten waren in Stein gemeißelte »Helden der Résistance«. Serge natürlich nicht. Er hatte Züge und Eisenbahnstrecken gegen Saboteure der Résistance geschützt. Aber einige der anderen schon. Doch jedes Mal, wenn er auf den Friedhof kam, war er allein, und es schien geradezu, als hätte Serge dafür gesorgt, dass sie miteinander reden konnten (jedenfalls betrachtete er es als eine Art Unterhaltung, obwohl er wusste, dass es ein Monolog war), ohne dass andere Friedhofsgänger, die ihre Verstorbenen besuchten, mithören konnten. »Diese Dörfer stecken voller Spione«, hatte Serge einmal zu ihm gesagt. »Man kann niemandem trauen. Nur der Familie.«

Jetzt erklärte Aramon Serge, er sei sehr durcheinander. Er werde demnächst einen Haufen Geld für das Mas und das Grundstück bekommen. Vierhundertfünfundsiebzigtausend Euro! Fast drei Millionen Francs! Mehr Geld, als es jemals in der Lunel-Familie gab. Doch er wisse nicht, wohin er gehen sollte, wenn er erst mal all dieses Geld bar in der Hand hielte.

»Wohin soll ich bloß gehen?«, fragte er. »*Wohin?*«

Er sehnte sich nach einer Antwort von Serge. Serge Lunel war seit jeher ein Überlebender, ein Davongekommener gewesen. Und stets war er nur mit knapper Not davongekommen. Dem Gemetzel der deutschen Armee in den Ardennen war er um Haaresbreite entgangen. Er hatte Renées Tod durch die Heirat mit Bernadette überlebt. Er war nicht von der S.T.O. zur Zwangsarbeit nach Deutschland geschickt worden, weil er sich bereit erklärt hatte, einen Nacht-Job in Ruasse zu übernehmen und Züge zu bewachen. Und dann das, was später gekommen war: Er hatte seine eigene Schuld überlebt, indem er seinen Sohn zum Komplizen machte.

Aramon starrte auf die pompösen Gräber. Alles hier in der Gegend hatte so viel *Gewicht*. Die Erde. Die Häuser (die der Lebenden und der Toten). Die Kanister für irgendwelches Gift, die man auf dem Rücken schleppen musste. Die Steine im Flussbett. Die regenschweren Gewitterwolken ...

Er trank, weil die Dinge so viel Gewicht hatten. Der Alkohol machte ihn nach und nach immer kränker, das wusste er, aber er fand keinen Ersatz, keine andere Methode, um der Last der Erinnerungen zu entkommen, die ihn zu zermalmen drohten. Seine Schuld und die Liebe, die er nicht ausdrücken konnte, drohten ihn zu zermalmen.

In seinen Tagträumen war er häufig wieder ein Junge, und Audrun war ein kleines Mädchen, das in dem staubigen Hof mit ihrem Seil hüpfte, und die Sonne schien auf ihr braunes Haar. Gemeinsam fütterten sie die Hühner und das Hausschwein. Nach schweren Regengüssen wurden sie gemeinsam mit zwei gleichen Blecheimern losgeschickt, um Hand in Hand Schnecken zu sammeln.

Wenn sie Schnecken am Fluss sammelten und ihre Gummistiefel schwer von der feuchten Erde waren und das nasse Gras und die Binsen ihnen um die Beine wischten, fragte er sie manchmal, ob er ihre Narbe sehen könne, dort wo die Chirurgen ihr das Schweineschwänzchen abgeschnitten hatten, und sie hob ihr Kittelkleid und zeigte ihm ihr kleines rundes Bäuchlein, und er streichelte es und sagte, es tue ihm leid, dass er sie gehänselt und behauptet hatte, sie sei die Tochter eines SS-Mannes. Und sie sagte, das sei nicht schlimm, sie habe alles längst vergessen. Und er gab ihr ein paar von seinen Schnecken ab, damit Bernadette stolz auf sie sein und sagen konnte: »Das hast du fein gemacht, *ma chérie*. Du hast mehr gefunden als dein Bruder.«

Und zu anderen Zeiten, an warmen April- oder frühen Maitagen, standen sie in der Abenddämmerung still beieinander auf einer Wiese mit blühenden Kirschen und horchten auf die Nachtigallen, und in dem schwindenden Licht begannen die weißen Blüten zu leuchten. Und eines Abends – Audrun war noch ein Kind, aber ihre Schönheit war schon zu ahnen, sie wurde ihrer Mutter und ihrer toten Tante immer ähnlicher –, da brach Aramon einen kleinen blühenden Kirschzweig ab und steckte ihn ihr hinter das Ohr, und sie schaute ihm ins Gesicht und sagte: »Jetzt bin ich eine Prinzessin, nicht?«

Bring mich dorthin.

Das hätte Aramon am liebsten zu Serge gesagt. »Das ist der Ort, zu dem ich gerne möchte. Bitte, o bitte, bring mich dorthin: zu dem Feld mit den weißen Blüten.«

Doch die Toten reagierten nie auf die Bitte eines Lebenden. Sie konnten zwar, so schien es, für eine vertrauliche Stunde sorgen, aber wenn man ihnen seine Sehnsüchte zuflüsterte und sie um Hilfe bat, waren sie doch wieder nur untätig und nutzlos: einfach morsche Äste, nackte Zweige, Staub.

Aramon ging langsam und unter Qualen zurück zum Mas Lunel. Seine Füße taten jetzt ständig weh. In seiner Hüfte stach ein Schmerz. In seinen Eingeweiden grummelte es. Es war kein richtiger Hunger und es war keine richtige Übelkeit, sondern ein elendes Unbehagen, das er nicht genau definieren konnte. Und er überlegte, ob er sich nicht, wenn er erst einmal all das viele Geld für das Mas besäße, ein Krankenhaus oder ein Altersheim suchen sollte. Dann könnte er die Leute dafür bezahlen, dass sie sich um ihn kümmerten. Gab es solche Einrichtungen, in die man nur hineinzuspazieren brauchte, um bei der Hand genommen und in ein kleines, aber sauberes Zimmer geführt zu werden? Die Leute behaupteten, dass es in der modernen Welt alles gebe, auch die Dinge, die man sich nur ausdenkt, solange man dafür bezahlte. Dann gab es sie vielleicht auch? Diese Zufluchtsorte.

*E*s war die Zeit des Olivenbaumschnitts – kurz vor dem richtigen Sommer.

Veronica und Kitty hatten in Ruasse ein Seminar besucht, wo ihnen die Methode des richtigen Schnitts genau erklärt wurde. Man schnitt die neuen Triebe nur jedes zweite Jahr zurück, und dann tat man es so, dass der Baum genügend Luft hatte. Sie sagten, man solle dabei immer an einen imaginären Vogel denken, der ungebremst in den Baum hinein- und an der anderen Seite wieder herausfliegen können musste.

Im Olivenhain von Les Glaniques standen mehr als zwanzig Bäume, weshalb Anthony sich bereit erklärt hatte, beim Beschneiden zu helfen. Er liebte eintönige Arbeiten. Sie beruhigten sein Gemüt. Und die Schere in seiner Hand erinnerte ihn an die Zeit, als er mit Lal Rosen beschnitten hatte: an das helle Geräusch des Schneidens, die tröstliche Vorstellung, dass man der Pflanze dabei half, kräftig zu werden, und an die überraschend warme Frühlingssonne im Gesicht … Und deshalb machte ihn diese Arbeit glücklich. Kitty war hinreichend weit weg, Veronica in Rufnähe. Und der Himmel war wolkenlos.

Der lebhafte Vogelgesang erinnerte Anthony ebenfalls an Lals Garten: an die Zeiten, als die Misteldrossel noch ein vertrauter Anblick war und als man noch hören konnte, wie Gimpel mit ihrer scharlachfarbenen Brust in den Hecken keckerten, Spechte – diese passionierten Heimwerker – auf die Baumstämme des Obstgartens einhämmerten und Fasanen im Unterholz kreischten.

Und ihm kam der Gedanke, dass es noch einen weiteren Grund gab, England zu verlassen: In dem Maße, wie sich dort Menschen und Eigentum vermehrten, zog die Natur ihren Reichtum zurück. Als sei sie es leid, dass der Mensch all ihre Vielfalt und Komplexität derart ignorierte, schien sie beschlossen zu haben, sich nur noch mit den wenigen langweiligen Arten auszustatten, die auch wirklich jeder kannte. Und in fünfzig Jahren gäbe es dann nur noch Amseln und Möwen, Brennnesseln und Gras.

Die prächtigen Olivenzweige türmten sich auf dem Boden. Frankreich zu lieben würde einfach sein, dachte Anthony, während er auf den Haufen zu seinen Füßen blickte.

Sein Handy klingelte, und es war Madame Besson, die ihm mitteilte, sie habe noch ein Haus für ihn in der Nähe von Ruasse. Es sei gerade erst auf den Markt gekommen.

Anthony hörte sich einen deutlichen Seufzer ausstoßen. Er wusste, dass er so kurz nach der Besichtigung von Mas Lunel keine neuerliche Enttäuschung ertragen konnte. Dass etwas Schönes so nah und dann doch so fern gewesen war, hatte ihn regelrecht erzürnt.

Er fragte Madame Besson, ob dieses Haus denn allein liege – wirklich ganz allein –, ohne irgendetwas, das die Aussicht verdarb, und sie sagte: Ja, es stehe oben auf einem Hügel, habe eine eigene Auffahrt und eine eigene Straße, die nur zum Haus führe und nirgendwohin sonst. »Einsam«, sagte sie. »Sehr einsam. Aber das ist es doch, was Sie sich wünschen, Monsieur Verey, *n'est-ce pas?*«

»Ja«, sagte er. »Ich glaube schon. Ist es aus Stein? Ist es schön?«

Es folgte eine kurze Pause, und Anthony merkte, dass Madame Besson, den Telefonhörer mit der Hand abdeckte. Dann war sie wieder da und sagte: »Ich selbst habe es noch nicht gesehen. Meine Tochter war dort, um sich zu informieren. Sie sagt, es sei recht nett.«

Recht nett.

Wenn das alles war, dann interessierte es ihn nicht. »Recht nett« war nicht das, was Anthony sich unter seiner Zukunft vorstellte. Lieber gar keine Zukunft als solch eine. Allmählich hatte er genug von diesen Immobilienmaklern. Sie begriffen einfach nicht, wer er war – *der* Anthony Verey, der einen Horror vor hässlichen Umgebungen hatte –, und deshalb verschwendeten sie ihre Zeit.

Und dennoch. Er musste seine Suche fortsetzen. Er musste ihn finden, den Ort, wo er leben und glücklich sein konnte. Anthony erklärte Madame Besson, er werde am Freitag vorbeikommen, die Schlüssel abholen und sich den Weg beschreiben lassen. Er sagte, er würde dieses Haus gern allein besichtigen.

»Wie Sie wünschen, Monsieur Verey«, meinte sie. »Ich werde den Besitzern Bescheid geben. Es ist allerdings eine sehr einsame Gegend. Ich möchte nicht, dass Sie sich verirren.«

Am Abend vor dieser Besichtigung waren Veronica, Kitty und Anthony zu einem Essen bei Monsieur und Madame Sardi eingeladen – Freunden von Veronica in der Nähe von Anduze. Veronica hatte den Garten der Sardis vollkommen neu gestaltet und, wie das Paar es ausdrückte, daraus »den Garten ihrer Träume« gemacht. Die Sardis drückten ihre Dankbarkeit wiederholt in Form von fabelhaften Essenseinladungen aus, erklärte Veronica Anthony.

Das Haus war massiv, grau verputzt und mit Türmchen verziert. Ein Miniaturschloss, dessen Stil architektonisch nicht in die Gegend passte, wie Anthony bemerkte, während sie die Auffahrt hinauffuhren.

»Anthony«, sagte Veronica ernst, »du hast doch nicht vor, heute Abend als Kritiker aufzutreten, oder?«

»Selbstverständlich nicht«, erwiderte er. »Dazu bin ich zu gut erzogen. Aber sieh dir das doch an: Wieso ist das kein Naturstein? Diese Art Verputz gehört in die Loire. Oder sind deine Freunde so barbarisch, dass sie die Steine verputzt haben?«

»Halt die Klappe, Anthony«, sagte Veronica. »Wir wollen einen netten Abend verbringen.«

»Ich habe nichts Gegenteiliges im Sinn.«

»Dann halt die Klappe.«

Die Sardis – Guy und Marie-Ange – waren Menschen, die sich mit ihrem Reichtum wohlfühlten. Das Erste, was Besuchern ins Auge fiel, war ein beeindruckend großer Brunnen, fast wie der vorm Weißen Haus in Washington, DC. Er sprühte seine funkelnde Fontäne in einen Seerosenteich mitten im Wendebereich der makellos bekiesten Auffahrt, die von Florentiner Zypressen, kunstvoll beschnittenem Buchsbaum und Kissen aus Tenerium und Zypressenkraut gesäumt war. Als sie aus dem Auto stiegen, sagte Kitty. »Ich liebe diesen Garten. Die Luft riecht nach *Maquis*.«

»Das war ja auch der Sinn der Sache«, sagte Veronica. Und Anthony überlegte mit einem leichten Freudenschauer, ob das nicht fast nach einem kleinen Tadel geklungen hatte. Er sah zu Kitty hinüber, die sich für den Abend in eine marineblaue seidene Nehru-Jacke mit einer sehr weiten weißen Hose geworfen hatte, die ihre kurzen Beine noch kürzer machte. Sie lächelte. Sie sah nicht nach einem Tadel aus. Erleichtert dachte er daran, dass sie morgen früh nach Béziers fahren würde, um mit einem Galeriebesitzer über ihre jämmerlichen Bilder zu sprechen. Dann würde er V mindestens vierundzwanzig Stunden für sich allein haben. Tadel hin oder her, bald würde sie ohnehin verschwunden sein. Vielleicht fiel ihm ja sogar irgendetwas ein, das sie dazu bringen könnte, *freiwillig* wegzubleiben.

Die Gäste der Sardis wurden nicht von Marie-Ange, sondern von einem Butler empfangen, der ihnen auf einem Silbertablett gefüllte Champagnerflöten offerierte. Dankbar trank Anthony einen Schluck, als ihm auch schon eine kurze Marmorsäule ins Auge sprang, auf der die schöne 19.-Jahrhundert-Kopie einer Borghese-Vase thronte, die derjenigen im Louvre ziemlich ähnlich sah. Es ging nicht anders, er musste einfach näher herantreten und sie begutachten. Fast hätte er die Brille aufgesetzt, um sich seinen ersten Eindruck zu bestätigen (»Mögliche Restaurierung am Rand? Wahrscheinlicher Wert um die 30 000 Pfund ...«), konnte sich aber noch beherrschen, denn er wollte auf keinen Fall wie ein ordinärer Auktionator wirken. Trotzdem fand Marie-Ange Sardi ihn genau in dieser Haltung vor – wie er den Champagner aus der viel zu kleinen Flöte wegtrank und die Borghese-Vase untersuchte.

»Ah ja! Veronica hat uns schon erzählt, dass Sie ein Antiquitätensammler sind«, sagte sie in einwandfreiem Englisch, »und ich sehe, Sie sind geradewegs auf die Vase zugesteuert. Was denken Sie?«

»Oh«, sagte Anthony, »guten Abend, Madame Sardi. Entschuldigen Sie, aber ich konnte einfach nicht widerstehen, einen ganz kurzen Blick …«

»Aber nein. Wieso denn? Sie ist eine Rarität. Mein Mann entdeckte sie in Florenz. Es handelt sich um eine Kopie der Borghese-Vase im Louvre aus den 1850er Jahren. Sind die tanzenden Figuren nicht einfach bezaubernd?«

Marie-Ange war Mitte fünfzig, schlank und sehr gepflegt, hatte jedoch eine Haut, die unter den Verheerungen der Sonnenanbetung zu leiden begann. Anthony nahm rasch seine Schätzung vor und glaubte ziemlich richtig zu liegen. (»Vermutlich zum Teil jüdisch, trotz des katholisch klingenden Namens. Könnte Guy Sardi ein hübsches Vermögen eingebracht haben, dem er dann noch ein weiteres durch Investment Banking hinzufügte, nicht viel anders als Benita und Lloyd Palmer …«)

Jetzt wagte Anthony doch, seine Brille hervorzuzaubern und rasch aufzusetzen. Er brannte darauf, die Vase zu berühren. »Sie ist sehr schön«, sagte er. »Und die Satyrn auf den Henkeln sind wirklich ein außergewöhnliches Detail, nicht wahr! Dann sammeln Ihr Gatte und Sie also auch?«

»Nein, nicht richtig. Wir kaufen einfach Dinge, die uns gefallen. Wir besitzen eine Menge Louis-XVI-Möbel. Und einige der Gemälde könnten Sie vielleicht auch interessieren. Wir haben zwei Corots hier unten, doch da wir den größten Teil des Jahres in unserem Haus in Paris verbringen, befinden sich unsere kostbarsten Schätze denn auch dort.«

Aha, dachte Anthony, also richtig dickes Geld, die Sorte von unangreifbarem Vermögen, das ich hätte machen sollen und auch machen würde, wie ich immer dachte – bis ich begriff, dass die Zeit dafür endgültig vorbei war. Obwohl er lächelte und Marie-Ange höflich zunickte, spürte er wieder einmal, wie ihn der Neid zerfraß. Am liebsten hätte er auf dem Absatz kehrtgemacht, wäre in den Garten gegangen und dann, nachdem er ein wenig den Vögeln zugehört hätte, weggefahren. Aber Marie-Ange hatte ihm die Hand leicht auf den Arm gelegt. »Kommen Sie, ich bringe Sie zu Guy«, sagte sie, »und zu den anderen.«

Andere?

Oh Gott. Veronica hatte ihn nicht vorgewarnt, dass es sich um eine *Dinnerparty* handelte. Und natürlich waren die Freunde von Guy und Marie-Ange Sardi allesamt reich und allesamt furchtbar lässig in ihrem Vertrauen auf eine Zukunft, in der alles stimmen würde: Ihre weißen Leinenservietten wären stets gestärkt und sehr groß, ihr Wein würde mit der korrekten Temperatur serviert, ihre Chauffeure würden vor der Tür bereitstehen, ihre Kleidung wäre seidengefüttert ... Als Anthony der Vase den Rücken kehrte, um Marie-Ange in den *salon* zu folgen, überkam ihn plötzlich dieselbe tiefe Müdigkeit, die er aus seiner letzten Zeit in London kannte, wenn er einen ganzen Tag in seinem Laden gesessen und nichts verkauft hatte.

Guy Sardi war ein gutaussehender, braungebrannter Mann, ein wenig kleiner als Anthony, aber mit einem so selbstbewussten Auftreten, einer so geraden Haltung, dass er größer wirkte, als er tatsächlich war. Er hatte immer noch schöne Augen, mit dichten, dunklen Wimpern. Diese Augen sagten: Ich kann nach Lust und Laune verführen: Männer und Frauen aus meinen Kreisen, Angestellte, Vorstandsvorsitzende multinationaler Konzerne, Sekretärinnen, Croupiers, Dienstmädchen, selbst Hunde wollen mir die Hände lecken ...

Sardis Händedruck war fest, fast barsch, und prompt fühlte Anthony sich schlaff und alt. Er schaute Guy Sardi an und stellte sich vor, was für ein Bild er selbst wohl in Sardis Augen abgab. Wie absolut lächerlich ist mein Wunsch, weiterzuleben, dachte er. Ich bin doch schon längst erledigt. Was soll dieses lächerlich quälende Festklammern?

Sie wechselten ein paar obligatorische Worte über die Borghese-Vase, und als sein Gastgeber sich neuen Gästen zuwandte, drängte es Anthony zu Veronica, die in einer anderen Ecke des Raums stand. Doch dann hörte er schon von weitem, wie sie sich auf Französisch mit einer Frau unterhielt, die er vage wiederzuerkennen meinte. Sie mochte eine Politikerin sein oder eine jener Schauspielerinnen, deren Namen man nie behielt und die ihr Geld mit tausend kleinen Auftritten in teuren, großen Filmen verdienten. Da Anthony wusste, wie tödlich beleidigt solche Menschen waren, wenn man sie nicht erkannte, machte er lieber einen kleinen Schwenk zu dem Kellner, der gerade mit einer Champagnerflasche herumging, und hielt ihm sein leeres Glas hin.

Über die Schulter des Kellners hinweg erspähte er oberhalb eines kleinen Mahagonispinetts (»Französisch, spätes 18. Jh. ... vieroktavige Klaviatur mit schwarzen Tasten aus Ebenholz, abgenutzt, und weißen aus Elfenbein«) einen der Corots. Er wartete, bis das Glas wieder gefüllt war, und machte sich dann, erleichtert am Champagner nippend, zu dem Corot auf, wobei seine linke Hand unwillkürlich zur Brusttasche hochzuckte, in der seine Brille steckte.

Bevor er sich jedoch dem Bild widmen konnte, fiel sein Blick auf eine einzelne Schwarzweißfotografie, die in einem silbernen Rahmen auf dem Spinett stand. Das Foto zeigte Kopf und Schultern eines jungen Mannes von erstaunlicher Schönheit. Er lächelte in die Kamera. Eine Locke fiel ihm jugendlich forsch über ein Auge. Sein sinnlicher Mund war leicht geöffnet und offenbarte die gepflegten weißen Zähne eines verwöhnten und vergötterten Knaben.

Anthony starrte das Foto an. Er wusste, dass ihm buchstäblich die Kinnlade heruntergefallen war, und er schloss den Mund rasch wieder. Er bekam kaum Luft. Am liebsten hätte er geflüstert: »Das ist es, was ich unter Schönheit verstehe. Dieses Gesicht verkörpert Anmut und Liebreiz für mich ...« Aus der gerade noch zu erahnenden Ähnlichkeit mit Guy – vor allem in den schläfrigen Augen mit den langen Wimpern – schloss Anthony, dass dies wohl der Sohn der Sardis war. Er musste etwa fünfundzwanzig sein. Er trug ein ganz normales weißes T-Shirt und hatte für die Aufnahme wahrscheinlich nicht einmal richtig posiert ... sich nur zum Fotografen hingedreht und gelächelt und genau gewusst, dass dieses Lächeln alles ausdrückte – die ganze unverbrüchliche Gewissheit einer wunderbaren, glanzvollen Zukunft. »Fangt mich ein«, sagte es, »bevor ich davonfliege und euch alle unter mir zurücklasse ...«

Marie-Ange, die allgegenwärtige Gastgeberin, tauchte neben Anthony auf. Hinter ihnen wurde das Geplauder im *salon* immer lebhafter und deutete darauf hin, dass weitere Personen erschienen waren, und tatsächlich war Anthony sich auch nicht sicher, wie lange er das Foto des jungen Mannes angestarrt hatte. Er befürchtete, Marie-Ange könnte es unhöflich oder bestenfalls leicht verschroben finden, dass er diese Cocktailstunde dazu nutzte, den persönlichen Besitz der Sardi-Familie zu inspizieren. Doch ihre Stimme klang zum Glück amüsiert und freundlich, als sie sagte: »Sie haben also Nicolas entdeckt. Ich habe das Foto im letzten Sommer hier im Garten gemacht.«

»Ihr Sohn?«

»Ja.«

»Er sieht sehr ... gut aus. Schön sogar. Er ist sehr schön.«

Marie-Ange blickte voller Liebe auf das Foto. Sie streckte die Hand aus und berührte die Haarlocke des jungen Mannes.

»Zur Zeit dreht er einen Film. Er ist erst vierundzwanzig und dreht schon seinen ersten Spielfilm. Guy und ich sind beide ziemlich hingerissen.«

»Das kann ich mir vorstellen«, sagte Anthony. »Auch ich bin hingerissen.«

»Kommen Sie«, meinte Marie-Ange, »Sie müssen jetzt die anderen kennenlernen. Die meisten unserer Freunde sind Rechtsanwälte oder Bankiers, weshalb auch alle Englisch sprechen.«

Rechtsanwälte und Bankiers.

Die Welt ist so öde, dachte Anthony. So entnervend langweilig. So voll von all dem, was man schon tausendmal gesehen und was einen noch nie ergriffen hat und es auch niemals wird. Und trotzdem geht es immer so weiter ...

Mit ihrer Hand auf Anthonys Arm lenkte Marie-Ange ihn zu der geräuschvollen Gruppe etwas älterer Gäste, die ihren Champagner schlürften. Er musste es sich gefallen lassen, entführt zu werden, konnte aber nicht umhin, einen letzten Blick auf das Foto von Nicolas zu werfen.

Komm zu mir, stammelte sein Herz. *Such mich und finde mich, Nicolas. Gib mir mein Leben zurück.*

*W*enn man allein lebt, dachte Audrun, wenn man vierunddreißig Jahre lang allein gelebt hat, fällt es einem schwer, die Anwesenheit eines Fremden im oder nahe beim eigenen Haus zu ertragen. Man kann gar nicht anders, als sich all das Schreckliche vorzustellen, wozu dieser Fremde in der Lage ist.

Audrun kochte Kaffee für den Landvermesser, während der sich auf die Suche nach den Grenzsteinen machte. Mit ihren Gedanken war sie nicht beim Kaffee, sondern bei den Füßen des Vermessers, die da draußen hin und her liefen. Sie wusste, was diese Füße tun würden: Sie würden Blumen niedertrampeln, das glänzende neue Gras plattdrücken, den Kies aufscharren, in dem Gemüsegärtchen herumstapfen, Spuren in der Erde hinterlassen.

Grenzsteine.

Sie erklärte dem Landvermesser, einem Monsieur Dalbert, dass er keine finden werde. Sie sagte, er werde nie und nimmer welche finden. Weil die Dinge früher nicht so gehandhabt worden seien.

Einst hatte ein Stall auf diesem Grundstück gestanden, und ein graubrauner Esel war dort im Dunkeln angebunden. In Audruns Kindheit hatte Serge ihn manchmal losgemacht, und er hatte dagestanden und ins Tageslicht geblinzelt, während Serge ihm Kiepen auf den Rücken gebunden hatte, die er mit Holz oder Zwiebelsäcken belud. Audrun konnte sich noch erinnern, wie sie die Hände vorsichtig über die Augen des armen Esels gehalten hatte. Später dann, als Serge gestorben war, hatte Aramon ihr erklärt: »Du kannst deine Kate da bauen. In Ordnung? Wo dieser nutzlose Klepper verreckt ist. Wo der Stall zusammengestürzt ist. Benutz die Steine fürs Fundament.«

Monsieur Dalbert war nicht an Erinnerungen interessiert. Ihn interessierten Gewissheiten. Er sagte, er wolle ja nicht unhöflich sein und ihr widersprechen, aber es werde ganz sicherlich Grenzsteine geben, die anzeigten, wo ihr Grundstück endete und Aramons begann. Die Gemeinde La Callune habe mit Sicherheit darauf bestanden, als sie die Baugenehmigung für dieses Haus erteilte.

Durch das Küchenfenster beobachtete Audrun, wie er sich in der Nachmittagshitze abplagte. Die Sonne prallte auf seinen kahlen Schädel. Er war ein kleiner Mann, aber – das spürte sie – engherzig und gemein und stolz auf seine Fähigkeit, anderen wehtun zu können. Audrun zerkrümelte etwas schwarze Erde aus dem Geranientopf auf ihrem Fensterbrett und warf die Krümel in den gemahlenen Kaffee, weil sie wusste, es würde ihr gegen die Angst helfen, wenn sie sähe, wie der Landvermesser sich ahnungslos Geranienerde zu Gemüte führte.

Sie stellte das Tablett mit den Kaffeesachen auf den Terrassentisch und wartete. Die Hunde im Zwinger von Mas Lunel lärmten. Sie rochen den Fremden selbst auf diese Entfernung. Und zweifellos stand Aramon da oben im Müll seines Lebens und trank und grinste dabei und dachte: Jetzt kommt die letzte Abrechnung. Und dann wird Audrun hinausgeworfen und in die Arme von Mutter Natur getrieben, ha! Und sie wird nichts mehr haben, nur noch ihren heiligen Wald.

Schwarze Erde im Kaffee; Knochen eines toten Tiers unter den Fußböden, die bemoosten Steine des zusammengefallenen Stalls ... Wenn diese Merkwürdigkeiten alle gleichzeitig existieren konnten, dann könnten doch noch außergewöhnlichere Dinge ... könnten was? Nun ... sie könnten plötzlich *passieren*. Denn wer hätte damals gedacht, dass Marilyn Monroe auf diese Weise sterben würde, dass ihre Pupsikacka-Seele aus ihrem Arsch flattern würde, während sich in ihrem Haus am Fifth Helena Drive in Brentwood, Kalifornien, USA, eine Waschmaschine drehte und Menschen zu nachtschlafender Zeit ein und aus gingen? Aber so war es gewesen. Anscheinend jedenfalls.

Hin und her sah Audrun ihn gehen, den kahlköpfigen Landvermesser, sah ihn die Auffahrt hinunterblicken, seinen dicken Papierstapel zu Rate ziehen, sein stählernes Maßband ausfahren, sich wieder aufrichten, das Maßband in sein Gehäuse zurückschnurren lassen, zwischen Unkraut und Nesseln herumsuchen. Immer hin und her, alles niedertrampelnd.

Dann kam er zurückgestampft, stieg die drei Stufen zur Terrasse hinauf, wo Audrun wartete, und knallte das Bündel mit Bauplänen auf den Tisch. Er piekste mit dem Finger auf das steife Papier und wies auf die Grenzmarkierungen: »Hier, hier, hier und hier.«

Audrun starrte ihn an.

»Ich kann sie nicht finden«, sagte Monsieur Dalbert und wischte sich den Schweiß von der Stirn. »Die Steine sind entweder illegal versenkt oder ganz ausgegraben worden.«

Im Geiste sagte Audrun: Das habe ich Ihnen doch gesagt. Es gab keine Grenzen.

»Sie dürfen aber nicht angerührt werden, *auf keinen Fall*«, sagte Monsieur Dalbert. »Grenzsteine sind Eigentum der Gemeinde. Wussten Sie, dass es eine Straftat ist, sie zu entfernen?«

Straftat. Ein erregendes Wort.

Audrun hätte ihm gern erläutert, wie zahlreich und wie unterschiedlich die Verbrechen sein konnten, auf die dieses Wort sich anwenden ließe. Aber da war etwas in der Luft, in ihrem Atem, in ihrer Lunge – eine Schwere –, das ihr das Sprechen schwer machte an diesem späten Nachmittag.

Der Landvermesser vermaß sie über den Rand seiner Brille hinweg. (Zweifellos noch jemand, der sie für verrückt hielt, dem Aramon gesagt hatte, dass sie den Norden nicht vom Süden unterscheiden konnte und keine Ahnung hatte, wo eine Sache anfing und eine andere endete.) Sie beschloss, jetzt den von der Komposterde gesäuerten Kaffee einzuschenken, doch sie stellte fest, dass ihr Arm einfach blieb, wo er war, an ihrem Körper. Der Landvermesser schüttelte irgendwie verzweifelt den Kopf. Als wäre der Kaffee mit seinem leichten Kompostaroma der eigentliche Grund, weshalb er hergekommen war, und nun müsste er erkennen, dass er keinen bekam.

Die Hunde verlangten noch immer kläffend und jaulend nach Freiheit, nach Fleisch, nach Blut. Und Audrun sah, dass Monsieur Dalbert den Kopf in die Richtung dieser wilden Tiere drehte, und sie fühlte, wie ihn plötzlich die Angst packte. Ja, *sie fühlte es.* Als hätte sie, für den Bruchteil einer Sekunde, für einen winzigen Moment, ihren eigenen Körper verlassen und die Luft bewohnt, die dieser Fremde atmete ...

... und dieses aus sich Heraustreten, dieses sich vom eigenen *Selbst* Trennen, es war ihr so vertraut wie ihr eigener Herzschlag, wenn sie im Dunkeln in ihrem Bett lag. Sie wusste, dass es etwas bedeutete – etwas, das eigentlich nicht mehr passieren sollte, das aber trotz alledem passierte.

Trotz alledem.

Worte. Wer wusste denn, wann es die Richtigen waren? Wer?

Jetzt starrt er sie entsetzt an, der Mann, dessen Namen sie schon vergessen hat. Er ist nichts als dieses entsetzte Starren, dicht vor ihrem Gesicht, mit einem Mund, der sich bewegt, als spreche er oder versuche er zu sprechen, doch es kommt kein Ton. Und dann senkt sie sich über Audrun: die Leere.

Sie erwachte auf dem Boden ihres Wohnzimmers, zugedeckt mit ihrem grünen Federbett. Marianne Viala kniete neben ihr und hielt ihre Hand. Irgendwo, außer Sichtweite, war noch eine andere Person, die wartete, wartete, dass die Zeit verging.

Mit einer Stimme, die dünn und erstickt klang, erklärte Audrun: »Bernadette sagte immer, wenn man im Süden lebt ... so weit im Süden wie hier, wo der Mistral weht ... dann können Ereignisse einfach ... einfach ...«

»Pscht«, sagte Marianne.

»Sie sagte immer ... man kann die Dinge nicht nach seinem Willen formen.«

»Pscht«, sagte Marianne noch einmal. »Trink einen Schluck Wasser.«

Später erwachte sie in ihrem Bett. Ihre freundliche kleine Nachttischlampe brannte, und das war etwas Tröstliches, wofür sie dankbar war. Sie wusste, dass etwas passiert war, weil sie sich schwach und verfroren fühlte. Aber was?

Sie blickte sich um, über ihr Bettzeug hinweg, um zu sehen, ob sie allein war. Etwas Bitteres stieg ihr in die Nase – Luft, die nach einer gewissen Veränderung roch.

»So«, sagte eine Stimme, »endlich bist du aufgewacht.«

Also war Aramon da. Magerer Arsch auf hartem Stuhl. Zigarette in der Hand.

»Was ist passiert?«, fragte sie ihn.

»Was soll schon passiert sein? Du hattest einen deiner Anfälle. Diesmal hast du es doch absichtlich gemacht, oder?«

Sie war hungrig. Sie hätte gern gesagt: Koch mir eine Brühe, mit Gemüse und Markknochen, so wie Bernadette sie gemacht hat, als wir Kinder waren. Heb mich hoch und löffle mir die Brühe in den Mund, sanft und mit ruhiger, freundlicher Hand. Aber sie weigerte sich, ihn um irgendetwas zu bitten. Lieber wollte sie Hunger oder sogar Durst ertragen, als Aramon um irgendwelche Gefälligkeiten bitten.

»Hier«, sagte er. »Hier.«

Er drückte seine Zigarette aus. Beugte sich über sie und half ihr, sich im Bett aufzurichten. Sie musste die Augen schließen, denn es war furchtbar, sein Gesicht so dicht über ihrem zu spüren. Sie sank wieder in die Kissen zurück. Aramon reichte ihr ein halb mit Wasser gefülltes Glas, und sie trank. Und dann drehte er sich um, und sie sah, wie er dastand, mit dem Rücken zu ihr, und das Zimmer betrachtete.

»Es hat doch nie viel getaugt, dieses Haus, oder?«, erklärte er.

Sie trank das Wasser, das lauwarm war. Sie begriff, dass sie ihren geblümten Kittel über einer blauen Bluse trug, dass da unter dem Kittel aber gar kein Rock zu sein schien. Sie konnte fühlen, dass sie mit den bloßen Beinen auf dem Laken lag. Aramon drehte sich wieder zu ihr und setzte sich auf den harten Stuhl neben dem Bett. Er holte tief Luft und atmete sie in einem langen Seufzer wieder aus. »Könnte man an einem Nachmittag abreißen«, erklärte er. »Die Wände sind nicht stabiler als Brot.«

Audrun versuchte, ihre Gedanken wieder zu dem Tag zu lenken, der gerade verging oder schon vergangen war. Sie glaubte sich zu erinnern, dass Marianne mit einer ihrer berühmten *tartes au chocolat* vorbeigekommen war, aber sie wusste nicht mehr genau, ob sie überhaupt davon gegessen hatten und ob das vielleicht sogar an einem ganz anderen Tag gewesen war.

Audrun hatte das Gefühl, als hätte sie schon sehr lange nichts mehr in den Magen bekommen. Und jetzt konnte sie durch die offenen Vorhänge sehen, dass es Abend war.

»Es sieht ja nun so aus«, sagte Aramon, »dass wir jetzt wissen, woran wir sind. Das macht das Gutachten klar.«

Er schien darauf zu warten, dass sie sich äußerte, aber ihr fiel nichts ein, was sie hätte sagen können, weil sie gar nicht wusste, wovon er redete.

»Morgen rufe ich diese Maklerinnen an«, fuhr er fort. »Und sage ihnen, sie sollen den englischen Käufer wieder herschicken. Wenn der hört, dass dieser Verschlag hier bald verschwunden ist, wird er auch meinen Preis zahlen. Dann können wir alle von vorne beginnen.«

Von vorne beginnen...

Dieser Gedanke huschte und wisperte durch das dunkle Zimmer. Audrun konnte hören, wie der Wind auffrischte und ihn zu übertönen versuchte. Inzwischen war ihre Sehnsucht nach der Markknochenbrühe zu einem geradezu wütenden Verlangen geworden, so sehr hungerte es sie nach etwas Wohltuendem. Aramon zündete sich eine neue Zigarette an und sagte: »Marianne meint, du kannst eine Weile bei ihr wohnen. Ich finde das ziemlich anständig von ihr, du nicht auch? Aber ich glaube nicht, dass du da für immer bleiben kannst. Du musst dich entscheiden, Audrun: Willst du dir ein Häuschen in deinem Wald bauen? Oder willst du verkaufen? Mit dem, was du für den Wald kriegst, könntest du dir eine Wohnung in Ruasse leisten.«

Mit elf Jahren wurde Anthony von Hampshire auf ein Internat in Sussex geschickt. Und seit jenem Tag hatte er Schwierigkeiten mit dem Einschlafen.

»Verey!«, bellte sein Haus-Tutor, Mr. Perkins (von den Jungen »Polly« genannt), ihn beim Morgenappell vor dem Speisesaal an. »Du siehst ja halb tot aus. Steh gerade, Junge!«

Anthony versuchte, Polly zu erklären, dass er den Trick, wie man einschläft, vergessen hatte, einen Trick, den alle anderen Jungen im Schlafsaal offenbar ganz selbstverständlich beherrschten. Er sah und hörte, wie einer nach dem anderen ihn anwendete. Sie drehten sich zur Seite, nahmen ihr Kissen in die Arme oder legten die Ellbogen über das Gesicht, und binnen kürzester Zeit – binnen *Sekunden* – schien der Trick zu funktionieren, denn sie klangen nach unbeschwerter Ruhe. Nur er, Anthony, lag wach in der fast vollständigen Dunkelheit, horchte auf all das rhythmische Atmen und Seufzen, beneidete die Schläfer aus tiefster Seele und sehnte sich danach, ebenfalls dort hinzusegeln, wo sie waren, konnte es aber nicht. Manchmal schlief er ein, wenn es gerade hell wurde, oder kurz bevor die Morgenglocke um fünf vor sieben läutete, oder eben überhaupt nicht.

Verey, du siehst ja halb tot aus. Steh gerade, Junge!

Im Laufe der Jahre hatte Anthony die verschiedensten Methoden ausprobiert und versucht, sich in Bewusstlosigkeit zu lullen, und dieses ewige, fruchtlose Herumdoktern am Schlaf erschien ihm wie eine zutiefst ungerechte Strafe, wie eine elende Buße, die er niemals hätte leisten müssen, wenn Lal ihn nicht auf das Internat geschickt hätte.

Wenn seine Mutter plötzlich wieder lebendig würde, dachte er manchmal, gäbe es ein paar Dinge, für die er sie wohl doch ausschimpfen müsste. Natürlich würde er es liebevoll tun. Er würde ihre Hand halten oder ihre Füße zärtlich in seinen Schoß legen und sie mit seinen langen, empfindsamen Fingern massieren, und dennoch würde er sie daran erinnern, dass sie in ihrem allzu kurzen Leben gar nicht so selten das Verbrechen der Gedankenlosigkeit begangen hatte.

Jetzt, nach der späten Rückkehr von der Dinnerparty bei den Sardis, musste Anthony es in Veronicas Gästezimmer erneut durchleiden, jenes alte quälende Wachliegen, gegen das es kein wirksames Mittel gab. Das Kastenbett kam ihm hart und eng vor. Von dem vielen Champagner hatte er Kopfschmerzen.

Er litt an einem Durst, den Wasser niemals würde löschen können.

Bilder des schönen Nicolas geisterten in den entlegensten Winkeln seines Kopfs umher. Er verspürte ein außerordentliches Verlangen – eine Sehnsucht wie seit Monaten nicht –, jemanden, *diesen* Jemand, in seinen Armen zu halten, und er wollte nicht, dass dieses Gefühl erlosch.

Er berührte sich selbst. Er verirrte sich nur selten in die Falle der Selbstbefriedigung und ihrer Enttäuschungen. Dieses Szenario deprimierte ihn, es war, als würde er jedes Mal ganz unausweichlich in der Schmuddeligkeit des Internatsschlafsaals landen. Doch jetzt schloss Anthony die Augen und fantasierte, er wäre mit Nicolas in einer noblen Hotelsuite in New York, wo das Bett groß und weich war und vor den Fenstern schwere, dicke Vorhänge hingen. Draußen auf der Straße brummte und flimmerte der New Yorker Verkehr. Frankreich und England waren so weit weg, dass eine Rückkehr dorthin fast undenkbar schien. Nicolas küsste ihn. Anthony war schon sehr erregt, und das lang vermisste Gefühl eines so heftigen Begehrens ließ ihn erbeben. Er war tot gewesen, sein Körper war so lange tot gewesen, aber jetzt war er lebendig. Er legte den frühreifen Knaben quer über das Bett. Sein junger Körper war gebräunt, schlank und stark. Ohne die Augen von Nicolas zu lassen, zog Anthony langsam seine Kleider aus. Der Junge streckte einen Arm aus.

Nackt und kein bisschen verlegen wegen seiner alternden Nacktheit, kletterte Anthony auf das Bett, küsste Nicolas wieder, setzte sich vorsichtig rittlings auf ihn und beugte sich über sein Gesicht. Er wollte auf keinen Fall etwas von dieser umwerfenden Schönheit verletzen oder beschädigen. Solch eine Schönheit hatte respektiert zu werden. Alles, was er machte, war, den sinnlichen, rosigen Mund des Jungen mit seinem Daumen zu berühren, und dann richtete Nicolas sich auf, und Anthony stellte sich jetzt den weit geöffneten verlangenden Mund vor, einen Mund wie den eines Säuglings, der sich nach der Brust der Mutter sehnte, und der Mund umschloss fest seinen Schwanz, und die Zunge begann zu lecken, und nach kaum dreißig Sekunden kam er in diesem göttlichen Mund.

Danach blieb er sehr still liegen. Er fühlte sich wie ein erschöpfter Langstreckenläufer.

Er schlief und träumte von Lals Sterben. In seinem Traum vollzog sich alles genauso, wie es auch wirklich gewesen war.

Veronica nahm gerade in Italien an irgendeinem teuren Seminar für Gartengestaltung teil, als Lal sich endlich ihre Krebskrankheit eingestand. Lal hatte nicht gewollt, dass man ihre ach so gesunde Tochter benachrichtigte. Sie habe einen »kleinen Rückfall«, wie sie es nannte, verspreche aber, bei Veronicas Heimkehr wieder wohlauf zu sein.

Lal wurde in ein Krankenhaus in Andover gebracht. Am Morgen des dritten Tags in dem kleinen, nichtssagenden Privatzimmer mit ihrem Namen, Mrs. Raymond Verey, auf einem Kärtchen draußen neben der Tür, war Anthony mit dem Wagen von London zu Besuch gekommen.

Ihr fünfunddreißigster Geburtstag war nicht mehr fern.

In der vorangegangenen Nacht hatte Anthony überhaupt nicht geschlafen. Und als er endlich in Andover ankam, befand er sich in einem Zustand nervöser Erschöpfung.

Lals Haut war gelb und wächsern. In ihren mageren Arm tropfte irgendeine lebensverlängernde Flüssigkeit. Sie bekam Morphium und wechselte zwischen Wachzuständen und Bewusstlosigkeit. Anthony saß an ihrem Bett und las ihr laut aus Paul Scotts *Nachspiel* vor, ihrem Lieblingsbuch. Dabei hatte er immer wieder den Eindruck, dass Lal durchaus zuhörte, weil in ihren Mundwinkeln ein sanftes Lächeln erschien, und als er ein- oder zweimal aufhören wollte, murmelte sie: »Lies weiter, Liebling«, und so fuhr er fort:

»Es war schon erstaunlich, wie stark sogar Frauen von zierlicherem Wuchs als Lila sein konnten – und wie zielstrebig. Ihre plötzlichen, unerklärlichen Launen und Vorlieben bei Dingen, die ihm manchmal belanglos vorkamen (zum Beispiel Unterhosen mit ypsilonförmigem Verschluss statt der weiteren und kühleren Boxershorts), waren genauso verwunderlich. All dies gehörte natürlich zu ihrem Charme, wie auch, dass man nie wusste, was sie als Nächstes sagten oder taten, oder wo man bei ihnen stand bzw. lag. An einem Abend, an dem es ihm in Ranpur gelungen war, Hot Chichanyas Auge auf sich zu lenken und von ihr mit aufs Zimmer genommen zu werden, hatte er sich wegen seiner Unterhosen auslachen lassen müssen...

Dann war Mittagszeit im Krankenhaus, und eine Schwester stellte etwas für Lal auf den Tisch, eine Mahlzeit, von der Anthony wusste, dass Lal sie nicht essen konnte, und er ließ sie allein und ging in die Cafeteria. Er wollte einen Kaffee trinken, wollte sich wach halten, um ihr am Nachmittag weiter aus *Nachspiel* vorzulesen. Aber in der Cafeteria merkte er, dass er keine Minute länger wach bleiben konnte, und so ging er zu seinem Wagen, setzte sich hinein und fiel sofort in einen tiefen Schlaf.

Er wusste nicht, wie lange er an jenem Nachmittag im Auto geschlafen hatte. Eine Stunde? Zwei? Er konnte sich nur noch daran erinnern, wie er die Wagentür geöffnet hatte, ausgestiegen war, und die Sonne hatte golden auf eine niedrige Feuerdorn-Hecke mit dicken, korallenroten Beeren geschienen, und ein Hauch von beginnendem Herbst hatte in der Luft gelegen.

Als er in Lals Krankenzimmer zurückkehrte, war sie tot.

Ihre Augen waren bereits von einer Schwester oder einem Arzt geschlossen worden, das Kissen unter ihrem Kopf hatte man entfernt, damit das Kinn nicht herunterfiel. Ihr kleiner dünner Arm wurde schon kalt. Und – wie furchtbar – da stand noch die ihr zugedachte Mahlzeit auf dem Plastiktablett neben Lals Taschenbuchausgabe von *Nachspiel:* zwei Scheiben Schinken, die an den Rändern schon dunkel wurden, Krautsalat in einer essigsauren Salatmayonnaise ...

In das Gefühl des Verlusts mischte sich jetzt auch Zorn, weil er aus lächerlichen Gründen in sein Auto geflüchtet und schnarchend in dieser Metallkiste hängen geblieben war. Dabei hätte er doch an Lals Seite sein, jeden einzelnen Atemzug gemeinsam mit ihr tun, ihr Tröster, der letzte Zeuge vom Ende ihrer Reise sein müssen. Dieses Versäumnis empfand er als unvorstellbar schrecklich. In gewisser Weise fast schrecklicher als die Tatsache ihres Todes selbst. Denn der Frevel war so unübersehbar: Er hatte seine geliebte Lal genau in dem Moment im Stich gelassen, als sie ihn am meisten brauchte, und es stand für ihn außerhalb jeder Frage, dass er sich das nie und nimmer verzeihen würde.

Selbstquälerisch malte er sich aus, wie sie womöglich noch seinen Namen gerufen und keine Antwort bekommen hatte. Vielleicht war sie sogar kräftig genug gewesen, um zu sagen: »Lies bitte weiter, Liebling. Lies mir das mit den Boxershorts vor. Das ist so wahnsinnig komisch.«

Und dann hatte sie auf die Fortsetzung gewartet, auf das Geräusch seiner Stimme, das sie getröstet hätte, doch es war nichts zu hören, und da wusste sie, dass sie allein war und dass nun alles dunkel wurde.

Das Geräusch eines startenden Autos weckte Anthony. Als er die Treppe hinunterkam, war Veronica allein. Sie kochte gerade Aprikosenmarmelade und summte bei der Arbeit.

Kitty war schon nach Béziers gefahren.

Er setzte sich an den Küchentisch, und Veronica brachte ihm ein frisches Croissant und eine Schale Kaffee, und dann betrachtete sie ihn auf ihre liebevolle, mütterliche Weise. »Anthony«, sagte sie munter, »Vielleicht ist das Haus, das du dir jetzt anschaust, ja das richtige.«

Er zuckte die Schultern, legte die Hände um die Kaffeeschale. Er war froh, dass er endlich mit V alleine war. Fast hätte er ihr seinen Traum mit Lal erzählt, doch er wusste, wie gereizt sie darauf reagieren würde.

Sein Handy klingelte. Es war Lloyd Palmer, und er klang ebenfalls munter. Sie haben es nicht gesehen, dachte Anthony, weder V noch Lloyd. Ihnen ist nie das Gesicht der alten hässlichen Frau auf dem Wandteppich aufgefallen, der eine schwarze Haarsträhne lose aus dem Gewebe hängt …

»Lloyd«, sagte Anthony mit neutraler Stimme. »Schön, dich zu hören.«

»Was ist los?«, fragte Lloyd. »Du klingst irgendwie krank.«

Verey, du siehst ja halb tot aus. Steh gerade, Junge!

»Nein. Mir geht es gut. Wie läuft's in London?«

»Gut. Verdammt irres Wetter! Man könnte glauben, wir hätten Juni und nicht April. Benita kauft sich schon ihre Prada-Badekleidung. Und? Wie läuft's in Frankreich?«

»Ganz gut. Ebenfalls heiß. Ich sehe mir heute ein weiteres Haus an.«

»Okay. Du hast also noch nichts gefunden, was du gern kaufen würdest?«

»Doch, ich hatte schon eins. Mit fantastischem Potenzial. Aber dann musste ich leider doch einen Makel feststellen.«

»Was meinst du mit ›Makel‹?«

»Eine hässliche Kate hat die Aussicht verdorben.«

»Okay, gut. Müsste ich selbst sehen. Hör zu, alter Junge. Bei unserem letzten Gespräch war ich wohl ein bisschen unflexibel in der Geldgeschichte. Natürlich bin ich bereit, Aktien für dich zu verkaufen, wenn du darauf bestehst. Ich würde versuchen, sie so gut wie möglich loszuschlagen, aber trotzdem wirst du scheißviel Verluste einfahren ...«

»Im Moment musst du dir deswegen keine Gedanken machen, Lloyd«, sagte Anthony. »Wenn ich mich in irgendwas verliebe, rufe ich dich an.«

Dann redeten sie noch ein bisschen über England. Lloyd sagte, das Gras in Kensington Gardens werde schon braun von dieser extremen Frühlingshitze. Er sagte, er werde Benita zu ihrem Geburtstag einen Mercedes der neuen E-Klasse kaufen. Silbergrau. Er sagte, hoffentlich würden die Drogentypen von Ladbroke Grove das gute Stück nicht schon demolieren, ehe es überhaupt die ersten tausend Meilen drauf hatte.

Anthony beendete das Gespräch. Lloyd ist ein guter Mann, ein freundlicher Mensch im Grunde, dachte er; nur muss er einfach immer große Töne spucken.

Er wandte sich wieder seinem Kaffee zu, und Veronica rührte ihre Aprikosenmarmelade weiter um. Zwischendurch fragte sie ihn, was er sich zum Abendessen wünschte.

»Leber«, sagte er. »Lass uns Leber mit Kartoffelpüree essen, so wie Mrs. Brigstock sie immer gemacht hat.«

Veronica kam zu ihm an den Tisch und küsste ihn auf sein lockiges Haar.

»Du musst die Vergangenheit hinter dir lassen, mein Lieber«, sagte sie.

»Wieso?«, erwiderte er. »Dort gefällt es mir doch.«

Anthony stand vor dem Spiegel der Frisierkommode in seinem Schlafzimmer und betrachtete sich. Durch das nahe Fenster fiel das helle Tageslicht direkt auf ihn, und er musterte die Falten in seiner Stirn und den schmalen Schlitz, zu dem sein verkniffener Mund geworden war.

Er dachte an Dirk Bogarde als Aschenbach in der Verfilmung von Thomas Manns *Tod in Venedig*, daran, wie er sich das

Haar färbte und die Lippen tönte, damit ... damit *was*? Damit der exquisite Knabe Tadzio seinen Blick ein klein wenig länger auf ihm ruhen ließ? Damit seine eigene sichtbare Vergänglichkeit sie beide, ihn selbst und Tadzio, nicht auf so peinliche, lähmende Art verletzte?

Anthony erkannte, dass das Gesicht im Spiegel viel zu alt war, um für Nicolas Sardi attraktiv zu sein. Selbst wenn es ihm gelänge, einen Raum von außergewöhnlicher Schönheit (in einem Haus von außergewöhnlicher Schönheit) zu gestalten, wo er den jungen Mann empfangen könnte, würde Nicolas niemals seinen Fuß über dessen Schwelle setzen, weil er, Anthony, von der Zeit viel zu beschädigt, mit zu vielen Makeln behaftet war, um für Nicolas interessant zu sein.

Er untersuchte seine Zähne, die die Farbe von Bienenwachskerzen hatten. Sollte er sich eine teure Weißmacher-Behandlung leisten, wenn er wieder in London war? Oder würde dieser kostspielige Schritt nur beweisen, dass er genauso jämmerlich eitel war wie Aschenbach mit seinem gefärbten Haar?

Er drehte sich weg und streckte den Rücken. Zumindest war das Verlangen zurückgekehrt.

Das war doch der erste Schritt zu etwas Neuem, oder etwa nicht? In seiner imaginierten New Yorker Nacht hatte er sich wunderbar lebendig und potent gefühlt.

*I*mmer wenn Aramon früh morgens zu dem kleinen Gemischtwarenladen in La Callune ging, und das tat er vielleicht zweimal die Woche, kaufte er eine Ausgabe der Lokalzeitung *Ruasse Libre*.

Zurück im Mas Lunel, kochte er sich einen Kaffee, setzte seine Brille auf, breitete die Zeitung auf dem Tisch aus und verbrachte den restlichen Morgen damit, sie von der ersten bis zur letzten Seite zu lesen. Wenn er Glück hatte, gab es irgendeine packende Mordgeschichte als Krönung der ansonsten ganz und gar alltäglichen Artikel: ein erneuter Protest von Bauern gegen die hohen Dieselpreise; der erste genetisch veränderte trockenheitsresistente Mais in der Region; Berichte über die Feste, Stierkämpfe, Popkonzerte, Kunstausstellungen, *boule*-Meisterschaften und Flohmärkte in der Gegend; Meldungen über die Pegelstände der Flüsse, Waldbrände, Campingplatz-Belegzahlen und den rückläufigen Vorschulbesuch …

Es amüsierte Aramon, dass die Welt sich noch immer so aufgeregt drehte in ihrem sinnlosen Bemühen. Ihn erheiterte die Vorstellung von Menschen, die über einen Flohmarkt irrten, beschädigte Bücher, Messingschmuck und allerlei Geschirr kauften, wo sie doch, so wie er, zu Hause bleiben und ihr Geld hätten sparen können.

Manchmal überlegte er, ob er sich eine Eintrittskarte für einen Stierkampf kaufen sollte. Früher hatte er die Atmosphäre von Angst und den ohrenbetäubenden Krach von in der Sonne funkelnden Blechinstrumenten genossen. Die Tapferkeit der Stiere, die Tatsache, dass sie nie aufgaben, auch wenn ihnen bereits das Blut über den Nacken strömte – all das hatte ihn immer irgendwie berührt. Doch seit einigen Jahren fand er die Matadore nur noch lächerlich mit ihrem protzigen Stolz und ihren paillettenbesetzten Ärschen. Inzwischen sähe er es am liebsten, wenn der Stierkämpfer vom Stier getötet und der Mann dann durch den Staub zum Schlachthof geschleppt würde ...

Heute fiel ihm eine Überschrift auf der Titelseite des *Ruasse Libre* ins Auge: *Bürgermeister erklärt: Verdrängung der Einheimischen durch Ausländer muss aufhören*. Eine Grafik zu dem Artikel illustrierte den Anstieg der Immobilienpreise in den Cevennen innerhalb der letzten zehn Jahre. Der sei vor allem den »Ausländern« zu verdanken, hieß es, und der Bürgermeister von Ruasse wurde mit folgenden Worten zitiert:

Jetzt reicht es uns und unserer wunderschönen Region. Die Übergriffe sind nicht mehr hinnehmbar. Der Verkauf von Grundstücken an nichtfranzösische Staatsbürger muss dringend überprüft und womöglich kontingentiert werden. Selbstverständlich sind wir gegen jegliche rassische Diskriminierung, doch müssen wir leider feststellen, dass wir in einer Zeit leben, in der unsere jungen Leute, die hier in unseren Dörfern geboren sind, es sich nicht mehr leisten können, ein Haus in dem Land, das sie kennen und lieben, zu bauen oder zu kaufen, weil Heerscharen von Belgiern, Holländern, Schweizern und Briten auf der Suche nach Ferienhäusern über unser Land herfallen. Und deshalb meine ich, dass wir uns fragen müssen: Wieso sollten diese glücklichen Menschen das Recht auf ein Zweithaus haben, während unsere Kinder ihres Rechts auf überhaupt ein Haus praktisch beraubt werden?

Aramon las diesen Artikel so oft, bis ihm die Augen wehtaten. Selten schien irgendetwas im *Ruasse Libre* an ihn gerichtet zu sein – aber heute doch.

Er dachte an die 475 000 Euro, die da draußen auf ihn warteten – darauf warteten, ihm ein neues, makelloses Leben zu bescheren –, und er erkannte, dass der Bürgermeister von Ruasse drauf und dran war, seine wunderbare Zukunft womöglich auf einen Schlag zu vernichten. Er knallte die Faust auf den Tisch. »Idiot!«, bellte er. »Arschloch!«

Er griff zum Telefon und rief das Immobilienbüro an. Er hätte denen am liebsten erklärt, dass sie sofort den englischen Kunstsammler herschicken sollten, dass die Angelegenheit mit Audruns Kate geregelt sei und erledigt werde, aber er wusste, es hätte keinen Sinn, darüber Lügen zu verbreiten. Audrun konnte er anlügen, weil die kein bisschen kapierte, wie die Welt funktionierte, aber diese hochnäsigen, besserwisserischen Maklertanten würden das Gutachten des Landvermessers natürlich sehen wollen, und es gab kein Gutachten, weil keine Grenzsteine gefunden worden waren.

Also beschränkte Aramon sich darauf, Madame Besson anzufahren, wieso nicht mehr Käufer das Haus sehen wollten, wo ein Verkauf doch zwingend sei – und zwar habe er zwingend *jetzt*, in diesem Monat, stattzufinden –, ehe irgendein idiotischer Bürgermeister sich da in seine Rechte einmischte ... Madame Besson blieb ruhig und fragte ihn nach seiner Schwester und ihrem Haus. Würde sie ausziehen? Würde die Kate mit verkauft werden können? Wenn das Grundstück auch die Kate der Schwester einschlösse, ließe es sich sehr viel leichter vermarkten ...

Aramon rieb sich die Augen.

»Madame«, sagte er und bemühte sich um einen höflichen Ton, »ich bin fast hundertprozentig sicher, dass wir meine Schwester zum Auszug aus ihrem Haus bewegen können. Fast hundertprozentig. Unglücklicherweise war der Landvermesser, den ich herbestellt habe, nicht in der Lage, sein Gutachten fertigzustellen, da meine Schwester krank wurde, während er dort war. Aber ich werde ihr die Situation noch einmal erklären, und ich denke, wenn sie dann alles versteht – besonders, wenn ich ihr den Artikel im *Ruasse Libre* zeige, der deutlich macht, wie sehr meine Zukunft gefährdet ist –, wird sie auf jeden Fall bereit sein auszuziehen.«

»Nun«, sagte Madame Besson, »das würde natürlich die Chancen für einen schnellen Verkauf deutlich verbessern.«

»Aber was ist mit dem Preis?«, sagte Aramon. »Was könnten wir verlangen, wenn die Kate zusammen mit dem Mas verkauft wird?«

Es folgte eine Pause, und Aramon hörte, wie Madame Bessons Feuerzeug direkt am Telefon klickte. Dann sagte sie: »Ich muss mir erst die Kate anschauen – und auch das dazugehörige Land. Aber wahrscheinlich würde man mit einer Summe von bis zu 600 000 Euro rechnen können.«

600 000 Euro!

Ein Wunder war diese Summe. Die Rettung! Für einen Moment war Aramon sprachlos.

»Aber die andere Sache, über die ich nachgedacht habe«, fuhr Madame Besson fort, »sind die Weinterrassen. Bei meinem letzten Besuch hatte ich den Eindruck, dass Sie da noch nicht viel weitergekommen sind.«

»Ich *bin* weitergekommen!«, protestierte Aramon. »Ich bin dabei, das alles in die Hand zu nehmen …«

»Es ist ganz einfach so, dass die Leute sich nur schwer etwas vorstellen können, was sie nicht richtig sehen.«

»Gut«, sagte Aramon. »Das verstehe ich. Ich werde Tag und Nacht an den Terrassen arbeiten. Tag und Nacht!«

Es war schon fast elf Uhr, als Anthony in Madame Bessons Büro die Schlüssel und die Wegbeschreibung zu dem Haus abholte. Auf ihrem Schreibtisch rührte ein weißer Ventilator träge in der lauwarmen Luft. Madame Besson reichte Anthony die schlechte Fotografie und eine Wegbeschreibung und sagte: »Dieses Haus hier liegt sehr isoliert … *vous voyez?*«

Es war ein großes Gebäude aus Stein, das dunkel und lichtlos in die Landschaft blickte. Neben dem Haus waren auf der einen Seite ein paar Schirmkiefern gepflanzt, ansonsten aber gab es offenbar nur Gestrüpp und Steine. Der Firstbalken schien sich unter der Last des schweren Schieferdachs leicht durchzubiegen.

»Es sieht ja ziemlich baufällig aus …«, bemerkte Anthony.

»*Ah, non!*«, sagte Madame Besson entschieden. »Die Besitzer sind Schweizer.«

»Und wieso verkaufen sie?«

Madame zuckte ungeduldig die Schultern, da nun auch noch das Telefon klingelte. »Sie haben meiner Tochter erklärt, sie bräuchten es nicht mehr«, sagte sie. »Das ist alles, was ich weiß.« Sie griff nach dem Hörer.

Anthony verließ das Büro und ging zu seinem Wagen, der in den wenigen Minuten seiner Abwesenheit glühend heiß geworden war. Er setzte sich hinein, studierte bei offener Wagentür die Landkarte und stellte fest, dass er mindestens dreißig Kilometer über eine wahrscheinlich gefährliche Bergstraße fahren musste. Und vielleicht war das ja auch der Grund, weshalb die Besitzer das Haus aufgeben wollten, dachte er – weil niemand sie mehr besuchen kam; niemand hatte Lust, dafür sein Leben zu riskieren.

Vielleicht hatte das Schweizer Paar das Haus am Anfang eben *wegen* seiner abgeschiedenen Lage in den Bergen geliebt, und dann … vergingen ein paar Sommer, und sie saßen unter den Schirmkiefern und schauten hinunter ins Tal und stellten fest, dass sie sich ins Abseits gesetzt hatten – außer Reichweite für ihre Freunde. Und?, fragte Anthony sich, war es das, was er selbst wirklich wollte? Denn wenn er die Karte richtig las, wäre die Entfernung zwischen ihm und Veronica in Les Glaniques durchaus beträchtlich. Und wie würden sich wohl die Nächte an einem solchen Ort anfühlen? Oder ein Winter?

Er startete den Wagen und fuhr los. Er war überzeugt, dass er sich das Haus anschauen musste – und sei es nur, um vielleicht doch wieder die Erregung zu spüren, jenes herrlich erregende Gefühl, etwas besitzen zu wollen. Doch plötzlich machte ihm die gebirgige Strecke, die vor ihm lag, Angst. Wenn er sich nun da oben verirrte oder eine Panne hatte oder eine Kurve falsch einschätzte und über den Rand in den Abgrund stürzte?

Veronica hatte ihm Wasser in einer Kühltasche mitgegeben. Sie hatte erklärt, momentan steige das Barometer in einem fort und da oben in den Bergen könne die Hitze gnadenlos sein. Falls er, wie angekündigt, einen Spaziergang vorhabe, sei nicht immer ein Bach oder eine Quelle in der Nähe.

Jetzt war Anthony dankbar für das Wasser, für Vs nie versiegende Mütterlichkeit. Aber Wasser allein schien ihm nicht ausreichend: Er brauchte auch etwas zu essen, etwas für den Notfall, und da fiel ihm der Kiosk *La Bonne Baguette* ein, an dem sie auf ihrem Weg zum Mas Lunel angehalten und Sandwiches gekauft hatten. Er wusste, dass er dort vorbeikam, bevor er beim Dorf La Callune den Fluss queren würde, und beschloss, mindestens zwei Sandwiches zu kaufen. Mit den Broten und dem Wasser wäre er gut versorgt. Besäße eine Versicherung gegen das Unvorhersehbare.

Da war es schon, *La Bonne Baguette*, aber die Parkbucht, in der Madame Besson damals gehalten hatte, war leider vollständig von einem Tanklastwagen okkupiert. Er fluchte. Hinter ihm drängelte ungeduldig ein BMW-Fahrer, und es gab keine andere Stelle zum Halten. Normalerweise hätte er sich resigniert auf einen späteren Hungeranfall eingestellt und wäre weitergefahren. Doch plötzlich wurde dieser Sandwichkauf zu etwas absolut Lebensnotwendigem für ihn. Und einen anderen Imbiss oder ein kleines Café an der Straße würde es wohl nicht geben. Soweit er wusste, boten diese Berge nicht einmal die kleinsten Annehmlichkeiten. Also *musste* er zurück zum *La Bonne Baguette*.

Er drosselte das Tempo. Der BMW versuchte immer wieder, auszuscheren und ihn zu überholen. Schließlich sah Anthony, dass die Straße vor einer Kurve breiter wurde und auf etwa hundert Meter mit einem festen Kiesbankett versehen war. Abrupt steuerte er den schwarzen Renault auf den Seitenstreifen und kam knirschend zum Stehen.

Der BMW-Fahrer brüllte ihm etwas zu, während er vorbeibrauste. Anthony zeigte ihm den Stinkefinger und stieg aus. Vorsichtig ging er um das Auto herum und machte sich auf den Weg zurück zum Sandwich-Stand.

Die Sonne brannte auf Steine und Straße. Der Streifen zwischen Granitwand und entgegenkommenden Fahrzeugen, auf dem er entlanglaufen musste, kam ihm so gefährlich schmal vor, dass er sich zwangsläufig ausmalte, wie ihm die Füße breitgefahren wurden. Er bekam Herzflattern vor Panik, Schweiß lief ihm den Nacken hinunter, aber die Alternative, ohne Sandwich weiterzufahren, war mittlerweile unvorstellbar. Dieses Sandwich war zu etwas geworden, das ihm durch den Tag helfen würde, überhaupt durch alles, was noch kommen mochte. So trottete er dicht an der Felswand entlang weiter. Die Autofahrer starrten ihn an – diesen älteren Touristen, der da an einer Stelle zu Fuß unterwegs war, wo man eigentlich nicht gehen durfte. Aber Anthony scherte das nicht; er wollte einfach nur sein Sandwich.

Und endlich war er da. Er erkannte den korpulenten, robust wirkenden Besitzer wieder, der sich gerade mit dem Lastwagenfahrer unterhielt. Die beiden Männer schienen alte Freunde zu sein. Und nach einem Witz brachen sie plötzlich in wildes Gelächter aus. Der Kioskbesitzer wischte sich den Mund mit einem roten Taschentuch und fragte nur widerwillig nach Anthonys Wünschen.

»*Alors, Monsieur?*«

Beim letzten Mal hatte er sich für Camembert und Tomate entschieden, da er Schinken oder Wurst wegen seiner Furcht vor einer Lebensmittelvergiftung nicht riskieren mochte. (Er wusste, dass seine Mäkeligkeit schon fast neurotisch war, aber das war ihm egal. Immerhin kannte er eine Frau, die nach dem Verzehr von Sushis gestorben war. Wieso sollte das also nicht auch mit schlecht gekühlter Salami möglich sein?) Er musterte die Auswahl und zeigte schließlich auf den Cambembert.

»*Deux comme ça, s'il vous plait, Monsieur.*«

Er sah, wie die breite, braune Hand nach den Sandwiches griff und jedes in Zellophanpapier mit der Aufschrift *La Bonne Baguette: que c'est bonne!* wickelte. Und er sah, wie seine eigene Hand zitterte, als er mit dem Portemonnaie herumfummelte.

Zurück im Wagen, stellte Anthony die Klimaanlage auf sechzehn Grad herunter und wartete einen Moment, bis der Renault sich abgekühlt und sein Puls sich beruhigt hatte.

Dann fuhr er weiter und erreichte rasch die Abzweigung zu der schmalen Straße, die über einen Seitenarm des Gardon führte und nach Westen, hoch in die Berge schwenkte. Schon bald begann der auf der Landkarte angedeutete Zickzackkurs, und Anthony zwang sich, Ruhe zu bewahren, während er den Renault langsam um die unmöglichsten Haarnadelkurven manövrierte. Die Straße war jetzt zu beiden Seiten von Kiefern gesäumt, die so dicht standen, dass darunter in der Dunkelheit nichts anderes wuchs. Um sich von den Gefahren der Straße abzulenken, ließ Anthony seine Gedanken zurück in die Kindheit schweifen, zu einer Erinnerung, die auch mit Kiefern zu tun hatte.

Raymond, Lal, Anthony und Veronica waren in Raymonds Rover unterwegs zu einer Mittagseinladung in der Nähe von Newbury, als Lal plötzlich auf eine von der Forstverwaltung angelegte Kiefernplantage aufmerksam wurde. Sie rief: »Seht euch das an! Raymond. Kinder. Seht doch nur, was die machen: die bauen jetzt Bäume an. *Entsetzlich!* Ich finde das absolut entsetzlich.«

»Die werden als Baumaterial benötigt, Liebling«, sagte Raymond. »Für Bretter und so weiter.«

»Es ist mir egal, wofür. Sie sollten Bäume nicht so anbauen. In Südafrika haben sie das nie gemacht, und wir hatten trotzdem reichlich Bretter.«

Und damit gab es etwas Neues, worüber Anthony sich Sorgen machen musste: dass Lals Auge womöglich auf *angebaute*

Bäume fiel und ihre Stimmung dann kippte – dass sie mürrisch und spitz wurde und ihre Wahlheimat, die doch seine einzige Heimat war, nicht mehr mochte.

Er hätte damals gern etwas Amüsantes gesagt, etwas, das ihre Irritation zerstreut hätte, aber es war ihm absolut nichts Amüsantes eingefallen, und sie waren stumm weitergefahren, bis Veronica – unklugerweise, wie sich herausstellte – die Bemerkung wagte: »Mama, eigentlich kannst du das Wort ›anbauen‹ nicht im Zusammenhang mit Bäumen benutzen: Das sind Douglaskiefern, *Pseudotsuga menziesii*, sie werden in ganz Europa auf Plantagen angepflanzt.« Und Lal hatte sich mit dem Zigarettenanzünder des Autos eine Peter Stuyvesant angesteckt und, ohne sich umzudrehen, sehr ruhig gesagt: »Veronica, wieso bist du so eine nervige, fette, kleine Besserwisserin?«

Ein grauenhafter Lachanfall hatte Anthony geschüttelt. Er hatte nicht lachen wollen, weil das, was Lal gerade gesagt hatte, schrecklich war. *Schrecklich*. Er hatte sich die Hand vor den Mund gehalten, wie um das unangemessene Lachen in den Hals zurückzustopfen. Er hasste sich für das fürchterliche Geräusch, das er machte, und wusste, dass V ihn auch hassen würde, und das mit Recht. Er drehte sich zu Veronica, in der Erwartung, sie in Tränen aufgelöst zu sehen. Doch sie war nicht in Tränen aufgelöst. Sie blickte einfach nur ruhig aus dem Fenster auf die vorbeiziehende Landschaft.

Und während die Straße sich jetzt durch die hohen Cevennen schlängelte, mit all dem Geröll am Rand, das vom ständigen Steinschlag zeugte, während sie sich verengte, herumschwang und die Richtung änderte, merkte Anthony plötzlich, wie er – obwohl Lal seine Schwester so grausam gedemütigt und obwohl er selbst so ungehörig gekreischt hatte – sich wünschte, er wäre wieder dreizehn Jahre alt und führe auf einer sanft sich windenden Landstraße durch Berkshire, und sein ganzes Leben läge noch vor ihm.

*V*eronica genoss ihren freien Tag ohne Kitty.

Sie hatte Kalbsleber und *lardons* in der *boucherie*, frisches Brot in der *boulangerie* und Kartoffeln, Gemüse und Obst an ihrem Lieblingsmarktstand gekauft, und jetzt war alles ordentlich in der Küche verstaut, und sie saß an einem Kapitel von *Gärtnern ohne Regen*, das sie »Dekorative Kiessorten« überschrieben hatte.

Da sie die Fensterläden gegen die Morgensonne halb geschlossen hatte, war es kühl in ihrem Arbeitszimmer, aber die Gartengeräusche konnte sie trotzdem hören und würdigen: die Spatzen auf der Mauer bei der steinernen Vogeltränke, die Zikaden im spanischen Maulbeerbaum vor ihrem Fenster und die Palmwedel, die in der leichten Brise raschelten.

… die beliebteste Kiessorte für Auffahrten und Gehwege in Südfrankreich [schrieb sie] *ist eine Mischung aus Sand und sehr kleinen, runden Steinen. Die Farbe ist angenehm: Sie kann bei sehr trockenem Wetter fast weiß wirken und geht nach Regenfällen ins Strohfarbene. In England wird diese Sorte nur selten benutzt, aber in Frankreich findet man sie im Pariser Tuileriengarten und landauf, landab auf allen Bouleplätzen.*

Missmutig blickte sie auf den letzten Satz, denn ihr war klar, dass das »*landauf, landab*« weg musste. Die Formulierung war so peinlich abgedroschen, dass Veronica sogar rot wurde. Zwar war sie sich durchaus bewusst, dass sie keine besonders gute Stilistin war, andererseits wusste sie aber auch, dass es den Menschen, die *Gärtnern ohne Regen* kaufen sollten, gar nicht auffallen würde. Alles, was ihre Leser von dem Buch verlangten, waren Tipps, harte Fakten und Wissen. Trotzdem war sie stets um eine möglichst lesbare Prosa bemüht. Nicht nur, um ihrer Verlagslektorin zu gefallen, einer Schönheit namens Melissa, in die sie ein bisschen verschossen war. Sondern vielleicht hörte sie auch irgendwo im Hinterkopf Lals Stimme, die verkündete, ihre Schulaufsätze seien »schauerlich unbedarft« und sie werde niemals in der Welt vorankommen, solange sie keine ordentlichen Sätze aneinanderreihen konnte.

Aber sie *war* in der Welt vorangekommen. *Sieh mich an, Mutter. Ich bin glücklich, und ich bin ziemlich erfolgreich ...* Das Aneinanderreihen von Wörtern – ihre angebliche Unzulänglichkeit auf diesem Gebiet – hatte sich als nicht so wichtig herausgestellt. Wichtig waren das Anlegen von Gärten sowie Farben und Formen gewesen – beziehungsweise Veronicas Vorstellungen davon.

Sie beschloss, »*landauf, landab*« erst einmal zu ignorieren, und schrieb weiter:

Ganz allgemein spielt Kies eine wichtige Rolle bei der Gestaltung des trockenheitsresistenten Gartens. Sollten Sie versucht sein, ein Stück Rasen – dieses durstige Gebilde! – anzulegen, seien Sie vernünftig, planen Sie lieber eine Kiesfläche. Ziehen Sie durchaus auch exotische Kiessorten in Betracht, wie zum Beispiel jenen schwarzen vulkanischen Kies, den Bougainville 1767 aus Tahiti mitbrachte. Er ist zwar teuer, eignet sich jedoch hervorragend für den »modernen« Stil, der im Augenblick von Gartenarchitekten bevorzugt wird: Mit überraschenden Farben (Schwarz-, Grau- und umwerfenden Königsblau-Schattierungen) erschaffen sie das Unvergessliche.

Veronica machte eine Pause. Sie hatte plötzlich das Gefühl, dass die Arbeit heute Morgen alles andere als großartig lief. »*Das Unvergessliche*« war zum Beispiel peinlich daneben; da baumelte, am Ende eines Absatzes, einfach ein Abstraktum, wie eine überreife Feige, die auf Bougainvilles elenden tahitianischen Kies zu fallen drohte! Sie wusste, dass Melissa »*das Unvergessliche*« nicht durchgehen lassen würde, aber auch hier hatte Veronica im Moment keine Idee, wie sich der Ausdruck durch eine elegantere Formulierung ersetzen ließ, die den Satz klarer und entschiedener abschloss.

Es wäre doch sehr praktisch, sinnierte sie, wenn Melissa jetzt hier wäre, vielleicht dort auf den Kissen der Chaiselongue läge, so dass Veronica ihr alles Satz für Satz vorlesen könnte und sofort das zurückbekäme, was Melissa häufig als »doch nur einen klitzekleinen Beitrag des Lektorats, Veronica« beschrieb. Auf diese Weise würde das Kapitel »Dekorative Kiessorten« morgen bei Kittys Rückkehr bestimmt schon sehr weit gediehen sein.

Veronica hob den Kopf. Ihr Blick fiel auf die Reiseuhr im Messinggehäuse (ein teures Geschenk von Anthony) auf ihrem Kaminsims. Es war kurz vor eins. Die Zeit schien einen plötzlichen Hopser nach vorn getan zu haben. Kitty hatte versprochen, gegen elf anzurufen, um zu melden, dass sie sicher in Béziers angekommen sei, aber es hatte keinen Anruf gegeben.

Veronica griff nach dem Telefon und wählte Kittys Handynummer. Sie wurde sofort mit der Mailbox verbunden und hörte Kittys schroffe, leicht beleidigt klingende Stimme: »Kitty Meadows. Bitte hinterlassen Sie eine Nachricht. Vielen Dank. Veuillez laisser un message, s'il vous plaît. Merci.«

»Kitty«, sagte Veronica. »Ich bin's, Liebling. Es geht dir hoffentlich gut. Ich denke an dich und drücke dir die Daumen für die Galeriegeschichte. Ich habe das sichere Gefühl, dass sie ja sagen werden. Hätte fast schon Champagner im Dorf gekauft, aber das hätte womöglich das Schicksal herausgefordert. Bei uns ist jedenfalls alles in Ordnung. Ich sitze hier friedlich und allein und arbeite an dem Kies-Kapitel. Ruf mich an, wenn du Zeit hast. Küsschen.«

Sie versuchte, sich wieder auf das Schreiben zu konzentrieren, und begann einen Satz darüber, dass es nicht ratsam sei, ein Kiesbett gegen Unkraut mit Plastikfolie auszulegen. *Bevor Sie sich dafür entscheiden*, schrieb sie, *bedenken Sie das drohende Risiko von Staunässe und Überflutung in der Regensaison und die ...* Und dann brach sie ab, plötzlich ganz beklommen, weil sie Kitty nicht erreicht hatte.

Kittys Auto war alt und klein. Und selbst in diesem winzigen Gefährt klebte sie immer fast am Lenkrad, während sie sich bemühte, mit ihren kurzen Beinen an die Pedale zu kommen. Sie war eine beherzte Fahrerin, aber wenn Veronica sich ausmalte, wie die kleine Kitty im Kielwasser hochnäsiger Audis und Mercedes-Karossen und im Schlagschatten jede Sicht verstellender Containerfahrzeuge über die Autobahnen ratterte und rumpelte, dann begann ihr Herz vor Entsetzen zu stolpern.

Sie stand von ihrem Schreibtisch auf und trat auf die Terrasse. Die Sonne brannte ihr heiß ins Gesicht, und bei einem langsamen Rundgang durch den vom feuchten Winter und ersten Frühling noch grünen Garten begriff sie, dass jetzt wieder die Zeit begann, in der vieles von dem, was hier wuchs, erneut durch die Trockenheit gefährdet war. Und diese Gefahr war nur durch ihre Wachsamkeit, ihre eigene und Kittys, halbwegs in Schach zu halten. Sie kam zu dem alten steinernen Brunnen, hielt sich gut am Rand fest und blickte hinein. Sie sah, dass der Wasserspiegel schon gesunken war.

Zu Mittag aß Veronica ein Stück *tarte aux oignons* mit Salat und machte sich erneut ans Schreiben. Im Laufe des Nachmittags hinterließ sie Kitty zwei weitere Nachrichten, doch es erfolgte kein Rückruf. Sie versuchte, sich damit zu beruhigen, dass Kittys Handy immer noch funktionierte. Dann konnte das Gerät – und also auch Kitty – nicht bei einem Unfall zerschmettert worden sein.

Sie wünschte, der Nachmittag ginge endlich vorbei – damit Anthony zurückkehrte und sie ihre Besorgnis wenigstens mit jemandem teilen konnte –, doch ebenso sehr wünschte sie, *dass er nicht vorbeiging*, wünschte, *dass es nicht später wurde*, denn andernfalls würden sich die Gründe für ihre Besorgnis von Stunde zu Stunde vermehren.

Sie fühlte sich regelrecht gelähmt durch diesen Konflikt mit der Zeit, und schließlich ertappte sie sich dabei, wie sie vollkommen regungslos mitten in der Küche stand, ohne die leiseste Neigung, sich in die eine oder andere Richtung zu bewegen oder eine Arbeit in Angriff zu nehmen. Ohne es richtig zu merken, begann sie zu weinen. Sie wusste, dass das albern war, und dennoch überließ sie sich den Tränen, fand sie auf seltsame Weise der Situation angemessen. Sie riss ein Blatt von der Küchenrolle, vergrub ihr Gesicht darin und stellte fest, dass ihre Tränen warm, beinah heiß waren, heiß wie Blut.

Jetzt klingelte das Telefon.

Veronica putzte sich die Nase und rannte zum Apparat. Sie war sicher, dass es Kitty war, und schon kam sie sich lächerlich vor mit den grundlosen heißen Tränen, die ihr über die Wangen liefen, und als sie »Hallo« sagte, versuchte sie ihre Tränen zu unterdrücken. Aber es war nicht Kitty. Es war Madame Besson.

»Entschuldigen Sie die Störung«, sagte Madame Besson auf Englisch. »Könnte ich Monsieur Verey sprechen?«

»Monsieur Verey ist nicht da«, sagte Veronica.

Das Sprechen schien eine neue Welle von Panik in ihr auszulösen. *Also ist Kitty tot. Diese Stimme gehört nicht ihr. Kitty liegt tot in ihrem zerbeulten kleinen Auto ...*

»Ach so«, sagte Madame Besson. »Okay. Es tut mit leid, dass ich Sie gestört habe.«

Veronica merkte, dass Madame Besson auflegen wollte, und sagte rasch: »Stimmt irgendetwas nicht, Madame Besson? Hat mein Bruder das Haus besichtigt?«

Madame Besson räusperte sich. »Er hat die Schlüssel um elf Uhr abgeholt«, sagte sie. »Er sagte, er werde sie um zwei zurückbringen. Aber er hat sie nicht gebracht, und jetzt möchte ein Ehepaar gern dieses Haus besichtigen.«

»Oh«, sagte Veronica. »Nun, das tut mir leid. Ich glaube, er wollte da oben noch einen Spaziergang machen ...«

»Ja? Aber er sagte, er würde um zwei Uhr wieder hier sein, und jetzt ist es fast fünf.«

Veronica schloss kurz die Augen. »Ich werde Anthony anrufen«, sagte sie. »Er hat sein Handy dabei.«

»Vielen Dank«, sagte Madame Besson. »Ich bin noch eine halbe Stunde im Büro. Bitte sagen Sie Ihrem Bruder, er möchte mir morgen früh die Schlüssel bringen. Ich habe nur das eine Paar, und die Besitzer sind in der Schweiz.«

Als Veronica Anthonys Handy anwählte, blieb es stumm.

Sie wählte ein zweites Mal, mit demselben Ergebnis: kein Piepton, kein Klingeln, kein Garnichts. Nur Schweigen.

Veronica kochte sich einen Pfefferminztee, setzte sich an den Küchentisch und trank Tee in kleinen Schlucken. Jetzt hatte sie nicht mehr das Bedürfnis zu weinen. Ihr war schlecht, und sie hoffte, mit dem Tee würde es besser. Bei der Vorstellung, sie müsste die Kalbsleber und die *lardons* zubereiten, musste sie würgen.

Kaum hatte sich die Übelkeit ein wenig gelegt, fühlte Veronica sich schlagartig erschöpft und schlich sehr langsam in ihr Schlafzimmer. Sie starrte auf das Kissen neben ihrem, dem Ort, wo stets Kittys Kopf lag. Sie streckte die Hand aus, nahm das Kissen, presste es an sich und schloss die Augen.

Als sie erwachte, war das Zimmer schon in Dunkelheit gehüllt, noch nicht in schwarze Nacht, aber in blaue, einsam machende Dämmerung. Dann begriff sie, dass da plötzlich ein durchdringendes Geräusch war. Das Telefon. Immer noch etwas schlaftrunken, griff Veronica danach, hielt den Hörer einfach nur ans Ohr und wartete auf das, was ihr mitgeteilt würde.

»Veronica«, sagte Kitty. »Ich bin's.«

Ein Gefühl von Erleichterung durchströmte sie, fast so schön wie sexuelle Entspannung. Doch sofort folgte der Zorn, und Veronica begann Kitty anzuschreien: Wieso hatte sie nicht angerufen oder eine SMS geschickt oder ihre Box abgehört? Sie sei halb verrückt vor Sorge gewesen! Wie hatte Kitty das zulassen können? Wie konnte sie nur so egoistisch und so fantasielos sein?

»Es tut mir leid«, sagte Kitty. »Es tut mir leid ...«

»Aber WIESO?«, schrie Veronica. »Du hast doch gesagt, dass du anrufst. Ich habe dir tonnenweise Nachrichten hinterlassen. Ich dachte, du bist *tot*!«

»Es tut mir leid«, wiederholte Kitty. »Ich konnte nicht anrufen. Auch keine SMS schicken. Es ging einfach nicht.«

»Was soll das heißen: ›Es ging einfach nicht‹?« Und überhaupt klingst du irgendwie betrunken. Was ist passiert?«

»Nichts ist passiert«, sagte Kitty. »Das ist es ja. Gar nichts. Und ja, ich bin ein bisschen betrunken. Ich bin in einem Hotel.«

»In einem Hotel? Was redest du da? Ich dachte, du schläfst bei André und Gilles.«

»Ja. Aber dem fühlte ich mich dann nicht mehr gewachsen ... Ich habe sie angerufen ...«

»Kitty, was um Himmels willen ...«

»Zwing mich nicht, es zu sagen, Veronica. Zwing mich nicht dazu.«

»Was zu sagen?«

»Zwing mich nicht!«

Veronica schwieg.

Sie merkte, wie all ihr Ärger verflog, und sie verfluchte sich dafür, dass sie nicht schneller begriffen hatte, was passiert war. Dann sagte sie ruhig: »Gut. Dann sage ich es. Die Galerie hat dich abgelehnt.«

Veronica schwang die Beine aus dem Bett. Durchs Fenster sah sie, dass der Himmel noch dunkler geworden war. Sie konnte Kitty schluchzen hören.

»Kitty«, sagte sie, »es gibt auch noch andere Galerien. Hörst du. Es gibt Hunderte von Galerien, die wir ansprechen können.«

Nachdem Kitty zerknirscht und ein wenig getröstet versprochen hatte, etwas zu essen und sich dann schlafen zu legen, beendete Veronica das Gespräch und ging die Treppe hinunter ins Erdgeschoss, wo alles dunkel und ruhig war. Die Uhr zeigte kurz vor zwanzig Uhr. Sie holte die Kalbsleber aus dem Kühlschrank, wickelte sie aus und schnitt sie in dünne Scheiben. Zwischendurch schaute sie immer wieder nach draußen, weil sie glaubte, Anthonys gemieteten Renault zu hören, der die bekieste Auffahrt heraufkam, aber es tauchte kein Auto auf.

*A*udrun wusste, dass sie die Dinge jetzt ruhig und bedachtsam und in der richtigen Reihenfolge erledigen musste.

Als Erstes packte sie all ihre Kleidungsstücke in die Waschmaschine und wählte ein langes, heißes Programm. Sie versuchte, nicht mehr an die andere Waschmaschine zu denken, jene alte amerikanische, die sich vor langer Zeit im Fifth Helena Drive gedreht hatte, aber sie wurde das Bild einfach nicht los.

Als Nächstes ließ sie ein Bad ein und wusch sich von Kopf bis Fuß, auch das Haar, schrubbte die Badewanne anschließend mit einem Scheuermittel und brauste sie dann so lange ab, bis sie glänzte.

Als ihre Haare trocken waren, zog sie sich eine Strickjacke über und ging in ihren Wald. Sie pflückte ein paar Glockenblumen, stellte sie zu Hause in ein Glas, bewunderte sie und sog ihren Duft ein. Dann stieg sie in ihr kleines, rostiges Auto und fuhr hinunter ins Dorf. Sie klopfte an Mariannes Tür.

Auf der Straße sah sie Jeanne Vialas Renault stehen. Ruhig betrat sie das Haus und begrüßte Marianne und ihre Tochter. Sie sah, dass Marianne so zufrieden strahlte wie immer, wenn Jeanne zu Besuch war, und sie dachte, wie schön es gewesen wäre, eine Tochter zu haben – die Tochter von jemandem, den sie liebte. Raoul Molezon hatte zwei erwachsene Töchter von seiner Frau Françoise, und Audrun hatte niemanden.

»Ich möchte euch nicht stören«, sagte sie. »Ich wollte nur auf ein *petit bonjour* vorbeikommen.«

»Du störst uns doch nicht«, sagte Jeanne. »Komm rein und setz dich.«

Sie küssten sich, erst auf die eine Wange, dann auf die andere, dann wieder auf die erste – mit jenem Dreifachgruß, den die Menschen des *midi* seit jeher bevorzugten. Dann setzten sie sich an den Küchentisch. Marianne brühte gerade Schnecken ab –

jedes Mal, wenn Jeanne nach La Callune kam, wünschte sie sich diese Delikatesse. Jeanne war jetzt dreißig und liebte ihre Arbeit als Lehrerin in Ruasse. Sie sah wie eine jüngere Ausgabe ihrer Mutter aus, schlank und dunkel, mit einem freundlichen, stillen Lächeln.

»Wie führen sich Schulkinder denn heutzutage so auf?«, fragte Audrun. »Ich kenne überhaupt keine Kinder mehr. Erzähl mir, wie sie sind.«

Jeanne löste den Schildpattkamm, der ihre Haare zurückhielt, nahm sie mit einer Hand hoch und steckte sie wieder fest. Irgendwann, dachte Audrun, vor allem, wenn kein Ehemann aufkreuzt, keiner, der wirklich nett ist –, wird Jeanne ein strenges Gesicht bekommen.

»Sie sind sehr unruhig«, sagte Jeanne. »Man kriegt sie nur mit Mühe dazu, sich für mehr als ein paar Minuten auf eine Sache zu konzentrieren.«

»Das habe ich auch schon gehört«, sagte Audrun. »Könnte es vielleicht die Stadt sein, die sie so zappelig macht?«

»Ich weiß es nicht. Wahrscheinlich sind Computerspiele, das Fernsehen und all das, was sie sonst noch zu Hause treiben, mit ein Grund. Aber vor allem haben sie keine Ahnung von Geschichte, weshalb sie manchmal gar nicht begreifen, was sie da vor Augen haben. Es schockt mich immer wieder, wie schlecht sich einige in unserer Region auskennen. Sie sind hier geboren, aber von deren Vergangenheit wissen sie kaum etwas.«

»Nun ja«, sagte Audrun, »diese Vergangenheit ist ja auch so lang ...«

»Stimmt«, sagte Jeanne. »Sie haben zum Beispiel nur eine vage Vorstellung davon, was einst in den Cevennen alles produziert wurde. Ich kümmere mich gerade um eine Besichtigung von einer Olivenölfabrik und dem Museum der Cévenoler Seidenproduktion. Sie sollen lernen, wie die Raupen gezüchtet wurden und was es mit den *filatures* auf sich hatte. Demnächst wollen wir auch einige Zuchtfarmen besuchen, die noch in Betrieb sind.«

»Ach«, sagte Audrun. »Über diese Farmen könnten wir ihnen eine Menge erzählen, was, Marianne?«

»Aber ja«, erwiderte Marianne. Sie stand auf und rührte die Schnecken im Topf um. Auf dem Tisch warteten schon Knoblauch, Öl und frische Petersilie – alles, was sie für die Soße brauchte. Jeanne zündete sich eine Zigarette an und hielt das Päckchen Audrun hin, die aber abwinkte.

»Ich wette, Aramon raucht noch, oder?«, meine Jeanne lächelnd.

»O ja«, sagte Audrun. »Zigaretten und Stumpen. Das wird ihn noch umbringen…«

»Ich habe übrigens gehört, er zieht weg.«

»Was sagst du da, Jeanne?«

»Ich habe gehört, er verkauft das Mas.«

Audrun betrachtete ihre Hände auf dem Tisch. Plötzlich fror sie ein wenig, trotz der heißen Flamme unter dem Schneckentopf und der Abendsonne, die durchs Fenster schien. Sie sagte: »Er denkt nur noch ans Geld. So ist er eben. Geld und Alkohol und Zigaretten. Aber ich glaube nicht, dass es wirklich etwas wird mit dem Verkauf vom Haus…«

»Nein?«

Audrun legte ihre stark geäderte, braune Hand auf Jeanne Vialas Arm. »In der Giebelwand ist ein Riss«, sagte sie. »Ein Baumangel. Raoul war da und hat ihn verputzt und dann alles gelb angestrichen, und jetzt glaubt Aramon, er kann die Leute hinters Licht führen. Aber auch ein ganz normaler Gutachter wird solch einen Mangel doch entdecken! Oder? Würdest du ein Haus mit einem Riss im Stein kaufen?«

»Nein…«

»Aramon hätte eigentlich längst das Haus instand setzen und alles wieder in Ordnung bringen sollen. Aber das hat er nicht, und er wird es auch nicht tun. Er hat schon immer das, was direkt vor seiner Nase ist, einfach verleugnet. Und deshalb … na ja … bin ich jetzt der Meinung, dass er eine Enttäuschung erleben wird. Die Riesensumme, die er verlangt, wird er nicht bekommen. Und wenn ihm das erst mal klar ist, wird er toben. Du kennst ihn doch auch, Marianne. Er wäre fähig, etwas Ungeheuerliches zu tun.«

Marianne und Jeanne blickten Audrun entgeistert an.

»Was meinst du damit?«, fragte Jeanne.

Audrun zupfte einen Petersilienstängel ab, hielt ihn sich unter die Nase und schnupperte an der unaufdringlichen Frische.

»Was ich damit sagen will ...«, erklärte sie, »Aramon war schon immer unkontrollierbar. Ich weiß das. Er hat sich jetzt diesen speziellen Käufer in den Kopf gesetzt: irgend so einen reichen englischen Künstlertyp. Aber ich sage euch, dieser Mann wird das Mas Lunel nicht kaufen. Dafür lege ich meine Hand ins Feuer. Und wenn Aramon das begreift ... *Mon dieu!* Dann wird er fluchen und toben. Vielleicht tut er ja sogar irgendwem etwas an.«

Jeanne wechselte einen Blick mit Marianne. Sie nahm einen tiefen Zug aus ihrer Zigarette.

»Es wäre doch sowieso traurig, wenn es an einen Ausländer verkauft würde, oder?«, sagte sie. »Die Leute murren schon, dass die Ausländer sich all die schönen alten Steinhäuser schnappen. Ich habe im *Ruasse Libre* darüber gelesen. Auch der Bürgermeister sagt, dass das aufhören muss.«

»Das ist richtig«, sagte Audrun. »Der Bürgermeister hat Recht. Leute, die nicht von hier sind, haben doch keine Ahnung, wie man das Land bearbeitet. Heutzutage denken alle, es geht nur um die Häuser, aber das stimmt nicht: Es geht ums Land.«

Für einen Moment herrschte Schweigen in der Küche.

Audrun zwirbelte den Petersilienstängel zwischen den Fingern und dachte an ihre Wäschetrommel, die sich immer noch drehte.

»Wenn Aramon das Mas verkauft«, sagte Jeanne Viala, »wo will er denn danach hin?«

»Ich weiß es nicht«, sagte Audrun. »Das weiß ich genauso wenig wie ihr. Wohin um Himmels willen?«

*K*itty Meadows lag in ihrem Hotelbett und sah auf das blinkende grüne Neonleuchtschild einer rund um die Uhr geöffneten Apotheke auf der anderen Seite der trostlosen Straße.

Sie hatte nicht viel Geld ausgeben wollen, und dieses Hotel hier, das Le Mistral hieß, war das billigste, das sie hatte finden können, ein Zweisterne-Etablissement. Kittys Bett war schmal und hart, und die Wände waren dünn. Das Jaulen des Fahrstuhls ließ sie immer wieder hochschrecken, kaum dass sie die Augen schloss. Hoch und runter, hoch und runter fuhr er die Menschen, die sich nach Liebe oder Ruhe sehnten – nach der süßen Ruhe, die die Liebe schenkt.

Wenigstens bin ich allein, dachte Kitty. Sie mochte ihre Freunde André und Gilles wirklich, aber die Vorstellung, wie die beiden ihr arrogantes Urteil hinter Mitleid und traurigem Lächeln verbergen würden, hätte sie nicht ertragen. »Tut mir leid, Kitty Chérie, aber ich fürchte, wir *wussten* einfach, dass eine Galerie mit einem derartigen Renommee deine Arbeiten eben doch nicht nehmen würde …«

Da war es besser, ordentlich mit Alkohol abgefüllt in einem unpersönlichen Hotelzimmer zu liegen, als diesen Abend der Demütigung in der Gesellschaft der beiden zu verbringen. Zwar hätte Kitty sich auch gern von Veronica trösten lassen, aber der Gedanke, sich bei der Rückkehr nach Les Glaniques Anthonys unverhohlener Freude über ihren Misserfolg ausgesetzt zu sehen, war ihr unerträglich.

Überhaupt mochte Kitty noch ganz und gar nicht darüber nachdenken, wie sie diese Rückkehr durchstehen sollte. Seit Anthonys Ankunft hatte sie das Gefühl, als würde ihr jegliche Freude an dem Haus, das sie doch eigentlich mit ihrer Liebsten teilte, gründlich ausgetrieben. Sie hatte Zuflucht in ihrem Atelier gesucht – fernab von Veronica und ihrem Bruder. Dort war sie am glücklichsten, allein mit ihrer Arbeit und ihren Träumen. Doch jetzt standen ihr Höllenqualen bevor. Zum einen würde sie Anthonys verachtungsvollen Blicken ausgesetzt sein, aber noch furchtbarer war etwas anderes: Sie musste der Tatsache ins Auge blicken, dass die Arbeit, die ihr so lieb war und der sie sich so sehr verschrieben hatte, nach dem Urteil kompetenter Kritiker nichts taugte.

Gut, es war ihr hin und wieder gelungen, an kleinere Galerien und Läden zu verkaufen, aber jetzt hatte eine hoch seriöse Institution die Aquarelle in Augenschein genommen und war wie ein herzloser Tiger über sie hergefallen: *Es tut mir leid, Madame Meadows ... im Internet erschienen uns die Fotos Ihrer Arbeiten durchaus recht interessant, aber nun, da wir die Originale sehen ... Ihr Gefühl für Farbe hat einen gewissen Charme, aber es gibt doch einige technische Unzulänglichkeiten. Und* voilà, *deshalb glaube ich einfach nicht, dass wir hier bei uns etwas verkaufen könnten ...*

Kitty lag da, bedeckte ihre Augen gegen das nervige Apothekengeblinke und tröstete sich mit dem Gedanken, dass sie immerhin ihre Arbeit für *Gärtnern ohne Regen* fortsetzen und sowohl Aquarelle wie Fotos beisteuern könnte. Und wenn das Buch dann erschien, fände ja vielleicht jemand ihre Illustrationen gar nicht so übel.

Doch wie glühend – wie verzweifelt – hatte sie sich danach gesehnt, von einer angesehenen Galerie vertreten zu werden! Wie oft hatte sie sich das Faltblatt ausgemalt, das die Galerie drucken würde: *NEUE AQUARELLE von Kitty Meadows.* Und dann der fantastische Vernissage-Abend ... wenn die Anzahl der Bilder mit den roten »Verkauft«-Aufklebern wuchs und wuchs ... wenn Veronica stolz lächelte ... und dann das herrliche Geld auf der Bank ...

Kittys Handy klingelte: Veronicas Name erschien auf dem Display. Kitty sah auf die Uhr. Es war fast ein Uhr nachts.

»Veronica«, sagte Kitty leise.

»Tut mir leid, dass es so spät ist. Hast du geschlafen?«

»Nein«, sagte Kitty. »Ging nicht.«

»Also gut, hör zu, Liebes, etwas stimmt hier ganz und gar nicht.«

Kitty richtete sich auf, froh darüber, dass sie abgelenkt wurde, froh, dass es noch eine Welt jenseits ihres Elends gab.

»Erzähl ...«, sagte sie.

Sie hörte, wie Veronica an einer Zigarette zog.

»Es geht um Anthony«, sagte sie und hustete beim Ausatmen. »Er sagte, er würde zum Abendessen zurück sein. Ich habe ihn heute Morgen sogar gefragt, was er essen möchte, er sagte Kalbsleber, und ich habe welche in der *boucherie* besorgt. Er sagte, er wäre auf jeden Fall rechtzeitig zurück. Aber er ist nicht nach Hause gekommen, Kitty, und es ist ein Uhr morgens.«

Kitty hielt das Telefon dicht ans Ohr. Einen Moment lang konnte sie nicht sprechen, so aufregend fand sie diese Worte. In ihrem Kopf lief ein Film ab.

Sie sah eine kurvige Straße hoch über La Callune, und sie sah Anthonys Mietwagen, der zu schnell in eine Haarnadelkurve sauste, sich um sich selbst drehte und dann ins Leere schoss, in die Tiefe stürzte und unten auf den Felsen zerschellte ...

»Gut«, sagte sie und zwang sich zu einem besorgten Ton. »Hast du versucht, ihn auf dem Handy anzurufen?«

»Ja. Nichts. Absolut keine Reaktion.«

»Keine Mailbox?«

»Überhaupt kein Ton. Und die Frau vom Maklerbüro rief an und sagte, Anthony hat die Schlüssel von dem Haus nicht zurückgebracht.«

»Gut ... also, wir müssen überlegen, was zu tun ...«

»Ich habe ein ganz schreckliches Gefühl, Kitty. Da oben in den Cevennen passieren dauernd Unfälle. Die Leute fahren viel zu schnell, und Anthony kommt mit diesen Bergstraßen nicht zurecht. Ich sitze hier und warte die ganze Zeit und denke immerzu, ich sehe Scheinwerfer, aber es sind nur Autos auf der Straße nach Uzès. Was soll ich bloß machen?«

Kitty nahm einen Schluck Wasser und schwang sich aus dem Bett. Das Licht der *pharmacie* setzte sein grünes Begrüßungsblinken gnadenlos fort: *Wir helfen Ihnen, wir helfen Ihnen, wir helfen Ihnen ...*

»Wir müssen klar denken«, sagte Kitty, hatte aber gleichzeitig mit dem Alkohol in ihrem Blut und dem Film über das abstürzende Auto, der sich in ihrem Kopf abspulte, zu tun.

Anthony Verey tot.

Endlich tot.

Kitty fragte sich, ob Veronica wohl aus ihrer Stimme und der Art, wie sie atmete, ihre hektische Aufregung heraushören konnte.

Kitty frühstückte kurz nach Tagesanbruch und fuhr nach Hause. Kopfschmerzen machten ihr das Sehen schwer, fast als wäre die Windschutzscheibe eigenartig milchig verschleiert. Sie sehnte sich nach Tee und tiefem Schlaf.

In der Auffahrt zu Les Glaniques stand ein Streifenwagen der Polizei. Eine sehr blasse Veronica mit seltsam wirren Haaren sprach im Salon mit zwei *agents*, einem Mann und einer Frau. Als Kitty das Wohnzimmer betrat, drehten sich alle um. Veronica erhob sich, ging auf sie zu, und Kitty umarmte sie und versuchte, ihr zerzaustes Haar ein wenig zu glätten. Sie hörte, wie die *agents* leise miteinander sprachen.

»Gibt es was Neues?«, flüsterte Kitty.

»Nein, nichts«, sagte Veronica. »Keine Nachricht von einem Autounfall. Das ist immerhin schon mal etwas, scheint mir.«

»Irgendwelche Theorien?«

»Ja, eine. Möglicherweise hat er das Auto stehen lassen, einen Spaziergang gemacht und sich verlaufen. Dabei könnte er sich verletzt haben, und das Handy ist runtergefallen und kaputtgegangen. Sie wollen ihn mit dem Hubschrauber suchen«, sagte Veronica. »Der ist schon unterwegs.«

»Gut«, sagte Kitty. »Das ist gut. Da oben kann man sich leicht verirren. Aber sie werden ihn bestimmt finden.«

Kitty schlüpfte aus dem Zimmer, um einen Tee zu kochen. Ihre Erschöpfung hatte sich noch verschlimmert durch die trübe Aussicht, Anthony könnte dem Tod entkommen sein, genauso, wie er seit vierundsechzig Jahren jeglicher Strafe für seine Eitelkeit und seinen Egoismus entkam. Wahrscheinlich würde er schon am Abend zurück in Les Glaniques sein. Und Veronica würde an seinem dürren Hals hängen und ihm erzählen, wie wichtig er für sie sei und wie sehr sie hoffte, dass er sich in Frankreich niederließ. Und dann würde alles genauso weitergehen wie bisher, nur dass jetzt nicht einmal mehr der Traum von einer Galerie sie noch trösten konnte.

Kitty hatte gedacht, die Polizei werde sie in Ruhe lassen. Sie war doch nur »eine Bekannte«. Anthony Verey bedeutete ihr nichts, und was wusste sie schon über irgendwelche Unfälle in den Cevennen, zumal sie doch zu der fraglichen Zeit ihr vernichtendes Desaster in Béziers hatte erleben müssen. Aber dann – sie tat gerade Tee in die Kanne – blickte sie hoch und sah den weiblichen *agent* in der Küche stehen.

»Nur ein paar Fragen«, sagte die Frau. »Sprechen Sie Französisch?«

»Ja«, sagte Kitty. »Möchten Sie einen Tee?«

»Tee? *Ah non, merci.*«

Es sei nur Routine, absolut nur Routine, sagte die Polizistin, aber sie habe Kittys Bewegungen innerhalb der letzten vierundzwanzig Stunden zu überprüfen. Ob sie irgendwo in den Bergen oberhalb von Ruasse gewesen sei.

In Gedanken schon, hätte Kitty am liebsten gesagt. In Gedanken war ich da oben. Ich habe ihn getötet. Ich habe sein Auto von der Bergstraße fliegen lassen. Ich sah es mehrere hundert Meter weiter unten zerschellen. Ich sah sein Blut auf den Steinen.

»Nein«, sagte Kitty. »Ich war ganz woanders.«

Als die Polizisten wieder weggefahren waren, zündete Veronica sich eine Zigarette an und sagte: »Tja, alles, was uns jetzt zu tun bleibt, ist vermutlich warten.«

Draußen auf der Terrasse wurde es heiß. Die Geranien zeigten erste Trockenschäden.

Kitty dachte: Ich warte auch. Ich warte darauf, dass dir wieder einfällt, was mir in Béziers widerfahren ist. Ich warte darauf, dass du endlich *mich* wahrnimmst.

Sie stand auf, nahm Veronica die Zigarette aus der Hand, drückte sie aus und führte ihre Liebste, ohne ein Wort zu sagen, ins Schlafzimmer. Sie spürte, wie Veronica sich sträubte und protestieren wollte, doch sie, Kitty, war entschlossen; sie wollte Liebe. Worte würden nicht helfen. Tatsächlich setzte sie ihre Hoffnung nicht mehr auf Worte; was sie brauchte, war wortloses Verlangen. Und sie fühlte, dass das, was in den nächsten Augenblicken geschah, über die gesamte Zukunft – ihrer beider gemeinsame Zukunft – entscheiden würde.

*E*r sagte sich, es könnte an der Hitze liegen oder am mühseligen Beschneiden der Weinstöcke oder an beidem, jedenfalls wühlten in Aramons Eingeweiden jetzt solche Schmerzen, dass er sich manchmal auf die Knie niederlassen und dann zusammengerollt auf die Erde legen musste – in der Haltung eines verdammten Fötus –, damit die Krämpfe sich beruhigten.

Sein Appetit war verschwunden. Süßes brachte er nur noch lutschend herunter – einen Löffel Marmelade, ein Stück Schokolade. Dann setzte er sich und wartete, dass der Zucker ins Blut ging. Auch wenn er Brot im Mund zu Brei aufweichte, musste er würgen. Und bei dem Gedanken, er müsste Fleisch essen, grauste es ihn, als könnte das, was in der Theke der *boucherie* auslag, Menschenfleisch sein …

»Was darf es denn heute sein, Aramon?«, fragte Marcel, der Metzger in La Callune. »Ein Stück Kalb? Eine leckere *merguez?*«

»Für mich nichts, mein Freund …«, murmelte Aramon. »Nur ein paar Knochen – für die Hunde.«

Und beim Verlassen des Ladens hörte er Marcel zu den anderen Kunden sagen: »Lunel ist gar nicht mehr wiederzuerkennen, *pardi*.«

Er setzte sich an seinen Tisch, trank *sirop de menthe* und rauchte. Und er fragte sich, ob in seinem Magen ein Krebsgeschwür wuchs. Er fragte sich sogar, ob er vergiftet worden war. Denn so etwas kam vor in der modernen Welt. Giftige Mikroben gelangten in die Nahrungskette oder die Wasserversorgung. Man konnte langsam sterben, jeden Tag ein bisschen mehr, und würde niemals erfahren, wieso.

Andere Symptome begannen ihn zu quälen. Plötzliche Schwindelanfälle. Alles zog sich dann zusammen und wurde schwarz. Eben noch hatte er draußen in der Hitze gestanden, umschwirrt von Vögeln und Insekten, und eine Sekunde später war er ganz woanders – lag an einer Steinmauer oder sonst irgendwo, mit dem Gesicht auf der Erde, und die Welt war verstummt, und der Schatten der Bäume fiel so, wie er normalerweise nie fiel.

Diese seltsamen Lücken im Fluss der Zeit ... Er ließ zu, dass sie ihn an jene längst vergangenen Nächte erinnerten, als er bei dem, was sein Körper tat, immer ohnmächtig wurde und Serge dann kam und ihn mit Ohrfeigen wieder ins Leben zurückholte, ihm aufhalf oder ihn sogar in sein eigenes Bett zurücktrug. Aramon wusste, dass es zwischen beidem keine Verbindung gab. Jene Augenblicke damals waren gewollt. Er hatte eine Tür geöffnet und war eingedrungen, und das Eindringen hatte ihn in einer Weise überwältigt wie nichts sonst in seinem Leben. Aber nichts von dem, was ihm jetzt widerfuhr, war gewollt. Aramon musste erkennen, dass die *Episoden*, die seiner Schwester seit jener Zeit das Leben vergällten, jetzt auch ihn heimsuchten.

Er überlegte, ob er zum Arzt gehen sollte. Aber bei dem Gedanken an einen Arzt – Augen, die in seinen Mund starrten, Hände, die seinen Magen abtasteten – wurde ihm ganz elend. Und wenn der Doktor eine schlimme Nachricht für ihn hätte, wüsste er nicht, wie er sich verhalten sollte.

Eines Morgens wurde er sehr früh von den Hunden geweckt, weil sie ein wolfsartiges Geheul ausstießen.

Er warf sich in seine alte Arbeitskleidung und fuhr in die Stiefel, holte seine Flinte Kaliber 12 aus dem Regal neben der Tür, nahm die Patronentasche und ging nach draußen. Und als die Hunde ihn kommen sahen, sprangen sie wie verrückt gegen den Maschendraht des Zwingers und krallten sich darin fest.

Aramon nahm zwei Patronen aus der Tasche, knickte die Flinte, um die Patronen einzulegen, und sah, dass noch zwei im Lauf steckten. Er lief zwar weiter in Richtung Zwinger, aber sein Verstand hakte sich an diesen Patronen im Flintenlauf fest.

Er wusste genau, dass er seine Flinte niemals in geladenem Zustand weglegen würde.

Er öffnete das Tor zum Zwinger und ging hinein. Drinnen stank es so entsetzlich, dass er würgen musste und einen gelben Schleimklumpen in den Dreck spuckte. Sein erster Gedanke war, dass sein eigener Zustand, seine Krankheit, ihn empfindlicher gegen den Gestank im Hundegehege machte, aber als er sich dann umblickte, sah er in der hinteren Ecke einen toten Hund im Schatten liegen. An manchen Stellen waren ihm blutige Fleischfetzen herausgerissen, und dort hatten sich auch schon die Fliegen niedergelassen.

Aramon blieb reglos stehen und starrte nur. Dann registrierte er allmählich, wie der Zwinger aussah. Er war völlig verdreckt, überall lag Kot, die Wassernäpfe waren leer, und er fragte sich, wann er hier eigentlich zuletzt mit einer Tüte Knochen erschienen war oder die Tiere zumindest mit Wasser versorgt hatte. Doch er konnte sich nicht entsinnen.

Die Hunde sprangen wie wild an ihm hoch, krallten sich in seine Beine, seinen Unterleib. Er sah, dass sie vor lauter Durst Schaum vorm Maul hatten. Er stieß sie beiseite, ging zu dem Kadaver, packte ihn an den steifen Hinterläufen und zog ihn durch den Dreck, die Flinte immer noch unter dem Arm. Dann blickte er hoch und sah, dass Audrun draußen stand und alles beobachtete, sie hielt sich ihre geblümte Schürze vors Gesicht und sagte: »*Mon dieu*, Aramon, das stinkt ja entsetzlich! Was hast du nur gemacht?«

Gemacht? Was meinte sie? Er hatte nichts gemacht. Es war nur so, dass die Sorge für die Hunde … na ja … ein wenig in Vergessenheit geraten war …

»Ich war hinten auf den Weinterrassen«, sagte er, »und habe geschuftet wie ein Sklave. Und jetzt bin ich irgendwie krank. Ich bin vergiftet worden.«

»Vergiftet?«

»Es könnte jedenfalls sein. Meine Gedärme brennen wie Feuer.«

»Durch was denn vergiftet?«

»Irgendwas. Heutzutage weiß man doch gar nicht, was einen erledigt.«

»Unsinn. Du redest vollkommenen Unsinn. Hast du den Hund erschossen?«

»Nein. Wieso sollte ich einen Hund töten?«

»Dann ist er wohl einfach so gestorben. Sie verhungern alle. Sieh sie dir doch bloß an!«

Jetzt bekam Aramon Mitleid mit den Geschöpfen. Sie waren ja unschuldig. Er würde ihren Trog mit Wasser füllen, hinunter ins Dorf fahren und bei Marcel einen weiteren Berg Knochen kaufen ...

»Es ist nicht meine Schuld, wenn ich vergiftet werde«, sagte er. »Ich brauche Hilfe. Das habe ich dir doch schon vor Wochen gesagt. Ich schaffe es hier nicht mehr. Ein Mann allein ... was kann der schon ausrichten?«

Er schloss das Tor vom Zwinger, und wieder drehten die Hunde durch, warfen sich gegen den Maschendraht und bellten, und Aramon dachte: Wenn Serge noch lebte, würde er mich verprügeln, weil ich die Hunde so schlecht behandle. Dann fielen ihm wieder die Patronen in der Flinte ein, und er wollte Audrun, die ihm zum Haus folgte, gerade davon erzählen, als sie aus der Tasche ihres Kittels eine Ausgabe vom *Ruasse Libre* zog und sagte: »Hast du das gesehen? Ich wollte dir das hier zeigen.«

Aramon ließ den Kadaver fallen. Tote Dinge wogen so schwer, dass man sie nicht sehr weit schleppen konnte. Und die Erde war so trocken, dass es ihn bestimmt seine letzten Kräfte kosten würde, ein Grab für das Tier zu schaufeln. Schwer atmend wandte er sich seiner Schwester zu. Sie hielt ihm die Zeitung hin.

»Was ist das?«, fragte Aramon.

»Sieh dir das Bild an«, erwiderte sie.

Er hatte seine Brille nicht dabei. Hatte nur rasch die Kleider übergeworfen und die Flinte genommen. »Ich kann nichts sehen«, sagte er.

Sie hatte die Zeitung einmal gefaltet und wedelte mit der Seite vor seinem Gesicht. »Sieh doch!«, sagte sie.

Er starrte auf das verschwommene Foto. »Wer ist das?«, fragte er. »Ich kann überhaupt nichts erkennen.«

Sie entriss ihm die Zeitung und las laut: »*ENGLISCHER TOURIST VERMISST. Die Polizei hat die Suche nach dem Engländer Anthony Verey, der seit Dienstag vermisst wird, heute wieder aufgenommen. Der britische Kunsthändler Verey, 64, soll seinen Mietwagen* ...«

»Verey?«, sagte Aramon. »Verey?«

»Ja. Ist das nicht der Mann ...«

»Wie kann der denn ›vermisst‹ sein?«

»Das weiß ich nicht. Aber das ist doch der Mann, oder? Der zur Besichtigung hier war?«

Aramon hängte sich die Flinte über die Schulter und griff nach der Zeitung. Er hielt sich das Foto dicht vors Gesicht, und ganz allmählich konnte er das Bild scharf stellen, und sein Auge sah ein anderes Auge. Und irgendwas an diesem Auge kam ihm bekannt vor, etwas, das ihm einen Schauer über den Rücken und bis in die Schuhe jagte.

»Könnte sein«, sagte er. »Wenn man diese Berge nicht kennt, kann man sich da leicht verirren ...«

»Aber es ist komisch, dass er an dem Tag verschwunden ist«, sagte Audrun, »als er noch mal herkam. Findest du nicht auch? Findest du das nicht merkwürdig?«

Der Tag, als er noch mal herkam.

Aramon ließ die Zeitung sinken und blickte sich um, ohne zu wissen, wonach er suchte. Aber er wusste, dass er wachsam sein und sich weiter umsehen musste ... als könnte es irgendetwas geben – in dem verwüsteten Hundezwinger oder in der Art, wie die Steineichen sich im heißen Wind bewegten –, das seine gestörte Erinnerung zurechtrütteln würde. »Noch mal herkam?«

»Ja. An dem Tag ...«

»An welchem Tag?«, fragte Aramon.

»Am Dienstag. Dem Tag, an dem er verschwunden ist.«

»Er ist nicht noch mal hergekommen.«

Er sah, wie seine Schwester den Kopf schüttelte. So hartnäckig schüttelte, als würde sie ein Kind schelten.

»Du behauptest also, dass ich verrückt bin«, sagte sie. »Jetzt verlierst du den Verstand. Ich habe dich doch *gesehen*, Aramon. Ich habe mich für dich geschämt, weil du so ein Bauer warst in deinen dreckigen Arbeitssachen neben diesem elegant gekleideten Herrn.«

»Mich gesehen ...?«

Audrun entfernte sich von ihm. »Am Fluss«, sagte sie. »Mit Verey.«

»Wann?«, schrie er hilflos.

»Dienstagnachmittag. Übrigens, der Kadaver stinkt. Du solltest ihn rasch begraben.«

Aramon schaute auf den toten Hund. Er hatte Verletzungen am Hals und am Bauch. An den Rändern der Wunden waren Bissspuren im Fleisch zu sehen. Die Fliegen waren schon wieder da und krabbelten darauf herum. Und hinter Aramon bellten die Hunde immer noch, und er wusste, er musste ihnen Wasser bringen, er musste den Zwinger säubern und sie mit Futter versorgen, denn es war schändlich, Tiere so leiden zu lassen ...

»Audrun«, sagte er, »hilf mir ...«

Doch sie ging einfach weiter.

Er kehrte ins Haus zurück und rief Madame Besson an. Er versuchte sich zu beruhigen: So dumm oder so betäubt von Schmerzen war er noch nicht, dass er nicht zumindest etwas von dem, was so verwirrend war, zurechtrücken konnte. Madame Bessons Tochter nahm ab und erklärte, ihre Mutter sei mit einem Kunden unterwegs.

»Verey«, sagte Aramon. »Dieser Engländer soll verschwunden sein. Er hat mein Haus nur einmal besichtigt. Nicht zweimal. Er war nur *einmal* da.«

Die Tochter schwieg. Nach einer Weile sagte sie: »Da bin ich leider überfragt. Sie werden das mit meiner Mutter klären müssen. Und ich glaube, sie hat noch jemanden an der Hand, der das Mas gern sehen möchte.«

»Ja?«

Sofort hob sich Aramons Stimmung. Die gewaltigen Summen, die der Verkauf versprach, hörten sich in seinem Kopf wie Musik an, wie der schöne alte Jazz, den sein Vater gespielt hatte, als Bernadette noch lebte: 475 000 Euro … 600 000 Euro … Die Zahlen tanzten und funkelten. 650 000 Euro! Herr Gott noch mal, das Haus und das Land machten ihn doch inzwischen regelrecht krank. Er war zu müde, um solch eine Last noch zu schultern. Wenn sie ihm nicht bald genommen wurde, würde er sterben.

»Ich werde meine Mutter bitten, Sie anzurufen«, sagte die Tochter.

»Wann?«, fragte Aramon.

»Heute Nachmittag, wenn sie zurückkommt.«

Aramon drehte sich eine Zigarette, sank auf einen Stuhl und rauchte, bis der Schmerz in seinen Eingeweiden ein wenig nachließ. Dann ging er nach draußen und begann, ein Grab für den Hund zu schaufeln. Als er mit der Spitzhacke ausholte und sie auf die Erde niedersausen ließ, spürte er ihr Gewicht und den Schmerz im ganzen Körper.

*V*eronica lag wach in der Dunkelheit.

Sie fand es seltsam, dass die Nacht so still sein konnte, obwohl Anthony doch verschwunden und vielleicht sogar tot war. Sie wünschte, die Welt da draußen würde mit hellem Scheinwerferlicht und viel Getöse nach ihm suchen. Fast glaubte sie zu hören, wie er sie rief: *Bitte hilf mir, Liebes. Ich sitze fest. Ich sterbe ...*

Es wurde so unerträglich, dass Veronica aufstand, ihren Morgenmantel anzog und ihn fest zuschnürte, um den Geruch von Sex, der noch an ihr haftete, zu verdecken. Sie ging in die Küche, trank kaltes Wasser aus dem Hahn, spritzte sich etwas ins Gesicht und stand dann da und starrte, über ihr eigenes Verhalten bestürzt, vor sich hin. Denn was hatte sie, angesichts der sich anbahnenden Tragödie, getan? Sie hatte die Polizei geholt, ihnen die Fakten dargelegt und ein paar Fragen beantwortet, um dann mit Kitty wie wild im Bett herumzumachen – so wild wie noch nie. *Allmächtiger!* Warum musste menschliches Verhalten oft so schockierend unangemessen sein? Veronica hielt sich eigentlich für »zivilisiert« – für eine zivilisierte Frau, deren Freundlichkeit ebenso geschätzt wurde wie ihr stoischer Gleichmut. Jetzt stellte sie leider fest, dass sie kaum besser war als ein Tier.

Nicht, dass sie sich bei Kitty entschuldigen müsste. Ganz und gar nicht. Kitty hatte ihr erotisches Spielchen von Anfang bis Ende geplant und mit ihr durchgezogen. Veronica hätte jetzt am liebsten jene beschämenden und demütigenden Stunden komplett ausgelöscht. Sie schwor, sich nicht von Kitty anfassen oder auch nur küssen zu lassen, ehe Anthony nicht gefunden war. Das war sie ihm mindestens schuldig. Er war Fleisch von Lals und von Raymonds Fleisch, genau wie sie selbst. Sie schuldete ihm – oder seinem Andenken – eine Phase sexueller Abstinenz.

Beruhigt durch diese Entscheidung, setzte Veronica sich an den Küchentisch, griff nach Block und Stift und begann, sich Notizen zu machen.

Was ist jetzt zu tun?, schrieb sie oben auf die Seite. Im Grunde wusste sie, dass es nichts zu tun gab außer auf neue Nachrichten zu warten, sie wusste aber ebenfalls, dass sie irgendetwas tun musste. Sie konnte nicht einfach nur mit Kitty in Les Glaniques herumsitzen. Die Stimme, die ihr *Hilf mir, hilf mir, Liebes*, zurief, musste gehört werden.

Die Spur verfolgen, schrieb sie.

Das kam ihr richtig vor. Sie würde nach Ruasse fahren, Madame Besson aufsuchen und sich den Weg zu dem einsamen Haus beschreiben lassen, das Anthony hatte besichtigen wollen.

Sie sagte sich, sie, V, würde herausbekommen – irgendwie würde sie es herausbekommen –, ob Anthony dort gewesen war oder nicht. Es würde irgendein Zeichen geben, das ihr verriet, ob er dagewesen war – oder eben nicht.

Verifizieren, schrieb sie.

Aber wenn sie bei dem Haus gewesen war, wie sollte es dann weitergehen?

Veronica holte eine Karte der Cevennen, breitete sie auf dem Tisch aus und starrte auf die braunen Höhenlinien, das gelbe Geschlängel der Landstraßen und die schwarz gepunkteten Linien der Wanderpfade. Und sie wusste, was diese Dinge anzeigten: eine Wildnis – eine der letzten geschützten Wildnisse Europas. Anthony wäre nicht der Erste, der dort verschwand. Die Cevennen waren das heimliche Grab für die Knochen zahlloser verschollener Menschen. Einige von ihnen – jedenfalls hatte Guy Sardi das Veronica erzählt – waren deutsche Infanteristen, die 1944 von der Résistance erschossen und namenlos in der Macchia verscharrt worden waren.

Das Telefon klingelte um 8 Uhr 15 und weckte Veronica, die, den Kopf auf dem Küchentisch, die Landkarte als dünne Unterlage, eingeschlafen war.

»Veronica«, sagte eine laute englische Stimme, »hier ist Lloyd Palmer. Aus London. Ich habe gerade die Nachrichten eingeschaltet und bin völlig schockiert.«

Einen Moment lang konnte Veronica sich nicht besinnen, wer Lloyd Palmer war. Dann fiel ihr ein, dass sie vor vielen Jahren mehrmals mit Anthony in einem Haus in Holland Park zu Besuch gewesen war, wo ein Butler das Essen serviert und Palmers Ehefrau Diamantenklunker um den Hals getragen hatte, die wahre Lichtdolche in die Gegend schleuderten. Einmal hatte Anthony Veronica auf dem Heimweg im Taxi erzählt, dass Lloyd Palmer im Falle seines Todes der Nachlassverwalter seines Vermögens sein werde.

»Ich möchte gern helfen«, dröhnte Lloyd. »Was für ein absoluter Albtraum. Sagen Sie mir, was ich tun kann. Soll ich das Flugzeug nehmen?«

Veronica wartete mit der Antwort. Und genau das sollte sie auch in den kommenden Tagen tun, sagte sie sich: Alles, was man ihr anbot oder vorschlug, sorgfältig überdenken und mit der Antwort warten.

»Veronica, sind Sie noch dran?«, fragte Lloyd.

»Ja«, sagte sie schließlich ruhig. »Es ist nett, dass Sie anrufen, Lloyd.«

»Er lebt doch, oder? Im Radio hieß es, er könnte sich ›verirrt‹ haben oder sei irgendwo steckengeblieben. Sie werden ihn doch finden, oder?«

Veronica blickte auf und sah Kitty in der Küchentür stehen. Sie war nackt. Veronica sah weg. Sie kehrte Kitty den Rücken zu.

»Ich weiß nicht, ob man ihn finden wird«, sagte Veronica zu Lloyd. »Ich weiß es einfach nicht …«

»Verdammte Scheiße«, sagte Lloyd. »Das kann doch nicht

wahr sein. Ich habe noch vor wenigen Tagen mit ihm gesprochen. Glauben Sie, er hatte einen Unfall?«

Kitty ging einfach nicht wieder. Sie stand da, halb wach und mit verquollenen Augen und kratzte sich im Schamhaar. Veronica trat mitsamt Telefon hinaus auf die Terrasse, wo die Morgensonne schon stechend war. Sie schloss die Tür hinter sich. Eine Stimme in ihr sagte: Das hier geht niemanden sonst etwas an. Nur mich. Ich bin als Einzige verantwortlich für alles, und ich werde es auch sein, die Anthony findet.

»Lloyd«, sagte sie, »es hat wirklich keinen Zweck, mir Fragen zu stellen. Ich tappe absolut im Dunkeln. Anthony ist Dienstagmorgen mit dem Wagen von hier losgefahren, um ein Haus zu besichtigen. Ich habe ihm in einer Kühltasche Wasser mitgegeben. Das ist das Einzige, was ich Ihnen sicher sagen kann.«

»Er war doch noch nie ein guter Fahrer, oder?«, sagte Lloyd. »Er hat sich am Steuer dauernd zum Beifahrer gedreht.«

Beifahrer.

Bei diesem Wort zündete Veronicas erschöpfter Verstand. War es möglich, dass Anthony angehalten hatte, um einen Tramper mitzunehmen oder jemandem zu helfen, der aussah, als wäre er auf einer einsamen Straße liegengeblieben? Und war er dann ausgeraubt und um sein Portemonnaie, sein Handy, vielleicht sogar das Auto erleichtert worden? Denn bei all seiner Vornehmheit – dem *schönen Schein*, den er über die Jahre kultiviert hatte – umgab Anthony eine Aura verletzlicher Schwäche, die durch die Fassade schien und von Fremden sofort wahrgenommen wurde.

»Nein, er war kein guter Fahrer«, erwiderte Veronica. »Oder, genauer gesagt, nein, er *ist* kein guter Fahrer. Wir können doch jetzt nicht anfangen, in der Vergangenheitsform über ihn zu reden.«

»O Gott, tut mir leid, natürlich nicht!«, sagte Lloyd. »So habe ich das nicht gemeint.«

Veronica ließ ein Bad ein, legte sich ins Wasser und beobachtete eine Spinne, die in einer Ecke der Badezimmerdecke ihr Netz vervollkommnete.

Verifizierung und Abstinenz. In diesen Worten schien eine gewisse angemessene Entschlossenheit zu liegen. Gedanklich bereitete Veronica sich auf ihre Fahrt vor, erst nach Ruasse und dann weiter. Sie wartete nur noch darauf, dass Madame Bessons Büro um 9.00 Uhr öffnete.

Sie hörte Kitty zur Badezimmertür kommen, aber Veronica hatte abgeschlossen. Kitty rief leise: »Ich habe Tee für dich, Liebes.«

Alles, was man ihr anbot oder vorschlug, sorgfältig überdenken und mit der Antwort warten.

Als sie keine Antwort bekam, klopfte Kitty an die Tür. »Ich habe eine Tasse Tee für dich.«

»Ja«, sagte Kitty. »Aber ich möchte keinen.«

Sie hörte, wie Kitty wartete, zögerte. Dann wegging.

Veronica war erleichtert. Und erst jetzt, in diesem Moment, konzentrierte sie sich noch einmal auf das, was Kitty gestern in Béziers widerfahren war. Veronica fragte sich, wie sie eigentlich darüber dachte, über diese Ablehnung der Galerie.

Und sie konstatierte, dass sie nicht überrascht war. Dieses Eingeständnis kam ihr schrecklich vor – fast wie Verrat –, aber Kittys Talent war tatsächlich so schmal, fast nicht vorhanden, dass es womöglich besser gewesen wäre, sie hätte überhaupt kein Talent.

Wenn es gar nicht existieren würde, hätte Kitty sich nicht unrealistischen Hoffnungen hingegeben, und jener Teil in ihr, der sich unermüdlich sehnte und niemals aufgab, hätte aufgegeben und sich still verhalten – und sie, Veronica, wäre der erschöpfenden Pflicht enthoben, Kittys falsche Hoffnungen zu nähren. Denn schließlich lief es darauf hinaus: All das Lob, mit dem sie Kittys Aquarelle überhäufte, war nichts als die unehrliche Bestärkung einer Lüge.

Und das machte müde. Das sah sie jetzt deutlich. Kittys unrealistische Träume waren aufreibend. Sie verschlangen zu viel kostbare Zeit.

Kitty bestand darauf, Frühstück für sie zu machen: Croissant, Kaffee und Melone.

Nach dem Essen fühlte sie sich etwas weniger müde, aber als Kitty zu ihr kam und sie umarmte, stieß sie sie sanft weg. Und als Kitty sagte, sie werde mit nach Ruasse kommen, stand Veronica auf und sagte: »Nein.«

»Doch«, sagte Kitty. »Ich lasse dich nicht alleine fahren.«

»Nun«, sagte Veronica kühl, »ich muss dich nicht um Erlaubnis bitten.«

Dann suchte sie ihre Sachen zusammen und ging zum Wagen, und Kitty folgte ihr, aber Veronica drehte sich nicht um und verabschiedete sich auch nicht, sie stieg einfach ins Auto und fuhr weg. Sie merkte, dass sie beim Starten von zwei Presseleuten fotografiert wurde, die auf der Straße gewartet hatten, aber sie blickte demonstrativ an ihnen vorbei.

Unterwegs war sie, wie immer, hingerissen von der Schönheit der Straße nach Ruasse: von den schimmernden Platanen, deren Schatten Muster in den Asphalt zeichneten, und den Sonnenblumen, die sie an gelbe, sich im Wind wiegende Puppen erinnerten. Sie beschloss, so bald wie möglich das Kapitel über »Dekorative Kiessorten« abzuschließen, damit sie endlich mit dem neuen beginnen konnte, das »Die Bedeutung des Schattens« heißen sollte.

Und dann schweiften ihre Gedanken zu Lal, die in einem Sonnenland aufgewachsen war und immer gespottet hatte, dass die Menschen in England tatsächlich Schutz vor der Sonne suchten. »Wer seine Kindheit am Kap verbracht hat«, hatte Lal gesagt, »für den klingt der Begriff *englischer Sommer* wie ein Widerspruch in sich.«

Doch es hatte durchaus auch heiße Tage gegeben. Lal nahm sie stets begeistert wie einen Goldschatz entgegen und widmete sich ihnen hingebungsvoll. Im Garten von Bartle House bot sie sich, auf einer Rohrliege, in Badeanzug oder trägerlosem Sommerkleid und mit einer weiß gerandeten Sonnenbrille, dem Himmel dar. Und schon bald nahm ihre Haut wie von selbst einen zauberhaften Honigton an.

Der Knabe Anthony schleppte dann eine alte Schottenkarodecke an, breitete sie im Gras aus und spielte mit seinen Zinnsoldaten. Er baute sie in offener Formation auf und ließ sie zielstrebig auf Lals Liege vorrücken. Dort angekommen, stellte er sie in einer Reihe auf, und sie kletterten, einer nach dem anderen, die Beine der Liege hoch, bis sie Lals Füße erreichten. Und wenn die kleinen Bajonette Lals Haut zu kitzeln begannen, lachte sie und sagte: »O nein! Nicht noch ein Brückenkopf!«

Manchmal steckte er die Soldaten zwischen Lals Zehen und tat so, als wären sie in einer Leichenhalle aufgebahrte Tote. Und er hielt Lals Füße fest, wenn sie kicherte und zappelte. Er erklärte ihr, das Rot ihrer Fußnägel sei das Blut seiner tapferen Männer.

Einmal blieb Anthony zu lange in der Sonne, spielte zu lange auf der Schottendecke. Sein Gesicht wurde knallrot, dann blass, dann musste er sich auf den Rasen übergeben, und der Arzt wurde gerufen, und Anthony hatte tagelang einen Sonnenstich. Aber Lal war eine nachlässige Krankenschwester. Sie überließ es Veronica, ihm Tabletts mit Brühe hochzubringen und Anthonys Bett frisch zu beziehen. Und bei den ersten Anzeichen seiner Genesung überließ sie die beiden ganz und gar sich selbst und verschwand nach London, wo sie im Berkeley Hotel wohnte. »Ihr werdet es *nett* haben, ihr Süßen«, sagte sie. »Mrs. Brigstock wird ein Auge auf euch haben. Sie ruft mich an, wenn irgendetwas Besonderes ist.«

Sie waren also sich selbst überlassen. Nach einigen Tagen ging Veronica mit Anthony in den Garten. Er war noch im

Schlafanzug und hielt sich an ihrem Arm fest. Und jetzt, in diesem Moment, fiel ihr wieder ein, dass er die ganze Zeit gesagt hatte: »Lass uns nicht in die Sonne gehen, V. Lass uns nicht in die Sonne gehen.« Also wanderten sie sehr langsam zu dem Wäldchen und setzten sich gemeinsam unter die Bäume.

»Ich komme!«, sagte sie jetzt laut, und ihre feste Stimme übertönte entschieden das Brummen der Klimaanlage. »Ich bin's – V. Ich komme und finde dich.«

*W*ie Gift in ihrem Blut, befand Kitty, war der »V«-Teil von Veronica.

Dort saß die Wurzel jeder egoistischen Handlung, jeder Unfreundlichkeit. Veronica war liebevoll, mitfühlend und klug; V war nichts von alledem. V war ein Snob und eine Tyrannin. Sie war das Relikt aus einer verschwundenen Zeit.

Kitty legte sich ins Bett und schlief eine Weile. Das war seit jeher ihre Methode, mit Kummer fertig zu werden. Aber die späte Vormittagshitze im Zimmer war unerträglich, und nachdem sie sich durch einen Albtraum geschwitzt hatte, in dem Veronica sie für immer verließ, stand sie auf, duschte und setzte sich auf die Terrasse in den Schatten, trank Wasser, aß etwas Obst und versuchte nachzudenken und Ordnung in das Geschehene zu bringen.

Bei der Vorstellung, Anthonys Verschwinden könnte von jetzt an das einzige Thema in Les Glaniques sein, wurde ihr ganz elend. Die Aussicht war tatsächlich derart niederschmetternd, dass Kitty fast schon wünschte, dieser erbärmliche Mann würde plötzlich wieder auftauchen. Natürlich mit ein paar Schrammen. Als jemand, der Angst und Schrecken und Schmerzen durchlitten hatte – endlich einmal in seinem verwöhnten Leben! Der aber noch am Leben war. Und, mit einigem Glück, so gründlich traumatisiert durch das Erlebnis in den Cevennen – was immer geschehen sein mochte –, dass er nicht mehr an eine Zukunft in Frankreich dachte.

Dann würde V sich wieder in Veronica verwandeln. Alles würde wieder so sein, wie es gewesen war ...

Kitty gähnte. Wenn sie Anthony zurück haben wollte, musste er erst einmal gefunden werden. Vermutlich würde die französische Polizei sich bei der Suche nach einem älteren englischen Touristen nicht sonderlich engagieren. Vielleicht tat

Veronica ja doch Recht daran, sich selbst auf die Suche zu machen.

Und nun ging ihr mit einem Mal auf, dass Veronica in die falsche Richtung gefahren war. Vielleicht hatte nur sie, Kitty Meadows, begriffen, dass Anthony längst ein Haus gefunden hatte, ein Haus, das er liebte: das Mas Lunel. Bevor sie ihn auf die hässliche Kate hinwies, hatte er sich, völlig hingerissen, schon als Besitzer gesehen. Das hatte sie genau beobachtet, hatte es gespürt, während er da oben am Fenster im ersten Stock die Aussicht bewunderte. Er hatte sich im Geiste schon im Haus eingerichtet, als Herr des Grundstücks gefühlt. Und dann hatte sie ihm absichtlich alles verdorben. Hatte erfreut registriert, wie seine Miene sich verfinsterte, Enttäuschung verriet.

Aber er war ja kein Dummkopf. Bestimmt hatte er darüber nachgedacht, wie sich die Kate aus dem Blickfeld entfernen ließe. Hatte vielleicht sogar ihre möglichen Vorteile entdeckt und sich gesagt, dass die Frau, die dort lebte, womöglich für ihn arbeiten und in seiner Abwesenheit nach dem Haus sehen könnte. Und falls das zutraf, wäre er dorthin gefahren, um noch einmal das Mas anzuschauen …

Es war brütend heiße Mittagszeit. Das Zikadenorchester hatte seinen disharmonischen Höhepunkt erreicht, und die Bienen bedrängten den Lavendel. Kitty fand, sie sollte sich wirklich erst noch einmal schlafen legen, das Ende der Hitze abwarten, so lange warten, bis sie in der relativen Abendkühle wieder klar denken konnte. Doch bei der Vorstellung, sie müsste jetzt passiv warten, bis Veronica zu ihr zurückzukehren geruhte, wurde sie ärgerlich und auch traurig. Es wäre besser, entschied sie, *nicht* da zu sein, wenn Veronica nach Hause kam. Es wäre besser, ins Auto zu steigen und sich an die Erledigung ihres Auftrags zu machen: Kitty Meadows, Privatdetektivin.

Kittys Anhänglichkeit an ihren kleinen Citroën – als Fahrzeug genau das *Richtige* für ihren kurzen Körper und ihre bescheidenen Ansprüche, wie sie fand – war bei heißem Wetter allerdings nicht sonderlich ausgeprägt. Der Wagen hatte keine Klimaanlage. Deshalb versuchte Kitty, die stickige Luft mit einer Brise aus den offenen Fenstern und der betörenden Stimme von k.d. lang zu bekämpfen, die sie zum Glück dem staubigen Kassettenrekorder des Citroën entlocken konnte.

... If I'm alone in this,
I don't think I can take,
The consequence of falling ...

Kitty sang laut mit. Diese Musik, diese harte, sexy Stimme, trug sie beschwingt bis nach Ruasse. Dann stellte sie die Musik ab. In Ruasse angekommen, war sie sich nicht mehr sicher, wie es von dort weiter nach La Callune ging, und deshalb brauchte sie Ruhe, um ihrer Erinnerung aufzuhelfen. Als die Straße, die aus dem Ort hinausführte, zu steigen begann und Kitty in die Gebirgslandschaft der Cevennen eintauchte, packte sie wieder die Erregung: Womöglich war Anthony Verey tot. Hier irgendwo zwischen Fels und Abgrund, in diesen undurchdringlichen Wäldern, konnte seine Leiche gut monatelang – oder jahrelang – unentdeckt bleiben. Sie malte sich aus, wie er kopfüber in einer Felswand hing, die schlanken Fesseln in den Socken aus Seide und Kaschmir für immer in ein Wurzelgeflecht verhakt, das Haar vom Regen zu hängenden Strähnen gekämmt, die ganze Gestalt in Schnee gehüllt. Sie malte sich all die Tiere aus, die an seinem Fleisch nagen, es verdauen und ausscheiden würden: Anthony Verey, in Kot verwandelt.

Sie wusste, dass sie auf der richtigen Straße war, als sie an dem Sandwich-Imbiss *La Bonne Baguette* vorbeikam. Also fuhr sie jetzt langsamer, um die Abzweigung zum Dorf La Callune nicht zu verpassen.

Der ungepflegte Zufahrtsweg zum Mas Lunel lag noch etwas weiter oberhalb des Dorfs, und Kitty fand ihn ohne Schwierigkeiten. Links lag, genau wie sie es in Erinnerung hatte, die Kate. Sie drosselte ihre Geschwindigkeit und überlegte, ob sie es wagen sollte, mit Lunels Schwester zu sprechen. Aber die Kate wirkte verschlossen und verrammelt, also fuhr sie weiter.

Jetzt kam das hübsche, gelbgestrichene Mas in Sicht. Kitty fuhr den Citroën an eine schattige Stelle und hielt. Regungslos blieb sie im Wagen sitzen, schaute und horchte. Die Fensterläden waren geschlossen, aber es war jemand zu Hause – Monsieur Lunel persönlich? –, denn Kitty konnte die Hunde in ihrem Zwinger bellen hören, und neben der Haustür stand ein alter brauner Renault 4.

Rechter Hand, am Ende der struppigen Wiese, befand sich eine hohe Natursteinscheune, auch sie trotz ihres verfallenen Zustands hübsch anzusehen. An die Scheune konnte Kitty sich nicht so recht erinnern, aber jetzt vermutete sie, dass Anthony sicherlich schon Pläne mit ihr hatte – für eine Garage oder ein Schwimmbad. Und sicherlich hatte er festgestellt, dass es hier nichts gab, was sich nicht *umfunktionieren* ließ, nichts, was nicht für seine Bedürfnisse herzurichten war. Bis auf die Kate. Er hatte sie gesehen und war gegangen. Aber sie irrte sich ganz bestimmt nicht; das Grundstück war wunderschön, und das Problem mit der Kate war zu lösen. Anthony war mit Sicherheit noch einmal hergekommen.

Kitty wischte sich den Schweiß vom Gesicht, fuhr mit der Hand durch ihr kurzes Haar und stieg aus dem Auto. Etwas fiel ihr sofort auf: der Gestank. Den hatte es beim letzten Mal noch nicht gegeben. Da hatte die Luft nach dem duftenden *maquis* gerochen. Jetzt war sie verdorben. Sie fragte sich, ob etwa Abgase aus den Fabriken in Ruasse bis hierher gelangen konnten, wenn der Wind entsprechend wehte. Oder kam der Gestank von etwas anderem? Zum ersten Mal seit ihrem Aufbruch hatte Kitty ein mulmiges Gefühl.

Trotzdem ging sie mutig zum Haus und klopfte an die geschlossene Haustür. Als die Hunde Witterung aufnahmen, rüttelten sie am Gitter ihres Käfigs. Mitleid mit dem Elend dieser Kreaturen nahm Kitty ein wenig die Angst. Was würde Lunel wohl mit den Tieren machen, wenn das Haus verkauft war?

Niemand kam an die Tür. Kitty stand und wartete und schaute sich um. Hier war der Gestank besonders stark, er schien aus dem Hundezwinger zu kommen. Sie machte einen Schritt nach rechts, zum Fenster, dessen Läden nicht ganz geschlossen waren. Sie konnte einzelne Dinge im dunklen Innern erkennen: einen Küchentisch, eine Blechschüssel voll dreckiger Wäsche ...

Dann hörte sie hinter sich eine Bewegung, drehte sich um und erstarrte. Wenige Meter hinter ihr stand Lunel und hatte ein Gewehr auf sie gerichtet.

Sie hob die Arme und dachte: Jetzt sterbe ich wegen Anthony Verey. Es nimmt kein Ende mit dem, was er der Welt abverlangt. *Kein Ende.*

»Monsieur Lunel ...«, begann sie.

»Qui êtes-vous? Que faites-vous ici?«

Er hielt das Gewehr immer noch auf sie gerichtet, aber Kitty sah, dass seine Hände zitterten. Und er war außer Atem, hinter dem Gewehrkolben hob und senkte sich seine magere Brust. Ein dummer Zufall – und in der nächsten Sekunde schon konnte sie tot sein.

Sie zwang sich, ihn mit ruhiger Stimme auf Französisch zu bitten, er möge die Flinte weglegen, aber er rührte sich nicht. Er erklärte ihr, er verteidige seinen Besitz, verteidige ihn Tag und Nacht. Erst als sie das Wort »Verey« sagte, merkte sie, wie seine Miene sich veränderte. Langsam ließ er die Flinte sinken.

»Verey?«, fragte er. »Der Engländer?«

»Ja«, sagte Kitty. »Ich habe ihn bei der Besichtigung Ihres Hauses begleitet.«

»Seine Schwester. Richtig? Sie sind seine Schwester?«

»Nein. Ich bin nur – eine Freundin. Aber ich bin gekommen, um Sie zu fragen ...«

»Er soll verschwunden sein, heißt es. Hat man ihn gefunden?«

»Nein.«

»Was wollen Sie hier? Er ist nicht mehr gekommen. Er kam nur das eine Mal, als Sie alle dabei waren. Fragen Sie die Maklerinnen. Die Maklerinnen können das bestätigen: Er ist nur das eine Mal hierher gekommen.«

Kitty nickte. »Vielen Dank«, sagte sie höflich. »Das war alles, was wir wissen wollten; ob ihn noch jemand anderes am Dienstag gesehen hat. Wir wussten, dass er sich sehr für Ihr Haus interessierte, deshalb dachten wir ...«

»Kommen Sie herein. Sie können mein Telefon benutzen. Rufen Sie Madame Besson an. Ich sage die Wahrheit. Ich habe Verey danach nicht mehr gesehen. Ich wäre bereit gewesen, ihm das Grundstück zu sehr guten Bedingungen zu verkaufen. Ich wäre nicht gierig gewesen. Schauen Sie mich an. Sie sehen doch, dass ich kein gieriger Mensch bin. Und ich habe auch mit meiner Schwester darüber gesprochen, was man wegen der Kate unternehmen könnte ...«

»Ja? Sind Sie da irgendwie weitergekommen? Hat Ihre Schwester dem Verkauf der Kate zugestimmt?«

»Noch nicht. Aber sie wird zustimmen. Das wollte ich Verey sagen – dass sich für alles eine Lösung finden lässt. Ich dachte, er würde wiederkommen, aber das hat er nicht getan.«

»Sind Sie da absolut sicher? Er ist am Dienstagnachmittag nicht hier erschienen?«

Lunel schüttelte den Kopf. »Er ist nicht mehr gekommen«, sagte er. »Das schwöre ich bei meinem Leben.«

Kitty spürte jetzt, wie sie unter ihrem Schweißfilm am ganzen Körper zu frieren begann. Sie trat aus dem Schatten des Hauses in die Sonne.

»Es tut mir sehr leid, dass ich Sie gestört habe, Monsieur

Lunel«, sagte sie. »Ich hatte kein Recht, Ihr Grundstück zu betreten, aber ich hoffe, Sie können verstehen, dass wir sehr besorgt sind ...«

»Er hatte einen Autounfall, Madame«, sagte Lunel. »Das glaube ich jedenfalls. Ihr Engländer fahrt auf der falschen Seite der Straße. Wie können Sie da wissen, wo Sie langfahren sollen?«

Kitty lächelte. Aber selbst in der Sonne zitterte sie noch. Sie sehnte sich plötzlich nach der Hitze in ihrem Auto, sehnte sich danach, irgendwo weit weg zu sein. Sie wusste, dass Privatdetektivin Kitty Meadows einen Weg gefunden hätte, sich im Haus umzuschauen – um nach irgendwelchen dort verborgenen Hinweisen zu suchen. Aber sie fühlte sich nicht in der Lage, mit Lunel das dunkle Innere zu betreten. Sie wollte nur noch weg.

Sie streckte die Hand aus, und Lunel hängte das Gewehr über die Schulter und ergriff sie. Sie verabschiedete sich, und Lunel öffnete den Mund, als wollte er etwas sagen, schloss ihn dann aber wieder und entfernte sich in die Richtung, aus der er gekommen war. Kitty sah ihm hinterher und ging dann rasch zu ihrem Auto. Sie wünschte, im Wagen läge eine Flasche Wodka. Sie hatte einen Schock und wusste, sie durfte eigentlich nicht fahren, ehe es ihr wieder besser ging.

Sie öffnete die Wagentür und beruhigte sich mit dem Gedanken, dass sie ja in La Callune haltmachen konnte. Dort gab es bestimmt ein Café. Sie würde sich so lange an einen Tisch setzten und in Ruhe ihren Wodka mit Tonic trinken, bis sie sich stark genug für die lange Heimfahrt fühlte. Dankbar sank sie in den Fahrersitz. Sie wollte gerade die Tür schließen, als sie unter der Tür etwas im Gras glitzern sah. Sie schaute genauer hin und erkannte, dass das, was sie für eine Glasscherbe gehalten hatte, in Wirklichkeit ein Stück Zellophanpapier war. Sie starrte es an. Und als sie begriff, worum es sich handelte, sammelte sie es auf. Es war Einwickelfolie vom Straßen-Imbiss *La Bonne Baguette*. Kitty schloss die Wagentür, ließ sich dankbar von der Wärme einhüllen und studierte die Folie. Auf dem Etikett waren noch die Worte *fromage/tomate* zu entziffern.

Kitty legte die Sandwichfolie in ihr Handschuhfach und startete den Wagen.

Sie brauchte drei Anläufe, um zu wenden. Unter ihren verschwitzten Händen wurde das heiße Lenkrad ganz rutschig. Sie war schon auf der Höhe der Kate, als sie merkte, dass sie auf der falschen Seite fuhr.

Mit einem Schwenk korrigierte sie sich. Ihr Blick fiel auf einen geblümten Kittel, der einsam an der Wäscheleine der Kate hing und im auffrischenden Wind sanft hin und her schwang. Mistral, dachte sie. Er wird bald kommen, der Wind, der die Flüsse austrocknet und die Blätter lang vor der Zeit gelb färbt, der Wind, der bleibt ...

*A*udrun wusste nicht, warum, aber all ihre Träume in dieser Zeit waren glückliche Träume.

Lag es daran, dass das, worauf sie gewartet hatte, vorbei war? Das glaubte sie nicht, denn es *war nicht* vorbei – noch nicht, noch nicht ganz. Es war jetzt nicht mehr rückgängig zu machen, aber ein letzter Akt fehlte noch. Und dann würde es vorbei sein: Es würde zu Ende sein.

Diese Träume von vergangenem Glück, die gab es jedenfalls: wie sie mit Bernadette im Bus ans Meer gefahren war und unterwegs die ganze Zeit gesungen hatte; wie sie am Kai von einem Blechteller Austern gegessen und den unendlichen Ozean gesehen hatte.

Und dann der schönste von allen: ihr Traum von jenem Tag – dem einzigen in all den Jahren –, als Raoul Molezon vor der Unterwäschefabrik auf sie wartete. Sie wäre fast an ihm vorbeigegangen, weil sie niemals erwartet hätte, dass er dort auftauchen könnte, aber er rief ihren Namen, und sie blieb stehen. Er ging mit ihr in ein Café und bestellte ihr einen *sirop de pêche* und für sich ein Bier. Er sagte zu ihr: »Mir ist etwas aufgefallen, Audrun: Du wirst eine richtige Schönheit. Als deine Mutter jung war, muss sie genauso ausgesehen haben wie du jetzt.«

Eine Schönheit.

Sie, eine Schönheit?

Ihr war nach Weinen zumute gewesen. Vielleicht hatte sie auch wirklich geweint. Geweint in dem billigen Café, über ihrem *sirop de pêche*, weil Raoul Molezon so etwas Wunderbares gesagt hatte.

Sie hatte ihm damals erklärt, die Fabrik vergifte die Menschen. Die Unterwäsche wurde aus Kunstseide hergestellt. Beim Nähen musste man die Kunstseide strecken und ziehen wie eine Haut, und in dieser Haut war eine Chemikalie, die Schwefelkohlenstoff hieß und schlecht roch und zu Ekzemen und Furunkeln führte oder sogar blind machen konnte.

Und Raoul Molezon hatte gesagt, es sei eine Tragödie, dass sie an solch einem Ort arbeiten musste. Was sie selbst darauf geantwortet hatte, wusste Audrun nicht mehr; es gab darauf anscheinend auch nichts zu sagen, damals nicht und später nicht.

Doch jetzt träumte sie nicht von der Fabrik oder den Pusteln auf ihren Händen und um ihre Nase herum, die vom Schwefelkohlenstoff in der Kunstseide kamen, sondern nur von jenem Augenblick, als Raoul sie eine Schönheit nannte.

Diese Träume wirkten sehr erfrischend. Man wachte morgens auf, ohne an die Last all dessen zu denken, was nicht richtig war, fühlte sich, im Gegenteil, dem kommenden Tag freundlich gewogen, war neugierig auf das, was er bringen mochte. Und dieses optimistische Gefühl konnte bis zum Nachmittag anhalten, manchmal sogar bis in die Dämmerung hinein.

Doch schließlich verflüchtigte es sich aus irgendeinem Grund. Audrun blickte dann in den dunkler werdenden Himmel hinter ihrem Wald und sah ihre Hoffnungen für die Zukunft davonfliegen.

Sie versuchte, sich mit Fernsehen abzulenken. Sie liebte alte amerikanische Krimis mit ihrer schauerlichen Musikuntermalung. Sie liebte Krankenhausdramen. Und am allermeisten liebte sie aus Japan importierte Sendungen, in denen Menschen die seltsamsten Dinge taten: Sie ritten rückwärts auf Pferden, sie schlugen Purzelbäume durch Feuerreifen, sie aßen Taranteln, liefen auf Stelzen durch den Schnee. Oder manchmal lagen sie einfach nur regungslos auf der Erde und blickten in Millionen von blühenden Kirschbäumen. Und an der Stelle musste Audrun daran denken, wie Aramon einmal einen weiß blühenden Zweig geschnitten, ihr in die Arme gelegt und ihre Wange geküsst hatte und wie sie ihn da gefragt hatte: »Jetzt bin ich eine Prinzessin, nicht?«

Die Tage vergingen, und der Fluss führte immer weniger Wasser. Kein Regen fiel.

Unterhalb von La Callune, dort, wo der Fluss langsamer floss, füllten sich allmählich die Campingplätze. Unterricht im Kajakfahren wurde angeboten. Touristen zogen gelbe Schwimmwesten über und kreischten, wenn die zerbrechlichen Kajaks in den Strudeln hüpften und tanzten. Grillwolken färbten die Abendluft. Laute Musik kam und ging mit dem ständig drehenden Wind.

Manchmal rätselte Audrun, ob der Landvermesser noch einmal auftauchen würde, aber es gab keine Anzeichen von ihm, und jetzt war es ihr auch egal, weil all das – das Problem der Grenzen und Grenzsteine – nicht mehr zählte beziehungsweise bald nicht mehr zählen würde.

Unterdessen mied sie Aramon. Manchmal sah sie ihn zur Arbeit auf die verwilderten Weinterrassen schlurfen. Und ihr fiel auf, wie unsicher er sich bewegte, wie er mit jedem Tag schwächer wurde. Aber sie ging nicht hinauf zu seinem Haus.

Sie beobachtete, wie Madame Besson eine holländische Familie anbrachte. Sie besichtigten das Mas Lunel, blieben aber nicht lange. Die Kinder hatten schreckliche Angst vor den Hunden und schrien die ganze Zeit. Die Köpfe stramm nach vorn gerichtet, fuhr die Familie an Audruns Kate vorbei und schaute nicht einmal zurück. Und ein Artikel im *Ruasse Libre* informierte Audrun darüber, dass die Grundstückspreise zu sinken begannen. »Siehst du?«, sagte sie im Geiste zu Aramon. »Diese Riesensummen waren Hirngespinste.«

Dann erschien Aramon eines Abends an ihrer Tür – genau zu der Zeit, als die freundliche Wirkung ihrer Träume allmählich nachließ –, er war bleich und konnte kaum sprechen. Sie sagte, er sehe ja aus, als hätte er ein Gespenst gesehen, und er erwiderte: »Ich *habe* auch ein Gespenst gesehen. Komm mit zur Scheune und sieh selbst.«

Sie folgte ihm dorthin. Er ging voraus, versuchte kleine, galoppierende Schritte zu machen und geriet bald außer Atem. Sie erkannte, dass Herz und Lunge ihm das schnelle Laufen nicht mehr erlaubten.

Das schwere Scheunentor stand offen, und sie traten ein. Innen war es dunkel, da das Tageslicht im Schwinden begriffen war, aber Aramon nahm eine Taschenlampe von einem Regal und leuchtete damit auf das Chaos, das sich über all die Jahre in der großen Scheune angesammelt hatte.

»Sieh doch!«, sagte er. »Sieh doch da hinten!«

Irgendetwas stand da. Es war sehr groß und unförmig, mit Leinentüchern abgedeckt, halb getarnt mit allerlei alten landwirtschaftlichen Utensilien, Paletten, Kisten, Zementsäcken und kaputten Haushaltsgeräten, die obendrauf gestapelt waren.

»Was ist *das*?«, sagte Aramon. »Wie ist *das* hier hingekommen?«

Audrun sah ihn verständnislos an.

»Da!«, schrie Aramon. »Da! Bist du blind?«

Er machte ein paar Schritte nach vorn und hob die Tücher ein wenig an, so dass Audrun erkennen konnte, was darunter war. Es war ein Auto.

Schweigend trat sie näher heran. Aramon sah, wie sie die Hand ausstreckte, als wollte sie das Metall der Motorhaube berühren, aber dann zog sie sie zurück. Sie drehte sich zu Aramon um und fragte: »Wessen Auto ist das?«

»Ich weiß es nicht«, sagte er. »Ich weiß es nicht …« Doch dann begann er zu schluchzen. »Ich weiß nicht, wie es da hingekommen ist, Audrun. Das schwöre ich. Und ich schwöre bei meinem Leben, dass ich niemandem etwas zuleide getan habe …«

»Was meinst du damit?«, fragte Audrun. »Was redest du da?«

Er brach in zornige Tränen aus. Er näherte sich ihr, und es war, als bitte er sie, ihn zu umarmen und zu trösten, aber sie wich zurück und fragte ihn: »Sag mir, was du getan hast.«

»Ich *weiß* es nicht!«, schluchzte er. »Ich habe manchmal Aussetzer. Bin kurz ohnmächtig und wache an ganz anderen Orten auf. Ich schwöre, ich sehe dieses Auto hier zum ersten Mal, aber es könnte doch seins sein, oder? Wie soll ich das wissen. Ich habe sein verdammtes Auto nie gesehen! Ich dachte, sie wären im Wagen der Maklerinnen gekommen. Stimmt doch, oder?«

»Beim ersten Mal, ja«, sagte Audrun. »Die Maklerin brachte ihn beim ersten Mal her, aber dann, beim zweiten Mal, wer weiß ...«

»Wie kann ein *Auto* in meine Scheune kommen? Herrgott noch mal! Ich werde wahnsinnig. Du musst mir helfen, Audrun. Du musst mir einfach helfen!«

Aus der Tasche ihrer Kittelschürze zog Audrun ein Taschentuch (eines, das Bernadette gehört hatte) und reichte es Aramon. Er vergrub sein Gesicht darin.

»Wahrscheinlich hast du ihn umgebracht«, sagte Audrun. »Du hast einen deiner Wutanfälle bekommen und den Ausländer umgebracht, weil er das Mas nicht kaufen wollte. Genauso wie du damals die Hure in Alès getötet hast.«

»Nein!«, schluchzte Aramon. »Wieso sollte ich? Ich sah ihn nur dieses eine Mal ...«

»Du weißt, dass das nicht die Wahrheit ist«, sagte Audrun.

»Es *ist* die Wahrheit! Ich habe die Besson angerufen. Sie hat es bestätigt. Sie sagte, er ist nur einmal hergekommen.«

»Einmal mit ihr. Und dann das zweite Mal ... allein. Ich habe dich mit ihm gesehen.«

»Nein! Er ist nicht wiedergekommen. Das wüsste ich doch. Heilige Jungfrau Maria, das wüsste ich doch!«

Sie ließ ihn weinen. Sie ging mutig zu dem Auto und deckte es noch weiter ab, und beide sahen, dass die Karosserie des Wagens schwarz war.

»Gott möge dir vergeben, Aramon«, sagte sie. »Du hast diesen armen Mann getötet. Du hast ihn erschossen und versucht, das Auto unter all diesem Müll zu verstecken.«

»Nein«, schluchzte er. »Nein!«

Aramon sackte zusammen. Er ließ sich einfach fallen, lag im Dreck des Scheunenbodens und bedeckte das Gesicht mit den Händen. Er strampelte mit den Beinen wie ein Baby, das zu krabbeln versucht.

Audrun stand über ihm und sagte: »Ist die Leiche da drinnen?«

»Ich weiß es nicht ...«, jammerte er. »Mach, dass es verschwindet! Sag mir, dass es nicht wahr ist! Mach, dass es weggeht!«

Sie zog das Tuch von den Wagenfenstern, entfernte ein Holzsieb und einen Turm aus verfärbten Tupperwarebehältern. Sie spähte ins Wageninnere, aber es war zu dunkel, um etwas zu erkennen.

»Wir sollten lieber die Polizei holen«, sagte sie.

Da begann er, krampfartig zu zucken, setzte sich mitten im Dreck auf und flehte sie an, flehte sie bei der Seele ihrer Mutter an, das nicht zu tun.

»Das müssen wir aber«, sagte sie. »Was sollen wir denn sonst tun?«

»Ich werde es wegschaffen«, schluchzte er. »Ich kenne Plätze in den Bergen. Ich werde es einen Felsen hinunterstoßen. Ich werde das nachts machen. Bitte, Audrun. Bitte ...«

Sie hörte nicht hin und versuchte weiter, durch das Wagenfenster zu schauen, und hielt sich, gegen das blendende Licht der Taschenlampe, die Hand über die Augen.

»Mach die Lampe aus, Aramon«, sagte sie scharf.

Er tastete nach der Taschenlampe, nahm sie und ließ sie fallen, und sie ging aus, und jetzt umfing die beiden die vollkommene Dunkelheit der Scheune. Audrun umwickelte ihre Hand mit einem Stück Tuch und versuchte, den Griff der Wagentür zu bewegen, zog heftig daran, doch die Tür gab nicht nach, und in der nächsten Sekunde setzte ein ohrenbetäubender Lärm ein – die Alarmanlage des Wagens –, und die Blinker begannen, wie wahnsinnig an- und auszugehen.

Aramons Weinen wurde zu einem Geheul. Er hielt sich die Hände über die Ohren. Er sah aus wie ein Verrückter, als er dort im Dreck tobte.

Sein zuckender Körper stieß gegen ein paar uralte Rechen und Mistforken, die an der Wand lehnten, und sie fielen, eine nach der anderen, wie Gitterstäbe eines Käfigs auf ihn und nagelten ihn an die Erde.

Sie befreite ihn von den Rechen, fand die Taschenlampe und brachte sie wieder zum Brennen und half Aramon auf die Füße. Als sie nach seinem Arm fasste, merkte sie, wie dünn er geworden war. Sie führte ihn aus der Scheune in die hereinbrechende Nacht. Die Alarmanlage verstummte ganz plötzlich. Audrun schloss das Scheunentor.

Auf ihrem Weg zurück zum Mas hörte Aramon auf zu weinen. Die Hunde jaulten, als sie sich dem Zwinger näherten. Audrun führte Aramon in die Küche und knipste die Neonröhre über dem Tisch an. Sie setzte ihn auf einen Holzstuhl, goss etwas Pastis in ein Glas und füllte es bis zum Rand mit kühlem Wasser aus dem Hahn.

Er trank dankbar. Sein Gesicht war verschmiert von Tränen und Scheunenstaub. Audrun setzte sich neben ihn und sprach ruhig mit ihm, so wie Bernadette früher mit ihnen geredet hatte, wenn sie die beiden Kinder ausschimpfte, ohne die Stimme zu heben.

»Aramon«, sagte sie. »Solche Dinge sind nur eine Frage der Zeit. Man kann Sachen verstecken, so wie du versucht hast, das Auto zu verstecken, aber am Ende kommen sie doch ans Licht. Deshalb musst du versuchen, dich an das zu erinnern, was geschehen ist. Das ist deine Chance – versuch dich zu erinnern. Das hast du nie gerne getan, bist nie gern zu Dingen zurückgegangen, die du vergessen wolltest, aber jetzt musst du das, damit du dich besser verteidigen kannst. Verstehst du, was ich sage?«

Er hielt immer noch Bernadettes Taschentuch in der Hand,

das vom Alter ganz dünn war. Er wischte sich den Mund damit. Er nickte.

»Das Auto ist abgeschlossen«, sagte Audrun. »Also musst du zuerst überlegen, was du mit dem Schlüssel gemacht hast. Dann können wir sehen, ob irgendetwas da drin ist ...«

»Er ist weg«, sagte er.

»Wer ist weg? Der Ort, wo du den Schlüssel hingelegt hast? Hast du vergessen, wo du ihn versteckt hast?«

»Alles ist weg. Habe ich etwas Schreckliches getan? Vielleicht habe ich das, Audrun, vielleicht ... weil ...«

»Weil was? Weil *was*?«

»Herrgott noch mal, ich habe zwei Patronenhülsen in meiner Flinte gefunden! Ich weiß nicht, wie die da hingekommen sind. Wieso würde ich die da drin lassen? Ich würde nie benutzte Patronen in der Flinte lassen. Und wofür habe ich die Flinte benutzt? Ich *weiß* es nicht!«

Er begann wieder zu weinen. Audrun sagte, er solle noch einen Schluck Pastis nehmen, und er trank das Glas aus.

»Ich bin sicher, es fällt dir alles wieder ein«, sagte sie ruhig. »Wir glauben häufig, bestimmte Dinge würden aus unserem Kopf verschwinden, aber dann erhalten wir einen Hinweis – vielleicht durch ein Foto oder einen besonderen Geruch –, und wir können alles wieder richtig zusammensetzen. Ich kann dir helfen. Ich glaube, du solltest jetzt schlafen, aber wenn du dich morgen besser fühlst, kann ich dir helfen, ein paar Lücken auszufüllen, denn ich habe dir ja gesagt, ich *sah* dich an jenem Tag mit Verey. Ich sah dich aus meinem Fenster ...«

Er blickte sie flehend an. »Bitte geh nicht zur Polizei«, sagte er. »Du bist meine Schwester. Verrat mich nicht.«

Sie nahm seine Hand in ihre und hielt sie zärtlich an ihre knochige Brust.

»Es war das Geld, nicht wahr?«, sagte Audrun. »Verey wollte nicht deinen Preis zahlen, und du warst enttäuscht. Geld macht die Menschen verrückt.«

*V*eronica hatte das Gefühl, von Trancen heimgesucht zu werden. Trancen aus Schmerz.

Mitten in den alltäglichsten Verrichtungen überfiel so eine Trance sie. Wenn sie sich hinsetzte, um ihre Schuhe anzuziehen, blieb sie manchmal einfach in dieser Haltung sitzen und starrte minutenlang auf ihre Füße.

Es war inzwischen Juni und sehr heiß. Die Journalisten, die nach der ersten Meldung der Polizei das Haus belagert hatten, waren wieder verschwunden. Hinweise auf den Fall tauchten im *Ruasse Libre* jetzt nur noch in den vermischten Nachrichten auf. Der mit der Suche beauftragte *Inspecteur* erklärte Veronica, dass die Chancen, eine verschwundene Person lebendig wiederzufinden, sich nach dem dritten Tag gravierend verschlechterten.

»Aber das kann doch nicht heißen, dass Sie einfach aufgeben!« Veronica schrie ihn förmlich an.

»*Non, Madame*, sagte der *Inspecteur* geduldig. »Natürlich geben wir nicht auf. Wir werden Ihren Bruder finden – lebendig oder tot.«

Lebendig oder tot.

Was Veronicas Schmerz ins Unerträgliche steigerte, war die Erkenntnis, dass sie Anthony sein ganzes Leben lang geliebt und geschützt hatte – vor der Vernachlässigung durch den Vater, vor Lals ungezügeltem Temperament und vor seiner eigenen Ängstlichkeit –, dass sie ihn aber vor dem, was ihm jetzt womöglich zugestoßen war, nicht hatte schützen können. In ihren Träumen war er lebendig begraben und erstickte langsam, worauf sie schreiend erwachte. Kitty versuchte, sie zu streicheln und zu trösten, aber sie sträubte sich dagegen, aus Angst, die Zärtlichkeiten könnten in Leidenschaft umschlagen.

Im Geiste sprach sie mit Anthony. Sie erklärte ihm, sie habe das Haus der Schweizer aufgesucht. Die Polizei habe das Gelände flüchtig abgesucht, nichts Ungewöhnliches entdeckt und sei wieder abgezogen. Aber Veronica war dann doch auf etwas gestoßen, was sie überzeugt hatte, dass Anthony an jenem Tag tatsächlich dort gewesen war. Das Schweizer Ehepaar besaß einige schöne antike französische Möbel. Und hier und da hatte Veronica Spuren auf den staubigen Tischen und Vitrinen entdeckt, die eindeutig von Fingern stammten, und Veronica wusste – sie wusste es mit absoluter Sicherheit! –, dass diese Spuren von Anthonys Fingern stammten. »Du wolltest gar nicht prüfen, wie staubig alles war«, sagte sie zu ihm, »nicht wahr, Darling? Du hast nur erkannt, dass es sich um Objekte von Wert handelt, und du wolltest sie *berühren*. Du wolltest sie einen Moment lang lieben. Du wolltest dir vorstellen, wie sie sich zwischen deinen *Lieblingen* machen würden. Ich irre mich doch nicht, Anthony? Ich weiß, dass ich mich nicht irre.«

Ein kriminaltechnisches Team wurde zum Schweizer Haus geschickt. Ja, richtig, es habe deutliche Spuren auf den Möbeln gegeben, teilte man Veronica mit. Aber bevor das Team jetzt seine Untersuchung im Schweizer Haus fortsetze, müsse man prüfen, ob die dortigen Fingerabdrücke mit denen von Anthony Verey identisch seien.

Die Leute von der Kriminaltechnik kamen nach Les Glaniques und bestäubten Gegenstände in Anthonys Schlaf- und Badezimmer, um Fingerabdrücke zu finden. Dann nahmen sie Anthonys Sachen mit – fast alles, was ihm gehörte –, während Veronica dabeistand und zusah, wie noch die unbedeutendsten Bestandteile seines Lebens, die er nach Frankreich mitgebracht hatte, vorsichtig in Plastiktüten gesteckt wurden. Sie interessierten sich sogar für seinen Schlafanzug, den Veronica am Tag seines Verschwindens unter das Kissen gelegt hatte, und wollten ihn in eine Tüte stopfen.

»Nehmen Sie den nicht mit«, sagte sie. »Wieso brauchen Sie ihn?«

»DNA, Madame«, sagten sie. »Alles kann wichtig sein.«

Veronica legte sich auf Anthonys Bett. Sein Geruch – nach all den Lotionen und Salben, die er benutzte – saß immer noch in dem Kissen, obwohl der Bezug schon mitgenommen worden war.

Sie musste daran denken, dass er seit jeher Parfüm geliebt hatte. Als Teenager war er einmal dabei erwischt worden, wie er an Lals Frisierkommode saß und nacheinander all ihre Fläschchen ausprobierte, sie öffnete und daran roch. Als Lal ihn überraschte, hielt er gerade einen Porzellantiegel mit Vaginalgleitcreme in der Hand. Lal nahm ihm den Tiegel weg, schleuderte ihn quer durchs Zimmer und verpasste Anthony dann mit dem Handrücken eine Ohrfeige. Sie sagte, er sei ein dreckiger, ein ganz abscheulicher Junge.

Das war in jenem Sommer gewesen, als Lal ihren kanadischen Liebhaber Charles Le Fell nach Bartle House gebracht hatte. Während Veronica schon seit Längerem ahnte, dass ihre Mutter Liebhaber hatte, war es Anthony ganz offensichtlich nie in den Sinn gekommen, und er erklärte Veronica, wenn er daran denke, was seine Mutter mit Charles Le Fell machte, würde er ihn am liebsten umbringen.

»Tu das nicht«, sagte Veronica. »Kanadier sind ziemlich nett.«

»Das ist mir egal«, sagte er. »Ich würde sie am liebsten beide umbringen.«

Nachts schlich er im Haus umher und horchte an Lals Tür. Charles Le Fell war ein sehr großer Mann von einem Meter neunzig, mit breiten Schultern und Händen wie Bärenpranken, während Lal klein und zart wie ein Springbock wirkte. Das menschliche Verhalten sei doch einfach absolut dumm und vollkommen verkehrt, erklärte Anthony Veronica, wenn seine Mutter ein derartiges Monstrum tatsächlich *wählen*, wenn sie sich diesem Monstrum freiwillig unterwerfen konnte. Und dennoch – heimlich hätte er gern einmal zugesehen. Er hätte gern Lals Tür geöffnet und zugesehen, wie ihr nackter Körper von Charles Le Fell plattgequetscht wurde. Und dann hätte er geschrien. Er hätte im Schlafzimmer seiner Mutter gestanden und geschrien, bis ihm schlecht geworden wäre.

Er weigerte sich, mit Charles Le Fell zu reden. Bei den Mahlzeiten versuchte der liebenswürdige Kanadier Konversation über die Schule zu machen oder über die neuesten Nachrichtenmeldungen, etwa den Start des ersten russischen Raumschiffs, das *Sputnik* hieß. Aber Anthony gab nur gemurmelte, einsilbige Antworten und entschuldigte sich sofort, nachdem er den Teller leergegessen hatte, und verließ die Tafel.

Lal bestrafte ihn, indem sie ihm keinen Gutenachtkuss mehr gab. Sie sagte: »All das ist jetzt vorbei. Du musst erwachsen werden, Anthony. In jeder Hinsicht. Sonst wirst du nie ein normales Leben führen. Und entweder du benimmst dich ab jetzt anständig gegenüber Charles, oder du bleibst während der Weihnachtsferien in der Schule.«

»Ich hasse Frauen«, sagte er eines Abends zu Veronica. »Ich hasse jede einzelne Frau auf der Welt, außer dir.«

»Ich bin keine Frau«, sagte Veronica. »Ich bin ein Pferd.«

Er hasste Frauen, und dennoch …

Bilder von Anthonys Hochzeit drängten sich in Veronicas erschöpftes Hirn.

»Lass doch das alte Zeug«, sagte Kitty. »Verbann es aus deinem Kopf, wenn es dich aufregt.«

Aber Veronica hatte das Gefühl, dass die Erinnerungen sich vielleicht nicht grundlos meldeten. Wenn sie bereit wäre, das »alte Zeug« zu prüfen – so wie man Beweisstücke vor Gericht prüft –, würde sie vielleicht einen Einblick in das bekommen, was tatsächlich geschehen war.

Sie sah jenen Tag der Hochzeit noch sehr genau vor sich …

Lal, die ein hauchdünnes blaues Kleid trug, aber müde und plötzlich älter aussah, sich in der Kirche umdrehte und die Gesichter der versammelten Gäste musterte, als hoffte sie, der hübsche Charles Le Fell könnte wieder auftauchen und sie seine »Lally-Pally«, sein »Schnuckiputzi« nennen …

Anthony, der in der ersten Kirchenbank auf die Ankunft seiner Braut Caroline wartete …

Anthony, makellos in einem Cutaway aus der Savile Row, mit gebräuntem Gesicht und damals noch dunklem Haar. Neben ihm Lloyd Palmer (ja, natürlich war Lloyd Palmer sein Trauzeuge), der fröhliche, verlässliche Freund. Und dann, als die Orgel mit dem Brautmarsch einsetzte und die elegant beschuhte Gemeinde sich geräuschvoll erhob, beugte Anthony sich plötzlich nach vorn, klappte beinahe zusammen, so als müsste er sich auf den Steinplatten übergeben, und Lloyd legte seinen Arm tröstend um ihn. Veronica, in der Bank hinter ihm, wäre am liebsten über den Sitz geklettert, um bei ihrem Bruder zu sein, aber sie konnte, behindert durch ihren engen seidenen Anzug und die Satinpumps, dann doch nur ihre behandschuhte Hand ausstrecken …

Er musste sich nicht übergeben. Er schaffte es, sich wieder aufzurichten, als Caroline sehr elegant durch das Kirchenschiff schritt. Doch er wandte nicht einmal den Kopf, um seiner Braut entgegenzusehen. Er hielt sich sehr steif aufrecht, und Veronica konnte sehen, dass er am ganzen Körper vor Angst zitterte. Eigentlich hätte er aus der Bank treten sollen, als Caroline auf seiner Höhe war, doch er rührte sich nicht. Caroline und ihr Vater warteten. Carolines Gesicht mit den scharfen Zügen wandte sich ihm zu, in ihren vom Schleier halb verdeckten Augen stand Panik. Die Hand, die das Lilienbouquet hielt, machte eine Bewegung …

Lloyd musste Anthony aus der Bankreihe und in den Gang neben Caroline dirigieren. Der Pfarrer blickte die beiden entsetzt an. Lal beugte sich zu Veronica und flüsterte: »Irgendetwas stimmt nicht, V. Aber was?«

Aber was?

Er stand es durch. Auf dem Empfang hielt er eine Rede über die Liebe.

Aber später, als Veronica ihm vor dem Waschraum des Hotels begegnete, nahm er ihren Arm und führte sie weg von der Party in den Garten, wo ein steinerner gelockter Cupido Wasser in einen Seerosenteich pinkelte.

»Ich liebe Caroline nicht«, sagte er. »Ich mag sie, aber das ist nicht dasselbe, wie wir alle sehr genau wissen.«

»Vielleicht ist das nicht so wichtig«, sagte Veronica. »Vielleicht ändert es sich ja mit der Zeit. Denk an die arrangierten Ehen. Manchmal kommt die Liebe später …«

»Ja«, sagte er. »Das habe ich gehört. Was bist du für ein weises altes Mädchen.«

Er machte Anstalten, zu den Hochzeitsgästen zurückzukehren, doch dann packte er Veronicas Arm, hielt ihn fast schmerzhaft fest und sagte: »Heute Morgen bin ich um fünf Uhr aufgewacht, V, und zu Fuß zur Chelsea Bridge gelaufen. Ich hatte schwere Kaufmannsgewichte in einer Harrods-Tasche dabei, und ich wollte sie schon in meine Taschen stecken …«

»Was hat dich abgehalten?«, fragte Veronica. »Der Gedanke an die Verschwendung einer Harrods-Tragetasche?«

»Das ist mein Ernst, V. Das ist mein Ernst.«

»Meiner auch, Anthony. Wenn du dich umbringen wolltest, was hat dich dann abgehalten?«

»Nicht *was*«, sagte Anthony, »sondern *wer*. Ein Junge. Sechzehn oder siebzehn Jahre alt. Der sich die Nacht um die Ohren geschlagen hatte, nach Hause wollte und nach allem Möglichen stank. Und er war noch nicht mal schön, doch das war mir egal. Wir sind in den Battersea Park gegangen. Es gibt da immer noch ein paar Ecken, wo man nicht gesehen wird.«

»Und wenn der Junge nicht vorbeigekommen wäre?«

»Ich weiß es nicht. Denn warum soll man weitermachen? Ich wusste nicht, warum, und ich weiß es immer noch nicht. *Warum?*«

Veronica weckte Kitty mitten in der Nacht und sagte: »Ich habe mich heftig dagegen gesträubt. Aber jetzt versuchte ich, dem ins Auge zu sehen. Ich glaube, es ist möglich, dass Anthony Selbstmord begangen hat.«

»Ja?«, sagte Kitty.

»Er hat es schon einmal in Betracht gezogen. Vielleicht mehr als einmal. Seine Reise nach Frankreich war der letzte Versuch, irgendwie zu leben. Das glaube ich. Und ich glaube auch, dass er da oben in dem einsamen Haus womöglich begriffen hat, dass es nicht funktioniert ... dass alles vorbei ist.«

Kitty streichelte Veronicas Haar. Dann stand sie auf und ging zu der Kommode, wo sie ihre recht männliche Unterwäsche aufbewahrte. Sie kam mit einem zerknüllten Stück Zellophan in der Hand zum Bett zurück.

»Das habe ich gefunden, als ich noch mal zum Mas Lunel gefahren bin«, sagte sie.

Veronica setzte ihre Brille auf und blinzelte auf das Zellophanpapier. »Was ist das?«, fragte sie.

»Einwickelfolie«, sagte Kitty. »Käse und Tomate. Vom *La Bonne Baguette*.«

»Und?«

»Ich kann mich täuschen«, sagte Kitty, »aber es ist derselbe Belag, den Anthony beim ersten Mal gewählt hat, als wir mit Madame Besson da waren. Und ich frage mich die ganze Zeit ... wenn er nun noch mal dort hingefahren ist ... um sich das Mas ein zweites Mal anzuschauen ...«

Veronica starrte auf den Fetzen Zellophan und zwirbelte ihn zwischen den Fingern. Schließlich sagte sie: »Wir könnten das den Kriminalleuten geben. Aber ich glaube nicht, dass Anthony noch einmal dort war. Ich bin sogar ziemlich sicher. Er hatte seine Entscheidung doch schon getroffen. Er wusste, dass diese hässliche Kate das Ganze verdarb. Vielleicht dachte er ja einen Moment lang, er hätte es gefunden – sein Paradies –, aber dann erkannte er, was es wirklich war: alles andere als ein Paradies.«

*A*ramon begann, zu seiner toten Mutter Bernadette zu beten. »Hilf mir!«, heulte er. »*Hilf mir, Maman …*«

Er wusste, dass sie ihn nicht hören konnte. Und wenn sie ihn hören würde und wüsste, wie es in seinem Kopf und in seinem Herzen aussah, würde sie ihm trotzdem keinen Trost spenden, weil sie ebenso wenig vergessen hätte, dass er sich schon vor sehr langer Zeit um ihre Liebe gebracht hatte.

Und dennoch stellte er sich immer wieder ihr liebes Gesicht vor, ruhig und zärtlich an seiner Seite. Sie flickte die Löcher in seinen alten, verschlissenen Socken. Und sie führte die Stopfnadel so geschickt wie eine erstklassige Schneiderin. An den Füßen trug sie Gummistiefel, voller Lehm von draußen, an dem noch kleine, feuchte Grasbüschel klebten.

Er durchsuchte das ganze Haus nach dem Schlüssel für das fremde Auto.

Jedes Mal, wenn er sich nach einem hohen Regal reckte oder das Oberteil eines Schranks abtastete, stöhnte er vor lauter Leibschmerzen. Er fand alte, von Motten völlig zerfressene Decken. Er fand Serges schweren Barchent-Mantel aus dem Krieg, an dessen Revers noch das S.T.O.-Abzeichen geheftet war. Er fand eine zusammengerollte Weltkarte, auf der Europa groß und Afrika klein aussah. Er fand allerlei Schuhe, Kleiderbügel, kaputte Lampenschirme und Taschenlampen. Er wusste, dass diese Dinge keinen Wert besaßen, aber irgendetwas hinderte ihn daran, ein Feuer zu machen und sie hineinzuwerfen. Also ließ er sie einfach in den Zimmern auf dem Boden liegen.

In den Nächten schwitzte er. Am meisten fürchtete er sich davor, den Autoschlüssel wiederzufinden.

Er erklärte Bernadette, doch, doch, er wisse durchaus, dass er fähig sei, jemanden umzubringen. Ein Menschenleben – sein eigenes eingeschlossen – sei für ihn nie besonders kostbar gewesen; jedenfalls nicht, nachdem Serge gestorben war und alles musste anders werden; nicht, nachdem ihm das, was ihm *wirklich* kostbar war, für immer verwehrt wurde.

In seinen Träumen tötete er Verey. Er wusste nicht, wieso das immer wieder geschah, aber so war es. Er schoss Verey in den Unterleib. Er sah, wie sein grauer Dickdarm aus der Bauchdecke hervorquoll. Dann rollte er die Leiche in eine Decke oder in Serges alten Mantel mit dem S.T.O.-Abzeichen am Revers und packte sie in das Auto. Die Leiche war leicht, fast so leicht wie die eines Jungen.

Aber wenn Aramon aus diesen Träumen erwachte, wusste er immer noch nicht, was er wirklich getan oder nicht getan hatte. Die ersten Worte, die ihm morgens über die Lippen kamen, waren an seine tote Mutter gerichtet: »Hilf mir, Maman, hilf mir ...«

Dann rief Madame Besson an.

»Monsieur Lunel«, sagte sie fröhlich, »*j'ai des très bonnes nouvelles*: Ich habe noch eine andere englische Familie, die gern das Mas besichtigen würde.«

Aramon stand in der Küche. Fünf leere Pastisflaschen schmückten den Tisch. Auf dem Fußboden lagen Stapel alter landwirtschaftlicher Handbücher zwischen Mausefallen, kaputten Angeln, schwarz angelaufenen Pfannen und schmutzigem Geschirr: all der Krempel, den er in seiner panischen Suche nach dem Schlüssel für das Auto, das immer noch in der Scheune stand, aus den Schränken gezerrt hatte. Er starrte das ganze Zeug an, bückte sich und griff mit unsicherer Hand nach einer kaputten Angel. Er hörte, wie der Mistral draußen die Bäume malträtierte.

»Ja?«, zwang er sich zu sagen.

»Würde es Ihnen heute passen?«, fragte Madame Besson. »Die Interessenten sind gerade bei mir im Büro. Ein Monsieur und eine Madame Wilson. Ich könnte sie heute Nachmittag so gegen drei Uhr zum Mas hochfahren.«

Jetzt lief Aramon der Schweiß von Stirn und Nacken hinunter. Es war, als hätte er völlig vergessen, dass er das Mas verkaufen wollte, vergessen, dass noch mehr Fremde kommen und im Haus – und in der Scheune herumschnüffeln könnten. Doch jetzt begriff er, dass auf keinen Fall irgendjemand hierherkommen durfte, bevor er das Auto nicht weggeschafft hatte ...

»Monsieur Lunel«, sagte Madame Besson erneut, »sagen Sie mir doch bitte, ob es Ihnen heute passt? Die Wilsons sind hier bei mir ...«

»Nein«, sagte Aramon. »Heute nicht. Nein. Ich kann nicht ...«

Er hörte Madame Besson ärgerlich schnaufen. Um sie an einem weiteren Terminvorschlag und sich selbst an einer möglichen Zustimmung zu hindern, legte er sich die Angelrute fest über die Schulter – so wie man einem Hund einen Stock in den Nacken drückt, um ihm das Stehenbleiben oder Sitzen beizubringen –, und er stotterte: »Ich hatte Sie schon anrufen wollen, Madame Besson. Um Ihnen zu sagen ... es geht mir nicht gut. Ich fürchte, im Augenblick können keine Besichtigungen stattfinden.«

»Oh!«, sagte Madame Besson. »Das tut mir leid für Sie ...«

»Ich bin ans Bett gefesselt. Der Arzt hat mir absolute Ruhe verordnet.«

»Oh«, wiederholte Madame Besson, »nun, das ist ja ... sehr schade, und ich wünsche Ihnen gute Besserung. Hoffentlich nichts allzu Ernstes?«

»Niemand weiß es«, erwiderte Aramon. »Niemand scheint es zu wissen ...«

»Ach«, sagte Madame Besson und fuhr ohne Pause fort: »Ich muss Ihnen allerdings sagen, wenn Ihnen an einem Verkauf gelegen ist, sollten Sie die Wilsons heute kommen lassen – oder spätestens morgen, wenn es Ihnen dann besser geht. Sie müssen nämlich am Freitag nach England zurück, sind aber sehr daran interessiert, das Haus zu sehen. Nach den Bildern und der Beschreibung haben sie den Eindruck, es sei genau das, wonach sie suchen, und sie suchen jetzt schon über ein Jahr. Außerdem glaube ich nicht, dass der Preis ein Problem für sie darstellt. Wenn Sie also eine Möglichkeit sehen ... ich könnte zum Beispiel selbst einen Rundgang mit ihnen machen. *N'est-ce pas?* Ich könnte erklären, dass Sie krank sind. Wir würden es so arrangieren, dass Sie in Ihrem Zimmer nicht gestört würden ...«

»Nein«, sagte Aramon. »Nein. Mir sind Dinge widerfahren ... Verstehen Sie doch. Wir müssen das alles erst einmal streichen.«

»Streichen? Wie meinen Sie das?«

Aramon blickte aus dem Fenster und sah gelbe Blätter im Wind wirbeln, als wäre es schon Herbst. Er stellte sich vor, wie sie auf die steinerne Grabstätte seiner Eltern niedersegelten und dort liegen blieben.

»Stornieren Sie den Verkauf«, sagte er. »Im Moment kann ich mich nicht darum kümmern.«

Als Audrun am nächsten Tag bei ihm erschien, erklärte sie, er habe richtig gehandelt.

»Deine einzige Chance ist, dass du alle von hier fernhältst, Aramon,«, sagte sie. »Verbarrikadier dich. Versteck dich. Warte, bis alles vergessen ist. Vor allem musst du das Auto wegschaffen.«

Er erklärte ihr, er habe Tag und Nacht nach dem Schlüssel gesucht. Er sagte: »Ich schwöre, dass ich schon in meinen Träumen durchs Haus wandere und den Schlüssel suche ... aber ich finde ihn nicht.«

»Hast du in der Truhe nachgesehen?«, fragte Audrun, »wo die alten Familienpapiere liegen?«

»Das weiß ich nicht mehr«, erwiderte Aramon. »Ich weiß nicht mehr, wo ich gesucht habe und wo nicht.«

Sie fasste ihn an seinem dünnen Handgelenk und führte ihn in den Salon. Sie öffnete die gegen die Mittagshitze geschlossenen Fensterläden, damit Licht ins Zimmer kam, und dann knieten Aramon und sie Seite an Seite vor der Truhe.

Sehr schnell stießen sie auf Fotografien von Bernadette, und ihr Anblick schien Aramons Aufregung zu dämpfen. Auf einem Schwarzweißfoto führte Bernadette den Esel, der schließlich in dem Stall gestorben war, an einem Strick. Audrun fiel auf, dass beide, Bernadette ebenso wie der Esel, sehr mager, fast verhungert wirkten, und sie dachte bei sich, dass dieses Bild das Leben beschrieb, das die Menschen Mitte des 20. Jahrhunderts in den Bergen der Cevennen hatten ertragen müssen: Sie mussten Hunger ertragen. Und dann erinnerte sie sich wieder, dass auch sie ihn als Kind ertragen hatte und dass das ganz normal gewesen war, einfach zum Alltag gehört hatte, zu jedem Tag, jeder Woche, jedem Monat, und dass allein die Dinge, die später geschahen, wirklich unerträglich gewesen waren.

Nachdem sie einige Bündel mit Briefen und alten Zeitungen herausgenommen hatten, sagte Audrun: »Du weißt, dass wir all diese Unterlagen einmal systematisch durchsehen sollten. Sie könnten wichtige Dinge enthalten.«

»Vielleicht waren die früher mal wichtig«, sagte Aramon. »Aber jetzt sind doch alle tot. All diese Nachrichten sind tote Nachrichten ...«

»Und die Briefe?«

Aramon rieb sich die Augen. »Worte«, sagte er. »Nur Worte.«

Audrun griff nach einem Brief mit Serges Handschrift und las ihn laut vor: »*Meine liebe Frau, diese Nächte sind so schrecklich bitterkalt, und ich bete, dass sie in La Callune besser sind, für dich und unseren geliebten Sohn Aramon und das kleine Mädchen ...*«

»*Geliebter Sohn?*«, sagte Aramon. »Hat er das gesagt?«

Audrun reichte ihm den Brief. »Ja«, sagte sie. »Lies selbst.«

Er setzte sich umständlich die Brille auf und begann zu lesen. Er rührte sich nicht. Audrun sah, dass ihm Tränen über die zerfurchten Wangen liefen.

»Aramon«, sagte sie sanft. »Wenn du stirbst, wer erbt dann das Mas?«

»Du«, antwortete er. »Nach dem Gesetz ist das so. Du bist meine einzige lebende Verwandte. Deshalb bekommst du alles – solange es nicht verkauft ist und du noch atmest.«

Er schaute sie an, wie sie da neben ihm kniete, und es schien ihm nichts auszumachen, dass sie sein tränennasses, kummervolles Gesicht sah. »Du könntest es in Ordnung bringen«, sagte er mit dem Anflug eines Lächelns. »Was meinst du, Audrun? Du könntest sogar deine alte Flamme Molezon bitten, dass er sich den Riss genauer vornimmt. *N'est-ce pas?* Falls er seinen Arsch noch die Leiter hochkriegt.«

Sie nickte bedächtig.

Aramon legte Serges Brief beiseite und begann, die restlichen Papiere in der Truhe durchzusehen. Dann richtete er sich auf.

»Da ist der Schlüssel nicht drin«, sagte er. »Es wäre mir doch wieder eingefallen, wenn ich ihn zu all diesem Familienkrempel gelegt hätte.«

Kitty lag in der Hängematte unter einem schmalen Mond. Sie starrte hoch zu der hellen Sichel und zu den Sternen, die wie ein Granatsplitterregen über den Himmel verstreut waren.

»Herzlos!«, hatte ihre Mutter häufig gesagt, wenn sie in die Dunkelheit über Cromer hinaufschaute. »Erhoff dir bloß keinen Trost vom Nachthimmel.«

Kitty brachte die Hängematte sanft zum Schaukeln. Sie hatte sich in eine dünne Decke gehüllt, und ihr Kopf ruhte auf einem gestreiften Kissen. Um sie herum war der Garten fast verstummt. Nur hin und wieder hörte sie ein paar Zikaden oder eine Zwergohreule mit ihrem ängstlichen »*Uh-uuuh, uh-uuuh*«. Der Mistral hatte sich gelegt. Die Äste der beiden Kirschbäume, zwischen denen die Hängematte aufgespannt war, bewegten sich nicht. Im Haus war alles still.

Neuerdings verbrachte Kitty ihre Nächte am liebsten hier draußen. Sie fand es in Ordnung, allein zu sein, allein in der Dunkelheit, allein mit sich und ihrem kleinen Verstand. Denn an den musste sie sich halten. Sie musste sich daran festhalten, dass sie Kitty Meadows war, fünfundfünfzig Jahre alt, Aquarellmalerin, Fotografin, Liebhaberin von Frauen. Sie musste sich selbst in Erinnerung rufen, dass sie *da war*, dass sie existierte und dass sie eine irgendwie geartete Zukunft vor sich hatte. Niemand hatte ihr das Leben genommen.

Doch sie würde Les Glanique gern verlassen. Würde jetzt gern fortgehen von dem Ort, wo sie glücklicher gewesen war als irgendwo sonst in ihrem Leben. Fortgehen, ehe ihr das Leben tatsächlich genommen wurde. Denn derart aus Veronicas Herzen ausgestoßen zu sein, brachte sie einfach um. Mit jedem Tag fühlte Kitty sich kleiner, hässlicher, nutzloser. Und ein Ende all dessen war nicht abzusehen. Es sei denn, Anthony Verey würde wie durch ein Wunder nach Les Glaniques zurückkehren, zurück zu seiner Schwester ...

Es war Kitty ziemlich egal, wohin sie ging. Sie beschloss, ein Flugticket an einen Ort zu kaufen, der in ihren Reiseplänen bisher noch nie vorgekommen war: Fidschi-Inseln, Mumbai, Kapstadt, Havanna, Nashville Tennessee ... Sie wiegte sich selbst in den Schlaf, indem sie sich Bilder dieser Orte ausmalte, fidschianische Kriegstänze sah, Countrysongs hörte.

Aber ihr Schlaf war seltsam, fast als finde er gar nicht richtig statt, außer in kurzen, lebhaften Träumen, und als der Himmel hell wurde, war Kitty einfach nur verblüfft, weil ein Stück Zeit vergangen war, ohne dass sie es wahrgenommen hatte.

Sie lag still in ihrer Hängematte und sah hinaus in den ziemlich verdorrten Garten. Vögel kamen von ihren Schlafplätzen heruntergeflogen, um im Gras nach Würmern zu suchen, doch das Gras war ganz staubig und mit einem Teppich aus braunen Blättern bedeckt, die schon von den Kirschbäumen fielen. Die Lavendelblüten, in denen ein paar Bienen nach Nektar suchten, hatten alle Farbe verloren. Die Lorbeerbüsche waren von Miniermotten befallen, und die Blätter waren blasig und rollten sich. Die Oleanderblüten begannen zu welken und fielen ab.

Der Brunnen war so gut wie ausgetrocknet. Die Bürgermeister aller Dörfer der Umgebung hatten den Einsatz von Gartenschläuchen verboten. Nur Gemüse durfte gegossen werden; sonst nichts. Nicht einmal die sterbenden Obstbäume.

»Am traurigsten wäre es ja«, hatte Kitty zu Veronica gesagt, »wenn wir die Aprikosenbäume verlieren würden.«

»Nein«, hatte Veronica erwidert. »Es gibt nur eins, was traurig ist. Alles andere finde ich momentan nicht wichtig. Nicht einmal den Garten.«

Ausnahmsweise war Kitty beharrlich geblieben. Sie hatte Veronica an den ersten gemeinsamen Sommer in Les Glaniques erinnert, als sie noch herausfinden mussten, was im Garten gedieh und was einging. Als damals die Aprikosenbäume zum ersten Mal Früchte trugen, waren sie von der süßen, üppigen Ernte schlicht überwältigt. Sie schwelgten in den saftigen, rosa überhauchten Aprikosen. Sie kochten Marmelade und backten Obstkuchen und Torteletts. Als Veronica Kitty einmal im Bett mit Aprikosen fütterte, sagte sie: »Eine Welt ohne Aprikosen kann ich mir gar nicht mehr vorstellen. Du?«

Aber Veronica bremste dieses Schwelgen in der Vergangenheit. Sie hob die Hände, als wollte sie einen Zug anhalten. Sie sagte, sie wolle nicht über all diese »Normalitäten« nachdenken. Sie sagte, sie finde jede Beschwörung von Normalität anstößig. Genau das Wort hatte sie benutzt: *anstößig*.

Dann hatte sie das Gesicht in den Händen verborgen. Und als Kitty auf ihren gebeugten Kopf schaute, sah sie, dass Veronicas Haar – ihr dichter Haarschopf, der gewöhnlich frisch und sauber glänzte – dringend gewaschen werden musste, und sie dachte, es werde Veronica vielleicht trösten, wenn sie ihr die Haare wusch, und sie schlug es ihr vorsichtig vor. Doch Veronica rührte sich nicht.

»Mein Haar ist in Ordnung«, sagte sie. »Vielen Dank.«

Also zog Kitty sich zurück. *Gärtnern ohne Regen*, dachte sie, war kein schlechter Titel für ein Buch. Aber sie wusste jetzt, dass es dieses Buch nie geben würde.

Kitty spürte, wie die Hängematte leise hin- und herschwang. Sie blickte zu den Oleanderbüschen hinüber, die durch viele gelbe Blätter verunstaltet waren. Sie sah, dass sie sich bewegten, und dachte: Das neue Unglück in meinem Leben ist wie der Mistral. Nachts flaut er ab, und ich kann im Traum Seidenweber in Mumbai kennenlernen und Windsurfer im Indischen Ozean, aber am Morgen kehrt er zurück. Und daran lässt sich nichts ändern. Der Wind saugt noch das letzte bisschen Nass aus dem armen, verdorrten Garten …

Es war noch früh. Nicht einmal sieben. Doch im Haus klingelte das Telefon. Sie hielt die Hängematte an, horchte und wartete. In letzter Zeit hatte dieses Klingeln für Kitty etwas von einer wütenden Wildkatze, von einem ausgebrochenen Käfigtier, das nur Verwüstung im Sinn hatte.

Kitty überlegte, ob sie heute abreisen sollte. Das Packen würde nicht lange dauern. Sie müsste nur in ihrem Atelier einige der Aquarelle zusammenpacken, die die Galerie in Béziers abgelehnt hatte, dabei mit Bedacht die heraussuchen, die sich am besten verkaufen ließen, wenn ihr an ihrem neuen Ziel das Geld ausging. Dann würde sie einen kleinen Koffer mit Kleidung und Schuhen packen. Zwei Fotos dazulegen, eines von Veronica und eines vom Haus. So einfach war das. Und schon heute Abend könnte sie in London oder Paris sein, Pläne für zukünftige Reisen schmieden und sich Veronica in ihrer einsamen Abgeschiedenheit vorstellen, jener veränderten »Normalität«, für die sie sich anscheinend entschieden hatte …

Jetzt sah sie Veronica in ihrem weißen Baumwollmorgenmantel über den Rasen kommen, in der einen Hand einen Becher mit Tee, die andere als Schirm gegen das helle Licht des Himmels über den Augen. Kitty schlug die Decke zurück, schwang die Beine aus der Hängematte und sprang auf die Erde. Ein aufgeschreckter Spatz flog aus dem Kirschbaum. Kitty stand da und wartete.

Veronica reichte Kitty den Tee.

»Er war tatsächlich im Schweizer Haus«, sagte sie. »Sie haben übereinstimmende Fingerabdrücke gefunden. Wir wissen also, dass er an jenem Dienstag um die Mittagszeit noch gelebt hat.«

»Ja?«, sagte Kitty und blickte auf ihren Tee.

»Aber das ist alles. Und es bringt uns nicht weiter.«

Kitty nahm einen Schluck Tee. »Und was ist mit dem Mas Lunel?«, fragte sie. »Hat die Polizei die Einwickelfolie untersucht, die ich gefunden habe?«

»Nein«, sagte Veronica. »Ich weiß nicht mehr, was ich mit dem Zellophanpapier gemacht habe. Vielleicht habe ich es weggeworfen.«

Kitty schaute ihre geliebte Freundin an. Sie dachte: Ich kann ihr nicht mehr nützen. Sie hört nicht mehr auf das, was ich sage.

Sie standen beide schweigend da, während die Sonne langsam über den Dachfirst stieg und einen blauschwarzen Star beschien, der auf den Schornstein einhackte, und dann sagte Kitty: »Ich halte es für das Beste ... wenn ich fortgehe.«

Veronica hatte die Arme vor der Brust verschränkt. Jetzt schien sie die Muskeln anzuspannen, sie zog den weißen Morgenmantel fester um sich und umfasste ihre Arme mit ihren großen, kräftigen Händen. Sie senkte den Kopf.

Kitty wartete, aber Veronica sagte nichts.

»Ich habe überlegt, wohin«, sagte Kitty. »Aber wahrscheinlich ist das auch egal. Die Welt ist riesig, und ich habe noch nicht viel von ihr gesehen. Nur Norfolk und London. Da wird es wohl allmählich Zeit, dass ich ...«

»Es geht nicht anders«, sagte Veronica und schnitt Kitty das Wort ab. »Natürlich ist es dir gegenüber *nicht fair*, wie ich mich verhalte. Aber ich kann nicht anders. Wir haben eben jede unsere Vergangenheit.«

Kitty hätte gern gesagt: Ja klar, wir haben beide unsere Geschichte. Aber wir könnten sie hinter uns lassen – so wie ich es getan habe. Wir könnten uns vorwärtsbewegen und frei sein.

Aber Veronica redete weiter und sah dabei nicht Kitty an, sondern auf den Boden und auf die herabgefallenen Kirschblätter. »Manchmal verbrachten wir die Schulferien bei unseren Verwandten in Sussex. Sie hatten einen großen Garten, und die Kinder dort kannten jede Menge anderer Kinder, die wurden dann immer eingeladen, und wir bildeten Mannschaften für Kricket oder Schlagball. Wir mussten uns in einer Reihe aufstellen, um gewählt zu werden, und jeder hat gebetet, dass er gleich zu Anfang aufgerufen wurde, denn dann konnte man stolz sein, weil man zu der neuen Mannschaft gehörte.

Ich hatte es gut, weil alle wussten, dass ich ziemlich sportlich war, aber Anthony wurde nie gewählt. Er war *immer* der Letzte. Er blieb *immer* alleine übrig. Ich sehe ihn noch wie heute. Seine kleinen krummen Beine. Dieser Junge, der da übrig blieb, weil niemand ihn in seiner Mannschaft haben wollte. Und schon damals begriff ich irgendwie, dass ich der einzige Mensch bin, der zwischen Anthony und irgendeiner kolossalen ... Tragödie steht. Und da habe ich mir etwas geschworen. Ich schwor mir, ihn nie loszulassen. Und das tat ich auch nicht. So sieht es aus, und dem habe ich nichts hinzuzufügen.«

Veronica wartete nicht, bis Kitty etwas sagte, da sie zweifellos wusste, dass ihre Geschichte Kitty nicht rühren würde. Sie drehte sich um und ging ins Haus zurück.

Kitty hielt sich an ihrem Becher fest. Sah Veronica hinterher, bis sie in der Terrassentür zum Salon verschwunden war. Dann drehte sie im Geiste einen Globus im Uhrzeigersinn: Marokko ... Ägypten ... Sri Lanka ... Thailand ... Australien ...

Sie stellte sich das pulsierende Leben an diesen Orten vor, stellte sich vor, wie sie dorthin fahren, Teil dieses Lebens werden und alles, was sie sah, zu malen versuchen würde. Am liebsten wäre sie jedoch einfach mit einem Schlag irgendwo *angekommen* – am Landesteg irgendeines stillen Sees, in irgendeiner sauberen, unerschöpflich weiten Wüste – ohne die einsame Qual der Reise.

*A*ramon kaufte jetzt täglich die Zeitung.

An manchen Tagen gab es Fotos von Polizisten, die irgendwo ein Gebüsch durchsuchten. An anderen Tagen gab es nichts über den Verey-Fall – als wäre er schon vergessen. Und dann tauchten die Schlagzeilen plötzlich wieder auf: *VEREY: immer noch keine heiße Spur. VERMISSTER ENGLÄNDER: Polizei bittet um Zeugen.*

Und die ganze Zeit lauerte Aramon auf das Geräusch einer Sirene, auf die Ankunft der Polizei.

Manchmal glaubte er in den heißen Nächten zu hören, wie ein Polizeiauto langsam den holperigen Weg heraufgefahren kam und in einigem Abstand vom Haus hielt. Dann stürzte er aus dem Bett, presste das Gesicht an die Fensterscheibe und spähte durch die halb geöffneten Luken. Er kannte die Umrisse sämtlicher Schatten, die der Mond auf die Obstterrassen warf. Mit angehaltenem Atem versuchte er, jeden einzelnen zu identifizieren, während sein Herz wie ein nahender Zug ratterte und er auf das Bellen der Hunde wartete. Doch die Hunde blieben stumm.

In seinen Träumen wurde er von Serge verprügelt, weil er die Hunde vernachlässigte. Sein Rücken und sein Arsch wurden bei lebendigem Leibe gehäutet.

Eines Morgens ging er sehr früh, noch bevor es zu heiß wurde, nach draußen, öffnete das Tor des Zwingers, ließ die Hunde frei zwischen den Steineichen herumstöbern. Dann harkte er die stinkende Erde im Zwinger zusammen. Er band sich ein Taschentuch vors Gesicht. Er kehrte den ganzen Dreck an einer Stelle zusammen, lud ihn Schaufel um Schaufel in eine Schubkarre, kippte die Karre weiter draußen im Gelände aus und verteilte alles auf der trockenen Erde, wo Fliegen und Mistkäfer sich um die Reste kümmern konnten.

Dann schob er die Schubkarre zum Anbau hinter der Scheune, wo die Strohballen aufgestapelt waren. Er schlitzte einen neuen Ballen auf und begann, Stroh herauszuziehen und die Karre damit zu beladen. Er fühlte sich erschöpft. Das Taschentuch vor Mund und Nase war völlig durchweicht. Er riss es weg und warf es auf die Erde. Jenseits des Tals stieg die Sonne schon über den Gebirgskamm. Bring es zu Ende, befahl Aramon sich. Verteil das Stroh, füll den Wassertrog, pfeif nach den Hunden, schließ sie im Zwinger ein. Nimm einen Schluck Pastis, um dein Herz zu beruhigen. Dann geh schlafen ...

Als die Karre voll war, schob er sie zum Zwinger zurück. Er rollte sie hinein, kippte das Stroh aus, nahm seine Mistgabel und begann, alles über den frisch geharkten Boden zu verteilen. Dann spürte er mit einem Mal, wie die Hitze ihm zusetzte, und unterbrach seine Arbeit. Als er sich aufrichtete, sah er etwas in der hinteren Ecke des Zwingers glitzern.

Er lehnte die Mistgabel gegen die Schubkarre und ging zu der Stelle. Er bückte sich. Er streckte den Arm aus und hatte einen Autoschlüssel in der Hand.

Die Dinge, die nun zu tun waren ... sie machten Aramon ganz schwach vor Entsetzen.

Er kniete im Zwinger, den Schlüssel in der Hand, roch das saubere Stroh und wünschte, er wäre ein Hund und führte ein unkompliziertes, schuldloses Leben. Aus seiner kranken Lunge kam ein gequälter, klagender, fast unmenschlicher Laut.

Er ließ alles stehen und liegen – ließ die Arbeit unbeendet, den Trog ungefüllt, das Tor des Zwingers weit offen, die Hunde frei zwischen den Eichen nach Wildschweinen schnüffeln.

Er blickte zu Audruns Kate hinüber. Er konnte seine eigene Wäsche an ihrer Leine erkennen. Alles dort unten lag noch reglos im Schatten, kein Wind wehte. Er hatte Angst, Audrun könnte dort stehen und ihn beobachten. Und er dachte, wenn ich das, was ich zu tun habe, aufschiebe, wird sie kommen und sehen, was sich in dem Auto befindet, und dann ist alles verloren.

Hinkend und unsicher schwankend lief er zur Scheune, fast als versuchte er, seinem eigenen Schatten auszuweichen. Er hielt den Schlüssel so fest umklammert, dass er ihm in die Hand schnitt.

Langsam drückte er das Scheunentor auf und ging hinein, und es war kalt in der Scheune, und der Schweiß auf seiner Haut schien zu Eis geworden. Er starrte auf das mit Sackleinen bedeckte Auto, auf dem sich Paletten und Kisten türmten. Er war unfähig, sich zu bewegen.

Angenommen, sie war wirklich da drin, die Leiche von Anthony Verey, und verweste in dem gemieteten Wagen?

Aramon hätte sich gern irgendwo festgehalten. Wünschte sich beinah, er könnte sterben, einfach hier auf den Boden der Scheune sinken und aufhören zu sein. Weil dieses *Etwas* in sein Leben getreten war und es verdorben hatte. Es besaß keinen Namen. Es existierte kein Wort, mit dem er es hätte benennen können, weil er nicht wusste, was er getan hatte.

Um sich zu dem Auto zu wagen, musste er sich vorstellen, dass Serge hinter ihm stand, Serge, der ihn mit seinem Gürtel vorwärtsprügelte.

Los, geh weiter, Junge. Geh weiter und öffne die Tür ...

Er drückte die Entriegelungstaste des Schlüssels. Im Wagen sprang das Licht an.

Jetzt wirst du sehen, was dich erwartet, was dich in der Dunkelheit erwartet ...

Mit einer einzigen Bewegung streckte er die Hand aus, packte den Griff und zog an der Tür, wobei eine leere Apfelkiste ins Rutschen kam und neben ihm auf den Boden krachte.

Sofort sprang er ihn an, der faulige Gestank im Auto, und er schrie laut auf und schlug die Tür wieder zu.

Er stand da mit geschlossenen Augen und atmete so schnell und angestrengt, dass ihm die Brust vor Schmerzen brannte. Er flüsterte seinem toten Vater zu: »Schaff das weg. Bitte schaff es weg…«

Dann hörte er etwas am Scheunentor: ein Toben und Winseln.

Und da wusste er, dass die Hunde seinem Geruch gefolgt waren und ihn aufgespürt hatten. Und da kam ihm eine Idee: Lass die Hunde es finden. Lass die verhungerten Hunde sich darauf stürzen, es zerfleischen und auffressen … und dann ist es weg, und ich muss es nicht mehr sehen …

Mit dem Rücken zum Wagen öffnete Aramon erneut die Tür, öffnete sie ganz weit und rief die Hunde, und sie antworteten mit einem Winseln.

Er schlurfte, so schnell er konnte, zum Tor, öffnete es von innen, und sie kamen in die Scheune gesprungen, drei Hunde, und krallten sich an ihn, und er stieß sie zum Auto, wohl wissend, dass es der Geruchssinn war, der all ihre Handlungen antrieb, und dass sie sofort auf diesen Gestank losgehen und mit dem beginnen würden, was ihr Hundehirn ihnen befahl.

Er ging zum offenen Tor zurück und füllte sich die Lunge mit frischer Luft. Er hörte, wie die Hunde mit den Krallen an der Karosserie kratzten und davon abrutschten. Einer begann zu bellen. Dann waren alle still, und er wusste, dass sie dem Geruch gefolgt und jetzt im Auto waren, und er wartete, dass der Wahnsinn begann.

Die Zeit schien sich zu dehnen und Aramon zu foppen. Draußen erwachten Bienen und Zikaden, von der Sonne gewärmt, zum Leben. Ein Bussard zog seine Kreise am blauen Himmel. Das ist die Welt, die wirkliche Welt, dachte Aramon sehnsüchtig, und das schwarze Auto gehört nicht dazu, es ist nur Teil eines dunklen Albtraums, den ich nicht verstehen kann.

Er saß in der Küche und stürzte den Pastis hinunter.
Es hatte keine Leiche im Wagen gegeben.

Der Gestank aus dem Inneren des Wagens stammte von einem halb gegessenen und inzwischen vergammelten Camembert-Sandwich mit Tomate, das selbst die Hunde nicht angerührt hatten.

Aramon hatte sich gezwungen, den Kofferraum zu öffnen, doch da war nichts außer einem Fernglas, einem zerdrückten Hut und einer Kühltasche mitsamt Wasserflasche. Er schloss und verriegelte den Wagen mitsamt Sandwich, weil er es nicht über sich brachte, es anzufassen. Er rief die drei Hunde und ging mit ihnen hinaus in die Sonne. Der Wagenschlüssel steckte in seiner Tasche.

Was ihn jetzt beschäftigte, während er seinen Pastis trank, war die Frage, wie sich das Auto aus der Welt schaffen ließ.

Er hatte jede Menge alter Filme im Fernsehen gesehen, in denen Menschen Autos von Klippen stießen, sie in Brand steckten oder in einem See versenkten. Und immer kam irgendwann ein verkohltes oder verbeultes Fahrzeug ans Tageslicht. Diese Filmszenen waren einfach deshalb so aufregend, weil man wusste, egal was die Mörder anstellten, am Ende wurden die Autos doch gefunden.

Mörder.

War er einer von ihnen?

Aramon wusste, dass die Beseitigung des Autos über seine Kräfte ging. Er war zu schwach, zu krank, um sich irgendeine Taktik auszudenken. Er wusste, es würde einfach weiter in der Scheune stehen. Es würde sich nicht von dort wegbewegen. Er würde Stroh darum herum stapeln, damit man es nicht mehr sah. Er würde ein starkes Vorhängeschloss am Scheunentor anbringen. Mehr konnte er nicht tun.

Mit unsicheren Beinen vom Pastis stieg er die Treppe hinauf. Er ging in das Zimmer, das einst Audrun gehört hatte und das weder er noch sie seither betreten hatte. Die Fensterläden waren geschlossen, und es war kalt darin. Aramon holte den Wagenschlüssel aus seiner Tasche und stopfte ihn unter Audruns Matratze.

*A*udrun begann, die Pegelstände des Flusses zu messen.

Sie verließ das Haus bei Tagesanbruch, wenn das Tal noch in tiefem Schatten lag.

Sie brauchte keinen gekerbten Stock, auch kein Seil mit Knoten; sie maß mit den Augen. Sie erinnerte sich, dass Raoul Molezon einmal gesagt hatte: »Der Wind saugt das Wasser auf. Besonders der Mistral. Er hat Durst auf den Fluss.« Audruns Herz raste, als sie sah, wie schnell der Wasserpegel sank.

Sie sah die Wetterberichte im Fernsehen. Sie sah die in Rot angegebenen Temperaturen: 38°, 39°, 41° … Eine Hitze, in der Menschen starben. Sie erstickten in luftlosen Wohnungen oder bekamen einen Sonnenstich, sie gingen an Dehydrierung zugrunde oder verbrannten bei Waldbränden, wenn sie ihre Tiere oder ihren Besitz zu retten suchten. Kein Ende der Hitzewelle abzusehen, sagten die Meteorologen. Kein Ende der Wasserknappheit abzusehen, trotz des feuchten Frühlings. Sämtlicher Urlaub für die Feuerwehrmänner der Region gestrichen, Brandbekämpfungsflugzeuge zu vierundzwanzig Stunden Bereitschaftsdienst verpflichtet. Inferno in den Cevennen befürchtet.

Inferno befürchtet.

Fünfzehn Jahre lang – bis es endete, bis Serge es durch seinen Tod beendete – hatte ein Inferno in Audrun gewütet. Fünfzehn Jahre lang. Unter Qualen war ihre Jugend in ihr verbrannt, ohne dass sie jemandem davon erzählen konnte, ohne dass jemand sie rettete. Nicht einmal Raoul Molezon. Denn wie sollte sie ihm – überhaupt irgendeinem Mann – von jener Schande erzählen, jener *Brandmarkung*? Sie konnte es nicht. Nicht einmal dann, als Raoul an jenem Tag draußen vor der Fabrik auf sie gewartet, ihr regelrecht den Hof gemacht hatte, indem er jenes Glas *sirop de pêche* für sie bestellte und dann sein Bier trank und sagte, wie schön sie sei. Sie spürte damals, dass sie ihn liebte, aber sie war entehrt, beschämt durch das, was geschehen war, und hätte nie gewagt, ihm ihr Herz zu offenbaren.

Zieh den Strumpfhalter an, Audrun.

Wie süß, da guckt ein bisschen von deiner Möse hervor.

Sieh mal, was das bei mir macht! Siehst du das?

Bei deinem Bruder genauso. Wird dick wie eine Schlange, was?

Wir können nichts dafür. Es ist deine Schuld, weil du so bist, wie du bist.

Sie dachte, Raoul liebe sie. An jenem Tag schien er sie mit seinen sanften braunen Augen zu streicheln. Sie sehnte sich danach, sein Haar zu berühren, seinen Mund. Aber sie wusste, dass es unmöglich war. Alles war unmöglich, und deshalb hatte sie zu ihm sagen müssen: »Komm mich nie wieder abholen, Raoul. Es ist besser, wenn du es nicht tust.«

Und er machte ein so trauriges Gesicht, dass es kaum auszuhalten war.

Es ist deine Schuld, weil du so bist, wie du bist.

Vor ihrem Tor hielt ein Auto. Sie stand gerade an ihrem Küchenfenster, schälte weiße Zwiebeln für ihr Abendessen und sah dabei nach draußen.

Ein unbekanntes Paar mittleren Alters stieg aus und musterte die Umgebung. Dann näherte sich der Mann ihrer Haustür, während die Frau noch zögerte, als sei sie verlegen oder ängstlich.

Audrun spülte sich die Hände ab, zog ihre geblümte Kittelschürze aus, strich ihren Rock glatt und ging sehr ruhig an die Tür, und der Mann starrte sie an; er wirkte erregt.

»Was kann ich für Sie tun, Monsieur?«, fragte sie.

Er war Ausländer. Er sprach zwar Französisch, aber mit irgendeinem scheußlichen Akzent. Er habe von einem Maklerbüro in Ruasse gehört, erklärte er, dass hinter La Callune ein Mas zum Verkauf stehe – das Mas Lunel –, aber die Maklerinnen hätten ihn nicht hierherfahren wollen, weil der Verkäufer offenbar seine Meinung geändert hatte, weshalb er und seine Frau beschlossen hätten, einfach vorbeizukommen und selbst zu schauen ... es könnte ja sein ...

Audrun starrte den Fremden an. Irgendetwas an dem Mann, eine mutlose Ergebenheit in seinen Augen, erinnerte sie an Verey.

Sie lächelte ihn an. »Das Mas Lunel gehört mir«, sagte sie.

»Oh«, sagte der Mann. »Man sagte uns, es handele sich um einen Monsieur ...«

»Mein Bruder«, erklärte Audrun. »Er ist für die Landarbeit zuständig. Mir ist es sehr recht, wenn er oben im Haus wohnt. Ich bevorzuge mein kleines, modernes Haus, wie Sie sehen.«

»Ah ja, ich verstehe. Aber ist das Mas noch zu kaufen? Uns gefallen seine Proportionen, die Aussicht ... Wir heißen Wilson. Das ist meine Frau ...«

Die schüchterne Frau machte einen Schritt nach vorn, reichte ihr die Hand, und Audrun nahm sie. Dann sagte sie betont liebenswürdig: »Meine Situation hat sich geändert. So etwas passiert ja manchmal im Leben, *n'est-ce pas?* Und deshalb habe ich mich entschlossen, nun doch nicht zu verkaufen. Das Haus ist seit drei Generationen im Besitz meiner Familie. Und ich werde es jetzt restaurieren lassen. Vielleicht werde ich dort ja meinen Lebensabend verbringen. Wer weiß.«

Die Wilsons wirkten niedergeschlagen. Sie fragten, ob irgendetwas Audruns Entschluss ändern könne.

»Nein«, sagte sie. »Andere Dinge haben sich geändert, aber mein Entschluss wird sich nicht ändern.«

Beide drehten sich um und blickten sehnsüchtig auf das Mas, und in ihren Augen erkannte Audrun den Willen, es zu besitzen. Sie sähen sich schon eine ganze Weile in diesem Teil Frankreichs nach Häusern um, sagten sie, und morgen würden sie nach England zurückkehren ...

Audrun sann über die Durchschnittlichkeit der Wilsons nach. Sie fragte sich, wie diese farblosen, schweigsamen Menschen so viel Geld verdient haben konnten, um in den Cevennen anzutanzen und sich ein zweites Haus anzuschaffen. Und sie dachte: Ich weiß eben nicht, wie man an Geld kommt. Das habe ich noch nie gewusst. Alles, was Bernadette besaß, war das, was auf den Terrassen wuchs oder was wir gegen selbst geerntetes Obst und Gemüse eintauschen konnten; alles, was ich damals besaß, war das, was ich in der Unterwäschefabrik verdiente, und alles, was ich jetzt besitze, ist meine kleine Pension vom Staat – und das, was in meinem *potager* wächst.

»Es tut mir leid«, sagte sie. »Nichts steht hier zum Verkauf.«

Die Wilsons fuhren weg. Sobald sie fort waren, sah Audrun Aramon die Auffahrt herunterhumpeln. Mit seiner Hose, die in der Taille mit einer Kordel zusammengebunden war, und den zerzausten, schmutzigen Haaren sah er aus wie eine Vogelscheuche.

»Wer waren diese Leute?«, fragte er. »Was wollten sie?«

Audrun sah ihm nicht ins Gesicht. Sie wusste, dass sie ihn mit der Behauptung, es habe sich um Freunde von Verey gehandelt, zum Schwitzen bringen könnte, doch in diesem Moment erschien Marianne Viala an Audruns Gartentor.

Marianne küsste Audrun. Dann wandte sie sich an Aramon: »Du siehst nicht gut aus, *mon ami*.«

»Mir geht es auch nicht gut«, sagte er. »Irgendetwas vergiftet mich. Vielleicht muss ich ja ins Krankenhaus.«

»*Das solltest du*«, sagte Marianne. »Und du solltest nicht trinken, Aramon, wenn dein Magen nicht in Ordnung ist …«

»Wer waren diese Leute?«, brüllte Aramon jetzt. »Sag mir sofort, wer das war.«

»Ausländer«, sagte Audrun. »Sie wollten nur nach dem Weg fragen.«

»Nach dem Weg wohin?«

»Nach Ruasse.«

»Ruasse? Das Auto stand doch in der falschen Richtung.«

»Ja«, sagte Audrun. »Ich habe sie auf die richtige Straße geschickt.«

Sein Körper war ganz verkrampft vor Angst. Weißer Schaum saß in seinem Mundwinkel. Marianne Viala blickte Audrun fragend an und legte dann ihre Hand auf Aramons Arm.

»Du solltest besser auf dich achtgeben, Aramon«, sagte sie. »Aber hör zu, ich möchte dich um einen Gefallen bitten.«

Aramons Augen schossen nervös hin und her. Und Audrun wusste, was dieses Flackern bedeutete: *Bitte mich nicht um einen Gefallen. Ich bin zu krank, zu müde und zu verängstigt dafür.*

»Ja?«, sagte er. »Und?«

»Jeanne besucht morgen mit ihrer Klasse das Museum der Cévenoler Seidenproduktion in Ruasse, und danach würde sie gern mit den Kindern hierher kommen. Lunchpakete bringt sie selber mit, sie bräuchte nur ein hübsches schattiges Plätzchen für das Picknick. Und da dachte ich an deine unteren Terrassen ... falls du nichts dagegen hast, dass sich die Kinder auf deinem Land bewegen. Es ist nur eine kleine Klasse und ...«

»Auf meinem Land?«, fragte er. »Wo auf meinem Land?«

»Ich sagte doch: auf deiner untersten Terrasse, dieser Wiese unterhalb der Weinstöcke ...«

»Ich dulde keine Kinder, die auf meinem Grundstück herumschnüffeln. Ich habe dir doch gesagt, es geht mir nicht gut. Ich kann keine Aufregung vertragen.«

»Sie werden nicht ›herumschnüffeln‹. Sie werden nur ein Picknick machen.«

»Kinder. Das halte ich nicht aus ...«

»Du kannst das Picknick auf der anderen Seite der Straße machen«, sagte Audrun ruhig. »Auf meinem Land. Da hinten beim Wald.«

»Oh«, sagte Marianne. »Aber ich dachte ... wenn Aramon nichts dagegen hätte ... ließen sich zwei Dinge kombinieren: Die Kinder könnten das Picknick machen und sich gleichzeitig die Trockenmauern der Terrassen anschauen. Vielleicht auch ein bisschen zeichnen und ...«

»Nein!«, sagte Aramon und warf Marianne einen gequälten Blick zu. »Ich will niemanden in meiner Nähe haben. Ich habe die Nase voll von Fremden. Ich möchte in Ruhe gelassen werden!«

Er drehte sich abrupt um und begann seinen langsamen Marsch, *humpeldipumpel, humpeldipumpel*, zurück zum Mas. Und die beiden Frauen sahen ihm schweigend hinterher.

Als er außer Hörweite war, fragte Marianne: »Wird er sterben?«

»Lass es mich so sagen«, erwiderte Audrun, »die Zeit hat ihn eingeholt.«

Zeit.

Das Verlöschen eines jeden Augenblicks, noch bevor er wirklich zu Ende gelebt war – als wäre die Zeit ein Wirbelwind, ein Mistral, der alles ins Jenseits wehte –, das war es, womit Anthony Verey jahrelang – seit es mit seinem Geschäft abwärtsging – hatte kämpfen müssen. Dann hatte er an jenem Frühlingsmorgen hinten in seinem Büro den schwarzen Seidenfaden in dem Aubusson-Wandteppich entdeckt, diesen schwarzen Faden, der aus dem Kopf der heimtückischen Hexe hing, hatte ihn zwischen Zeigefinger und Daumen gehalten und endlich begriffen, was ihn erwartete: *der ungeschminkte Tod.*

Und so war der gewisse Tag gekommen.

An diesem unausweichlichen Tag saß Anthony zu seiner eigenen Überraschung auf einem Lehnstuhl aus Mahagoni (»Wahrscheinlich französisch, um 1770. Mit gepolsterter medaillonförmiger Rückenlehne. Sitz und Armlehnen auf geschwungenen Beinen«) und blickte in ein hübsches Zimmer in einem unbekannten, einsamen Haus, durch dessen sämtliche Fenster ein leerer Himmel zu sehen war.

Sein Blick blieb irgendwo haften, wanderte weiter, blieb wieder haften und wanderte wieder weiter. Das Zimmer war ästhetisch ansprechend – es gab nichts Hässliches darin. Doch genau hier an diesem Ort, in diesem beinahe schönen Zimmer, auf diesem teuren Stuhl, der mit dunkelgrau und weiß gemustertem Damast bezogen war, fühlte Anthony Verey, wie sie an ihm zog und zerrte: *die endgültige Niederlage.*

Er saß sehr still. So still, dass er das Pochen seines eigenen Herzens hören konnte. Der Raum hatte eine hohe Balkendecke, die in einem sehr weichen Blaugrünton gestrichen war. Sein Stuhl stand neben einem hohen steinernen *cheminée* (»Modern.

Sandstein. Im englischen Georgian Style. Vereinfachte Linien und zurückhaltender Dekor«), und im Kamin lag ein halb verbrannter Ast auf einem Berg aus Asche.

Mit seinem fachkundigen Sammlerblick und einem letzten Rest vorhandener Lebenskraft bewunderte Anthony diesen Raum – seine Proportionen, die Aura von Erhabenheit – in dem doch so einsam gelegenen Haus. Für eine kurze Weile gelang es ihm, sich von dem Gefühl der Niederlage abzulenken, indem er sich das Schweizer Ehepaar vorstellte, das diesen Raum erschaffen hatte: sicherlich Anwälte oder Professoren, jedenfalls gebildete Menschen, ein Paar mit einem vollen Adressbuch, das sie vermutlich mit vielen verschiedenen Welten verband. Menschen, denen das Leben zugelächelt hatte. Die aber auch nicht ihre Seele verraten hatten. Sie waren nicht vulgär. Sie hatten keine Angst vor der Stille.

Doch dann, nachdem einige Zeit verstrichen war, hatten sie begriffen, was Anthony schon jetzt begriff: dass dieses Haus sie auf eine allzu furchterregende Weise *exponierte*. Es lag zu weit oben, auf einer erbarmungslosen Hochebene, unbewacht, ungeschützt – mit einem Steilhang direkt vor der Tür. Der Wind beugte die Kiefern, die sie als Schutz und Schattenspender gepflanzt hatten, beugte und krümmte sie.

Die Bäume lebten noch. Sie klammerten sich immer noch an die steinige Erde, krallten sich mit ihren hartnäckigen Wurzeln tief in sie hinein, doch das Haus und seine Bewohner konnten sie nicht beschirmen. Die weite Himmelskuppel hatte alles hier fest im Griff. Nachts fand man keinen Schutz vor den eisigen Sternen. Das Universum hielt einen unnachgiebig umklammert. Und alles, was man gewesen war, was man zu werden versucht hatte oder noch zu werden hoffte: es offenbarte sich als Torheit und Täuschung – als wäre alles nur unanständig und würdelos.

Man konnte vielleicht ein Feuer im Kamin machen, sich davorkauern, sich an schmale Tröstungen klammern: an Wein und

Erinnerungen. Doch überall um einen herum dehnte sich unablässig die Leere. Man sah sich selbst wie aus großer Höhe: sah, wie man von einem Ziel zum nächsten kroch, immer wieder einen neuen Anlauf nahm und immer wieder aufgab, unaufhörlich hoffte und bereute, trostlos verloren ...

Anthony umklammerte die Stuhllehnen. Er blickte zu dem angekohlten Ast auf dem Aschehügel. Er mochte nicht länger über das Schweizer Paar sinnieren. Stattdessen packte ihn die Verzweiflung, und plötzlich sah er Lal vor sich, wie sie, die stets so leichtfüßige Lal, in dieses schöne, große Zimmer tänzelte, vielleicht in ihrem lavendelfarbenen Kleid, das sie an jenem Tag getragen hatte, als sie die Leiter zu seinem Baumhaus hinaufgestiegen war und die mit Schlagsahne gefüllten Röllchen gegessen hatte ...

Er blickte auf. Ja, da kam sie, seine geliebte Lal, unwirklich wie Zuckerwatte, und etwas erregte ihre Aufmerksamkeit: das Stück Holz auf der kalten Asche, und sie beugte sich vornüber und kniete sich davor und sagte: »Oh, sieh nur, Liebling! Erinnert dich dieser dumme alte Stock nicht an jemanden? Ist das nicht zum Schreien? *Ein Stock!* Er erinnert mich so an dich!«

Trotz der Beleidigung (oder war es doch nur ein Scherz? Bei Lal konnte man nie sicher sein) wünschte Anthony sich, seine Mutter bliebe bei ihm. In seinem Tagtraum erhob er sich vom Stuhl, nahm ihre Hände, schlang seine Arme um sie, drückte sie fest an sich, barg sein Gesicht in ihrem goldenen Haar und sagte: »Bleib bei mir, Ma. Bitte. Lass mich hier nicht allein.«

»Ist ja gut, Liebling«, sagte sie. »In Ordnung. Ich bleibe. Wenn es sein muss. Ich werde dich halten.«

Doch sie befreite sich aus seinen Armen und ging wieder zum Kamin und kniete sich davor, und dann tat sie etwas Schreckliches: Sie kroch auf den Aschehügel und legte sich nieder, legte sich in die Asche und drückte den angekohlten Ast an ihre Brust.

»Tu das nicht, Ma …«, sagte Anthony.

Überall war Asche – in ihrem Haar, in den Falten ihres Kleids, auf ihren schlanken Beinen, auf ihren nackten Füßen. Er streckte die Hand aus, wollte sie hochziehen, aber sie ließ sich nicht bewegen.

»Ma …«, flehte er. Aber sie lag da, lachte und hielt den Stock fest. Sie lag einfach da und lachte ihr silbernes Lachen und sagte: »Jetzt habe ich dich, Anthony. Siehst du? Das wolltest du doch immer, nicht wahr. Jetzt drücke ich dich ganz fest an mich!«

Er flehte und bettelte: »Ma, steh auf. Du bist voller Asche. Bitte …«

Doch sein ganzes Leben lang hatte sie nicht ein einziges Mal auf irgendetwas gehört, das er gesagt hatte. Und sie konnte ihn auch jetzt nicht hören.

Anthony ging langsam im Zimmer umher, fuhr mit den Fingern sacht und bewundernd über die Möbel und stellte dabei fest, wie gedämpft seine Bewunderung war, als hätten selbst diese edlen Objekte – sie erinnerten ihn an seine *Lieblinge* – nun keine Bedeutung mehr für ihn.

Er ging nach draußen. Und eine ehrfürchtige Scheu ergriff ihn beim Anblick der Berge, die sich von Horizont zu Horizont erstreckten. Der Wind blies so stark, dass das geparkte Auto auf der Kieszufahrt leicht schaukelte. Und er dachte: Wenn ich an den Rand liefe, an den nördlichen Rand des Hochplateaus, wo der Mistral am schärfsten an der Schwerkraft zerrt, müsste ich nur einen kurzen Moment warten, bis ich fortgeschleudert würde. Ich würde in die Dunkelheit stürzen, dorthin, wo – geräuschlos, stumm – Lal liegt und wartet.

Und dann würde es vorbei sein.

Es würde vorbei sein.

Es würde kein Herumtändeln mehr geben, kein Flirten mit der Zukunft in ihren ständig neuen, ständig sich ändernden

Versionen. Ich würde einfach vom Wind hochgehoben und auf ein Bett aus Asche geworfen.
Und ich wäre einverstanden.

*J*eanne Viala suchte sich mit den Kindern am Waldrand, dicht bei den Eichen, einen Platz auf Audruns kleiner Wiese.

Im Museum der Cévenoler Seidenproduktion war die Klasse brav und aufmerksam gewesen. Sogar der konzentrationsgestörte Jo-Jo hatte sich für die Exponate interessiert, und alle Kinder hatten sich große Mühe gegeben, die verschiedenen Stadien der Seidenraupenzucht zu malen: Erst das Ausbrüten der Eier in den am menschlichen Körper verborgenen Beuteln; dann das Verteilen der Raupen in den *magnaneries;* später die Vorrichtungen zum Fernhalten von Ratten und Ameisen; das Sammeln von Maulbeerblättern; die *montada* der ausgewachsenen, fünf Zentimeter langen Raupen auf besenartige Heidekrautbüschel; das Spinnen der Kokons; das Verbrühen der geschlüpften Schmetterlinge in den Kokons, bevor der Seidenfaden abgehaspelt wird ...

Nur das Pariser Mädchen Mélodie hatte einen unglücklichen Eindruck gemacht. Ihr nur widerwillig gemaltes Bild hatte aus lauter kreuz und quer über das Blatt laufenden dunklen Linien bestanden. Als Jeanne Viala sie fragte, was das Bild denn bedeuten solle, hatte Mélodie mit erstickter Stimme geantwortet: »*Les flats*. All die toten Raupen.«

Und dann, beim Picknick unter den großen, dunklen Bäumen, das wirklich nett war – ja, sogar so gelungen, dass Jeanne diesen glücklichen Moment am liebsten mit ihrem neuen Freund Luc geteilt hätte, der bei der Feuerwehr arbeitete –, stand Mélodie plötzlich auf und rannte weg. Ohne zu fragen und sogar ohne sich umzudrehen, als Jeanne ihr hinterherrief.

Jeanne hatte dann entschieden, sie laufen zu lassen. Sie kannte diese Terrassen. Dort konnte dem Kind nichts passieren. Das Gelände lag weit unterhalb der Straße. Und der Weg zum Fluss war unpassierbar, weil Aramon nun schon seit Jahren die Vorschriften der Gemeinde zur Pflege und Erhaltung des Flussufers ignorierte. Jeanne wollte auch nicht gern die ganze Gruppe alleine lassen, um hinter einem einzelnen Kind herzurennen. Mélodie würde hoffentlich bald zurückkehren. Als Nachtisch hatte Jeanne Kirschlimonade eingepackt, vielleicht könnte sie Mélodie damit überreden, sich wieder zu setzen.

Die Kinder selbst hatten Mélodie einfach nur hinterhergestarrt, als sie wegrannte. Hatten gestarrt und gestarrt.

»Sie mochte die Seidenraupen nicht«, sagte Magali. »Sie findet sowieso nur Tanzunterricht und *Geige* gut!« Und darüber lachten die anderen, und Jo-Jo verkündete: »Sie hält sich für was Besseres, nur weil sie früher in Paris gewohnt hat, die blöde Kuh.«

»Hör auf, Jo-Jo!«, befahl Jeanne. »Ich dulde solches Gerede nicht.«

»Sie ist ja auch jüdisch«, murmelte Stéphanie. »Hartmann ist doch ein jüdischer Name.«

»*Was* hast du gesagt, Stéphanie?«, fragte Jeanne.

»Nichts ...«

Jeanne setzte ihre Evianflasche ab. Sie breitete die Arme aus, als wollte sie jemanden umarmen. »Hört mal alle her«, sagte sie. »Schweigt jetzt alle einen Moment mal still und hört mir zu. Jo-Jo, du bist auch gemeint. Ich möchte euch daran erinnern, dass in diesem Land tolerante Menschen leben. Wisst ihr, was tolerant bedeutet? Es bedeutet, dass wir jeden Menschen in unsere Gemeinschaft und in unsere Herzen aufnehmen, ganz egal, aus was für einer Familie er stammt, welche Religion er hat, aus welcher Stadt er kommt. Und das bedeutet auch – jetzt hört bitte sehr genau zu –, es bedeutet auch, dass wir niemanden *hänseln* oder beschimpfen. Habt ihr das verstanden? Ich würde wirklich gern wissen, ob ihr das alle verstanden habt.«

Die Kinder schwiegen, alle miteinander. Jeanne schüttelte bekümmert den Kopf. »Die Art, wie Mélodie Hartmann in dieser Klasse behandelt wird, ist ... enttäuschend. Sie war in Paris zu Hause. Und daran ist nichts Verkehrtes. Sie versucht, sich an ihre neue Umgebung anzupassen. Aber ihr gebt ihr keine Chance ...«

»Sie ›passt sich nicht an‹«, sagte Magali. »Sie erzählt nur dauernd, wie toll ihre Schule in Paris war.«

»Sie hat Heimweh, das ist alles«, sagte Jeanne. »Wenn ihr euch allesamt anstrengt und freundlicher zu ihr seid, wird sie auch kein Heimweh mehr haben. Und deshalb möchte ich, dass ihr heute einen Entschluss fasst. Hört ihr auch zu? Stéphanie? Ich möchte, dass ihr von heute an nett zu Mélodie seid. Einverstanden? Und zwar richtig nett. Lasst sie bei euren Spielen mitmachen. Wenn sie mit irgendwas nicht zurechtkommt, helft ihr. Okay? Ich hoffe wirklich sehr, dass alle das verstanden haben.«

Einige Mädchen nickten. Die meisten Jungen schauten weg und machten ein desinteressiertes Gesicht.

»Können wir jetzt die Limonade kriegen?«, fragte Suzanne, das jüngste Mädchen der Klasse.

Jeanne schwieg. Sie hatte eine etwas andere Reaktion der Kinder erwartet. Die Art, wie das Pariser Mädchen behandelt wurde, hatte ihr schlaflose Nächte bereitet. Sie musste an die arme Audrun Lunel denken und an das, was Marianne gesagt hatte: »Wenn man schon früh im Leben verletzt worden ist, erholt man sich manchmal nie mehr davon, und das ist eine echte Tragödie.«

Jeanne holte die Kirschlimonaden aus der Kühltasche. »Bevor ich die verteile«, sagte sie, »möchte ich von jedem von euch hören, dass ihr mich verstanden habt. Sagt bitte: ›Mélodie Hartmann wird nicht mehr gehänselt werden.‹«

Die erste Flasche war unterwegs zum ersten Kind ... sie war unterwegs, erreichte aber nicht seine Hand und entlockte dem Kind auch nicht den gewünschten Satz, denn ... in dem Moment hörten Jeanne und die Kinder das Schreien.

Jeanne ließ die Flasche fallen und war im Nu auf den Füßen. Alle Kinder drehten den Kopf und blickten zum Ende der Wiese. Jo-Jo und sein Freund André sprangen aufgeregt hoch. »Was ist das, Mademoiselle? Was ist das?«

»Ihr wartet hier«, befahl Jeanne der Gruppe mit fester Stimme. »Ihr wartet hier und rührt euch nicht vom Fleck. Jo-Jo und André, setzt euch bitte sofort wieder auf die Decke. Niemand entfernt sich von hier, verstanden? Ihr bleibt, wo ihr seid. Versprecht mir das. Magali, du verteilst die Limonade.«

Immer noch war das Schreien zu hören. Jeanne Viala rannte darauf zu. Sie rannte immer schneller und konnte schon bald fühlen, dass ihr Herz sich, wie das einer alten Frau, verkrampfte, als sie ihre Beine zwang, weiter über die abfallende Wiese zu hetzen. Sie verfluchte sich. Was war das für eine Lehrerin, die einfach sitzen blieb und zuließ, dass ein Kind sich allein von einem Picknick in fremder Umgebung entfernte?

Und ... *oh Gott* ... wohin war das Kind eigentlich gelaufen? Als Jeanne das Ende der Wiese erreichte, hatte das Schreien plötzlich aufgehört. Sollte sie weiter geradeaus laufen, über die Viehweide, die zum Fluss führte, oder nach links? Sie suchte nach möglichen Fußspuren, konnte aber im trockenen Gras nichts erkennen außer herumhüpfende rotrückige Grillen und die von der Sonne verbrannten trockenen Blütenteller der Schierlingspflanzen.

Sie rief: »Mélodie! Mélodie!« Doch jetzt schien sich eine furchtbare Stille über die ganze Welt zu senken. Das Lauteste war das Klopfen von Jeannes eigenem Herzen. Sie massierte ihre Brust. Die weiße Bluse klebte ihr am Körper. Luc, hätte sie am liebsten gerufen, hilf mir ...

Dann appellierte sie an die eigene Vernunft: Probier erst die eine Richtung, dann die andere. Ruf sie die ganze Zeit. Alles hängt jetzt an dir.

Sie stolperte weiter, rief den Namen des Kindes, erklärte ihr, sie sei auf dem Weg, sie komme gleich, es sei alles in Ordnung ... Sie zwängte sich durch ein verrostetes Eisentor und betrat die Viehweide. Sie hatte gedacht, auf dem feuchten Grund der

Weide gebe es Spuren, denen sie folgen könnte. Doch nun sah sie, dass das Gras hier ebenfalls braun und verdorrt war, und es war hoch und struppig, und mit ihren weißen Leinenschuhen verhakte sie sich, stolperte ständig, wäre fast gefallen, konnte sich aber noch halten und rannte weiter und hielt auf ein schütteres Eschenwäldchen zu, hinter dem das Flussufer lag.

Sie war jetzt völlig außer Atem, kämpfte in der ungeheuren Hitze mit den Büscheln aus totem Gras. Sie blieb einen Augenblick stehen. Was konnte sie hören?

Nichts. Nur den Schrei eines Raubvogels, eines Bussards oder Sperbers. Und dann … ja … noch etwas … das Geräusch des Flusses. Sie lief in diese Richtung, lief durch das Eschenwäldchen und war dankbar für den löcherigen Schatten der mageren Bäume, der sie wenigstens momentweise vor der Sonne schützte. Der Fluss wurde jetzt lauter. Aber hinter den Bäumen und vor dem Flussufer lag ein Streifen aus Dornengestrüpp und Brennnesseln. Da hatte das Kind sich doch wohl nicht durchgekämpft!

Jeanne blieb wieder stehen. Sie wollte sich schon umdrehen und über die Weide zurücklaufen, als sie merkte, dass das dort gar keine Brennnesseln waren, sondern jenes fedrige dunkle Kraut, das sich an einigen schattigen Stellen auch in das steinige Ufer des Gardon krallte. Schlangen bauten dort, wo die Fischer nicht hinkamen, manchmal ihre Nester.

Und dann sah sie, dass an einer Stelle mehrere Büschel plattgedrückt waren. Vielleicht war sie am Ende doch auf dem richtigen Weg? Sie folgte den Spuren und stellte sich vor, wie die kleinen Füße die Pflanzen niedergetreten hatten, wie das Kind, ohne in seinem Unglück an Schlangen zu denken, einfach nur weiterhastete, weg vom gemeinen Jo-Jo und den zickigen Mädchen, und sich einen Weg durch das wuchernde Unkraut bahnte …

Jeanne erreichte das Ufer an einer steinigen Stelle und sah, wie das Wasser sehr langsam, aber unerschütterlich dahinfloss, fast konnte sie zusehen, wie es immer langsamer wurde, so wie jeden Sommer, wenn nach dem April kein Regen mehr fiel. Doch sie schaute nicht länger auf die Strömung, sondern begann, nach Fußspuren im Kies zu suchen. Die Steine waren rau und rutschig, aber direkt am Rand des Wassers sah sie einen schmalen grauen Sandstreifen, und dorthin strebte sie und glaubte Spuren zu erkennen, die nach links führten, zur Biegung des Flusses.

»Mélodie ... Mélodie ...«, rief sie von neuem und wusste, dass ihre Stimme kaum noch weit trug. Sie fühlte sich erschöpft. Als wäre sie zu Fuß von Ruasse nach La Callune gelaufen, die ganze Zeit bergauf, vorbei an all den heruntergefallenen Felsbrocken am Straßenrand. »Oh, bitte, bitte mach, dass ich sie finde«, sagte sie. »Bitte mach, dass sie am Leben ist ...«

Jeanne lief um die Flussbiegung. Sofort sah sie das Kind, nackt bis auf seine rot und weiß gemusterte Unterhose, ausgestreckt auf einem großen Felsblock mitten im Fluss liegen. Mélodie lag auf dem Rücken, ihre Beine baumelten vom Rand herunter, und ihr Körper drohte jeden Augenblick von der eigenen Schwerkraft ins Wasser gezogen zu werden. Die Kleider, die sie auf dem Ausflug getragen hatte, lagen verstreut auf dem Kiesstrand.

Kalt war es. Plötzlich fror Jeanne. Und die Vorstellung, sie sollte durch das eisige Wasser waten, war unerträglich. *O Gott ...* wenn doch nur Luc hier wäre, das Kind in seinen Armen bergen und den bösen Fremden verscheuchen könnte, der sich womöglich hier irgendwo am Fluss versteckt hielt ... Aber manchmal, das wusste Jeanne, gab es niemanden, keinen Luc, keine Marianne, keinen irgendwen. Dann war man allein, dann hatte man einfach weiterzumachen. Und dann geschah eben, was geschah ...

Jeanne streifte die Leinenschuhe ab, dachte an ihr Handy in der Jeanstasche und schob es in einen Schuh. Sie ging in den Fluss und spürte sofort, wie die Kälte ihr in die Waden biss. Sie hielt sich an den großen Steinen fest, um halbwegs sicher in dem glitschigen Kiesbett voranzukommen. »Hier bin ich«, sagte sie ein ums andere Mal laut. »Hier bin ich. Hier bin ich…«

Und sie war auch fast da. Sie streckte die Hand aus. Sie sprach wieder den Namen des Kindes aus: »Melodie.« Sie berührte das kleine, glatte Bein, das mit dem großen Zeh fast bis ins Wasser reichte. Sie hielt das Bein fest. Dann lehnte sie sich ganz fest gegen den Felsen und packte das Kind. Mélodie lag noch immer auf dem Stein, aber jetzt wurde sie gehalten, gehalten von Jeanne Vialas Armen. Ihre Augen waren geschlossen. Ihr Mund stand offen. Aber Jeanne konnte fühlen, dass ihr Herz schlug und dass sie atmete.

Sie schüttelte das Mädchen und sprach laut auf sie ein, erklärte ihr, dass sie jetzt in Sicherheit sei. Und zu ihrer unbeschreiblichen Erleichterung öffnete Mélodie die Augen. Und Jeanne spürte, wie die dünnen Arme des Kinds sich um ihren Hals legten und sie fest umklammerten.

Jeanne wiegte sie sanft, drückte sie so fest sie konnte an sich und machte sich daran, das Kind durch das Wasser ans Ufer zu tragen.

»Was ist passiert?«, fragte sie vorsichtig. »Bist du verletzt? Hat jemand dich verletzt?«

Aber Mélodie konnte nicht sprechen. Sie öffnete den Mund, doch es kamen keine Worte heraus, sondern nur ein leises, melodisches Stöhnen.

Du musst sie wärmen, befahl Jeanne sich. Trag sie ans Ufer! Zieh ihr die Kleider an! Hol Hilfe! Ruf Luc an! Sag ihm, er soll einen Krankenwagen schicken! Ruf Maman an, sie soll kommen und auf die Kinder aufpassen!

Jetzt musste sie das Kind mit seinem ganzen Gewicht hochheben, musste sich irgendwie umdrehen und, ohne zu rutschen und zu fallen, zum Kiesstrand zurückwaten. Mélodie im Arm, schaute Jeanne in alle Richtungen, um den sichersten Weg durchs Wasser auszumachen.

Hinter dem Felsblock war eine tiefe Stelle, eine Art Becken. Und Jeanne Viala entsann sich dunkel an solche Becken, in denen sie mit ihrem Vater herumgepaddelt und -geschwommen war, damals, als er noch lebte. Häufig hatte er auch versucht, unter den überhängenden Felsen eine Forelle fürs Abendessen zu fangen.

Sie starrte auf das grün schimmernde Becken. Und tatsächlich entdeckte sie Fische darin. Aber tote: Zwei tote Fische trieben mit dem weißen Bauch nach oben an der Wasseroberfläche. Seltsamerweise wurden sie aber nicht von der Strömung fortgetragen ... als hingen sie unter Wasser an irgendetwas fest ... *das waren gar keine Fische ...*

Jeanne schauderte. Sie blickte weg. Zitternd umklammerte sie das Mädchen und spürte, wie sich ihr der Magen umdrehte. Mit aller Macht versuchte sie den Brechreiz zu unterdrücken, doch es gelang ihr nicht. Ihr Körper krümmte sich, und sie erbrach ihr Sandwich. Teile des Erbrochenen landeten auf Mélodies Arm. Dann spülte das Wasser alles weg, trug es in das grüne Becken, zu den weißen Fußsohlen des Toten und zu dem dünnen Strudel aus etwas, das wie roter Rauch hochtrieb, von unten aus der Tiefe, wo der Kopf liegen musste.

*N*un nahte er also.

Audrun wusste, dass es der letzte Sturm ihres Lebens sein würde, und wenn er vorüber war, wenn sie ihn überlebte, dann würde alles anders sein, und sie wäre frei. Er brach an einem späten Nachmittag über La Callune herein, als die Sonne noch heiß brannte und der Himmel blau und leer war.

Als Erstes hörte Audrun das Heulen eines Krankenwagens, dann sah sie ein ganzes Aufgebot an Polizeiautos auf der Straße. Sie fing an, die Polizisten zu zählen: fünf, sechs, sieben … und sie dachte: Wahrscheinlich muss ich alles siebenmal sagen, immer noch einmal, immer wieder, immer dieselben Sätze.

Sie ging in ihr Schlafzimmer und wechselte die Kleidung, zog ein sauberes Baumwollkleid an und braune Sandalen, die sie auf dem Markt in Ruasse gekauft hatte.

Sie brachte ihr Haar in Ordnung. Sie konnte die Funkgeräte der Polizei wie Zootiere keuchen und kreischen hören. Es war alles exakt so, wie sie es sich vorgestellt hatte, wie im Kino – wie in den aberhundert Filmen, die sie gesehen hatte, wenn sie an Winternachmittagen allein in ihrem Sessel saß, mit der gehäkelten Decke über den Knien und dem Licht vom Fernseher als einziger Beleuchtung im Raum –, und diese Filme hatten ihr auch noch etwas anderes gezeigt: Sie hatten sie gelehrt, wie sie, die unschuldige Zeugin, sich zu verhalten hatte.

Halb erwartete sie, dass Aramon, flennend vor Angst, zu ihr in die Kate gelaufen kam, doch er erschien nicht. Deshalb wusste sie, was er tat: Er versteckte sich. Irgendwo, wo er sich sicher fühlte: im Schrank mit seinen alten Kleidern und seiner Flinte; auf dem Dachboden; im Steineichenwäldchen hinter dem Hundezwinger. Als müsste er sich nur wie ein Igel zusammenrollen, um unsichtbar zu sein …

Es wurde schon Abend, als der erste Polizist an Audruns Tür klopfte. Ein zweiter Mann in Zivil begleitete ihn, einer von der Sorte, die in Fernsehfilmen immer alles zu einem sinnvollen Ganzen zusammensetzen muss.

Dieser Mann wird – anders als die bloßen *flics* – gewöhnlich mit einem beschädigten Privatleben ausgestattet: einer scheiternden Ehe, einem Alkoholproblem oder einer unheilbaren Melancholie; all dem, was Filmfiguren so menschlich und echt macht.

Deshalb wusste Audrun auch, dass sie diesem Mann alles erzählen musste – mit leicht stockender Stimme (wegen des großen Schocks), aber durchaus in einer Reihenfolge, die logisch klang. Und dieser Mann würde freundlich zu ihr sein, ihr geduldig zuhören, während der *flic* sich Notizen machte …

Sein Name war Inspektor Travier. Er war um die vierzig, und er sah gut aus. Er setzte sich in Audruns Küche, die ordentlich und sauber war.

»Im Fluss wurde eine männliche Leiche gefunden«, erklärte er ernst.

Audrun rang nach Luft. Das Warten auf diese Worte kam ihr im Nachhinein unerträglich lang vor, als hätte es Jahre gedauert. Sie fasste sich ans Oberteil ihres Baumwollkleids.

»Ertrunken?«, fragte sie und bemühte sich um eine atemlose Stimme. »Einer der Fischer aus unserem Dorf?«

»Nein. Wir sind zu neunzig Prozent sicher, dass es sich um die Leiche des vermissten englischen Touristen Anthony Verey handelt.«

»*Pardi!*«, rief Audrun. »Ich habe in der Zeitung darüber gelesen. Er war also im Fluss! Ist er ausgerutscht und hineingefallen? Der Fluss kann so tückisch sein, wenn man ihn nicht kennt …«

»Die Ursache seines Todes steht noch nicht fest«, sagte Travier, »aber wir haben Grund zu der Annahme, dass er an einer Verletzung im Unterleib starb, dass es sich um ein Verbrechen handelt.«

»*Pardi!*«, sagte Audrun noch einmal, und sie erhob sich und nahm ein Glas, das neben dem Spülbecken stand, füllte es mit Wasser und trank in großen Schlucken.

Travier wartete. Aus den Augenwinkeln sah Audrun, dass der *flic* sie genau beobachtete, während Travier nur geduldig abwartete und sich ruhig im Raum umschaute. Als Audrun wieder saß, räusperte Travier sich und sagte: »Wir haben Belege dafür, dass Monsieur Verey am 27. April hierherkam, um das Haus zu besichtigen, das Mas Lunel heißt…«

»Es tut mir leid«, sagte Audrun. »Oh, es tut mir wirklich leid, aber ich kann im Moment nicht sprechen. Ich bekomme keine Luft. Eine so schockierende Nachricht. Wer hat die Leiche denn gefunden?«

»Eine junge Frau, Madame. Zusammen mit einer Gruppe von Schulkindern. Genauer gesagt, war eines der Kinder als Erstes am Fundort.«

»*Ah non!*«, stöhnte Audrun. »*Mon dieu*, Dinge gibt es…«

»Ich weiß«, sagte Travier, als beantworte er Audruns stumme Gedanken. »Furchtbar.«

Audrun rieb sich die knochige Brust mit der Hand, als würde sie ihr Herz massieren. Als ihr Atem wieder etwas ruhiger wurde, sagte Inspecteur Travier: »Fühlen Sie sich besser? Darf ich Ihnen ein paar Fragen stellen?«

»*Mon dieu, mon dieu*«, sagte Audrun. »Sie müssen wissen, dass ich diesem armen Mann begegnet bin. Ich habe ihn gesehen, als er noch lebte…«

»Sie sind ihm begegnet, als er Mas Lunel besichtigte?«

»Ja.«

»Mas Lunel ist das Haus Ihrer Familie?«

»Es *war* das Haus unserer Familie. Aramon, mein Bruder, erbte es, als unser Vater starb. Aber ihm wird allmählich alles zu viel … das Haus in Ordnung zu halten, und dann das große Grundstück dazu … Er ist älter als ich. Und er ist nicht gesund…«

»Hat er deshalb beschlossen, es zu verkaufen?«

»Er hat auf Geld gehofft, Inspektor. Auf viel Geld. Das ist die Geißel unserer modernen Welt. Alle wollen reich werden. Wir waren nie reich in dieser Familie, wir sind nur einigermaßen über die Runden gekommen. Ich weiß nicht, was Aramon den Kopf verdreht hat.«

Inspektor Travier machte eine Pause. Er stützte das Kinn in die Hand. Audrun nippte noch einmal an ihrem Wasser. »Das war doch der Tag, an dem Monsieur Verey mit einer Maklerin von Ruasse kam, um sich das Haus anzusehen?«

»Das weiß ich nicht«, sagte Audrun. »Daten und Tage. Ich weiß es nicht … O Gott, ich muss immer noch an das arme Kind denken, das die Leiche fand! So etwas kann einen doch fürs ganze Leben schädigen, nicht wahr? Es kann einen bis in die Träume verfolgen.«

»Sie wird therapeutisch betreut werden. Man wird ihr helfen zu vergessen. Aber können Sie mir jetzt sagen, wann genau Sie Monsieur Verey zum ersten Mal sahen?«

»Das war wahrscheinlich Ende April. Aber an das Datum kann ich mich nicht mehr erinnern. Ich führe kein Tagebuch. Ich hätte nicht viel hineinzuschreiben.«

»Gut. Aber Sie glauben schon, dass Sie ihn an jenem Tag tatsächlich gesehen haben?«

»Ja.«

»Und können Sie uns sagen, ob er, abgesehen von der Immobilienmaklerin, allein war?«

»Nein. An dem Tag kam er zusammen mit seiner Schwester, glaube ich, und noch einer Freundin und der Maklerin. Und dann, beim zweiten Mal –«

Audrun brach mitten im Satz ab und hielt sich die Hand vor den Mund. Schweigen senkte sich über den kleinen Raum. Travier, der die gleichen intelligenten blauen Augen hatte, die so viele seiner Pendants im Film auszeichneten, wechselte einen Blick mit seinem Wachtmeisterkollegen, und dann wurden diese bestrickenden Augen ganz schmal und starrten Audrun mit gespannter Aufmerksamkeit an.

»Erzählen Sie mir von diesem ›zweiten Mal‹«, sagte er.

Audrun schüttelte den Kopf. »Ich bin mir ja nicht sicher«, sagte sie. »Ich sollte nicht von Dingen reden, über die ich mir nicht sicher bin …«

Sie senkte den Kopf. Beide Männer sahen sie scharf an. Audrun legte ihre Hände nebeneinander auf die gemusterte Wachstuchdecke, genau auf die Stelle, wo sie ihre ungezählten Mahlzeiten aß und ihre Tabletten einnahm und manchmal einfach nur reglos dasaß und darauf wartete, dass ihr Leben – ihr wirkliches Leben, in dem sie sich sicher fühlen würde – endlich begann. Dann holte sie einmal tief Luft, und es fiel ihr auf, wie gut es in ihrer kleinen Küche roch, weil diese beiden Männer, die in der Blüte ihres Lebens standen, hier saßen.

»Das zweite Mal«, sagte Travier. »Sie sagten, Sie sind sich nicht sicher, aber Sie glauben, dass Sie Verey noch einmal gesehen haben, oder?«

»Ich glaube, dass er es war«, sagte Audrun zögernd. »Ich könnte es nicht beschwören. Ich sah einen Mann zum Mas hinaufgehen«, sagte sie.

»Allein?«

»Ja. Ich schaute gerade aus dem Fenster und sah ihn – von hinten. Ich dachte nicht weiter drüber nach, nur dass Monsieur Verey offenbar beschlossen hatte, noch einmal herzukommen. Ich bin nicht hinausgegangen, um mit ihm zu reden. Ich sah nur, wie er zum Haus ging. Als ich dann etwas später aus dem Wohnzimmerfenster schaute, ging er – dieser Mann, den ich gesehen hatte – zusammen mit Aramon über die Straße …«

»Mit Aramon, Ihrem Bruder?«

»Ja.«

Der Wachtmeister schrieb und schrieb. Traviers Gesicht war jetzt ganz dicht an Audruns Gesicht. Trotz seiner blauen Augen hatte er etwas, das sie an den jungen Raoul Molezon erinnerte.

Sie ertappte sich bei der Frage, ob Travier wohl jemals in einem Café in Ruasse *sirop de pêche* für ein Mädchen bestellt hatte, das ihm lieb und teuer war.

»Und danach?«, fragte er. »Haben Sie diesen Mann dann noch einmal wiedergesehen?«

»Nein«, sagte Audrun.

»Sind Sie sicher? Sind Sie absolut sicher? Sie haben die beiden nicht vom Fluss zurückkommen sehen?«

»Nein. Das war das letzte Mal, dass ich ihn sah.«

»Und Ihr Bruder? Wann haben Sie den wiedergesehen?«

Audrun nahm noch einen Schluck Wasser. Das weiß ich nicht mehr«, sagte sie.

»*Ihn* haben Sie also nicht mehr vom Fluss zurückkommen sehen?«

»Nein.«

»Und wann sahen Sie ihn wieder – ich meine Aramon?«

»Das weiß ich nicht. Ich sagte Ihnen ja, mein Gedächtnis taugt nicht für Daten und Uhrzeiten. Es wird ein paar Tage danach gewesen sein. Ich denke, es war, als er einen toten Hund im Zwinger fand.«

»Einen toten Hund?«

»Ja. Er war sehr aufgebracht. Er liebt Hunde – seine Jagdhunde. Aber eines Morgens ging er nach draußen, und ein Tier war tot. Er war sehr aufgebracht.«

»Jagt er Wildschweine mit den Hunden?«

»Ja. Es gibt einen Verein in La Callune.«

»Dann hat er also auch ein Gewehr?«

»O ja. Keine Sorge, er hat einen Jagdschein. Wir wissen nicht, wieso der Hund gestorben ist. Aber es war sehr traurig für Aramon. Und … ich glaube, das war auch der Tag, an dem ich Aramon das Bild von Monsieur Verey in der Zeitung zeigte. Ich sagte zu ihm: ›Ist das nicht der Mann, der hier war?‹ Und er wurde sehr aufgeregt. Aber ich glaube, er war hauptsächlich traurig über den Hund, und außerdem wusste er nicht, wie er ihn in der harten Erde begraben sollte.«

Der Wachtmeister hörte auf zu schreiben, und die beiden Männer sahen einander an. Audrun wusste, dass diese Blicke *Worte* enthielten. Im Kino wurden Worte häufig durch Blicke ersetzt, weil Filme lebensecht zu sein versuchten und zeigen wollten, wie die Dinge sich in der Wirklichkeit entwickelten – in Schweigepausen, in wortloser Dunkelheit ...

Travier stand jetzt auf. Er marschierte in der kleinen Küche auf und ab. Marschierte auf und ab, mit den Händen in den Hosentaschen. Dann blieb er stehen und sagte: »Mademoiselle Lunel, hat Ihr Bruder mit Monsieur Verey irgendeine Abmachung über den Verkauf des Hauses getroffen?«

»Nein«, sagte Audrun. »Er dachte, Monsieur Verey würde es kaufen – für eine sehr große Summe –, doch dann änderte er seine Meinung.«

»Wer änderte wessen Meinung?«

»Monsieur Verey. Er änderte seine Meinung – das hat mein Bruder mir jedenfalls erzählt. Vielleicht hatte er ein anderes Haus gefunden. Und Aramon war –«

»Ja?«

»Nun, ich glaube, er war sehr enttäuscht. Es ging um sehr viel Geld. Er hatte gedacht, er würde jetzt reich.«

Travier setzte sich wieder, und er streckte den Arm aus, als wollte er nach ihren Händen greifen, doch sie wich aus, faltete ihre Hände im Schoß. Sie stellte sich vor, wie der Filmregisseur zu ihr sagte: »Nein, nein. Sie dürfen nicht zulassen, dass er Ihre Hand nimmt, Audrun. Vergessen Sie nicht, Sie sind unschuldig. *Unschuldig.* Die Unschuldigen zeigen keinerlei Schwäche. Im Gegenteil, sie demonstrieren, dass sie keinen Bedarf an besonderer Freundlichkeit haben.«

Traviers Stimme war trotzdem freundlich, als er sagte: »Darf ich Sie etwas fragen, Mademoiselle Lunel? Glauben Sie, dass Ihr Bruder irgendwelche feindseligen Gefühle gegenüber Verey hegte?«

Audrun sah Travier an, sie hielt seinem Blick stand. »Heißt

das, Sie wollen wissen, ob ich glaube, dass er ihm etwas zuleide getan hat?«, entgegnete sie.

»Ja. Ich frage Sie, ob Sie glauben, dass Ihr Bruder etwas mit dem Tod von Anthony Verey zu tun hat.«

Jetzt begann sie zu weinen. Es war gar nicht schwer.

Es war nie schwer gewesen. Um Tränen heraufzubeschwören, musste sie nur an Bernadette denken. Es handelte sich nicht einmal um einen aktiven Akt. Bernadette brauchte nur auf ihrem Stuhl in der Sonne zu sitzen und, ein Sieb im Schoß, Bohnen abzuziehen und nach ihr zu rufen.

Audrun legte den Kopf in die Hände und ließ ihn hin und her schaukeln, und sie fühlte, wie Inspecteur Travier sie zart berührte und seine Hand leicht auf ihrer Schulter liegen ließ.

»Es tut mir leid«, sagte er, »dass ich Ihnen solche schrecklichen Fragen stelle. Sie müssen nicht antworten. Sie müssen nicht –«

»Ich habe Angst um ihn!«, rief sie aus. »Er hat diese Aussetzer. Er tut Dinge, und hinterher weiß er nichts davon. Armer Aramon! Er hat sein Gedächtnis verloren. Ich mache mir so große Sorgen um ihn!«

Sie schluchzte eine ganze Weile, und in ihren Ohren klang ihr eigenes Weinen schön und sehr harmonisch.

Danach blieben die Polizisten nicht mehr lange, und das hatte sie auch schon vorher gewusst.

Sie gingen zurück zu einem der Wagen auf der Straße, und ihre stotternden Funkgeräte hallten durchs ganze Tal. Audrun hielt sich im Schatten hinter dem Fenster verborgen und schaute und wartete, und die Sonne ging unter, und das Licht wurde grau und matt.

Und in diesem grauen Licht sah sie sie an ihrer Tür vorbeimarschieren: zwanzig oder dreißig bewaffnete Polizeibeamte.

Viel zu viele, dachte sie. Viel mehr, als hierfür nötig waren.

Sie öffnete ihre Tür einen Spalt weit und stand reglos da und sah zu.

Die bewaffneten Männer bewegten sich langsam und ruhig vorwärts und bildeten vor dem Mas Lunel einen Halbkreis. Travier war auch unter ihnen. Ein Mannschaftswagen wartete.

Als die Hunde die Männer witterten – so viele menschliche Körper auf einmal –, begannen sie zu heulen und zu jaulen, und Audrun fragte sich, ob Aramon wohl – in einem letzten Akt der Verteidigung – die Hunde auf die Polizisten loslassen würde. Sie konnte hören, wie sie mit den Krallen am Maschendraht des Zwingers zerrten.

Sie reckte den Kopf, um besser zu sehen. Drei der Beamten hatten sich aus der Gruppe gelöst und waren jetzt auf dem Weg zur Scheune, während die anderen schweigend auf das Mas zugingen. Audrun verweilte in Gedanken kurz bei denen, die zur Scheune wollten. Sie hörte, wie sie das neue Vorhängeschloss aufbrachen, das Aramon montiert hatte, und die Torflügel aufzogen ...

Und sie dachte, dass die Männer es, selbst mit ihren hellen Taschenlampen, vielleicht nicht gleich entdecken würden, weil das dunkle Gewölbe der Scheune so riesig war und weil sie, Audrun, alles so erfolgreich getarnt hatte ... doch es würde nicht lange dauern, bis sie es fanden ...

Es dort hineinzufahren – ein Auto, das so viel größer und stärker war als ihr eigener kleiner Wagen – war eine Qual gewesen. Es war das Schlimmste von allem gewesen. Ihr Herz hatte so jämmerlich geflattert wie das eines Bantamzwerghuhns. Ihre Hände in den Gummihandschuhen waren schweißnass gewesen. In der Auffahrt hatte sie den Renault abgewürgt, hatte den Motor beim erneuten Starten laut aufheulen lassen müssen und war die ganze Zeit wie gelähmt vor Angst, dass Aramon sehen oder hören könnte, was sie da machte, und dann wäre alles – *alles* – verloren. Doch es kam niemand. Und kein anderes Auto war auf der Straße vorbeigefahren.

Als der Renault dann erst einmal an Ort und Stelle stand – mitsamt dem eingesperrten grässlichen Sandwich – und Audrun sich daran machte, das Auto mit Sackleinen zu verhüllen und oben auf die Tücher ein wildes Sammelsurium kaputter Gerätschaften zu stapeln, die Aramon im Laufe der Jahre ausrangiert hatte, war sie hellauf begeistert von ihrer eigenen List. Die Leute hielten sie für einfältig. Nur weil Audrun es nicht vermocht hatte, mit einem Ehemann, den sie liebte, ein anständiges Leben zu führen, glaubten sie, sie habe keine Ahnung, wie die Welt funktioniert. Doch jetzt stellte Audrun sich im Stillen die Frage: Wie viele von ihnen hätten denn das tun können, was sie getan hatte? Wie viele hätten es tun und dabei ein solches Glücksgefühl erleben können?

Später fuhr der Mannschaftswagen an ihrer Tür vorbei. Gelbes Scheinwerferlicht durchschnitt die Dunkelheit. Und Audrun wusste, dass Aramon dort in dem Wagen saß. Sie malte sich die Zelle aus, in die er gebracht werden würde, malte sich aus, wie sein alter Vogelscheuchenkopf auf ein unbequemes Lager sank und wie er vor Verstörung schielend diesen unbekannten Raum anstarrte.

*V*eronica wurde zur Leichenhalle des Krankenhauses von Ruasse gebracht.

Ihr war am Telefon mitgeteilt worden, dass die gerichtsmedizinische Identifikation mittels DNA-Proben schon eindeutig geklärt worden sei; sie werde ihren Bruder nicht identifizieren müssen; die Zeiten, in denen Verwandten diese Tortur zugemutet wurde, seien – in sehr vielen Fällen und eben auch in diesem – vorbei.

Doch Veronica wusste, solange sie Anthony nicht gesehen und sich selbst davon überzeugt hatte, dass die Welt sie nicht anlog, würde sie nicht glauben können, dass er tot war. Und dann würde sie wahrscheinlich wahnsinnig werden. Sie würde an ihrem Fenster sitzen und auf das Geräusch seines Autos horchen. Sie würde dasitzen und lauschen und darüber alt werden. Sie würde weiter in seinem Zimmer Staub wischen und das Bett lüften. Sie würde niemals den Glauben verlieren, dass er eines Tages zur Tür hereinkäme.

Jetzt blickte sie auf einen grauen, aufgequollenen Leichnam. Einen Haufen verwesenden, stinkenden Fleischs mit verschwundenen Gesichtszügen in einem halb zugezogenen wasserdichten Sack.

Es könnte irgendjemand sein … hätte sie am liebsten gesagt. Das ist ganz bestimmt nicht Anthony. Er war ein schlanker Mann. Seine Haare waren kräftig und gelockt, seine Hände feingliedrig …

Doch sie sah, dass er es war.

Mitleid überwältigte sie. Es war wie der lange, langsame Satz einer Symphonie, ein tiefes, grenzenloses Mitleid.

Man brachte sie in einen kleinen Raum, wo sie sich erholen konnte. Sie setzte sich auf ein hartes Sofa. Ein Angestellter der

Leichenhalle brachte ihr Wasser. In England wäre es kein Wasser, dachte sie, sondern Tee, aber das war nicht wichtig.

All diese Einzelheiten hatten nicht die geringste Bedeutung – und würden es auch nie mehr haben.

Sie wusste nicht, wohin sie gehen und was sie tun sollte. Sie dachte daran, wie das Leben im Krankenhaus über ihr und um sie herum weiterging. Ärzte und Schwestern, die von der Station zum Operationssaal, von dort zum Aufwachraum und wieder zurück zur Station hasteten und versuchten, Leiden zu lindern, Leben zu retten. Und Patienten, die so rührend daran glaubten, ihr Leiden werde besiegt, ihr Leben gerettet! Und die dabei vergaßen, dass am Ende jede Schlacht verloren wird. Absolut jede.

Der junge Assistent, ein Student Mitte zwanzig, war bei Veronica geblieben. Er kniete sich neben sie und hielt ihre Hand. Über seinem grünen Overall trug er eine grüne, gründlich gescheuerte Plastikschürze und auf dem Kopf eine dünne, weiche Kappe.

»Ich weiß, dass ich jetzt alles Mögliche zu erledigen hätte«, sagte Veronica zu diesem jungen Mann. »Jede Menge Dinge. Aber es fällt mir nichts davon ein.«

Er schüttelte den Kopf. »Es wird Ihnen später alles wieder einfallen, Madame«, sagte er sanft.

»Da bin ich nicht sicher«, sagte Veronica. »Ich habe das Gefühl, dass mein Verstand sich … mehr oder weniger … einfach aufgelöst hat.«

»Das ist normal«, sagte der Pathologie-Assistent. »Absolut normal. Das ist der Schock. Können Sie schon wieder aufstehen? Dann bringe ich Sie zu dem Polizeiauto, und man fährt Sie nach Hause.«

»Wie heißen Sie?«, fragte Veronica in einem liebevollen, mütterlichen Ton.

»Paul«, sagte der junge Mann.

»Paul«, wiederholte Veronica. »Das ist ein sehr hübscher Name. Leicht zu merken. Das gefällt mir.«

So viele Dinge zu erledigen ...
Aber sie tat nichts. Sie wusste, dass das beklagenswert war.
Sie saß auf der Terrasse und sah den Blättern beim Fallen zu. Sie saß so still, dass ihre Füße fast taub wurden. Dann stand sie auf und humpelte in ihr Zimmer und legte sich hin, denn sie konnte sich einfach nicht mehr aufrecht halten. Sie deckte sich mit dem Laken und der blauweißen Überdecke zu und schloss die Augen.

Sie wusste, dass Weinen zu den Dingen gehörte, die sie tun sollte, aber das erschien ihr wie eine unzumutbare Forderung, wie eine dieser albernen, unsensiblen Forderungen, die Lal hätte stellen können – Lal oder irgendeine fremde Person, die sie nicht richtig kannte und sie auch nie kennen würde, die *nie und nimmer* wissen konnte, wie es sich anfühlte, Veronica Verey zu sein und weiterleben zu müssen ...

Sie fragte sich tatsächlich, ob sie jemals wieder etwas anderes tun würde, als in ihrem Zimmer in Les Glaniques zu liegen. Einfach dazuliegen, unfähig, sich zu bewegen, wie jemand in einem grässlichen Stück von Samuel Beckett, in dem nie auch nur irgendetwas passierte. Das kam ihr sehr wahrscheinlich vor.

Sie versuchte, sich all die Dinge vorzustellen, die sie tun *könnte*, aber nichts davon lockte sie. Sie erinnerte sich an jene Situation damals, als der Tierarzt gerufen werden musste, um Susan einzuschläfern. Da war sie in den Wald hinter Bartle House gerannt, hatte sich einen Stock geholt, war losgestürmt und hatte auf die Bäume eingeschlagen. Sie war immerzu im Kreis gelaufen, bis der Stock zerbrochen war, dann hatte sie sich einen neuen gesucht und so lange damit um sich geschlagen, bis sie keine Luft mehr in der Lunge hatte und vornüber gefallen war und mit dem Gesicht in einem Kissen aus Moos landete.

Jetzt, aus der Distanz, bewunderte sie jenes Mädchen, das

derart gewütet hatte. Sie konnte sich gut vorstellen, wie heiß ihre Wangen gewesen waren.

Es erschien ihr bewundernswert und gleichzeitig für das liebenswerte kleine Pony völlig angemessen. Doch als sie jetzt auf ihrem Bett lag, machte allein der Gedanke an irgendeine körperliche Bewegung sie derart müde, dass sie das Gefühl hatte, in der Matratze zu versinken, als wäre die Matratze so tief und weich wie Treibsand. Schon das Atmen erschöpfte sie.

Vielleicht schlief sie. Sie war sich nicht sicher.

Sie sah jetzt, dass das Zimmer dunkel war, und sie hörte irgendetwas, ein Geräusch, das sie eigentlich erkennen sollte, aber sie konnte es nicht identifizieren.

Es gehörte in ein anderes Leben.

Nach einer Weile entschied sie, dass das Geräusch vielleicht ein klingelndes Telefon gewesen war, aber ihr fiel niemand ein, mit dem sie hätte reden mögen. Über eine Sache war sie froh: darüber, dass sie allein war. Sie fand, dass dieses Alleinsein etwas Würdiges und Friedvolles hatte.

Erinnerungen suchten sie heim, wie Figuren aus einer Geschichte, wie Kobolde, die sich an den Händen hielten und sehr schnell rannten. *»Schau her! Schau her! Wir sind lebendig!«*

Ein Abend, an dem ...

... Anthony und sie allein in der Küche von Bartle House saßen und Cornflakes aßen. Lal war irgendwo auswärts dinieren. Sie, Veronica, mochte vielleicht fünfzehn gewesen sein und Anthony zwölf oder dreizehn. Alles, was es für sie zum Abendbrot gab, waren Cornflakes. Anthony ging zum Kühlschrank, öffnete ihn und sah, dass er randvoll war mit Champagnerflaschen und vorbereiteten Wild- und Fischgerichten. Alles für eine Party, die Lal am nächsten Abend für ihre feinen Freunde aus Hampshire geben würde.

»Nie ist irgendetwas für uns«, sagte er. »Ich weiß nicht, wieso.«

»Aber ich«, sagte Veronica.

»Du meinst, sie kümmert sich nicht um uns?«

»Sie *liebt* uns nicht.«

Er setzte sich und starrte auf seine halb gegessenen Cornflakes in der blauen Schale. Dann kippte er die Schale um und ließ den Matsch aus Milch und Cornflakes ins Tischtuch sickern. Er schob ihn mit den Händen hin und her. Veronica stand auf, ging zu Anthony und umarmte ihn. Sie küsste ihn auf den Kopf.

»Ich liebe dich«, sagte sie. »Und ich werde dich immer lieben. Das verspreche ich dir: immer.«

»Das weiß ich, V«, sagte er.

Hatte sie ihr Versprechen gehalten?

Es hatte Zeiten der Versäumnisse gegeben, Monate, in denen sie ihn nicht anrief, nicht einmal besonders an ihn dachte, vor allem, nachdem sie Kitty Meadows kennengelernt hatte. Denn das erkannte sie jetzt deutlich: Kitty hatte sie immer von Anthony trennen wollen, hatte immer das, was sie für ihn empfand, zu zerstören versucht – als wäre es um eine Gefahr für sie, um bedrohliche sexuelle Gefühle gegangen. In gewisser Weise war Kitty also für seinen Tod verantwortlich ...

Das kam ihr wie ein logischer Gedanke vor: *Kitty ist verantwortlich.*

Und Veronica beschloss, dass sich an diesem Gefühl wahrscheinlich niemals etwas ändern würde, dass Kitty Meadows Anthony in den Tod geschickt hatte. Irgendein durchgeknallter, unglückseliger Fremder soll ihn erschossen haben – weil er ein englischer Tourist war? Ein Motiv, das ihr immer unwirklich vorkommen würde. Es war Kitty, die seinen Tod gewünscht hatte. Sie, die viel zu borniert war, um zu begreifen, was Anthony und seine Schwester einander bedeuteten. Und deshalb, aus einer völlig unangemessenen Eifersucht, hatte sie sein Ende gewollt.

Das Telefon klingelte erneut, aber Veronica rührte sich nicht.

In der Nacht erwachte sie und glaubte, Regen zu hören.

Aber sie wusste, dass manchmal nicht zu entscheiden war, ob es sich um Regen handelte oder nur um Wind, der die Richtung änderte und aus einer ganz anderen Ecke durch die Bäume blies.

Das seufzende Geräusch hörte nicht auf. Es ging immer weiter. Halb war ihr danach, aufzustehen und nachzusehen, ob der Regen gekommen war, ob all die vielen Wochen der Dürre ein Ende hatten. Aber dann merkte sie, wie gleichgültig ihr auch das war. Sollte der Garten doch sterben!

Denn was ist schon ein Garten?, dachte sie. Ein Stück Erde, das vorübergehend künstlich verändert wird und übermäßig viel Zuwendung erfordert. Der Versuch, ein Baby-»Paradies« zu erschaffen, das einen über all die anderen Dinge hinwegtrösten soll, die man nie erlangen wird.

Und dann kam ihr ein neuer Gedanke: *Es hätte ein Kind geben sollen.* Meines oder Anthonys, von wem, war dabei unwichtig. Es hätte jemanden geben sollen, dem alles, was wir zu tun versucht haben, jetzt übergeben werden könnte.

Einen *Liebling* eben.

*F*euer kam in die Berge hinter La Callune.
Ein gedankenloser Spaziergänger wirft eine Zigarette weg.
Ein trockenes Blatt beginnt zu brennen …
Der Mistral trieb die Flammen über den Horizont. Der Wind blies aus Norden, das Feuer hielt kurz inne, nährte sich vom Kiefernharz in den Wipfeln, änderte dann die Richtung und setzte zu einem Angriff auf das Tal an.

Die Luft war rauchgeschwängert. Vom Jaulen der Feuerwehrsirenen begleitet, kam Marianne Viala keuchend die Straße zu Audruns Kate hinaufgeeilt, und dann standen die beiden älteren Frauen am Gartentor auf Wachposten. Sie beobachteten es jahrein, jahraus: Das Cévenoler Feuer in seiner unerbittlichen Größe. Sie hatten schon früher gesehen, wie der Himmel schwarz wurde. Sie hatten gesehen, wie die Weingärten grau unter der Asche erstickten. Sie hatten Stromleitungen explodieren sehen. Aber noch niemals zuvor hatten sie es direkt auf sich zurasen sehen, mit dem sich drehenden Wind direkt auf das Mas Lunel zu.

Marianne griff nach Audruns Hand. Die Feuerwehrmänner kämpften sich mit ihren schweren Schläuchen die steilen Terrassen hinauf.

»Die *Canadair*-Löschflugzeuge sind unterwegs«, sagte Marianne. »Luc hat Jeanne angerufen, und die hat es mir gesagt. Die *Canadairs* werden es löschen, Audrun. Sie sind jetzt an der Küste und füllen die Tanks wieder mit Wasser auf.«

Audrun starrte nach oben. Was sie am Feuer faszinierte, war seine Lebendigkeit. Wenn es so prasselte und zischte, glaubte sie fast, seinen Triumph zu hören: *Die Erde gehört mir, die pulvertrockene Erde gehört seit jeher mir.*

Im Gegensatz zum unermüdlichen, triumphierenden Feuer kam Audrun sich wie ein Schatten vor. Sie wusste, dass der erneute Ausbruch einer *Episode* kurz bevorstand. Sie wusste, dass sie sich hinlegen sollte, und zwar jetzt, bevor es losging. Aber diesmal versuchte sie, dagegen anzukämpfen. Sie klammerte sich an Marianne, senkte den Kopf, konzentrierte sich auf den Boden neben ihren Füßen. Manchmal gelang es ihr, den Anfall auf diese Weise zu bekämpfen, indem sie sich auf die Erde konzentrierte, nur durch ihren Willen.

Als sie nach einer Weile wieder hochblickte, war Raoul Molezon da, sein Pick-up parkte in der Auffahrt. Sie hörte Marianne zu ihm sagen: »Es geht ihr nicht gut, Raoul. Sie wird gleich …«

Aber sie hatte keine Zeit, darüber nachzudenken. Audrun wusste, dass keine Zeit blieb. Sie spürte Raouls Hand auf ihrem Arm. »Die Hunde!« Er brüllte sie beinah an. »Ich werde die Hunde frei lassen.«

»Die Hunde?«

»Du kannst die Hunde doch nicht bei lebendigem Leib verbrennen lassen!«

Er rannte zum Mas, und Audrun dachte, wie bezaubernd es war, dass Raoul Molezon immer noch wie ein Junge rennen konnte. Sie ließ Marianne los und versuchte, hinter ihm her zu rennen, nicht, weil er für sie immer noch schön war, sondern weil er Recht hatte. Die Hunde mussten gerettet werden – diese armen Tiere, die sie mit Innereien und Knochen am Leben hielt, seit Aramon in dem verschlossenen Polizeiauto abtransportiert worden war.

Audrun hörte, dass Marianne sie zurückzurufen versuchte, aber sie hastete weiter.

Sie wusste, dass sie mit ihrem ungeschickten Galopp einen komischen Anblick bot. Einer ihrer Füße schien in die falsche Richtung auszuscheren, und sie stolperte immer wieder. Aber sie musste das Haus erreichen, bevor die Feuerwehrmänner dort hineindrängten und sie am Betreten hinderten. Denn alles, was noch an Bernadette erinnerte, befand sich im Haus. Das Spülbecken, in dem sie Kartoffeln geschält; das Bett, in dem sie geschlafen; der Tisch, auf den sie ihre Ellbogen gestützt hatte ...

Raoul war jetzt am Zwinger. Audrun sah, wie er den Riegel am Tor wegschob, während die Hunde sich ins Gitter krallten und aneinanderdrängten, weil sie hinaus in die Freiheit wollten. Und dann rannten sie wie verrückt im Kreis herum und pissten und schissen vor Freude und Verwirrung. Nur ein Hund war im Zwinger geblieben. Er lag mit angstvoll aufgerissenen Augen im getrockneten Dreck und gab keinen Laut von sich. Raoul betrat den Käfig, nahm den Hund in die Arme, um ihn hinauszutragen, und Audrun dachte: Raoul Molezon ist ein guter Mensch, und er war immer ein guter Mensch ...

Sie ging an ihm vorbei hoch zum Haus. Sie stieß die Tür vom Mas Lunel auf, die schwere Tür, die die Polizei mit Gewalt geöffnet hatte, so dass sie jetzt nicht mehr richtig schloss. Sie stand in der Küche, die sie, nachdem Aramon abgeführt worden war und die *gendarmes* die Hausdurchsuchung beendet hatten, gründlich geschrubbt hatte. Anschließend hatte sie alles weggeworfen, was ihm gehörte: all seine halb kaputten Geräte und Apparate, jeden Haushaltsgegenstand, den er jemals angefasst hatte. Jetzt roch die Küche nicht mehr nach ihm. Sie roch nach Ätznatron und Bienenwachspolitur. Die alten Messingwasserhähne über dem Spülbecken glänzten in der Sonne. Der stark nachgedunkelte Eichentisch gewann allmählich seine schöne ursprüngliche Helligkeit zurück.

Und Audrun dachte, wenn das Feuer jetzt alles zerstörte ... jetzt, wo alles geschrubbt und erneuert war und in seinen einstigen Zustand zurückkehrte ... sie dachte, dass das nicht richtig sein konnte. Sie sagte es laut: *Das ist nicht richtig.*

Sie begann, den schweren Tisch zur defekten Tür zu schieben, versuchte, ihn nach draußen zu schaffen, wollte ihn vor dem Feuer retten, doch dann sah sie, dass der Tisch zu breit war und nicht durch die Tür ging, selbst wenn sie ihn anheben würde. Und so stand sie dann einfach hinter dem gegen die Tür geschobenen Tisch, fast wie ein Ladenbesitzer, der auf Kundschaft wartet. Sie wusste, dass es albern war, so hinter dem Tisch zu stehen: Es führte zu nichts. Aber ihr fiel nichts ein, was sie sonst hätte tun können. Sie konnte schon das nahende Feuer riechen, hatte aber keine Idee, wie sie es bekämpfen sollte. Als sie umkippte, fiel sie mit dem Kopf auf den Tisch. Die Arme hatte sie ausgestreckt.

Manchmal, wenn eine *Episode* kam, herrschte völlige, abgeschottete Dunkelheit, und danach fehlte ihr jede Erinnerung an irgendetwas. Zu anderen Zeiten hatte sie Gesichter in dieser Dunkelheit, Gesichter, die Gestalt annahmen und mit Ton unterlegt waren, wie altmodische Diashows oder sogar wie ein Film ... und an Teile dieser Visionen konnte sie sich später erinnern ...

Der Himmel ist riesig und hell erleuchtet: eine große Himmelsleinwand.

Audrun steht unter diesem Himmel, bindet gerade ihre Stangenbohnen fest, als das schwarze Auto an ihr vorbeifährt und vor dem Mas hält.

Der Engländer – Verey – steigt aus und klopft an die Tür, doch es ist niemand da. Aramon ist draußen auf den Weinterrassen mit seiner Gartenschere und den Kanistern mit Unkraut-Ex und mit Brot und Bier für seine Mittagspause.

Audrun hält in ihrer Arbeit inne. Plötzlich gefällt ihr das Aufregende an der Vorstellung, dass sie mit dem englischen Touristen allein ist und mit ihm machen kann, was sie will. Das Land gehört ihr – hätte ihr gehören sollen, jeder einzelne Zentimeter davon – und er betritt es unerlaubt, und sie kann ihn ärgern, mit allem, was ihr in den Sinn kommt.

Sie nimmt ihre grünen Gummihandschuhe und steckt sie in die Tasche ihres Kittels. Sie geht ruhig die Auffahrt hinauf und überrascht Verey. Er ist ein nervöser Mann, das merkt sie sofort. Er erinnert sie an eine lange, schlaffe Gliederpuppe.

Sie stellt sich als Aramons Schwester vor, Besitzerin der Kate. Er bedenkt sie mit einem verächtlichen Blick (»die Besitzerin der Kate ... die ich doch beseitigen werde ...«), dann fällt ihm ein, dass er höflich sein muss, also schüttelt er ihr die Hand. Er erklärt, er sei gekommen, um das Mas noch einmal zu besichtigen. Er zeigt auf das Land ringsum. »Es ist wunderschön«, sagte er. »Und ich liebe die Stille hier.«

Sie öffnet die Tür des Mas und bittet ihn hinein. Er wandert langsam durch das ganze Haus. Besonders oft wandert sein Blick zu den Balken der hohen Decken. Sie folgt ihm schweigend von Zimmer zu Zimmer, beobachtet jede seiner Bewegungen. Sie weiß, dass er sich im Geiste schon als Besitzer des Mas Lunel sieht, und sie denkt, wenn Bernadette hier wäre, würde sie ihr gewinnendes Lächeln lächeln und sehr ruhig zu ihm sagen: »Nein, tut mir leid, Monsieur, aber ich fürchte, Sie irren sich. Dies ist mein Haus.«

Sie gehen in Audruns altes Zimmer. Audrun zögert, bleibt in der Tür stehen. Verey öffnet die Fensterläden weit, Sonnenlicht flutet ins Zimmer und fällt auf Audruns Bett und auf die Kommode, in der sie einst die widerlichen Hüfthalter unter ihrer eigenen traurigen Kleidung versteckt hielt.

Verey öffnet das Fenster und lehnt sich hinaus. Er hebt die Arme, als wollte er die Aussicht auf das Tal umarmen. Dann dreht er sich zu Audrun um und sagt in seinem unbeholfenen Französisch: »Wenn ich das Haus kaufe ... was ich, denke ich, tun werde ... würden Sie für mich arbeiten? Ich werde jemanden brauchen, der alles sauber hält ...«

Sie starrt ihn an, starrt diesen Fremden in ihrem Zimmer an. Sie stellt sich vor, wie sie auf Händen und Knien für ihn die Böden schrubbt, so lange für ihn arbeitet, bis sie zu alt für jede Arbeit ist; wie sie erschöpft in ihrer Kate liegt, weggesperrt hinter der Mauer, die dieser Mann errichtet hat, um sie nicht sehen zu müssen. Und jetzt kommt sie plötzlich auf sie zu – und sie hat immer gewusst, dass sie eines Tages kommen würde – die Idee, die ihr die Freiheit schenken wird.

Audrun und Verey sind nun schon auf dem Weg zum Fluss. Sie kommen nur langsam voran, weil Verey offensichtlich sehr unsicher auf dem unkrautüberwucherten Boden geht. Grashüpfer springen um ihre Füße, und er versucht vergebens, sie mit einem kaputten Stock wegzuwedeln.

Audrun hat Aramons Flinte über der Schulter hängen.

Beim Verlassen des Hauses hatte sie die Gummihandschuhe aus ihrer Kitteltasche geholt und angezogen und dann die Flinte vom Bord genommen. Vorsichtig hatte sie zwei Patronen in die Kammer eingelegt, hatte bewundert, wie perfekt sie hineinpassten.

»Reiher«, sagte sie, als sie die Flinte schulterte.

»Reiher?«, fragte Verey.

»Ja«, erwiderte sie. »Teufelsvögel nennen wir sie.«

Sie wusste nicht, ob dieser Engländer alles verstand, was sie sagte, aber sie fand, dass das im Grunde nicht so wichtig war.

»Es gibt noch Fische im Fluss«, fuhr sie fort. »Forellen und Äschen. Als ich klein war, haben wir eine Menge Flussfische gegessen. Aber heutzutage sind die Sommer zu trocken. Die Fische sterben im flachen Wasser, weil sie nicht genug Sauerstoff bekommen, und dann holen die Reiher sie. Sie sind wie die Geier. Die Reiher stehen einfach da und warten und stoßen zu. Sie holen sich alles, was es noch an Fischen im Gardon gibt. Deshalb müssen sie gekeult werden.«

»Gekeult?«, fragte Verey.

»Getötet«, erwiderte sie.

»Ah ja. Verstehe.«

»Wenn wir bis zum Fluss hinunter gehen«, sagte sie, »nehmen wir immer ein Gewehr mit.«

Als sie mit Verey aus dem Mas in die Sonne hinausgetreten war, hatte sie vorsichtig nach links gespäht, zu dem Weg, der in die Weinterrassen führte – ob Aramon womöglich beschlossen hatte, die Arbeit zu beenden, und nun zum Haus zurückkehrte. Aber es war nichts von ihm zu sehen. Noch vor Kurzem, als er sich wieder einmal mit seinen Weinstöcken abplagte, hatte er Audrun an das alte Märchen erinnert, in dem jemand aus Stroh Gold spinnen will. Und mit einem Mal hatte sie den furchtbaren Pakt begriffen, den er zu schließen versuchte: Wenn Verey das Mas kaufte, würde ihr Bruder sich nie mehr mit den Weinstöcken herumschlagen müssen, besser gesagt, mit gar nichts mehr; er bekäme so viel Gold, wie er sich nur wünschen konnte, in die Hände gelegt: mehr, als sein angeschlagener Körper tragen konnte.

Audrun und Verey gehen durch das Eschenwäldchen, in dem die Blätter schon gelb werden und im Wind trudeln. Verey fragt Audrun, ob sie etwas dagegen hätte, wenn er – sobald das Mas erst einmal ihm gehörte – eine schnell wachsende Zypressenhecke vor ihre Kate pflanzen würde.

Eine schnell wachsende Zypressenhecke.

Genau das, was sich ein Mann ausdenkt, der das ausblenden möchte, was er nicht sehen will...

Audruns Griff um den Gewehrschaft wird fester. Sie sagt liebenswürdig: »Ich weiß, was Privatheit bedeutet, Monsieur Verey. Es gibt nichts Kostbareres. Ich verstehe das ganz besonders gut.«

Der Engländer nickt und lächelt. Audrun ist aufgefallen, dass viele der *Britanniques* in Ruasse grob und vulgär sind, aber Verey ist ein höflicher Mann. Und er möchte einen prächtigen Garten anlegen, versucht er ihr zu erklären. Seine Schwester wird ihm dabei helfen, seine bewunderte Schwester, die von Beruf Gartenarchitektin ist. »Das wird mein letztes Projekt sein«, sagt er, »*ma dernière... chose...*«

»Ja«, sagt sie ohne Begeisterung. »Es ist schön, auf etwas in der Zukunft hoffen zu können.«

Seite an Seite gehen sie zum Fluss hinunter, erst über die untere Weide, dann am undurchdringlich zugewucherten Flussufer entlang bis zu einer etwa hundert Meter entfernten Stelle weiter östlich, wo ein schmaler Pfad aus Feldsteinen ans Wasser führt. Dieser Pfad, der dort auf den Fluss trifft, wo dieser ein tiefes Becken bildet, sei ein Geheimnis, erklärt Audrun Verey. Vor langer Zeit habe ihr Vater Serge ihn angelegt. Nur für sich allein, aber manchmal habe er sie auch mitgenommen ... Er habe die schweren Steine, einen nach dem anderen, mit den bloßen Händen hergeschleppt und in die Erde gedrückt.

»Geschichte ...«, sagt Verey. »Die Region steckt voller Geschichte.«

»Ja«, sagt sie. »Sie haben Recht, Monsieur. Wir vergessen nur schwer.«

Einen Moment lang folgt jetzt Dunkelheit, Leere.

Dann starrt, wie durch einen langen, stillen Tunnel, das Gesicht von Verey – mit seinen blauen Augen, den sonnenverbrannten Lippen – Audrun stumm an. Er wirkt nicht überrascht. Sein Mund öffnet sich nicht zum Schrei. Fast scheint es, als habe er schon akzeptiert, was geschehen wird, als flüstere er leise zu sich selbst: *Das war's also. So also sieht das Ende aus ...*

Verey fällt nach hinten. Blut spritzt in alle Richtungen, und die purpurnen Tropfen hängen in der sonnendurchfluteten Luft. Es sieht fast schön aus.

Dann liegt er im Wasser, nur seine Beine ragen noch auf den kleinen Kiesstrand. Von diesem Anblick kann Audrun sich kaum losreißen. Er begeistert sie. Das grenzt, denkt sie, fast an Vollkommenheit.

Sie legt die Flinte beiseite und geht langsam zu der Leiche. Sie bückt sich und zieht Vereys Autoschlüssel aus seiner Hosentasche und legt ihn sorgsam auf einen flachen Stein. Alles um sie herum ist plötzlich ganz still.

Blut fließt ins Wasser; frei schwebende Schwaden aus Blut treiben mit der gurgelnden Strömung davon.

Absolute Vollkommenheit.

Sie zieht ihren Kittel, ihren Rock, ihre Bluse und ihre Schuhe aus. Dann legt sie züchtig ihre hübsche weiße Baumwollunterwäsche ab (kein hässliches rosafarbenes Zeug aus Schwefelkohlenstoff von der alten Fabrik in Ruasse!) und geht nackt ins Wasser. Sie trägt nur noch die grünen Handschuhe. Sie zieht Vereys Leiche zu sich heran. Sie schwimmt auf dem Rücken und umfasst den Mann mit ihrem Arm, als wollte sie ihm das Leben retten.

Jetzt schwimmt sie in dem tiefen Becken, wo sie als Kind gespielt hat, während Bernadette ihre Wäsche auf die Steine schlug. Die Kälte ist süß und rein. Und sie weiß, dass auf dem Grund des Wasserbeckens – wenn man bis dorthin zu tauchen wagt, wo fast kein Licht mehr ist, wo Gräser wie plattgedrückte Aale im Flussbett hin und her schwingen – eine Felshöhle ist, in die sie, an sehr heißen Tagen, immer einen schweren Keramikkrug zwängte, einen Krug aus den *poteries* von Anduze, einen Krug, der fast kugelförmig war, aber nicht ganz.

Audrun holt tief Luft und taucht. Sie nimmt die Leiche in ihren Armen mit nach unten. Sie tastet nach dem Loch im Felsen.

Als sie Vereys Kopf in die Höhlung presst und hört, wie der Schädel knackt, als er am Stein entlangschrammt, als sie den Hals immer wieder mit langen Unkrautwedeln umwickelt, die sie mehrmals verknotet, fällt ihr wieder ein, dass gewöhnlich Limonade in dem Krug war, oder manchmal auch *sirop de menthe*, ganz selten aber auch, vielleicht ein- oder zweimal im Jahr, war der Krug, aus Gründen, die Audrun unerfindlich blieben, mit Apfelwein gefüllt. Und wenn sie ihn tranken, wurde die ganze Welt auf einmal schön.

Die kleine Mélodie lag in ihrem Zimmer.

Das ist nicht mein Zimmer, dachte sie. Nicht mein richtiges Zimmer. Mein Zimmer ist in Paris. Aus meinem Fenster konnte ich sogar noch die Spitze vom Eiffelturm erkennen. Manchmal bin ich um Mitternacht aus dem Bett gestiegen, um ihn leuchten zu sehen.

Mélodies Mutter saß an ihrem Bett und hielt ihre Hand. Sie erklärte, morgen würden sie zu einer Beraterin gehen, und diese Beraterin werde ihr helfen, das, was am Fluss geschehen sei, aufzuarbeiten.

»Ich weiß nicht, was ›aufarbeiten‹ bedeutet«, sagte Mélodie.

»Es bedeutet, dass du es mit der Zeit vergessen wirst«, erklärte ihre Mutter.

»Nein«, sagte sie. »Ich werde es nie vergessen.«

Die Beraterin hieß Lise und war eine ruhige vierzigjährige Frau.

Lise hatte ein kleines Zimmer über einer Arztpraxis in Ruasse. Sie saß still auf ihrem Stuhl und hielt die Hände im Schoß gefaltet. In Lises Gegenwart, fern von Mutter und Vater, fand Mélodie es in Ordnung, wütend zu sein. Sie erzählte Lise, wie man sie aus dem, wie sie es nannte, »schönen Leben« gerissen und in dieses andere Leben gesteckt hatte, das ekelhaft war und wo man die meiste Zeit die Augen zumachen musste, weil es so viele Dinge gab, die man nicht sehen wollte.

»Welche Dinge möchtest du nicht sehen?«, fragte Lise.

»Insekten«, sagte Mélodie.

»Ja. Was noch?«

»Alles«, sagte das Kind. »Alles. Ich möchte *alles* nicht sehen!«

Lise ließ Raum für ein langes Schweigen. Vor dem Fenster

hing eine Jalousie, und Mélodie bemerkte, dass die Sonne in seltsam zittrigen Streifen auf den Fußboden fiel, und sie dachte: Auch das ist verkehrt. Nichts ist hier, wie es sein sollte.

»Mélodie«, sagte Lise am Ende der Schweigepause, »siehst du manchmal den Körper des Mannes im Fluss?«

»Es war kein Mann«, sagte Mélodie, »es war nichts.«

»Ich glaube, es war ein Mann. Ein toter Mann.«

»Nein!«, schrie das Kind, »es war nichts! Es war nur ein *Ding*, wie eine tote Schlange. Es war ganz weiß und schleimig. Es war eine Riesenseidenraupe!«

Mélodie begann zu weinen. Sie verbarg ihr Gesicht in den Händen.

Lise saß sehr still auf ihrem Stuhl. Sie sagte behutsam: »Der Mann, den du gesehen hast, ist umgebracht worden. Jemand hat ihn erschossen. Menschen sterben in dieser Welt. Das ist schrecklich, aber so ist es, und wir müssen es akzeptieren. Manchmal sterben sie gewaltsam, so wie diese Person. Aber dann, danach, ruhen sie in Frieden. Und er hat jetzt seinen Frieden, der Mann, den du im Fluss gesehen hast. Er ruht in absolutem Frieden. Und ich möchte gern, dass du dir diesen Frieden vorzustellen versuchst, Mélodie. Was glaubst du? Wie fühlt er sich wohl an?«

Mélodie konnte nicht antworten. Wörter wie »Frieden« sagten ihr nichts.

In ihrem eigenen Kopf herrschte der blanke Horror. Er war so vollgestopft damit, dass ihr demnächst der Schädel platzen würde, und dann würde Zeug herausquellen und ihr in den Nacken und übers Gesicht laufen, und dann würden die Kinder in der Schule ihre Finger in dieses Zeug stecken und weglaufen und so tun, als müssten sie sich übergeben.

Igitt! Du bist eklig, Mélodie!

Guck mal, dein Kopf, Mélodie. Da kommt Kacke aus deinem Gehirn.

Lise beugte sich vor und reichte Mélodie ein Papiertaschentuch.

Das kleine Mädchen zerknüllte das Tuch in der Hand und warf es auf den Boden. Sie wischte sich die Tränen und den Rotz mit den Händen weg und streckte Lise die Hände hin.

»So sieht jetzt alles aus«, sagte sie. »So wie diese *merde*.«

Sie weigerte sich, zur Schule zu gehen.

Sie hörte ihre Eltern am frühen Abend miteinander darüber flüstern.

»In ihrem Alter macht das noch nichts.«

»Es ist sowieso schon fast Halbjahresende.«

»Beten wir, dass sie im September wieder normal ist.«

Sie lief in die Küche mit den Wänden aus Stein, wo sie standen und Wein tranken – sie tranken ihren Wein, als wäre nichts geschehen. Mélodie rannte zu ihnen und schlug ihren Vater mit den Fäusten. Das langstielige Glas flog ihm aus der Hand und zersprang auf dem gefliesten Boden. Ihre Mutter versuchte sie festzuhalten, aber Mélodie riss sich los, bearbeitete beide Eltern mit ihren Fäusten und mit ihrem Willen, der genauso hart und schwarz sein konnte wie der Panzer eines Skorpions.

»Bringt mich nach Hause!«, kreischte sie. »Bringt mich nach Hause!«

»*Ma chérie*«, sagte ihre Mutter, »dies ist jetzt dein Zuhause …«

Nein, das stimmte nicht. Es stimmte nicht. *Es war nicht ihr Zuhause.* Es würde niemals ihr Zuhause sein. Es würde sie nie beschützen.

»Ich will nach Hause, in *mein Zuhause*!«, schrie sie noch lauter und rasender und versuchte immer noch, ihre Eltern zu boxen und zu treten und mit dem Kopf zu stoßen.

»*Mon dieu*, Mélodie, jetzt reicht's …«

Es reichte nicht. Nichts würde jemals ausreichen. Jedenfalls nicht, solange sie nicht alles wiederhatte: ihr Zimmer mit seinem weichen, weißen Teppich und der blauweißen Tapete mit dem Muster aus Schäferinnen und flauschigen blauen Schäfchen. Und ihren Schulweg, vom Blumenladen und der Pâtisserie und dem Optiker an der Ecke bis zum Schultor, wo ihre Freundinnen – ihre richtigen Freundinnen – auf sie warteten. Bis dahin, bis sie all das wiederbekam, würde alles, was sie tat, um ihre Eltern zu bestrafen, nicht ausreichen.

Eines Nachmittags kam Jeanne Viala.

Mélodie lag auf dem Sofa und sah fern. Sie hielt sich ihre Barbiepuppe an die Oberlippe, und das Gefühl von Barbies seidigem Haar an ihrer Haut hatte sie in eine Art erschöpften Halbschlaf gelullt. Doch als ihre Mutter Jeanne Viala in das Zimmer führte, als Mélodie sie sah – die einzige Person, von der sie an dieser Schule gemocht wurde, die Person, die sie in ihren Armen vom Fluss weggetragen hatte –, da warf sie ihre Puppe fort, stand auf, rannte zu ihr und presste ihren Kopf an Jeannes Brust.

Jeanne umarmte sie und drückte sie fest an sich. Die Mutter des Kinds schlüpfte aus dem Zimmer. Mélodie begann zu weinen, aber es war nicht dieses Weinen, bei dem sie immer wütender wurde; es war ein Weinen, das ihr guttat, als würde sie eine Medizin schlucken, die sich nicht beschreiben ließ. Und dann merkte das Kind, dass Jeanne ebenfalls weinte, und es begriff, dass es genau so sein musste, dass sie einander halten und so lange weinen mussten, bis sie keine Tränen mehr hätten.

Schließlich wischte Jeanne Mélodies Tränen fort und auch ihre eigenen, und sie setzten sich auf das Sofa, und Jeanne hob die Puppe auf und strich ihr goldenes Haar glatt.

»Ich bin gekommen«, sagte sie nach einer kleinen Weile, »um dich zu fragen, ob du vielleicht einmal mit mir nach Avignon fahren möchtest. Es ist eine große Stadt. Eine schöne Stadt, mit ganz, ganz vielen Menschen, fast wie Paris, und sie ist gar nicht so weit weg.«

Mélodie nickte. Sie hatte gar nicht gewusst, dass es überhaupt Städte in der Nähe gab. Sie hatte geglaubt, um Ruasse herum würde es kilometerweit nur Steine und Bäume und Flüsse und Fliegen geben.

»Ich habe mir gedacht, dass wir uns ein Nachmittagskonzert anhören«, sagte Jeanne. »Ich weiß, dass du Geige gespielt hast – und das wirst du auch wieder, weil ich einen Lehrer für dich suchen werde. Hast du Lust, mit mir ins Konzert zu gehen?«

»Ja«, sage Mélodie.

»Gut. Dann besorge ich Karten. Und nach dem Konzert, da dachte ich ... falls du möchtest ... könnten wir uns ein hübsches Café suchen und Kuchen essen und Schokoladenshakes trinken. Nur wir beide. Du und ich. Wenn deine Eltern das in Ordnung finden. Was hältst du davon?«

Mélodie streckte die Hand aus und nahm Jeanne Viala ihre Puppe ab und drückte Barbies goldenes Haar noch einmal an ihre Lippe.

»Wann fahren wir?«, fragte sie. »Können wir morgen fahren?«

*A*n einem Nachmittag im Oktober stand Veronica auf dem Friedhof der St. Annen-Kirche in Netherholt, Hampshire. In der Hand hielt sie in einer Plastikurne Anthonys Asche.

Es war einer jener seltenen Sonnentage, an denen die Landschaft im Süden Englands die schönste der Welt zu sein scheint. Der Friedhof war von einer dunklen Eibenhecke eingefasst. Nach Osten hin stand etwas außerhalb vom Friedhof eine alte, majestätische Buche, die Veronica schon seit ihrer Kindheit kannte. Im strahlenden Sonnenlicht funkelten ihre Blätter bernsteinfarben. Hinter der Kirche lag eine saftige Wiese, auf der zwei braune Pferde grasten.

Jetzt stand Veronica zwischen den beiden Männern, die sie kaum kannte: dem Pfarrer von Netherholt und Anthonys Freund und Testamentsvollstrecker Lloyd Palmer. Alle drei starrten stumm auf Lal Vereys Grabstein, den Anthony einst hatte setzen lassen.

Lavender Jane (Lal) Verey
Geliebte Mutter
Geboren in Johannesburg 1913 – Gestorben in Hampshire 1977

Am Fußende der Steinplatte, die Lals Grab bedeckte, war ein frisches kleines Loch ausgehoben. Da hinein würden Anthonys sterbliche Überreste kommen – tief in die Erde, nicht *neben* seine Mutter, sondern ihr zu Füßen.

Das war sein Wunsch gewesen, sein letzter Wille. Doch eine Zeit lang hatte es so ausgesehen, als könnte diesem Willen nicht stattgegeben werden. Der Kirchhof in Netherholt sei voll, hatte man Veronica beschieden. Ihr Bruder müsse auf den »Trabanten«-Friedhof hinter dem Gemeindezentrum.

Trabanten.

Veronica wusste, dass dieses Wort Anthony nichts ausgemacht hätte. Es hätte ihm auch nichts ausgemacht, in der Nähe vom Netherholter Gemeindezentrum zu liegen, einem niedrigen Backsteinbau, in dem ziemlich alkoholische Hochzeiten, Kinderfeste, Bingo-Abende, Amateurtheateraufführungen und (wie man hörte) illegale Technopartys stattfanden. Anthony wollte nur nahe bei Lal sein, so nah, wie es eben ging. Nichts zu machen!

Lloyd hatte die Lage gerettet. »Ich finde eine Lösung«, hatte er Veronica munter erklärt. »Die anglikanische Kirche macht gern ein großes Bohei um alles, dabei muss man doch nur daran denken, dass alle kleinen Gemeinden praktisch bankrott sind. Überlassen Sie das nur mir, Veronica.«

Was hatte es Lloyd Palmer wohl gekostet, dass Anthonys Asche nun doch hier begraben werden durfte? Veronica fragte nicht. Aber der Pfarrer von Netherholt hatte sehr schnell gesagt, nun ja, wenn es ... ähm ... nur um einen ... ähm ... kleinen Behälter gehe, nicht um einen Sarg, dann lasse sich vielleicht ein Platz »zwischen den Reihen« finden.

Und da waren sie nun, Veronica, die Anthony an ihren Busen drückte, Lloyd, in schwarzem Kaschmirmantel mit rotem Kaschmirschal, und der Pfarrer mit Gebetbuch in der Hand, der in seinem Baumwollchorhemd ein klein wenig bibberte.

»Soll ich beginnen?«, fragte der Pfarrer ergeben. »Sind Sie bereit?«

»Ja«, entgegnete Veronica. »Bitte beginnen Sie.«

In der kühlen, aber sonnigen Luft erklangen die vertrauten Worte. »*... Der Mensch, vom Weibe geboren, lebt kurze Zeit ... geht auf wie eine Blume und fällt ab, flieht wie ein Schatten ... Erde zu Erde und Asche zu Asche ...*«

Die Stimme des Pfarrers war weich, nicht unangenehm. In der leichten Brise konnte Veronica tatsächlich Asche *riechen*: Blätter und Zweige, die in einem Gartenfeuer zu Staub und

Rauch vergingen. Und sie dachte: All dies hier erscheint mir richtig. Hier haben Anthony und ich unseren Anfang genommen. Das hier ist Heimat.

Doch dann, als der Augenblick kam, da sie die Urne in das feuchte Loch stellen sollte, konnte sie es nicht, sie konnte sie nicht hergeben. Lloyd und der Pfarrer warteten schweigend und mit gesenktem Haupt. Sie drückte die Plastikurne an sich. Sie musste immerfort denken: Ich habe ihn auch geliebt. Er gehört auch mir, nicht nur Lal …

Mit ausgestrecktem Arm hielt sie die Urne jetzt vor sich, und die Sonne fiel auf den Deckel, der mit einem kupferfarbenen Lack gestrichen war, und er glänzte wie poliert, wie eine altmodische Kasserolle. Sie sah, dass Lloyd den Kopf hob und erst auf die Urne und dann in ihr Gesicht blickte.

»Anthony«, sagte sie mit möglichst fester Stimme, »jetzt kommt das, was du als einen ›entsetzlichen Augenblick‹ bezeichnet hättest. Loslassen. Doch ich werde es tun. Und wenn ich es recht bedenke, hätte ich es wohl besser schon vor vielen, vielen Jahren tun sollen, doch ich tat es nicht. Ich habe dich zu sehr geliebt.«

Sie hielt inne. Sie wusste, dass ihre Stimme in dieser Stille seltsam laut klang.

»Du bist in Netherholt«, fuhr sie fort. »Okay, Liebling? Ich weiß, du kannst es weder sehen noch fühlen. Ich weiß, du bist in Wirklichkeit nirgendwo. Aber dies war der Ort, wo du gern sein wolltest. Die Buche steht immer noch. Und die Sonne scheint. Und ich setze dich nieder zu Lals Füßen. Mehr konnten wir nicht möglich machen. Ich glaube nicht, dass du etwas dagegen hast. Vermutlich erinnerst du dich viel besser als ich daran, dass Ma immer absolut umwerfende Schuhe trug …«

Eigentlich hatte Veronica noch fortfahren und etwas Bedeutsameres sagen wollen, doch sie stellte fest, dass sie hier aufhören musste, und dann kniete sie nieder und setzte die Urne ins Loch. Sie bemerkte, dass Lloyd Palmer neben ihr weinte. Er schneuzte sich laut, nahm eine Handvoll feuchter Erde und warf sie auf Anthonys Urne.

»Leb wohl, alter Kumpel«, sagte er. »Gute Reise.«

Veronica und Lloyd gingen über den Friedhof zu der Wiese, wo die Pferde grasten. In der Ferne, jenseits der Talsenke, verdunkelten Regenwolken den Himmel. Lloyd und Veronica lehnten sich an den Holzzaun. Dann streckte Veronica plötzlich, wie selbstverständlich, den Pferden die Hand hin, und sie hoben sofort die Köpfe.

Sie standen still, spitzten die Ohren und blickten zu Veronica. Sie liebte solche Momente, wenn sie stumm mit einem Pferd sprach und es zuzuhören schien. Und jetzt bewegten sich die beiden, trotteten langsam über das hell glänzende Feld, und als die Tiere näher kamen, nahm sie ihren Geruch wahr – den Geruch lebendiger Pferde, der für Veronica Verey tröstlicher war als jeder andere Geruch –, und sie war hingerissen.

»Brave Mädchen«, sagte sie. »Prachtvolle Mädchen ...«

Sie zog ihre schwarzen Handschuhe aus und berührte die harten, warmen Köpfe der rotbraunen Pferde, rieb und streichelte die beiden Nasen im Wechsel. Zuerst zitterten sie kaum wahrnehmbar, fürchteten noch die fremde Person. Dann spürte Veronica, wie ihre Angst verflog, und sie kamen noch näher, und ein Tier legte seinen Kopf auf ihre Schulter, und Veronica schlang einen Arm um seinen Hals.

»Du lieber Gott«, sagte Lloyd. »Liebe auf den ersten Blick!«

Veronica lächelte. »Mit Pferden konnte ich schon immer«, sagte sie. »Als Kind habe ich mein Pony Susan mehr geliebt als meine Mutter.«

»Glaub ich gern«, sagte Lloyd.

Dann putzte er sich erneut die Nase, steckte das Taschentuch weg und fragte: »Und was werden Sie jetzt tun, Veronica?«

»Tun? Meinen Sie, mit dem Rest meines Lebens?«

»Ja. Ich weiß, dass es mich nichts angeht, aber Sie erben demnächst ziemlich viel Geld, wenn erst einmal das Testament beglaubigt ist ...«

Veronica stand ganz still, streichelte die Pferde und genoss die Wärme, den Atem der Tiere an ihrem Hals. Sie fragte sich, ob sie wohl nach so langer Zeit das Reiten wieder erlernen würde.

»Ich weiß nicht ...«, sagte sie. »Ich habe mich nie richtig leidenschaftlich für irgendetwas begeistert. Außer für Gärten. Und Pferde.«

Sie blickte in den Himmel. Noch schien die Sonne hier auf Netherholt, aber weiter hinten im Tal fiel schon Regen, und sie fand es sehr schön, dieses direkte Nebeneinander von Sonne und Regen.

»Ich dachte, ich sei glücklich in Frankreich«, sagte sie. »Aber jetzt, nach allem, was geschehen ist ... weiß ich nicht, ob ich es wirklich war. Ich glaube, ich habe es mir nur vorgemacht.«

»Glück«, sagte Lloyd mit einem Seufzer. »Darüber haben Anthony und ich uns an unserem letzten gemeinsamen Abend unterhalten. Dass es fast unmöglich ist, das Glück für mehr als fünf Minuten festzuhalten. Er erzählte mir, er sei wohl nur einmal in seinem Leben wirklich glücklich gewesen.«

»Ja? Als Baby? Weil er an Mas Brust trinken durfte?«

»Beinah. Er sagte, er hätte ein Baumhaus gebaut ...«

»Ah, das Baumhaus! Und er lud Ma zum Tee?«

»Ja. Er sagte, das sei der vollkommenste Nachmittag seines Lebens gewesen.«

Veronica begann, das Ohr des Pferds zu streicheln, dessen Kopf immer noch auf ihrer Schulter ruhte.

»Hat er das gesagt?«, fragte sie.

»Ja. Er sagte, alles sei absolut wundervoll gewesen.«

»Ach? Tja, wissen Sie, Lloyd, in Wirklichkeit war es das nicht. Es war nicht wundervoll. Der Tee mag perfekt gewesen sein – bestimmt hatte Mrs. Brigstock ihn gekocht. Und Anthony und Ma mögen sich da oben im Baum auch nett unterhalten haben. Aber dann zum Schluss, als sie die Leiter wieder hinabstieg, rutschte Ma ab und stürzte. Dabei verletzte sie sich den Rücken sehr schwer. Und von da an hatte sie immer Schmerzen. Bis zu dem Tag, als sie starb. Der Schmerz war immer da. Vielleicht kam auch ihr Krebs daher.«

Lloyd schlang einen Knoten in seinen teuren Schal, als fröre ihn plötzlich.

»Diesen Teil der Geschichte hat Anthony einfach ausgeblendet«, fuhr Veronica fort. »Er hat ihn buchstäblich vergessen. Wenn man ihn doch einmal daran erinnerte, behauptete er stets, da irre man sich. Er schaffte es, sich einzureden, dass Lals Sturz an einem anderen Tag stattgefunden habe – an einem anderen Ort. Weil er den Gedanken, dass er in irgendeiner Weise dafür verantwortlich sein könnte, nicht ertrug.«

Lloyd und Veronica fuhren mit Lloyds silbernem Audi zurück nach London. Die graue Autobahn schimmerte im Regen.

Überwältigt von einer unendlichen Müdigkeit lehnte Veronica den Kopf gegen das weiche schwarze Lederpolster und döste in die zunehmende Dunkelheit.

Zwischen Schlafen und Wachen erinnerte sie sich wieder an die Zeit, als sie für Susan sorgte. Es war ein fester, unveränderlicher Tagesablauf gewesen, an den sie sich als Mädchen eisern gehalten hatte. Fast wie ein Gottesdienst, dachte sie jetzt, jeder Schritt wurde Morgen für Morgen in exakt derselben Weise vollzogen, ohne dass sie jemals etwas ausgelassen oder vermasselt hätte. Nichts hatte jemals zum falschen Zeitpunkt oder an der falschen Stelle stattgefunden:

Aufwachen um sechs.

Aus dem Fenster gucken, wie das Wetter wird. Auf Sonne hoffen im Sommer, auf Regen im Frühling, auf Schnee oder strengen Frost im Winter: alles zu seiner Zeit.

Alte Sachen anziehen: Baumwollhemd, Jeans, Pullover, Stiefel, Reitkappe.

Leise wie eine Fee die Treppe hinunterschleichen. Die hintere Haustür aufschließen.

Die erste frische Morgenluft einatmen. Am liebsten den ganzen Weg zum Stall rennen wollen, rennen und rennen.

Die Stalltür öffnen, Susan umarmen und ihren Geruch einatmen und mit ihr reden und ihr eine Handvoll Hafer geben.

Halfterstrick nehmen. Susan hinausführen. Sie am Pfosten festbinden.

Die Schaufel holen und mit dem Ausmisten beginnen. Was meistens zwanzig Minuten dauert.

Den Stall abspritzen. Frisches Stroh ausbreiten. Schön weich und dick schichten.

Den Wassertrog füllen.

Satteln. Gurte ordentlich und korrekt festziehen. Susan zur Weide führen. Die Sonne ist inzwischen aufgegangen oder, im tiefen Winter, beinahe. Oder es regnet.

Zweimal um die Weide trotten, dann einfach nur sanft in Susans breite Flanken treten, als Hilfengebung für den wiegenden Canter. Den vollkommensten und angenehmsten Canter, den je ein Pferd hingelegt hat: kantapper, kantapper, leicht und schön. Während Bäume und Zäune vorbeitanzen.

Und während sie vorbeitanzen, zwei Atemfahnen vor sich sehen, meine und Susans, die mir zeigen, wir sind lebendig, lebendig, lebendig, *lebendig* ...

Veronica räkelte sich in ihrem komfortablen Autositz.

Sie musste wohl für einen Moment geschlafen haben, denn sie hatte geträumt, nicht von Susan, sondern von Kitty.

Im Traum hatte Kitty ihr eine Einladung zur bevorstehenden Ausstellungseröffnung geschickt: *Neue Arbeiten von Kitty Meadows*. Auf der Einladungskarte war Kittys Aquarell der Mimosenblüte abgebildet. In der Verkleinerung wirkte dieses Bild handwerklich perfekt, und Veronica wünschte sich jetzt, um Kittys willen, dass es wahr wäre: dass da eine Einzelausstellung für sie stattfand und dass das Mimosen-Aquarell ihr vollendet gelungen war. Doch sie wusste, dass beides nicht der Fall war.

Tatsächlich war noch vor Veronicas Aufbruch nach England in Les Glaniques eine Postkarte von Kitty aus Adelaide gekommen. Mit einem Bild der lächelnden Kitty in weißem T-Shirt und blauer Latzhose und mit einem Koalabär im Arm. Als Bildunterschrift hatte Kitty geschrieben: *Wenigstens einer, der mich liebt!*

Veronica hatte lange das Foto betrachtet, auch die nach hinten kippende Handschrift, und hatte sich Kitty vorgestellt, wie sie, allein in einem Hotelzimmer in Adelaide, beim Schreiben lächelte, einen Moment lang stolz auf ihren traurigen kleinen Witz.

Dann hatte Veronica die Karte zerrissen und weggeworfen.

Veronica griff nach ihrer Handtasche, holte eine Pfefferminzpastille heraus und steckte sie in den Mund.

»Alles in Ordnung?«, fragte Lloyd.

»Ja«, antwortete Veronica. »Sie sind ein sehr guter Fahrer, Lloyd. Möchten Sie auch ein Tic-tac?«

Lloyd lehnte dankend ab. Veronica schwieg eine Weile, dann sagte sie plötzlich: »Ich habe übrigens nachgedacht: Gärtnern in Südfrankreich ist wirklich eine mühselige Angelegenheit. Ich kann dort keinen einzigen meiner Lieblinge pflanzen, es ist viel zu trocken.«

»Kann ich mir vorstellen.«

»Ich träume immer häufiger von englischen Blumen; Wicken, Pfingstrosen, Vergissmeinnicht …

Lloyd stellte das Mozartkonzert aus, das, seit sie in Hampshire losgefahren waren, leise in einer Endlosschleife gelaufen war.

»Kommen Sie nach Hause«, sagte er. »Verkaufen Sie alles in Frankreich, und suchen Sie sich hier ein Haus. Benita kann Ihnen bei der Inneneinrichtung helfen, wenn Sie möchten. Legen

Sie einen göttlichen Garten an, Veronica. Stellen Sie sich Primeln und Himmelsschlüssel und Narzissen und Spaliere voller üppiger Rosen vor ...«

»Ja«, sagte sie ruhig. »Ich glaube, das könnte mir gefallen. Genau das: ein englischer Garten und eine Weide für ein Pferd. Oder ist das furchtbar egoistisch?«

»Ich wüsste nicht, wieso«, sagte Lloyd. »Wo das Leben doch so verdammt kurz ist.«

*A*udrun erwachte in einem dunklen Raum.

Sie lag in einem Bett, aber sie wusste, dass dies hier nicht ihr eigenes Schlafzimmer in ihrem Häuschen war. Doch wo war sie dann? Irgendetwas roch beißend. Waren die Wände vielleicht feucht? Befand sie sich in einer Gefängniszelle?

Sie versuchte, sich aufzurichten. Aber da war ein Schmerz in ihrer Brust, der sofort stärker und intensiver wurde, wenn sie sich bewegte. Er drückte sie so heftig in die Kissen zurück, als stieße sie ein alter Feind, der an ihrem Bett stand.

Sie tastete nach ihrem Brustbein und knetete die dünne Haut. Mehr als warten konnte sie nicht tun: warten, dass jemand den Raum betrat oder eine Lampe anknipste. Dann wüsste sie Bescheid …

Falls das hier ein Gefängnis war, war es sehr ruhig. Kein Türenauf- oder -zuschließen. Kein Gebrüll. Keine Schritte. Oder war sie von Geräuschen umgeben, die sie nicht hören konnte? War die Stille in ihr? Sie versuchte, ihren eigenen Namen zu flüstern: Audrun Lunel. Sie glaubte ihn zu hören, aber es klang zaghaft und wie von weit her, als würde ein schüchternes Schulkind beim Morgenappell nur zögernd seinen Namen aussprechen.

Genau daraus hatte ein Großteil ihres Lebens bestanden: aus reglosem Warten in der Dunkelheit. Sie hatte Übung in diesem ergebenen Warten.

Doch worauf wartete sie diesmal? Bis auf die seltsam riechende Luft, die sie einzuatmen gezwungen war, gab es keinerlei Hinweise auf das, was hier vor sich ging.

Sie begann, ihr Gedächtnis zu durchforsten.

War der gutaussehende Inspektor wiedergekommen und hatte sie verhaftet? Hatte das arme, traumatisierte Kind Mélodie Hartmann oder vielleicht sogar Jeanne Viala sich an etwas erinnert und es ihm ins Ohr geflüstert – etwas, das niemand anderes wusste?

Oder hatte er selbst, Inspektor Travier, etwas entdeckt, das allen anderen verborgen geblieben war – so wie seine Kollegen im Kino mit ihren himmelblauen Augen stets zuverlässig den verschütteten Pfad zur Wahrheit fanden?

Audrun konnte sich nicht an eine Festnahme erinnern. Das Letzte, was sie noch wusste, war, dass sie mit Marianne an der Straße stand und das Feuer in den Bergen sah und dass Marianne zu ihr sagte, die Löschflugzeuge seien schon unterwegs. Aber was war danach geschehen? Waren die Flugzeuge gekommen? Hatte sich das Wasser über die Bäume ergossen? War sie in ihre Kate zurückgegangen, hatte die Tür verschlossen und sich in ihren Sessel gesetzt? Und dann?

Es tut mir leid, Mademoiselle Lunel. Es tut mir leid, Sie schon wieder zu stören, nach all der Aufregung über das Feuer, aber dürfte ich Ihnen vielleicht noch ein paar Fragen stellen …?

Hatte er diese Worte gesagt? Sie kamen ihr bekannt vor. War er mit demselben Wachtmeister erschienen, dem Notizenmacher?

Nur noch ein paar Fragen.

Es wird nicht sehr lange dauern. Ich möchte nur noch ein oder zwei Dinge klären …

Er war so nett gewesen, so höflich. Doch es waren ja stets die gewaltsamen, die bösen Dinge, an die sich das Herz und der Körper erinnerten, nicht die Gespräche mit freundlichen Menschen.

In einem Gefängnis eingesperrt zu sein: Audrun fand, dass es nichts Schrecklicheres gab. Sie hätte den charmanten Inspektor gern daran erinnert, falls er es nicht bereits wusste: »Ich habe das schon einmal durchlitten, als ich jung war. Von fünfzehn bis dreißig – die ›besten‹ Jahre meines Lebens hindurch. Ich weiß, was es heißt, im Gefängnis zu sein. In zwei Gefängnissen, um genau zu sein. In der Unterwäschefabrik, wo ich Schwefelkohlenstoff einatmen musste; und in meinem Zimmer, das nach meinem Bruder und meinem Vater stank. Ich wollte nur noch sterben.«

Das tut mir leid, Mademoiselle Lunel, und Sie haben durchaus mein Mitgefühl, aber es ändert nichts. Ich verhafte Sie wegen Mordes an dem Engländer Anthony Verey. Sie haben das Recht zu schweigen ...

Man hatte sie wohl in einem Polizeibus abtransportiert und in eine Zelle geworfen. Und da würde sie für immer bleiben, umgeben vom Gestank der anderen, genau wie in der Fabrik – als wäre sie ihr am Ende doch nicht entkommen.

Sie begann zu weinen. Sie bekam nur schwer Luft. Ihre Tränen waren heiß auf ihrer Haut und sickerten in kleinen Rinnsalen in ihr Haar. Dann sagte eine Stimme in der Dunkelheit: »He, Mund halten. Die Leute hier brauchen ihren Schlaf.«

»Wo bin ich?«, fragte Audrun. Doch niemand antwortete.

Licht.

Licht über ihr, aber nicht von einem Fenster, sondern von grell leuchtenden Stangen, die an einer hohen Decke hingen. Und neben ihr bewegte sich etwas. Sie drehte den Kopf und sah eine junge Krankenschwester an ihrem Bett stehen. Sie hielt ihre Hand, um den Puls zu messen. Hinter der Schwester hing ein schlapper grüner Vorhang und verbarg, was immer dahinter lag.

Ein Krankenhaus.

Die Krankenschwester war Armenierin. Oder Algerierin. Ihre Hand war warm.

»Was ist passiert?«, fragte Audrun die hübsche algerische Krankenschwester, doch die lächelte nur, ließ Audruns Hand los, ging wieder und zog den Vorhang hinter sich zu.

Ein Krankenpfleger mit einem freundlichen alten Gesicht

brachte ihr das Frühstück – eine Tasse Kaffee, ein nicht mehr frisches Croissant und einen winzigen Klacks Marmelade. Der Pfleger half ihr, sich im Krankenhausbett aufzurichten, damit sie essen konnte.

»Was ist mit mir passiert?«, fragte Audrun.

»Es ist alles in Ordnung«, sagte der Pfleger. »Sie sind bald wieder gesund. Möchten Sie Zucker in Ihren Kaffee?«

Sie versuchte zu essen und zu trinken. Fand es schwierig zu schlucken. Sie dachte, sobald sie etwas kräftiger wäre, würde ihr vielleicht wieder einfallen, was genau passiert war.

Sie schlief und wachte, schlief und wachte. Pinkelte in eine Bettpfanne, wobei sie sich an der Schwester festhielt. Schlief wieder mit beengter, schmerzender Brust. Das Licht über ihr veränderte sich nicht.

Dann sah sie Marianne an ihrem Bett. Marianne sah blass und müde aus und machte ein verärgertes Gesicht.

»Wie geht es dir?«, fragte Marianne mit ausdrucksloser Stimme.

»Ich weiß nicht«, antwortete Audrun. »Mir tut die Brust weh. Ich weiß nicht, was passiert ist. Sind die Löschflugzeuge gekommen?«

Marianne drehte den Kopf halb weg und schien tief Luft zu holen. Dann blickte sie Audrun an und sagte: »Es ist weg. Ich bin gekommen, um es dir zu sagen. Jemand muss es dir ins Gesicht sagen. Es ist weg.«

»Weg?«

»Ja.«

»Ich weiß nicht, wovon du redest, Marianne.«

»Das Mas Lunel. Es ist verbrannt. Teile der Mauern stehen noch, aber sie sind schwarz, vollkommen schwarz. Es sah aus, als würde es in der Mitte auseinanderbrechen. Ich habe so etwas noch nie in meinem Leben gesehen! Von der Hitze sind die Steine einfach ... *explodiert*.«

Audrun schwieg. Sie schloss die Augen. Im Geiste sah sie jetzt etwas Neues: Raoul Molezon, wie er rannte, zum Zwinger rannte und rief, er werde die Hunde retten. Und sie folgte ihm, versuchte ebenfalls zu rennen. Aber sie folgte Raoul nicht zum Zwinger; sie öffnete die beschädigte Tür vom Mas und ging hinein und stand in der Küche, wo es dunkel war, da alle Fensterläden gegen die wochenlange Hitze geschlossen waren.

Sie legte ihre Arme auf Bernadettes Eichentisch, den sie mit aller Kraft wieder blank zu scheuern versucht hatte, den sie geschrubbt hatte, damit er wieder so schön hell wie früher würde. Dann begann sie, den schweren Tisch zu schieben und zu ziehen. Arme und Rücken taten ihr weh.

Sie ahnte, dass sie zu leicht war, um dieses alte Möbelstück zu heben, zu geschwächt von den Jahren. Aber sie würde nicht aufgeben. Sie war Audrun Lunel. Sie würde retten, was von ihrer Mutter noch übrig war – all die Dinge, die Aramon an sich gerissen hatte und die jetzt ihr gehörten; sie würde alles hinausschaffen, bevor das Feuer kam. Sie wusste noch, dass sie laute Rufe in den Bergen und das Bellen und Jaulen der Hunde hörte, aber diese Geräusche kümmerten sie nicht ...

»Du hast Glück gehabt«, sagte Marianne knapp. »Raoul hat sein Leben riskiert, um dich herauszuholen.«

»Sein Leben riskiert?«

»Ja, genau. Du hattest irgendwie die Tür verrammelt. Raoul hat sich mit der Schulter dagegengestemmt, aber sie bewegte sich nicht. Das Feuer war schon gefährlich nah, sprang von Baum zu Baum. Die Feuerwehrmänner sagten, er soll da weggehen, aber das wollte er nicht. Zusammen mit einem Feuerwehrmann hat er die Tür aus den Angeln gehoben. Er hat dich hinausgetragen.«

Audrun sah Marianne an, die immer noch ein strenges Gesicht machte. Doch das war ihr gleichgültig. Es war ihr vollkommen gleichgültig. Sie konnte nicht verhindern, dass sich ein Lächeln auf ihrem Gesicht ausbreitete, als sie daran dachte, dass Raoul Molezon sein Leben riskiert hatte, um sie zu retten.

»Er war schon immer ein guter Mensch«, sagte sie. »Schon immer.«

*A*ramon Lunel saß in Untersuchungshaft in einem Gefängnis oberhalb von Ruasse und wartete auf seine Verhandlung. Er wusste, dass der Prozess in weiter Ferne lag und sein Ausgang vorhersehbar war, deshalb dachte er selten darüber nach.

Er versuchte, sein Leben immer nur tageweise zu leben.

In dem Gefängnis war früher ein Regiment der französischen Fremdenlegion stationiert. Die Gebäude waren aus massivem Stein erbaut, im Winter war es dort kalt. Aramon hatte eine Zelle für sich. Man wollte Mörder und Sexualstraftäter von den kleineren Kriminellen fernhalten. Laut Anweisung des Gouverneurs sollten Männer, die das Leben anderer Menschen vernichtet oder für immer beschädigt hatten, gezwungen sein, ein gewisses Maß an Einsamkeit zu erdulden. Aramon war dagegen allerdings immun. Er war seit dreißig Jahren einsam.

Die Zellenwände waren weiß gestrichen. Es gab ein kleines Fenster, das mit einem Eisengitter gesichert war. Durch die gekreuzten Gitterstäbe konnte Aramon tief hinunter ins Tal und auf die Dächer der Stadt sehen: auf die schiefen rotgrauen Ziegeldächer und die kastenförmigen Schornsteine des alten Ruasse, auf das nichtssagende Wellblech der Supermärkte und auf die Wassertürme und Sendemasten der Hochhäuser in den billig aus dem Boden gestampften Vororten aus den 1970ern, die immer noch »neu« genannt wurden.

In einem dieser Betonsilos hatte das Mädchen Fatima gelebt und ihren Tod gefunden, und manchmal ertappte Aramon sich dabei, dass er an sie dachte, daran, wie sie ihre Lampenschirme mit Tüchern verhängt hatte, die die Schäbigkeit ihres Zimmers kaschieren sollten, und wie sie ihn anmachte, indem sie ihren Bauch kreisen ließ. Hin und wieder fragte er sich sogar, ob er sie am Ende nicht doch umgebracht hatte. Umgebracht wegen ihres fetten, kreisenden Leibs. Umgebracht, weil sie nicht die Person war, die er liebte.

Fatima, die bauchtanzende Hure. Er hatte keine Erinnerung daran, dass er ihren Körper vom Brustbein bis zur Scham aufgeschlitzt hatte. Nicht die geringste. Aber er hatte ja auch keine Erinnerung daran, dass er Anthony Verey mit der Flinte erschossen hatte. Anfangs hatte er geglaubt, er würde irgendwann wiederkehren, jener Augenblick am Fluss. Er würde wieder in sein Hirn dringen wie ein Kinofilm, und dann würde er *es fühlen*, es mit seinem ganzen Wesen fühlen, dass er jemandem das Leben genommen hatte. Aber die Zeit verging, und es geschah nichts. Es gab keinen Film, kein Fühlen: nur Nebel und Dunkelheit.

Sein Anwalt, Maître de Bladis, hatte ihm erläutert, sein Verstand habe die schrecklichen Dinge, die er getan hatte, »ausgeblendet«. Einige Mörder, hatte de Bladis argumentiert, könnten die quälenden Gefühle von Entsetzen und Schuld »einfach nicht ertragen« – und mit hoher Wahrscheinlichkeit sei er einer von ihnen. Daraufhin hatte man ihm mitgeteilt, dass er Anspruch auf psychiatrische Hilfe habe, falls er danach verlange.

Seine Zelle war vier Meter lang und zweieinhalb Meter breit. Es gab ein Holzbett, eng und sehr niedrig. Das einzige Kissen war überraschend weich. Unter dem Fenster stand ein Holztisch mit einem Stuhl.

In der Ecke direkt neben der Tür befanden sich Toilette und Waschbecken, beide angeschlagen und fleckig, aber benutzbar. Und wenn Aramon nachts seine Blase entleeren musste, dachte er häufig, wie praktisch – wie fast schon *erfreulich* – es war, vom Bett nur wenige Schritte zum Klosett zu haben.

Manchmal machte er sich nicht einmal die Mühe aufzustehen, sondern kroch auf den Knien zur Toilettenschüssel (die ebenfalls dicht über dem Boden saß). Zurück auf seinem Lager, horchte er auf den anbrechenden Morgen draußen vorm Fenster und versank häufig in Traumfantasien. Er war dann wieder ein Junge, der morgens, noch bevor die Sonne hinter den Bergen von La Callune hervorkam, in den Zwiebelbeeten schuftete.

Nach seiner Ankunft im Gefängnis hatte man ihn erst einmal ins Krankenhaus verlegt, weil er sein Essen nicht bei sich behielt. Er erklärte den Gefängnisärzten, dass er wahrscheinlich Magenkrebs habe. Erstaunlicherweise zeigten sie sich ihm gegenüber ausgesprochen mitfühlend und freundlich. Man machte eine Ultraschallaufnahme und teilte ihm mit, es gebe keinen Krebs, nur zwei blutende Geschwüre.

»Kein Wunder«, sagte Aramon. »Das habe ich gefühlt, *pardi*: dieses innere Bluten. Ich glaube, das geht schon sehr lange so.«

Er bekam eine basische Diät. Die Zigaretten wurden ihm für eine Weile weggenommen. Und als er aus dem Gefängniskrankenhaus kam, fühlte er sich fast wieder gesund, jedenfalls gesund genug, um aufrecht zu stehen, gesund genug, um bei den Mahlzeiten, beim Hofgang oder in der Werkstatt, wo er Paletten zusammenbaute, ein paar Witze zu reißen.

Er schloss Freundschaft mit einem anderen Mörder, einem alten Somalier namens Yusuf, der ein ansteckendes, schrilles Lachen besaß. Yusuf erklärte, er könne sich ebenfalls nicht an sein Verbrechen erinnern. Die Polizei behaupte zwar, es habe mehr als eines gegeben, aber er selbst habe längst vergessen, was das für Taten gewesen sein könnten und warum er sie begangen haben sollte. Er sagte zu Aramon: »Es ist egal. Vor langer Zeit war ich vielleicht böse, ich habe vielleicht auch einem Menschen die Kehle durchgeschnitten oder sogar die Kehle von mehr als einem Menschen, aber Gott hat mir vergeben. Er hat meine Qualen beendet. Er hat mir sogar Ruhe und Obdach im Alter geschenkt. Und jetzt schenkt er dir das auch.«

Ruhe und Obdach im Alter.

Bei dieser Vorstellung musste Aramon lächeln. Er entwickelte sogar ein bisschen Stolz auf seine Zelle. Er putzte sie sorgfältig. Im Mas Lunel hatte er alles verkommen lassen. Es hatte ihm nichts ausgemacht – er hatte es kaum wahrgenommen –, wenn es dort stank. Bis es irgendwann so widerlich und so kompliziert geworden war, dass er es nicht mehr ertrug und Audrun bitten musste, das Haus wieder in Ordnung zu bringen.

Hier im Gefängnis desinfizierte er die Toilettenschüssel dreimal in der Woche. Er zog das Bettlaken straff. Er hätte auch gern Bilder oder Fotos besessen, um sie an die Wände zu heften: Ansichten von Orten, wo er nie gewesen war und nie hinkommen würde und die deshalb nichts von ihm wollten. Die Niagarafälle. Der Ätna. Die große chinesische Mauer. Venedig. Ein See in Somalia, in dem, wie Yusuf erzählt hatte, Männer im scharlachroten Sonnenuntergang nach Aalen angelten. Diese Bilder wären ein Ruheplatz für seine Seele: ein Ort zum Verweilen.

Viele der Gefängnisinsassen waren junge Männer – weiße Franzosen, Somalier und Nordafrikaner, die meist, je nach Herkunft, eigene Gruppen bildeten.

Während der Mahlzeiten und beim Hofgang rivalisierten diese Gruppe, – protzten und prahlten und fluchten. Manchmal gab es blutige Kämpfe, und die amüsierten Aramon. Er konnte sich noch gut erinnern, was es hieß, zwanzig Jahre alt und voller Wut zu sein. Aber Yusuf gegenüber gestand er: »Ich möchte nicht wieder jung sein. Es ist viel zu anstrengend.«

Eines Tages scharte sich eine Gruppe junger weißer Männer im Hof um Aramon, und einer von ihnen, ein Junge namens Michou, sagte: »Wir haben gehört, dass du der Typ bist, der diesen *rosbif* plattgemacht hat. Den aus der Zeitung, der verschwunden war. Stimmt das?«

Aramon lehnte am Drahtzaun und rauchte. Der Himmel war bleiern und die Luft kalt. Er blickte in die erwartungsvollen Gesichter, und sein Stolz, seine Männlichkeit ließen nicht zu, dass er diesen jungen Kerlen gestand, er wisse nicht, ob er Vereys Mörder war oder nicht.

»Ja«, sagte er. »Der bin ich.«

Die Jungs begannen zu feixen. Michous Freund Louis sagte: »Du hast ihm seine bleiche Visage weggeschossen? Echt?«

Ihm seine bleiche Visage weggeschossen ...

Mit fester Stimme sagte Aramon: »Er hatte mir Geld versprochen. Eine Menge Geld für ein Grundstück. Wir hatten eine Abmachung. Und dann wollte er sich nicht dran halten. Der Scheißkerl. Wollte mich betrügen. Aber niemand betrügt ein Mitglied der Lunel-Familie!«

»Wie war das denn für dich? *Puff!* Ein Ausländer weniger! Verdammt gutes Gefühl, was?«

»Es war in Ordnung«, sagte Aramon.

»Hast du ihm den Kopf mit dem ersten Schuss weggeblasen?«

»Nicht seinen Kopf«, sagte Aramon. »Ich habe ihn in den Bauch geschossen.«

Er wollte schon angeben, er hätte Verey mit einem Schuss getötet, doch dann fielen ihm die *zwei* leeren Patronen in der Kammer ein, und er stotterte: »Ich dachte, ich hätte ihn schon mit dem ersten erledigt, aber meine Hände haben gezittert. Da musste ich noch einen drauflegen.«

»Wie? Und dann sind seine Eingeweide rausgequollen?«

»Genau.«

»Hast du gut gemacht«, sagte Michou. »Ausländer sind Ungeziefer. Jedes Scheißjahr werden es mehr, wimmeln hier rum wie die Ratten. Und nehmen sich einfach, was uns gehört. Die versuchen doch dauernd nur, uns zu betrügen. Hast du gut gemacht, Alter.«

Danach »kümmerte sich« diese Gruppe – Michou, Louis und noch drei andere – um Aramon, aus *Respekt*, wie sie ihm erklärten. Sie organisierten für ihn Extrazigaretten und Pornomagazine. Sie schafften es sogar, als er sie darum bat, ein Farbfoto von den Niagarafällen zu besorgen, das er über seinem Bett an die Wand klebte und manchmal stundenlang betrachtete. Er wusste, dass es in seinem Leben in den letzten Jahren an Wundern gefehlt hatte.

Eines Tages sagte Michou im Hof, er sehe müde aus, wieso er nicht mal den anderen Stoff versuche, den wunderbaren Stoff, der einem alle Sorgen wegbläst?

»Den ›wunderbaren Stoff‹?«

»Genau. Shit. Eitsch. Crack. Egal. Sogar Schnee, wenn du damit zurechtkommst. Geht einfach. Ganz einfach.«

»Und wie mache ich das?«, fragte Aramon.

Michou sagte, auch das sei einfach. Die Deals fänden immer draußen statt. Bestimmte Wärter würden es »unterstützen«, weil sie so mickrig bezahlt wurden. Es sei so einfach wie furzen.

Aramon erklärte Michou, er werde darüber nachdenken. In Wirklichkeit gab es jedoch nicht sehr viel nachzudenken. Denn genau das war es, wonach er sich verzehrte – wonach er sich fast sein ganzes umnachtetes Leben lang verzehrt hatte –, nach der Droge, die die Welt wunderbar aussehen ließ.

Yusuf riet ihm ab, sich darauf einzulassen, ja überhaupt in die Nähe von diesem Zeug zu kommen. Es würde ihn in Fesseln legen, ihn zum Sklaven machen.

Doch Aramon hatte schon davon zu träumen begonnen. Er schmiegte den Kopf in sein weiches Kissen, und vor seinem inneren Auge sah er eine Substanz von vollkommenem Weiß, die ihn endlich das fühlen ließ, was er vor langer Zeit, bevor Bernadette gestorben war, gefühlt hatte.

Sie hatte es manchmal, besonders an Sommerabenden, Glück genannt.

Schnee fiel auf die verkohlten Reste von Mas Lunel.

In ihren Gummistiefeln und dem alten roten Mantel stand Audrun allein in der weiten Landschaft und ertappte sich bei dem Wunsch, es möge immer weiter schneien, so lange, bis alle Konturen und scharfen Ecken des Gebäudes sich rundeten und das Mas sich nicht mehr von seiner Umgebung unterschied: nur noch ein kleinerer Haufen oder Hügel zwischen den größeren Hügeln war.

Sie liebte dieses allumfassende Weiß. Selbst die raue Luft liebte sie.

Und die Stille. Die mehr als alles andere.

Als der Schnee schmolz und die Reste des Mas in all ihrer geschwärzten Hässlichkeit wieder auftauchten, ließ Audrun die Jalousien vor den Fenstern der Kate heruntergezogen und wagte sich auch kaum noch vor die Tür, so schrecklich war ihr die Nachbarschaft dieses *Dings*.

Als sie merkte, dass sie sich schon wieder zur Gefangenen ihres Hasses machte, rief sie Raoul Molezon. Sie bot ihm Pastis an, den sie mit Käsegebäck servierte. Sie erklärte, sie hätte gern, dass er das Mas Lunel abriss.

»Es abreißen? Und dann?«, sagte Raoul.

Und dann?

Ihr fiel ein, wie ihr Vater vor langer Zeit mit dem Verkauf der Steine geprahlt hatte, nachdem er die zwei Seitenflügel des Mas niedergerissen hatte.

Und dann?

»Dann ist es weg«, sagte sie. »Und das Land erholt sich wieder.«

Raoul schwieg einen Moment. Audrun bemerkte, dass ihm ein paar Kekskrümel auf sein Schottenkarohemd gefallen waren. Männer, dachte sie. Sie sehen selten, wo etwas herunterfällt, verschüttet wird oder auch nur liegen bleibt. Sie rennen einfach weiter ...

»Ich habe eine bessere Idee«, sagte Raoul. »Mit dem Geld von der Versicherung könnte ich es für dich wieder aufbauen. Das würde zwar einige Zeit dauern, aber ...«

»Geld von der Versicherung!«, sagte Audrun. »Aramon sieht keinen Cent davon. Das verhindert das Gericht. Die Versicherungsleute werden doch nicht an einen Mörder zahlen, wenn sie nicht müssen! Wer sollte ihnen das verübeln?«

Raoul nickte. Er trank seinen Pastis mit gesenktem Kopf. Das Wort »Mörder« schien ihn aus der Fassung gebracht zu haben.

Nach einer Weile sagte Audrun: »Ich glaube, es ist besser, wenn das Haus weg ist, Raoul. Besser für mich. Besser für das Land. Könntest du nicht einfach mit einem Bulldozer kommen? Ich bezahle dich für die Arbeit. Und du kannst die Steine wiederverwenden.«

Raoul schwieg wieder für einen Moment, dann sagte er: »Was möchte Aramon denn?«

»Wenn man das wüsste«, sagte Audrun. »Aber das ist auch nicht wichtig. Aramon wird im Gefängnis sterben. Sie sagen, dass er dreißig Jahre bekommt. Er wird keinen Fuß mehr auf diesen Berghang setzen.«

Ende Februar erschien Raoul mit seinen Abrissarbeitern. Die Tage waren grau und kalt.

Audrun kochte Kaffee für die Männer. Sie erinnerte Raoul an seinen Auftrag, alles zu beseitigen, alles wegzuschaffen, noch den letzten Stein oder Dachziegel, jeden Fußbodenbalken, jede alte Rohrleitung, jeden Rest abgeblätterten Putz.

»Was ich sehen möchte, wenn ihr fertig seid«, sagte sie, »ist eine kahle Fläche. Nichts soll da mehr herumliegen oder aus dem Erdboden vorgucken.«

Raoul sagte seinen Männern, sie sollten schon zum Mas hinaufgehen, er selbst blieb jedoch noch an Audruns Küchentisch sitzen, die Hände um die Kaffeeschale gelegt. Seine braunen Augen blickten nicht auf Audrun, sondern in die Schale.

»Audrun«, murmelte er. »Ich wollte es dir schon längst sagen. Ich hätte es schon beim letzten Mal, als ich hier war, sagen sollen. Mir tut all das, was geschehen ist, sehr leid. Es tut uns allen leid. Allen in La Callune. Wir wollen dir gern helfen, so gut wir können.«

Audrun sah ihn an, diesen immer noch gut aussehenden Mann, den sie so leicht hätte lieben können, wenn ihr Leben anders verlaufen wäre, und sie empfand eine große Zärtlichkeit für ihn, die, das wusste sie, niemals vergehen würde.

»Ich danke dir, Raoul«, sagte sie. »Mir tut auch Jeanne leid. Ausgerechnet sie musste Zeugin von etwas derart Schrecklichem werden ... Das hat sich doch niemand vorstellen können. Und dann das kleine Mädchen aus Paris ... beim Picknicken ...«

Er schüttelte den Kopf, wie um zu sagen, das sei es eigentlich nicht, worüber er gern reden wolle. Er schob die Schale auf der Wachstuchdecke hin und her. Er mochte Audrun immer noch nicht ins Gesicht blicken, aber sie spürte, dass es ihm um etwas anderes ging.

»Ich weiß ...«, setzte er an, »ich weiß ... als wir jung waren, wurde dir das Leben sehr schwer gemacht durch ... durch gewisse Dinge, die ...«

Audrun sprang jäh auf und schob ihren Stuhl dabei so heftig weg, dass er mit einem Knall nach hinten kippte.

»Ein Leben ist ein Leben«, erklärte sie mit Nachdruck. »Ich beschäftige mich nie mit der Vergangenheit. Niemals! Und deshalb ist es auch besser für mich, wenn das Mas Lunel weg ist. Und sieh nur, wie spät es ist, Raoul. Solltest du nicht besser anfangen? Sie haben für heute Nachmittag Regen angesagt.«

Er erhob sich. Er holte seine Handschuhe aus der Tasche

seines Arbeitskittels und zog sie langsam an. Er nickte und ging hinaus.

Der Bau hatte Jahre gedauert, der Abriss dauerte Tage.

Getreu den Anweisungen, ließen Raoul und seine Männer nichts auf dem Erdboden zurück. Nach Beendigung ihrer Arbeit war dort, wo das Mas Lunel gestanden hatte, nur noch eine rechteckige Mulde in der Erde.

Audrun umrundete diese Mulde immer wieder, eine Wunde aus Ton und Kalkstein, auf der die Spuren der Abrissbagger wie fantasievolle Nähte aussahen. Das flache Rechteck wirkte viel kleiner, als das Haus gewesen war. Und das Ganze hatte etwas beschämend Sinnloses, als wäre der herrliche Berghang oberhalb von La Callune damals ohne jeden Grund umgegraben, eingeebnet und terrassiert worden. Und dieser Gedanke zerrte an Audruns Seele, zerrte an den Bildern der geliebten Bernadette, wie sie an ihrem Spülbecken oder ihrem Bügeltisch stand und Ausschau hielt.

Doch als Audrun dann eine Amsel in einer Steineiche singen hörte, wusste sie, dass der Frühling kam und dass die Jahreszeiten ihre eigenen, freundlicheren Veränderungen mit sich brachten. In den Furchen, die die Bulldozer hinterlassen hatten, würden sich, ebenso wie im nackten Lehm und Kalkstein, winzige Partikel von Materie sammeln, herbeigetragen von Regen und Wind: Fasern von toten Blättern, Spuren von verkohltem Besenginster. Und in der Luft würden, mit Ankunft des Frühlings, fast unsichtbare Staubflöckchen und winzigste Sandkörner schweben, und sie würden langsam zur Erde trudeln und zwischen Steine und Bodensatz sinken und ein Bett für die Sporen von Flechten und Moos bilden. Und schon mit dem ersten Frühling würde die Wunde von Mas Lunel zu heilen beginnen.

Darin irrte sie sich nicht.

Später dann, in den Herbststürmen, mit den Regengüssen,

die unterhalb von Mont Aigoual niedergingen, würden Beeren und Samenkörner auf die Flechten fallen und Wurzel schlagen. Buchsbaum und Farnkraut würden dort sprießen, und mit der Zeit, in gar nicht so langer Zeit ... würden Wildbirnen, Weißdorn, Kiefern und Buchen ihre Äste ausstrecken ...

Darin, in alledem, irrte sie sich nicht.

Sie kannte ihr geliebtes Land. Was da im Laufe der Jahreszeiten um sie herum heranwachsen würde, war jungfräulicher Wald.

Der Frühling kam langsam, zögernd, mit heftigen Regenschauern, mit Morgenfrost und mit Nächten, in denen der Wind Anstalten machte, das Dach von der Kate zu reißen.

Und dann beruhigte sich alles. Die Sonne begann zu wärmen. In Audruns Wald schossen Winterlinge und Hundsveilchen aus dem frischen Gras. Der Kuckuck rief.

Sie fuhr mit dem Wagen nach Ruasse hinunter, parkte auf dem Platz und ging zu Fuß durch die alte Stadt zum Gefängnis. Ihr war gar nicht bewusst, was sie da gerade tat. Aber irgendein altes Gefühl von ... wie sollte sie es nennen? Freundlichkeit? Eine plötzliche innere Gelassenheit hatte sie dazu gebracht, ihre Sonntagskleider anzuziehen, nach Ruasse zu fahren, die steile Kopfsteinpflasterstraße zum Gefängnis hinaufzusteigen und an der Pforte zu fragen, ob sie ihren Bruder Aramon Lunel sehen könne. Noch bevor sie sich dessen richtig bewusst wurde, war sie schon da. Nachdem sie seinen Namen genannt hatte, zogen sich Wolken über der Stadt zusammen, und ein leichter Regen begann zu fallen.

Sie betrat das Gebäude, und die steinernen Mauern der alten Fremdenlegionskaserne schlossen sich um sie. Die Wärter betrachteten sie neugierig. Sie war, abgesehen von seinem Anwalt, Lunels erster und einziger Besuch. Man bat sie, zu warten. Sie hatte ein unförmiges Paket dabei, das in Zeitungspapier eingeschlagen war, doch das hatte man ihr abgenommen.

Sie setzte sich auf eine harte Bank und horchte auf die Gefängnisgeräusche. Nach einer Weile wurde ihr das Zeitungspaket wiedergegeben, und sie wurde in einen länglichen Raum geführt, der für Gefängnisbesuche vorgesehen war. Die Tische und Stühle darin sahen aus wie für eine Schulprüfung. Der Raum war völlig leer, bis auf Audrun und einen älteren Gefängniswärter, in dessen Züge sich tiefste Melancholie eingegraben hatte.

»Kennen Sie meinen Bruder?«, fragte Audrun.

Der Wärter nickte.

»Ist er ... ist er in der Lage, *durchzuhalten*?«, fragte sie.

Der Wärter zuckte die Schultern. »Er wird nie wieder gesund werden«, sagte er. »Seine Magengeschwüre wurden behandelt, aber sie bluten noch immer ...«

»Und ... sein Verstand ... wie ist sein Verstand?«

Gerade als Audrun das sagte, hörte sie, wie ein Schloss aufgesperrt wurde, dann öffnete sich die Tür, und Aramon betrat den Raum. Er trug seine Gefängnisuniform: graue Hose, blaues Hemd, grauen Pullover. Und in dieser Kleidung, dachte Audrun, sah er besser angezogen aus als in den langen Jahren davor. Er war frisch rasiert, seine Haare waren geschnitten und gewaschen. Das Gefängnis hatte ihn gereinigt.

Ein zweiter Wärter führte ihn an den Tisch, wo Audrun saß, und zog sich wieder zurück an die Tür. Dort hielten die beiden Gefängnisbeamten zusammen Wache.

Aramon stand mit hängenden Armen da und sah Audrun an. Hinter sich hörte sie den Regen gegen die schmalen Fenster prasseln. Aramon setzte sich. Er legte die Hände flach auf den verschrammten Holztisch, der sie trennte.

»Normalerweise bekomme ich keinen Besuch«, sagte er.

»Nein?«, sagte Audrun. »Aber du bist ja auch ans Alleinsein gewöhnt.«

Ihr fiel auf, dass die Traurigkeit aus seinen Augen verschwunden war. Er roch nach scharfer Seife, nicht nach Alkohol. Und sein Blick hatte etwas Hektisch-Fröhliches, als hätte er gerade etwas Aufregendes erfahren.

»Du musst mich nicht bedauern«, sagte er.

»Ich bedaure dich auch nicht«, sagte Audrun.

»Ich habe ein Zimmer für mich«, sagte er. »Weiß gestrichen. Gut, es ist eine Zelle, kein Zimmer, aber für mich ist es wie mein kleines Zimmer. Ich habe meine eigene Toilette und ein Waschbecken.«

»Schön. Das ist gut.«

»Und ein Bild von den Niagarafällen an der Wand.«

»Ja?«

»Ich finde Wasserfälle schön. Es gab welche im Gardon, oben beim Mont Aigoual, im Winter, nach dem Schnee. Weißt du noch?«

»Ja.«

»Sie erlauben mir nicht, mein Niagarabild zu rahmen. Blöde Idioten. Sie wollen nicht, dass ich Glas in die Finger bekomme – damit ich mir nicht die Pulsadern aufschneide, *pardi*! Aber mir ist gar nicht nach Pulsadern Aufschneiden. Mir geht es gut.«

»Das freut mich.«

»Ich sage ja, du musst mich nicht bemitleiden. Ich bin stolz auf meine Zelle. Ich halte sie sauber. Nicht wie drüben im Mas. Da oben sind mir die Dinge über den Kopf gewachsen. Selbst auf den Terrassen bin ich mit der Arbeit nicht hinterhergekommen. Hier geht es mir besser.«

»Ja?«

»Und ob! So wie es dir in deiner Kate besser geht, Audrun. Das habe ich dir ja schon gesagt, als Vater starb: etwas Kleines, das du in Ordnung halten kannst …«

Sie unterbrach ihn, indem sie das unförmige Paket vom Boden hochnahm und vor ihm auf den Tisch legte.

»Das habe ich dir mitgebracht«, sagte sie.

»Was ist das?«, fragte er. »Ich darf keine Sachen besitzen.«

»Es ist keine ›Sache‹«, sagte sie.

Mit seinen Landarbeiterhänden entfernte er das Zeitungspapier. Langsam und zögerlich. Und was dann schließlich, von seiner Hülle befreit, vor ihm auf dem Tisch lag, war ein blühender Kirschzweig.

Audrun beobachtete Aramon. Er hob die Hände, als hätte er Angst, den Zweig zu berühren, doch seine Augen, die so seltsam glänzten, starrten ihn staunend an. Er schien – mit allen Sinnen – den Duft und die Schönheit der Blüten zu trinken. Dann nahm er den Zweig in die Hand und barg sein Gesicht darin und begann zu weinen.

Audrun blieb sehr still auf ihrem Stuhl sitzen. Sie blickte kurz zu den Wärtern hinüber, sah den verwunderten Ausdruck in ihren Gesichtern, doch es war nicht Aramons Weinen, das sie beunruhigte. Sie schienen es nicht einmal bemerkt zu haben, da sie den Regen beobachteten, der jetzt heftig gegen die Fenster trommelte. Sie hörte den einen sagen, es werde schon dunkel hier drinnen, obwohl es doch mitten am Nachmittag sei.

Sie blieb ganz still, ließ Aramon weinen wie ein Kind, ließ die Dunkelheit des nahenden Unwetters um sie herum von Minute zu Minute dichter werden. Sie sah, wie Aramons magere Brust sich beim Weinen heftig hob und senkte, als ihm die Luft wegzubleiben drohte. Dann blickte er sie an und sagte: »Warum hast du den mitgebracht? Warum?«

»Ich glaube«, sagte sie, »als ich ihn sah, dachte ich ... ich dachte an dich und mich, wie wir einmal waren. Damals als wir gut zueinander waren.«

Er legte den Zweig auf den Tisch und stützte den Kopf in die Hände. Er weinte jetzt heftiger, und nun kamen die Wärter auch näher. Beide machten besorgte Gesichter, und der Ältere legte Aramon seine Hand auf die Schulter.

»*Allez*, Lunel«, sagte er. »Nicht traurig sein. Kommen Sie, wir bringen Sie jetzt zurück in Ihre Zelle.«

»Madame«, sagte der andere Beamte. »Ich bedaure, aber Ihre Besuchszeit ist zu Ende.«

Audrun stand gehorsam auf, aber Aramon ergriff plötzlich ihre Hand. »Es tut mir leid!«, stammelte er. »Ich habe das längst sagen wollen! *Es tut mir leid!* Du warst meine Prinzessin ... ja, das warst du. Du warst meine Prinzessin, und ich fand keine andere. Du warst meine Prinzessin, immer!«

Es herrschte Stille im Raum, nur unterbrochen vom Geräusch des Regens an den Fensterscheiben. Audrun sagte nichts, hielt aber Aramons Hand behutsam in ihrer, hielt sie einen Moment lang zärtlich fest, bevor sie ihr entrissen wurde und die Wärter ihren Bruder abführten.

Die Tür öffnete und schloss sich, und Audrun hörte, wie der Schlüssel umgedreht wurde, und sie wusste, sie war allein. Sie blickte auf den Kirschzweig, der auf dem Tisch liegen geblieben war, und sie sah, dass die weißen Blüten noch immer hell leuchteten, als alles um sie herum schon zu verschwimmen begann.